BAND 108

MATTHEW REILLY

DIE VIER MYSTISCHEN KÖNIGREICHE

Aus dem australischen Englisch von Michael Krug

FESTA

Die australische Originalausgabe *The Four Legendary Kingdoms*
erschien 2016 im Verlag Macmillan Australia.

1. Auflage Oktober 2022

Published by arrangement with Rachel Mills Ltd.
Titelbild: Arndt Drechsler-Zakrzewski

ISBN 978-3-98676-032-8
eBook 978-3-98676-033-5

Dieses Buch widme ich
Gary »Smokey« Dawson
und
Wayne Dockrill.
Zwei wahren, loyalen Freunden.

ICH KANN ES NICHT SEHEN.
DAFÜR IST DIE OPTIK MEINER ZEIT NICHT GUT GENUG.
ABER DIE MATHEMATIK BELEGT ES UNAUSWEICHLICH.
ES NAHT.
ES WIRD AN WEISEN UND EDLEN MENSCHEN KÜNFTIGER GENERATIONEN MIT FORTSCHRITTLICHERER OPTIK LIEGEN, ES AM NACHTHIMMEL AUSZUMACHEN UND DEN RÜCKRUF ZU VERANLASSEN.
SONST IST ALLES VERLOREN.

Sir Isaac Newton
Die Chronologie der alten Königreiche

NICHT DIE GRÖSSE DES HUNDES ZÄHLT IM KAMPF,
SONDERN DIE GRÖSSE DES KAMPFGEISTS IM HUND.

Mark Twain

ERSTE HERAUSFORDERUNG

DER EINTRITT IN DIE HÖLLE

So dieses Abgrunds Hang, und dort am Rand
war's, wo von Felsentrümmern überhangen
sich ausgestreckt die Schande Kretas fand,
einst von dem Scheinbild einer Kuh empfangen.
Sich selber biss er, als er uns erblickt;
wie innerlich von wildem Grimm befangen …
so sahen wir den Minotaurus ringen,
drum rief Virgil: »Itzt weiter ohne Rast;
indes er tobt, ist's gut, hinabzudringen.«

DANTES *DIE GÖTTLICHE KOMÖDIE*,
ÜBERSETZT VON CARL WENNINGER

KÄMPFERPROFIL

NAME: WEST, JONATHAN JAMES
ALTER: 46
RANG IN SETZLISTE: ÜBER 10
VERTRITT: LAND

PROFIL:

Gefangener Teilnehmer.
Als späte Ergänzung für diese Spiele ist Jonathan (Jack) West jr. ein Joker, den man nicht leichtfertig unterschätzen sollte. Immerhin ist er der fünfte große Krieger einer uralten Prophezeiung. Ungeachtet dessen hat diese Prophezeiung hier keine Bedeutung.
Setzlistenrang über 10 von 16 Anwärtern auf den Sieg bei den Spielen.

VON SEINEM SCHIRMHERRN:

Vom Schirmherrn dieses Kämpfers wurde kein ergänzender Kommentar abgegeben.

Erschrocken erwachte Jack West und schnappte nach Luft.

Völlige Dunkelheit umgab ihn und er schien allein zu sein.

Ihm fehlte jede Erinnerung daran, wo er war, wie er hier gelandet sein mochte und wann.

Die Luft fühlte sich kühl und feucht wie in einer tiefen Höhle an, der Boden staubig. Die Wand an seinem Rücken bestand aus massivem Stein.

Er trug Jeans und ein langärmliges T-Shirt, aber keine Schuhe.

Sein Kopf schmerzte. Er berührte ihn … und zog die Hand verdattert zurück.

Man hatte ihm das Haar abrasiert …

Mit einem schrillen Kreischen schwang die rostige Eisentür seiner Zelle auf. Licht strömte herein.

Eine furchterregende Silhouette füllte die Türöffnung aus.

Die Umrisse eines Mannes mit einem Stierkopf.

Ein Minotaurus.

Oder zumindest ein Mensch mit einem Helm in der Form eines Stierschädels.

Er besaß beachtliche Muskeln – pralle Oberarme, breite Brust. Während der Oberkörper – abgesehen von der Stiermaske – nackt war, steckte die untere Körperhälfte in einer modernen schwarzen Armeehose und schwarzen Kampfstiefeln.

Ich muss träumen, dachte Jack.

Für einen zweiten Gedanken blieb ihm keine Zeit, weil ihn der »Minotaurus« prompt mit wildem Gebrüll angriff.

Ein Jagdmesser mit Wellenschliff erschien in der rechten Hand des Maskierten, und der Stahl raste auf Jack zu.

Instinkte übernahmen das Kommando.

Jack richtete sich halb auf, packte die Messerhand des Minotaurus, verrenkte sie und warf den Mann zur Seite. Gleichzeitig sprang er selbst auf die Beine.

Der Minotaurus hechtete ihm entgegen. Miteinander ringend rollten sie über den Boden. Es endete damit, dass der Maskierte rittlings auf Jack kauerte und das Messer auf ihn niederdrückte.

Jack hielt mit zusammengebissenen Zähnen und aller Kraft dagegen. Die Spitze der Klinge befand sich gerade mal fünf Zentimeter von seiner Kehle entfernt.

Langsam bewegte sie sich näher auf seinen Adamsapfel zu, und in einem hinteren Winkel seines Hirns fiel Jack ein, dass man erwachte, wenn man in einem Traum starb. Vage fragte er sich, ob das auch in diesem Fall passieren würde.

Nur was, wenn es kein Traum ist, Jack?

Sein Gegner verstärkte den Druck. Jack hörte hinter der schwarzen Stiermaske ein angestrengtes Grunzen.

Es ist nur ein Mensch!, brüllte sein Verstand. *Nur ein Mensch!*

Und jeder Mensch ist besiegbar.

Mit einem Energieschub verlagerte Jack abrupt das Gewicht und rollte sich so nach hinten, dass der Minotaurus mit dem Kopf voraus gegen die Steinmauer krachte.

Verheerend heftig. Ein gedämpftes Knacken ertönte – das Geräusch, mit dem das Genick des Minotaurus brach. Dann sackte der Maskierte auf den staubigen Boden und rührte sich nicht mehr.

Jack rang nach Luft.

Was für ein Erwachen …

Als er sich einigermaßen gefasst hatte, sah er sich zum ersten Mal in seiner Zelle um.

Die Tür stand noch einen Spalt offen, durch den Licht hereinschien. Die Zelle wirkte außerordentlich alt. Die Wände bestanden aus Sandstein, die schwere, rostige Tür hing auf antik aussehenden Angeln aus Eisen. Gott allein wusste, was sich draußen befinden mochte.

An einer Wand von Jacks Zelle prangten zwei tief in den Stein geritzte Bilder:

Das erste kannte Jack: die altägyptische Hieroglyphe *Ankh,* die »Leben« bedeutete.

Das zweite Symbol ähnelte einem schnörkeligen, vierarmigen Oktopus. Es handelte sich um eine Variante eines seltenen, uralten Zeichens, das man bei hinduistischen, buddhistischen und neolithischen Kulturen fand, *Tetragammadion* genannt.

Während Jack es betrachtete, beschlich ihn das Gefühl, es erst unlängst gesehen zu haben, nur konnte er sich nicht erinnern, wo.

Blinzelnd versuchte er, sein Gedächtnis anzukurbeln. Es erwies sich als sinnlos. Sein Geist war noch zu durcheinander.

Stattdessen versuchte er, sich zu erinnern, wo er zuletzt gewesen war, bevor er das Bewusstsein verloren und wiedererlangt hatte.

Pine Gap, dachte er.

Die streng geheime Basis tief in der australischen Wüste.

Er war hingefahren, um an einem hochrangigen Meeting teilzunehmen.

Es hatte irgendetwas mit dem SKA zu tun …

Jack dachte daran zurück, wie er mit Lily, Alby und den Hunden am Stützpunkt außerhalb der abgelegenen Stadt Alice Springs angekommen und von den bewaffneten Torwächtern eingelassen worden war.

Und er wusste noch, dass ihn vor dem Observatorium in Pine Gap die große, bebrillte Gestalt von General Eric Abrahamson in Empfang genommen hatte. Der freundliche, aber gewitzte Mann ersetzte Jacks langjährigen Vorgesetzten und Freund, General Peter Cosgrove, der befördert worden war.

Nachdem sie sich die Hände geschüttelt hatten, stellte Abrahamson ihm seinen baldigen Nachfolger vor, einen General mit strenger Miene namens Conor Beard. Der Mann hatte kantige Züge und einen präzise gestutzten roten Bart. Nicht zuletzt deshalb passte Beards Rufname seit seinen ersten Tagen beim Militär nach wie vor wie die Faust aufs Auge: *Redbeard* – Rotbart.

»Freut mich, dass Sie sich für den Anlass herausgeputzt haben, Jack«, merkte Abrahamson sarkastisch an.

Jack war leger gekleidet – Jeans, Turnschuhe, blaues Hemd über einem alten weißen T-Shirt. Dazu trug er einen braunen Wildlederhandschuh über der linken, aus Titan gefertigten Hand und eine schlichte Casio G-Shock am rechten Handgelenk.

Er lächelte Abrahamson in der Wüstensonne an. »Ich arbeite nicht mehr für Sie, also kann ich anziehen, was ich will.«

Nachdem Abrahamson auch Lily und Alby begrüßt hatte, bückte er sich, um die Hunde zu streicheln. »Die beiden hab ich ja nicht mehr gesehen, seit sie Welpen waren.«

Jack sagte: »Ich gehöre jetzt ihnen. Eigentlich gehöre ich jetzt allen. Zoe. Lily. Den Hunden. Wissen Sie, dabei war ich mal der fünfte große Krieger.«

Abrahamson lachte. »Was ist mit Horus? Was hält sie von den Hunden?«

Jack stieß einen durchdringenden Pfiff aus. Prompt sank seine treue, über ihm schwebende Wanderfalkendame Horus herab und ließ sich auf seiner Schulter nieder. Um den Hals trug sie ein Lederband, an dem eine GoPro-Kamera hing. Mit stechendem Blick starrte sie Abrahamson und Beard an, als könnte sie in ihre Seele blicken.

»Sie duldet die Hunde«, sagte Jack, als sich Horus wieder in die Lüfte erhob.

»Kommen Sie rein.« Abrahamson führte sie durch die Türen der Anlage. »Ich muss Ihnen etwas Wichtiges zeigen.«

Und dann … nichts mehr …

… bis Jack an diesem Ort aufgewacht war und ein als Stier verkleideter Mann ihn umbringen wollte.

Jack saß immer noch auf dem staubigen Boden seiner Zelle und blickte an sich hinab.

Irgendwo, irgendwann waren sein blaues Hemd und seine Turnschuhe verschwunden. Sein langärmeliges T-Shirt, das Lily ihm vor Jahren geschenkt hatte – als sie noch eine niedliche 13-Jährige war, keine weltgewandte 20-Jährige –, zeigte Homer Simpson in einem aufblasbaren Kinderplanschbecken, weggetreten vom Saufen, umgeben von leeren Duff-Bierdosen. Darunter stand:

WORLD'S GREATEST DAD –
der tollste Vater der Welt.

Das ist surreal, dachte Jack.

Er spähte zu dem leblosen Mann mit der Stiermaske, der neben ihm auf dem Boden lag.

Eigentlich handelte es sich eher um einen ziemlich modernen Helm als um eine Maske, wie er bei genauerer Betrachtung feststellte. Angefertigt aus leichtem Hightech-Harz, mattschwarz lackiert.

Das Visier des Stierhelms bestand aus einem schwarzen feinmaschigen Gitter wie bei einer Fechtmaske. Es verbarg einerseits die Identität des Trägers, bot ihm aber volle Sicht. Über dem Mund des Trägers befand sich eine Gasmaske mit Filter. Die Form ähnelte der Schnauze eines Tiers, wodurch die Gesamtheit umso mehr wie ein Stierkopf wirkte.

Jack riss dem Gefallenen die Maske vom Gesicht …

… und stellte fest, dass es sich nicht ganz um einen Mann handelte.

Um etwas Ähnliches.

Der »Mann« unter der Maske besaß eine breite, fliehende Stirn, weit auseinanderliegende Augen, eine flache Nase, einen großen Mund, schiefe Zähne und überall dichtes, verfilztes schwarzes Haar – auf den Wangen, in den Ohren und in Form einer durchgehenden Braue über den Augen.

Die Augen, schoss es Jack bei einem genaueren Blick durch den Kopf.

Die im Moment des Todes offen erstarrten Augen waren tiefbraun. Im Wesentlichen wirkten sie menschlich, nur irgendwie stumpfer. Wenn es nicht unmöglich gewesen wäre, hätte Jack vermutet, dass er einen halb entwickelten Vorläufer des modernen Menschen vor sich hatte, vielleicht einen Neandertaler oder Cromagnonmenschen.

In die behaarte Schulter des Halbmenschen hatte jemand »N-016« eintätowiert.

Jack starrte auf seinen toten Angreifer hinab.

»Was zum Geier bist du, und wo zum Henker bin ich?«, fragte er laut.

Plötzlich sprang der behaarte Halbmensch mit Gebrüll vom Boden auf, schnappte sich das Messer und stürzte sich auf Jack.

Großer Gott!

Allerdings bewegte sich sein Angreifer langsamer als zuvor, wirkte schwächer, befeuert nur noch von blindwütiger Raserei. Jack wehrte das Messer ab, huschte hinter den Halbmenschen, schlang den Unterarm um dessen Hals und brach ihm kurzerhand das Genick.

Die Kreatur sackte zusammen, diesmal endgültig tot.

»Leck du mich am Arsch«, entfuhr es Jack schwer atmend.

Aus Gewohnheit strich er sich das Haar zurück und fühlte erneut nur raue Stoppeln. Man hatte ihm tatsächlich den Schädel rasiert, während er bewusstlos gewesen war.

Da Jack keine Waffen hätte, tastete er den toten Minotaurus ab. Der Halbmensch hatte nur das Messer. Jack steckte es ein. Außerdem nahm er dem Minotaurus die Kampfstiefel ab und zog sie an. Sie erwiesen sich als viel zu groß für ihn. Trotzdem besser als gar nichts.

Mit einem Schulterzucken nahm er auch den gepanzerten Stierhelm an sich.

Dann verließ er die Zelle und trat hinaus ins Licht.

In einer Zelle wie der von Jack, nicht weit von seiner entfernt, stand ein großer Mann wartend hinter der Eisentür.

Er hatte unrasierte rötliche Gesichtsbehaarung und den Blick eines kampferprobten Veteranen. Im Gegensatz zu Jack war er vorbereitet.

Er trug die Kampfausrüstung eines britischen SAS-Soldaten: Stiefel, Cargohose, Splitterschutzjacke, Helm. In einer Hand hielt er ein langes Kampfmesser mit Wellenschliff.

Quietschend öffnete sich die uralte Tür der Zelle. Licht strömte herein, gefolgt von einem anstürmenden Minotaurus.

Der SAS-Mann brauchte nur drei schnelle Hiebe mit dem Messer – zwei gegen die Kniesehnen des Minotaurus und einen Todesstoß gegen die Kehle –, um den maskierten Angreifer ins Jenseits zu befördern.

Im Gegensatz zu Jack verzichtete der SAS-Soldat darauf, die Leiche zu untersuchen.

Kaum war sein Gegner tot, stieg der Mann über den Körper hinweg, verließ die Zelle und wischte unterwegs seelenruhig die Klinge seines Messers an der Hose ab.

In einer dritten Zelle wartete angespannt ein US-Marine, bis sich mit einem Kreischen rostiger Angeln die Tür öffnete und ein dritter Minotaurus hereindonnerte.

Wie der britische SAS-Mann war auch der Marine vorbereitet. Er trug einen Kampfanzug in Wüstenfarben und einen Helm. Als Bewaffnung hatte er einen Teleskopschlagstock. Allerdings wurde er dennoch überrascht.

Zwar rechnete er mit einem Angriff, nicht jedoch von einem Irren, der als Minotaurus verkleidet mit einem Messer auf ihn zustürmte.

Es wurde ein kurzer Kampf, nicht so hässlich und eigenartig wie der von Jack, obwohl er nicht ganz so gnadenlos schnell wie der des SAS-Mannes endete.

Der Marine brachte seine Ausbildung zur Geltung, und der Minotaurus starb mit dem Messer des Soldaten im Brustbein.

Der Marine untersuchte den Körper des gefallenen Angreifers, berührte den Stierhelm, bemerkte dabei, wie modern er wirkte, und betrachtete ebenfalls das halb menschliche Gesicht darunter.

Danach setzte er eine umlaufende Blendschutzbrille auf und trat aus der Zelle hinaus ins Licht.

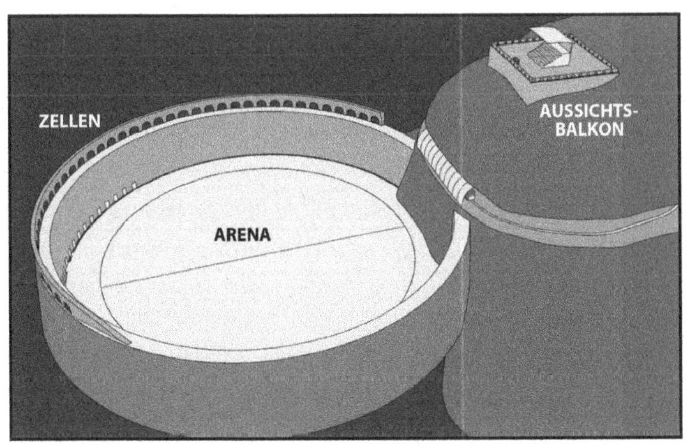

Als Jack seine Zelle verließ, fand er sich in einer Umgebung wieder, bei der er unwillkürlich an eine Gladiatorenarena dachte.

Nächtlich anmutende Dunkelheit herrschte, aber die kühle, unbewegte Luft fühlte sich so an, als befände er sich nicht unter freiem Himmel, sondern in irgendeiner riesigen Höhle.

Die weitläufige, kreisförmig in römischem Stil errichtete Arena wies einen altmodisch mit Sägemehl bedeckten Boden auf, wurde aber von modernem Flutlicht erhellt. Wie der Minotaurus, den er vorhin besiegt hatte, bildete sie eine merkwürdige Mischung aus sehr alt und brandneu.

Die offene Tür seiner Zelle hinter ihm prangte direkt in der Steinwand der Arena.

15 ähnliche Türen verteilten sich entlang der gekrümmt verlaufenden Seitenwand, und vor ihnen standen 15 weitere Männer.

13 trugen moderne Militäraufmachung – Helme und Kampfanzüge in verschiedenen Farben mit Wüsten-, Dschungel- oder Nachttarnmustern. Die meisten Männer waren weiß, einige schwarz und ein paar muteten asiatisch an. Sie hielten verschiedene Messer, Kurzschwerter oder Knüppel … aber keine Schusswaffen, wie Jack feststellte. Diejenigen ohne Helm hatten alle kahl geschorene Schädel.

Vor zwei der 15 Zellen standen Minotauren in starrer Habachtstellung, klein, aber aufrecht, in den behaarten Händen bluttriefende Messer.

Und zu guter Letzt: Jack selbst, völlig unvorbereitet, bekleidet mit Jeans, einem T-Shirt und eben erst erbeuteten zu großen Stiefeln. Das Handgelenk seines aus Titan gefertigten linken Arms lugte unter dem Ärmel hervor und funkelte im künstlichen Licht. Schweiß, Staub und Blut verkrusteten sein Gesicht und er hielt den Stierhelm und sein Messer in den Händen.

Er beäugte die beiden steif vor zwei der Zellen stehenden Minotauren.

Also hat nicht jeder seinen halb menschlichen Angreifer besiegt …

Schwarz gekleidete Wächter mit Maschinengewehren säumten die Arena. Insgesamt vielleicht 20. Jack brauchte einen Moment, um zu erkennen, dass alle Minotaurenhelme trugen.

»Seid gegrüßt, Recken!«, dröhnte eine tiefe Stimme irgendwo hoch über Jack.

Jack drehte sich um, als eine neue Reihe von Lichtern aufflammte und einen hohen, bühnenartigen Balkon auf der gegenüberliegenden Seite der Arena erhellte.

Dort stand der Mann, der gesprochen hatte.

Jene gesamte Seite der Arena bestand aus einer riesigen

Felswand, dem Fuß eines bedrückenden schwarzen Bergs, der sich hoch in die schattige Finsternis erstreckte. Der Balkon, auf dem der Mann stand, ragte etwa 25 Meter über dem Boden aus dem Hang.

Auf der Rückseite des Balkons befand sich eine Tribüne, beschattet von einer großen Markise. Und auf der Tribüne saß ein Publikum aus etwa 30 Männern und Frauen, alle in teuren Anzügen und Kleidern, was die Surrealität dieses Orts nur zusätzlich unterstrich. Sogar aus der Ferne konnte Jack das Glitzern protziger Diamanthalsketten an einigen der Frauen erkennen. Die Zuschauer schlürften Champagner, rauchten Zigaretten oder blickten auf die Reihe der »Recken« herab.

Der Mann, der das Wort ergriffen hatte, musste der Anführer sein.

Groß, kraftvolle Statur, vielleicht Mitte 50. Außerdem gut aussehend, mit einem schwarzen Bart und stechenden dunklen Augen. Er trug einen modernen schwarzen Designeranzug mit eleganten karmesinroten Manschetten.

»Noch einmal«, sagte er, »seid gegrüßt, Recken. Willkommen bei den Großen Spielen. Ich bin euer Gastgeber, euer Richter, euer Prüfungsausschuss und bei Bedarf euer Henker.

Man kennt mich unter vielen zeremoniellen Namen. Ich bin der Widersacher des Lichts, der Ankläger, der Gefallene, der Hüter des Tempels, Iblis, Schaitan, Thanatos, Sataniel, Herrscher der Nachtlande, Ba'al Zəvûv, Beelzebub, König des Vierten Reiches oder einfach Hades, Herr der Unterwelt. Willkommen bei meinen Spielen, Kämpfer. Willkommen in der Unterwelt.«

Jack konnte nicht glauben, was er hörte.

Im Verlauf seiner zahlreichen Abenteuer hatte er eine Menge Seltsames erlebt.

Er hatte den Schlussstein der großen Pyramide von Giseh während eines gleißenden Sonnenereignisses wieder angebracht.

Er hatte gesehen, wie Stonehenge im Licht einer dunklen Sonne zum Leben erwacht war.

Einmal hatte er tief in einer römischen Salzmine das Grab von Jesus Christus gefunden … mit dem Leichnam Christi noch darin.

Und er selbst hatte sich als einer der fünf größten »Krieger« der Geschichte entpuppt, einer elitären Gruppe einflussreicher Persönlichkeiten, Krieger in militärischer oder ideeller Hinsicht: Moses, Dschingis Khan, Napoleon, Jesus Christus … und Jack.

Aber die Unterwelt? Die Hölle?

Da wusste er mit Sicherheit, dass er träumte.

Die Vorstellung von einem Leben nach dem Tod gab es in verschiedensten Gesellschaften überall auf der Welt. In jeder Zivilisation, von den Ägyptern über die Maya bis hin zu Japan und Indien. Und natürlich in den drei Religionen, die auf Abraham zurückgingen: Christentum, Judentum und Islam.

Die westliche Tradition unterteilte das Leben nach dem Tod in zwei Orte: den Himmel und die Hölle. Dem Konzept lag ein moralisches Element zugrunde. Gute Menschen kamen in den Himmel, schlechte in die Hölle, ein furchterregendes Reich tief unter der Erdoberfläche, ein

Ort voller Feuer und Schwefel, an dem man für zu Lebzeiten begangene Sünden bestraft wurde.

Beim Jenseits der alten Griechen hingegen gab es keinen moralischen Aspekt. Sie nannten ihre Hölle »Tartarus«, und laut ihren Mythen konnten auch Lebende die Unterwelt durchaus betreten, wenn sie den Eingang finden konnten. Sie wieder zu verlassen war ein völlig anderes Paar Schuhe. Nur den größten Helden der Griechen – Herkules, Theseus und Odysseus – gelang es, aus der Unterwelt zurückzukehren. Das gehörte gleichsam dazu, wenn man ein legendärer Held werden wollte.

Und es waren die Griechen, die dem König dieses feurigen Reichs den Namen »Hades« gegeben hatten.

Nur gibt's die Hölle als Ort nicht wirklich, protestierte Jacks Verstand.

Doch passten sich seine Augen an das grelle Licht der Flutlichtanlage an, und allmählich erkannte er die Umgebung dahinter, insbesondere den dunklen Berg über und hinter Hades' Balkon.

Der Anblick war überwältigend.

Die Erhebung ragte wie ein spitzer Dolch aus schwarzem Gestein hoch gen Himmel. An den Flanken prangten verschiedene düstere Burgen, Festungen, Aufzüge und Treppen, alle auf unterschiedlichen Ebenen, und alle wirkten im reflektierten Schein der Flutlichter ausgesprochen bedrohlich.

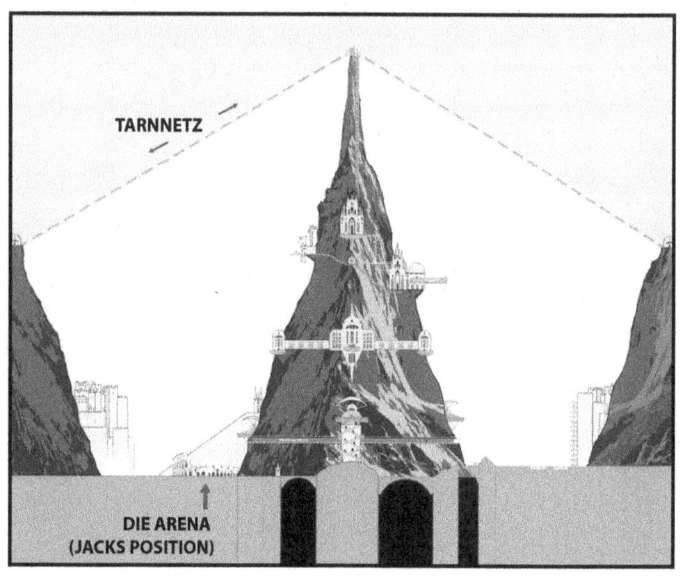

Eine breite, bollwerkartige Konstruktion umgab den Berg in der Mitte, etwa 150 Meter über der Stelle, an der Jack stand. Die Lichter zahlreicher Fenster sprenkelten das Gebilde.

Der gesamte Berg wies eine seltsame Ähnlichkeit mit dem Eiffelturm auf: unten breit, nach oben hin spitz zulaufend, erst langsam, dann ziemlich abrupt. Jack konnte nicht sehen, was sich auf dem Gipfel befand – dort oben war es zu dunkel. Aber er konnte eine Art Netz erkennen, das sich davon weg ausbreitete und den Nachthimmel verdunkelte.

Hades unterbrach seine Gedanken, indem er die Stimme durch den gewaltigen Raum dröhnen ließ. »Ihr alle seid als Vertreter der vier ewigen Königreiche hergebracht worden, um an der größten Herausforderung der Geschichte teilzunehmen, den Großen Spielen der Hydra.«

Jack warf einen Blick zu den anderen Kämpfern.

Alle schauten zu Hades hinauf, während er sprach. Besonders aufmerksam und mit stolz erhobenem Kinn lauschten die beiden Minotauren.

Der Mann links von Jack trug eine Kampfuniform in Wüstentarnfarben, einen Helm des Marine Corps und eine reflektierende Blendschutzbrille.

Er deutete mit dem Kopf auf Jacks T-Shirt mit Homer Simpson.

»Cooles Shirt, Kumpel.«

»Wenn ich gewusst hätte, dass ich bei der Party hier lande«, gab Jack zurück, »hätte ich mich anders angezogen.«

»Hier zu obsiegen«, donnerte Hades, »wird gewährleisten, dass euer Name die Zeitalter überdauert. Man wird Lieder über euch singen und Epen über euch schreiben, wie über alle früheren Sieger dieser Spiele. In diesen heiligen Arenen, Tunneln und Labyrinthen wurden Helden geboren und Legenden erschaffen.

Und noch bevor sich der wahre Zweck dieser Spiele offenbart, möchte ich anmerken, dass sie bereits historisch sind. Wir haben mehrere namhafte Recken am Start: Nicht weniger als drei Königssöhne vertreten hier ihre Väter. Das ist beispiellos.«

Die Leute hinter Hades murmelten und zeigten mit den Fingern. Jack sah, wie drei seiner Mitstreiter in Richtung der Zuschauer nickten.

»Und nicht zu vergessen«, fügte Hades hinzu. »Wir haben sogar den fünften Krieger höchstpersönlich als Teilnehmer hier.«

Sein durchdringender Blick schwenkte auf Jack.

Plötzlich spürte Jack, wie sich sämtliche Augenpaare in

der Arena – die der Teilnehmer und die der Zuschauer – auf ihn hefteten.

In seinem albernen T-Shirt, der Jeans und den zu großen Stiefeln fühlte er sich plötzlich wie in einem anderen Traum – jenem, in dem man splitternackt in die Schule geht.

Hades lächelte Jack an. »Was sagt man dazu? Der fünfte große Krieger höchstpersönlich. Noch nie in der Geschichte der Großen Spiele hat einer der fünf Krieger teilgenommen. Das ist monumental.«

Mittlerweile fühlte sich Jack schwer unbehaglich. Die anklagenden, finsteren Blicke der anderen Kämpfer nervten. Er wünschte, Hades würde aufhören, über ihn zu reden.

Hades hob die Arme.

»Vor 40 Tagen hat sich die Sternkammer, der heiligste Schrein in meinem Reich, zum ersten Mal seit über 3000 Jahren für die Rückkehr der ruhmreichen Hydra geöffnet. Deshalb versammeln wir uns nun gemäß den uralten Gesetzen, um unsere Spiele abzuhalten. Als derzeitigem Herrscher über dieses sagenumwobene Reich fällt mir nach einer langen Reihe von Vorgängern die Rolle des Veranstalters und Schiedsrichters dieser Spiele zu. Der Vorsitz über die Spiele ist eine heilige Pflicht, bei deren Erfüllung ich weder Furcht noch Gunst zeigen werde.«

Er drehte sich dem betuchten Publikum auf der Tribüne hinter ihm zu.

»Ich bin unbestechlich.

Flehen um Gnade trifft bei mir auf taube Ohren.

Sonderbehandlungen gewähre ich nicht. Weder dem höchstgeborenen Recken noch dem niedersten Minotaurus.

Ich darf weder Milde noch Gutdünken walten lassen. Die Regeln der Spiele sind uralt und einfach. Mir obliegt die Ehre, sie durchzusetzen … selbst wenn es mein eigenes Verhängnis bedeuten sollte. Meine Herren Könige, Fürsten und Fürstinnen, verehrte Gäste und Recken. Willkommen in meinem Königreich. Willkommen bei den Großen Spielen.«

Jacks Gedanken überschlugen sich, während er verzweifelt das Geschehen zu verarbeiten versuchte.

Schlimm genug, benommen und desorientiert an einem fremden Ort aufzuwachen und von einem Mann mit einer Stiermaske und einem Messer angegriffen zu werden. Nun hörte er auch noch von der Hölle und Hades, von einer seit 3000 Jahren nicht mehr geöffneten Sternkammer und von etwas, das »ruhmreiche Hydra« hieß und offenbar von irgendwoher zurückkehrte.

»Nun denn«, sagte Hades und nickte den beiden Minotauren zu, die vor zwei der Zellen standen. »Wie ich sehe, haben zwei unserer Recken die erste Herausforderung nicht bestanden, also muss ich …«

»Halt!«, rief jemand.

Alle in der Arena, einschließlich Hades, wirbelten zu dem Kämpfer herum, der unmittelbar rechts neben Jack stand.

Die Menge der Zuschauer auf der Tribüne verstummte. Entsetzt sahen sie einander an. Einige spähten beklommen zu Hades.

Jack beobachtete das Geschehen aufmerksam. Genau wie der Marine zu seiner Linken.

Der Mann zu seiner Rechten, der gerufen hatte, war ein großer Asiate mit kahl geschorenem Kopf und kerzengerader Haltung.

Er trug ein olivfarbenes T-Shirt, eine grüne Kampfhose und Stiefel. Nicht unbedingt eine Aufmachung für einen Einsatz. Eher etwas, womit man in einer Kaserne herumlaufen würde.

Und plötzlich kam Jack der Gedanke, dass der Mann auf dieselbe Weise wie er selbst hergebracht worden sein könnte …

»Mein Name ist Jason Chen«, rief der Mann auf Englisch, »und ich bin Hauptmann bei der taiwanesischen Armee, stationiert in Taipeh! Ich bin gegen meinen Willen hier! Ich wurde gekidnappt! Ich verlange, umgehend freigelassen zu werden!«

Die Zuschauer glotzten ihn mit offenen Mündern an.

Jack fiel auf, dass die meisten anderen Kämpfer geradeaus oder zu Boden starrten und sich bemühten, den Protestierenden zu ignorieren.

Stille kehrte in der gesamten Arena ein.

Hades' Blick verharrte auf dem Mann aus Taiwan.

»Wie war das bitte?«, fragte Hades.

Der taiwanesische Hauptmann warf sich in die Brust. »Ich sagte, mein Name ist Jason …«

Sein Schädel explodierte.

Er zerplatzte einfach. Zig fleischige Bröckchen spritzten durch die Gegend, als wäre eine Ladung Feuerwerkskörper in einem Kürbis hochgegangen.

Etwas Blut und Hirnmasse traf Jacks rechte Wange. Der kopflose Leichnam sackte neben ihm auf den staubigen Boden. Blut strömte aus den Halsschlagadern und bildete eine grausige Lache um Jacks zu große Stiefel.

Abrupt schaute Jack wieder hinauf zu Hades und sah, dass von hinten ein zweiter Mann an dessen Seite erschienen war, wohl so etwas wie ein Assistent.

Der »Assistent« ließ eine kleine Fernbedienung sinken, die er in behandschuhten Fingern hielt.

Der Mann besaß ein äußerst markantes Aussehen. Beinahe wie ein Hohepriester.

Er trug eine lange violette Robe und war vollkommen kahl.

Außerdem wies er die vorquellenden Augen von jemandem mit einer Schilddrüsenüberfunktion auf. Zusammen mit der Glatze wirkte er dadurch entschieden insektenhaft.

Entsetzt über die grässliche Explosion des Kopfs seines Nachbarn überprüfte Jack, wie die Zuschauer auf der Tribüne darauf reagierten.

Er sah nur unbekümmerte Gleichgültigkeit.

Die Leute dort nippten an ihren Sektflöten und schüttelten traurig die Köpfe.

Dann ereilte Jack eine Erkenntnis. Seine Hand schnellte zum eigenen Hinterkopf und berührte die glatt rasierte Haut …

… und er spürte etwas.

Eine frische Narbe knapp oberhalb des Genicks.

Deshalb hatte man ihm den Kopf rasiert.

Man hatte ihm chirurgisch etwas *ins Genick* implantiert, eine kleine Sprengladung derselben Art, die gerade den Schädel des taiwanesischen Hauptmanns zerfetzt hatte.

So also sorgte Hades für Gehorsam.

Jack musterte die anderen Kämpfer und stellte fest, dass sie alle ähnliche Narben am Genick aufwiesen. Noch etwas fiel ihm auf: In die entstellte Haut der Operationsnarbe war bei jedem Mann ein kleiner gelber Edelstein eingelassen. Ein Stein, der in keiner Weise modern, sondern eindeutig alt anmutete. Als Jack die eigene Narbe erneut berührte, ertastete er die harten Kanten des darin eingebetteten Juwels.

In was bin ich da reingeschleudert worden?, dachte Jack.

»Ein Jammer«, meinte Hades. »Auch für die Gruppe seiner Unterstützer.«

Hades nickte seinem Assistenten zu. Oben in der Nähe des Balkons öffnete sich eine Art Rollladen aus Stahl. Zum Vorschein kamen dahinter vier merkwürdige Zugwaggons auf Schienen in einem offenen, in die Felswand verlaufenden Tunnel.

Die Waggons erinnerten an solche, wie man sie früher für den Transport von Zirkustieren verwendet hatte, jeweils mit einer hüfthohen Umrandung aus Stahlblech und robusten Eisenstäben darüber. Auch die Dächer wiesen Gitter auf. Jack zählte vier Zellen in jedem Waggon, insgesamt also 16.

In jeder Zelle wiederum entdeckte er vier bis fünf Personen, die bange in die Arena hinabblickten.

16 Zellen.

16 Kämpfer.

»Bitte um Tötung von Hauptmann Chens Unterstützungsgruppe«, sagte Hades schlicht.

Sein glupschäugiger Assistent hob die Fernbedienung wieder an und drückte eine andere Taste darauf.

Prompt schoss ein dicker Schwall einer grauen Flüssigkeit aus der Tunneldecke über einem der Waggons und ergoss sich wuchtig in eine der Zellen.

Jack fand, dass die Masse wie Zement aussah, irgendein zähflüssiges Konglomerat. Und natürlich heiß. Als sie in die Zelle strömte, stiegen mächtige Dampfwolken auf.

Und die Masse schien *schwer* zu sein, denn sie riss die zwei Männer und zwei Frauen in der Zelle von den Füßen. Sie fielen unter dem Gewicht des herabströmenden Glibbers und schrien, als sie darunter versanken.

Bald endete das Geschrei, und in der Eisenzelle blieb nur eine hohe Lache der dampfenden Flüssigkeit übrig, die über die hüfthohe Verkleidung schwappte.

Großer Gott, schoss es Jack durch den Kopf. *Das sind Geiselkammern.*

Hades seufzte. »Wie ich gerade sagen wollte, bevor ich so unhöflich unterbrochen wurde, haben zwei unserer Recken die erste Herausforderung nicht überlebt. Daher müssen auch ihre Unterstützungsgruppen eliminiert werden.«

Er nickte seinem Assistenten zu. »Monsieur Vacheron. Bitte töten Sie die Unterstützungsgruppen der beiden Teilnehmer, die an der ersten Herausforderung gescheitert sind.«

Auf Hades' Anweisung drückte der Assistent – Vacheron – erneut auf die Fernbedienung …

… und die heiße, flüssige zementartige Substanz ergoss sich in zwei andere Zellen des Zugs. Weitere Schreie. Weiteres Fuchteln.

Als die Insassen der beiden Zellen tot waren, wandte sich Hades wieder der Arena zu.

»Natürlich«, sagte er, »erhalten durch den Tod dieser beiden Recken ihre Bezwinger die Gelegenheit, ihren Platz einzunehmen, wie es schon immer gewesen ist. Bei den Spielen gibt es keine Unterschiede zwischen sozialen Klassen. Selbst der niederste Minotaurus kann gegen den höchstgeborenen Champion antreten und um die Unsterblichkeit des Siegs kämpfen. Bitte um Kennzeichnung der Minotauren.«

Die beiden Stiermenschen in der Reihe der Kämpfer – die offensichtlich ihre Gegner in den Zellen getötet hatten – traten vor.

Auf die Stierhelme, ihre Haut und ihre Hosen wurden goldene Streifen gemalt, die sie von den gewöhnlichen, schwarz gekleideten Minotauren in der Arena unterschieden.

Während Jack alles halb entsetzt, halb ungläubig beobachtete, kam ihm plötzlich ein Gedanke.

16 Kämpfer und 16 Geiselkammern.

Wer also sind meine *Geiseln?*

»O Gott …«, stieß Jack atemlos hervor und schaute auf.

Seine letzte Erinnerung war der Besuch von Pine Gap. Er war mit Lily, Alby, Sky Monster, Horus und den Hunden hingefahren.

Dann erblickte er sie, und das Herz sackte ihm zu den Knien.

Durch die Gitter einer der Zellen des Geiselzugs hoch über der uralten Arena spähten seine 20-jährige Tochter Lily und ihr treuer Freund Alby Calvin heraus.

Hinter ihnen stand Jacks langjähriger Pilot Sky Monster. Sein buschiger Bart und sein unbändiges Haar umrahmten Augen, aus denen Verzweiflung und Besorgnis sprachen. Und vor Lily und Alby lugten – vermutlich auf die Hinterbeine aufgerichtet – Jacks Hunde Ash und Roxy über die hüfthohe Umrandung.

»O Gott, nein«, entfuhr es Jack. »Das darf nicht passieren. Das darf nicht passieren.«

Hades stellte Blickkontakt zu jedem der vor ihm unten in der Arena aufgereihten Kämpfer her.

»Ich hoffe, euch allen ist nun bewusst, was eure Unterstützergruppen erwartet, wenn ihr bei einer der Herausforderungen dieser Spiele scheitert.«

Er lächelte. »Und damit überlasse ich euch unserem Spielleiter, meinem treuen Diener Monsieur Vacheron.«

Der Mann mit der Glatze und den vorstehenden Augen trat vor. Wie er Jack und die anderen Kämpfer betrachtete, ließ sich nur mit dem Blick eines Raubtiers vergleichen.

Dann ertönte laut und deutlich seine schrille Stimme. »Meine Damen und Herren! Verehrte Gäste! Gestatten Sie mir, Ihnen die Arena für die zweite Herausforderung zu präsentieren! Öffnet die Grube!«

ZWEITE HERAUSFORDERUNG

DIE WASSERGRUBE

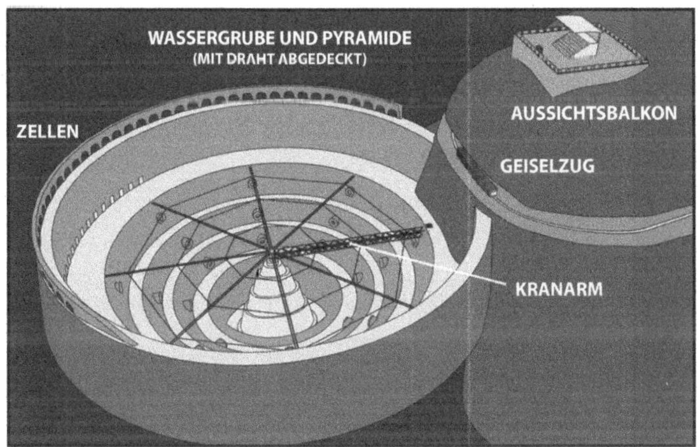

Lang ist der Weg und beschwerlich,
der hinaus ins Licht führt aus der Hölle.

JOHN MILTON, *DAS VERLORENE PARADIES*

KÄMPFERPROFIL

NAME: BRIGHAM, GREGORY JOHN
ALTER: 32
RANG FÜR SIEG: 1
VERTRITT: LAND

PROFIL:

Major Brigham ist Offizier vom britischen SAS. Außergewöhnlich geschickt im Nahkampf, zudem ein Mann tadelloser Herkunft. Ausgebildet in Eton. Royal Military College in Rekordzeit durchlaufen. Verdienstvoller Einsatz in Afghanistan und im Irak.
Sohn und Erbe des Herzogs von Orkney.
Verlobt mit der Tochter des Herzogs von Avalon.
Setzlistenrang 1 von 16 Anwärtern auf den Sieg bei den Spielen.

VON SEINEM SCHIRMHERRN:

»Mein Haus ist sehr stolz darauf, dass Major Brigham für uns kämpft. Wenn er diese Spiele gewinnt, hallt sein Ruhm durch die Jahrhunderte wider. Er ist praktisch wie ein Sohn für mich. Ich freue mich bereits darauf, ihm meine Tochter anzuvertrauen.«
Orlando, Herzog von Avalon,
König des Lands

Bei Vacherons Worten erwachte in der Arena um Jack herum ein gigantischer Mechanismus zum Leben.

Mit einem tiefen Grollen teilten sich zwei riesige, flache Tore im Boden der Arena. Sand rieselte von den Rändern, während sie sich in die Wände zurückzogen.

Vor Jack öffnete sich eine gewaltige runde Grube.

»O Mann«, stieß er hervor.

Die Grube fiel vor ihm mindestens zwölf Meter tief ab. Sie umfasste vier konzentrische Ebenen, die wie überdimensionierte Stufen nach unten führten und jeweils die Form eines Grabens aufwiesen. Aus den Außenwänden der vier Gräben ragten große runde Rohre heraus, jedes etwa mannsgroß.

Und in der Mitte der Grube, umringt von den vier Gräben, ragte eine kegelförmige Pyramide aus Stein mit steilen Seiten auf.

Die Spitze der Pyramide befand sich vollständig in der Grube unmittelbar unter Jack. An der Seite des Bauwerks schlängelte sich ein schmaler Pfad nach oben zum Gipfel, der einen wunderschönen Altar beherbergte.

Auf dem Altar wiederum befand sich ein prachtvoller Gegenstand.

Eine leuchtende Kristallkugel.

Ungefähr so groß wie ein Volleyball und wahrhaft atemberaubend. Sie strahlte einen unheimlichen goldenen Schimmer ab.

Die Zuschauer auf der Tribune schnappten hörbar nach Luft und zeigten sich beeindruckt.

Sogar Jack musste zugeben, dass sie einen faszinierenden

Anblick bot. Sie schimmerte trotz des grellen Scheins der Flutlichter. Betörend. Geradezu hypnotisierend.

Über die gesamte Grube und die Pyramide spannte sich ein Maschendrahtgeflecht.

Es erinnerte an ein gigantisches horizontales Spinnennetz aus angelschnurähnlichen Drähten und erstreckte sich an acht Stahlarmen entlang nach außen.

Die Funktion war offensichtlich: Hades und seine Gäste konnten durch das Netz in die Grube sehen, die Wettstreiter könnten jedoch nicht aus ihr entkommen. Unmittelbar vor Jack und den 15 anderen Kämpfern klafften kleine, in das Drahtgeflecht geschnittene Portale.

Ein weiteres Merkmal der Grube erregte Jacks Aufmerksamkeit: der Ausgang.

Direkt über der Kristallkugel an der Spitze der Pyramide befand sich ein Kranarm aus Metall, der von der Drahtgitterdecke hing.

Über den Kranarm, der sich über die gesamte Breite der Grube erstreckte, könnte man den anscheinend einzigen Ausgang erreichen.

Als Vacheron das Wort ergriff, wandte er sich an die Gäste auf der königlichen Bühne statt an die versammelten Kämpfer.

»Die zweite Herausforderung für unsere Helden ist ein einfaches Wasserlabyrinth. In der Mitte befindet sich eine der neun goldenen Kugeln der Altvorderen. Der Recke, der das Wasserlabyrinth mit der goldenen Kugel in seinem Besitz verlässt, gewinnt die Herausforderung und erhält die übliche Belohnung.«

Eigentlich recht simpel, dachte Jack. Abgesehen davon, dass er dort unten nirgendwo Wasser sah. Und was mochte die »übliche Belohnung« sein?

»Allerdings ist Eile angeraten«, fügte Vacheron hinzu, »denn der letzte Recke, der die Grube verlässt, wird mit dem Tod belohnt.«

Das ist nicht gut, ging Jack durch den Kopf.

»Natürlich«, sagte Vacheron, »wären es nicht die Großen Spiele, wenn wir keine großen Jäger hätten.«

Das entlockte den versammelten Gästen angeregtes Gemurmel.

Zwei hoch aufragende, maskierte Gestalten erschienen neben Hades auf der Bühne.

Eine trug Schwarz, die andere Weiß.

Auf den ersten Blick ähnelten sie mit ihren zeremoniellen Helmen dem Minotaurus, den Jack in seiner Zelle getötet hatte. Aber als er sie genauer betrachtete, stellte er deutliche Unterschiede fest.

Zum einen waren sie wesentlich größer als die Minotauren. Vermutlich überragten sie Jack um gut und gern 15 Zentimeter. Und es handelte sich nicht um behaarte Halbmenschen, sondern um Männer.

Dann die Helme.

Sie sahen zwar hochmodern und furchterregend aus, stellten aber keine Stierköpfe dar. Stattdessen hatte man sie wie männliche Löwenköpfe mit wallenden Mähnen gestaltet.

Im Gegensatz zu den kleineren Minotauren traten diese beiden maskierten Männer nicht mit nacktem Oberkörper auf. Sie trugen leichte Körperpanzerung: Brustpanzer, Schulterplatten, Kampfhosen, Stahlkappenstiefel. Nur die muskulösen Arme waren unbedeckt.

Vacheron deutete auf sie. »Ich präsentiere: die bedeutendsten Jäger von Fürst Hades, Chaos und Furcht. Während sich die Recken durch das Labyrinth kämpfen, werden sie von Chaos und Furcht gejagt. Es gibt keine Regeln außer der uralten Regel der Arena: Ein Recke darf behalten, was immer er vom Schlachtfeld mitnehmen kann, sei es eine Waffe, ein Schatz oder auch eine grausige Eroberungstrophäe. Viel Glück an alle. Beginnt!«

Bei Vacherons abschließendem Befehl ertönte ein gewaltiger Lärm, und zu Jacks Verwirrung ereigneten sich mehrere Dinge gleichzeitig.

Aus den Rohren in der Außenwand des obersten Grabens schossen reißende Wasserströme hervor.

Alle 15 Kämpfer neben Jack preschten wie Sprinter bei den Olympischen Spielen los und sprangen durch die Portale im Drahtgeflecht in den ersten Graben.

Jack zögerte.

Aber was für eine Wahl hatte er denn? Er schaute hinauf zu der vergitterten Geiselzelle, in der Lily, Alby und Sky Monster bange zu ihm herabstarrten. Wenn er nicht mitmachte, würden sie sterben.

Pfeif drauf, dachte er, setzte seinen Stierhelm auf und sprang in das Labyrinth hinab.

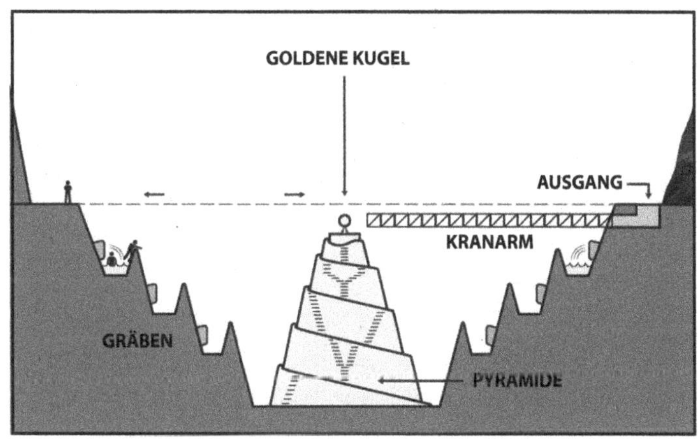

DIE WASSERGRUBE

DER ERSTE GRABEN

Jack landete in einem grauen Steingraben, in dem bereits knietief Wasser schwappte.

Von allen Seiten drangen Geräusche auf ihn ein.

Klirr! Klirr! Klirr! Die Tore der Portale in der Drahtdecke über ihm schwangen zu.

Das Tosen des aus den großen Rohren schießenden Wassers erfüllte seine Ohren. Tausende Liter strömten jede Sekunde in den Graben.

Der nicht besonders breit war, vielleicht gerade mal für zwei Personen nebeneinander. Daher füllte er sich rasch. Mit einer Tiefe von über zwei Metern ragte der Graben deutlich höher als Jacks Kopf auf.

Er sah einige der anderen Kämpfer in der Nähe.

Sie vergeudeten keine Zeit.

Alle kletterten die Innenwand des gekrümmt verlaufenden Grabens hoch und versuchten, die nächstniedrigere Ebene zu erreichen, bevor diese überflutet wurde.

Und plötzlich begriff Jack das Konzept hinter der Grube klar. Sobald sich ein konzentrischer Graben vollständig mit Wasser füllte, würde es in den nächsten hinüberlaufen, dann in den übernächsten.

Aber sobald das Wasser den untersten Graben erreichte, würde es beginnen, wieder aufzusteigen. Es würde die gesamte Grube ausfüllen und letztlich die Pyramide verschlingen, bevor es bündig mit dem Drahtgeflecht darüber enden würde.

Wenn man sich nicht rechtzeitig den Weg durch die Gräben nach unten bahnte und danach die Pyramide bis zum Ausgangskran hochkletterte, würde man ertrinken, sobald das Wasser oben ankäme.

Nicht zum ersten Mal fühlte sich Jack wie ein Kind, das unvorbereitet zu einer Prüfung in die Schule gekommen war. Alle anderen schienen zu wissen, was zu tun war. Nur er nicht.

Das Wasser stand ihm bereits bis zu den Hüften.

Einen Moment lang dachte Jack, er könnte einfach warten, bis das Wasser weiter anstieg, und sich über den Rand des Grabens tragen lassen. Dann jedoch fielen ihm die beiden Jäger mit den Löwenköpfen ein. Er durfte nicht trödeln.

Jack tat es den anderen gleich und setzte dazu an, die über zwei Meter hohe Innenwand des Grabens zu erklimmen …

… da bemerkte er, wie etwas aus einem der Rohre mit dem Wasser in den Graben schwappte. Etwas Großes mit einem hässlich grünen, gefleckten Körper.

Was immer das Tier sein mochte, es verschwand in den schwappenden Wellen.

»Das kann nichts Gutes verheißen«, sagte Jack laut.

Er hechtete die Wand hoch und tastete mit den Fingern nach einem Halt. Etwas Großes streifte in dem Moment sein Bein, als er es aus dem Wasser hievte, und fiel als ungelenker Haufen über die Mauerkrone in den nächsttieferen Graben.

DER ZWEITE GRABEN

Jack landete hart auf dem trockenen Steinboden des zweiten Grabens. Beim Aufprall verrutschte der Stierhelm. Er nahm ihn ab, schaute auf …

… und erblickte einen der beiden goldbemalten Minotauren, der mit einem Messer auf ihn zustürmte!

Jack hob das eigene Messer an, das er seinem ursprünglichen Angreifer in der Zelle abgenommen hatte, und wehrte damit den Angriff ab, dessen Wucht ihn zurückdrängte.

Das musste wohl zu den nicht vorhandenen Regeln dieser Spiele gehören, dachte Jack. Offenbar stand es den Kämpfern frei, jederzeit einen ihrer Konkurrenten zu töten. Immerhin erhöhte man mit jedem Gegner weniger die Chance auf den eigenen Sieg.

Der goldene Minotaurus holte erneut mit dem Messer aus, und Jack blockte den Hieb ab.

Mit ohrenbetäubendem Getöse schoss das Wasser aus den riesigen Rohren dieser Ebene, die sich ebenfalls rasant füllte.

Der goldene Minotaurus stürmte weiter an, schwang

das Messer und stach damit zu. Jack musste weiter und weiter zurückweichen, während er sich der ungestümen Angriffe verzweifelt erwehrte.

Allerdings geriet er dabei in einen der mächtigen Wasserstrahlen aus den Rohren, rutschte aus und fiel.

Siegessicher wollte sich der Minotaurus durch den Wasserstrahl auf Jack stürzen – und in dem Moment schoss ein weiteres großes Tier aus dem Rohr, prallte gegen den Minotaurus und riss ihn von den Beinen.

Jack stützte sich auf die Ellbogen und beobachtete, wie irgendein riesiger, bestimmt zweieinhalb Meter langer Fisch den überrumpelten Minotaurus bestürmte.

Der Helm des Halbmenschen löste sich vom Kopf, und er schrie auf, als der Fisch nach ihm schnappte.

Dann stach der Minotaurus mit dem Messer auf seinen schuppigen Angreifer ein, und Blut verteilte sich im Wasser.

Während die beiden platschend miteinander kämpften, konnte Jack einen genaueren Blick auf das Tier werfen.

Es handelte sich tatsächlich um einen Fisch. Einen der wohl hässlichsten der Welt.

Und er lieferte ihm sogar einen Hinweis darauf, wo er sich befinden könnte.

Es war ein Vertreter der Gattung der Teufelswelse, *Bagarius yarrelli.* Jack erkannte es am flachen Kopf, dem langen grünlichen, gefleckten Körper, den verheerenden Zähnen und vor allem an den hässlichen »Barteln« – strähnigen Bartfäden, die wie Schnurrhaare einer Katze von der Schnauze ragten.

Der Riesenwels war in Südasien beheimatet, von den Sümpfen Vietnams bis hin zu den Deltas Pakistans und den Flüssen Indiens.

Bin ich irgendwo in Südasien?

Im Augenblick spielte es allerdings keine Rolle. Als der nunmehr unbehelmte, goldene Minotaurus die Oberhand über den Fisch erlangte, begann das Wasser aus dem ersten Graben in diesen überzulaufen, der sich prompt noch schneller füllte. Der Minotaurus ignorierte Jack und sprang über die Innenwand in den nächsten Graben hinab.

»Verdammt, das nimmt kein Ende«, stieß Jack hervor, sprang ebenfalls die nächste Wand hoch, stützte sich auf die Ellbogen, hievte sich darüber und ließ sich fallen.

DER DRITTE GRABEN

Jack landete mit einem Platschen im dritten Graben, durch den bereits Wasser floss.

Der unbehelmte, golden bemalte Minotaurus huschte nach links davon. Von anderen Kämpfern fehlte jede Spur. Jack vermutete, dass sie durch seinen Kampf gegen den Minotaurus einen satten Vorsprung herausgearbeitet hatten.

Er stand auf ... und erblickte einen der löwenköpfigen Jäger, den schwarzen, Chaos. Er kam gerade um die Biegung rechts und hob eine an seinem Unterarmschützer montierte Armbrust an.

Die Waffe feuerte ... Jack hechtete instinktiv weg ... und der Bolzen pfiff an ihm vorbei.

Jack landete im Wasser, hob den Kopf, um nach Luft zu schnappen – und ein Riesenwels raste auf ihn zu. Er rollte sich erneut weg, und der Fisch schnellte an ihm vorbei.

Jack kam auf dem Rücken zum Liegen, trieb halb im Wasser, Gesicht und Füße nach oben.

Der als schwarzer Löwe verkleidete Jäger kam weiter auf ihn zu und hob die Armbrust des anderen Unterarmschutzes an.

Jack hatte keine Möglichkeit, sich zu verteidigen.

Der Jäger schoss.

Flupp!

Der Bolzen schlug in den Absatz von Jacks linkem Stiefel ein – dem zu großen Schuhwerk, das er vom ersten Minotaurus erbeutet hatte. Der Absatz erwies sich als dick genug, um den Bolzen abzufangen, und Jack blieb zu seiner Verblüffung unverletzt.

Jack vermochte nicht zu sagen, wer überraschter war – der schwarze Löwenmensch oder er.

Allerdings hatte er nicht vor, zu bleiben und es herauszufinden.

Als das Wasser über die Innenwand des Grabens zu fließen begann – und mit einem aus dem linken Absatz ragenden Armbrustbolzen –, hechtete er linkisch in den vierten und letzten Graben hinab.

DER VIERTE GRABEN

Wieder landete Jack im Wasser, nur diesmal stand es hüfthoch. Der Graben füllte sich immer schneller.

Über ihm ragte die Pyramide auf, der einzige Ausweg.

Die anderen Kämpfer hatten einen deutlichen Vorsprung. Sie erklommen bereits die Pyramide, entweder über die spiralförmig an der nahezu senkrechten Außenseite des Bauwerks verlaufende Rampe oder über jeglichen Halt, den sie entlang der Seiten zum Klettern fanden.

Großer Jubel erhob sich, als der führende Kämpfer den Gipfel erreichte, die Kristallkugel ergriff und emporstreckte. Er war ein großer Kerl mit kantigem, von rötlichen Stoppeln bedecktem Kiefer. Mit seiner kugelsicheren Jacke, einem leichten Hockeyhelm und den Kampfstiefeln sah er für Jack nach einem Navy SEAL oder SAS-Soldaten aus.

Der Soldat mit den rötlichen Bartstoppeln hechtete in den Kranarm über der Pyramide und kroch durch ihn hindurch zum Ausgang, wo ihn weiterer Jubel der Zuschauer erwartete.

Jack fluchte.

Kein Jubel für mich. Ich kann schon froh sein, wenn ich's lebend aus dieser Grube schaffe.

Er streckte sich nach dem nächstbesten Halt an der Wand der Pyramide – als er plötzlich spürte, wie sich etwas um seinen rechten Fuß schloss und ihn mit einem Ruck unter Wasser zog.

Ein Riesenwels hatte seinen rechten Stiefel fest im hässlichen Maul!

Jack holte mit dem linken Bein aus und trat kräftig zu, bis er dem Wels den aus dem Absatz des Stiefels ragenden Armbrustbolzen ins Auge rammte.

Der Fisch ließ ihn los, und Jack tauchte keuchend auf.

Plötzlich stürzten gewaltige Wassermassen über die Grabenwand und ergossen sich als durchgehender Schwall auf ihn. Mittlerweile ergoss sich das Wasser aus allen drei höheren Gräben auf die unterste Ebene.

Innerhalb eines Herzschlags stand Jack bis zum Hals in schwappendem Nass.

Es fühlte sich an, als würde er vom Wasser selbst gejagt.

Er streckte sich wieder nach den in die Pyramidenwand gehauenen Handgriffen und begann so schnell wie möglich hinaufzuklettern.

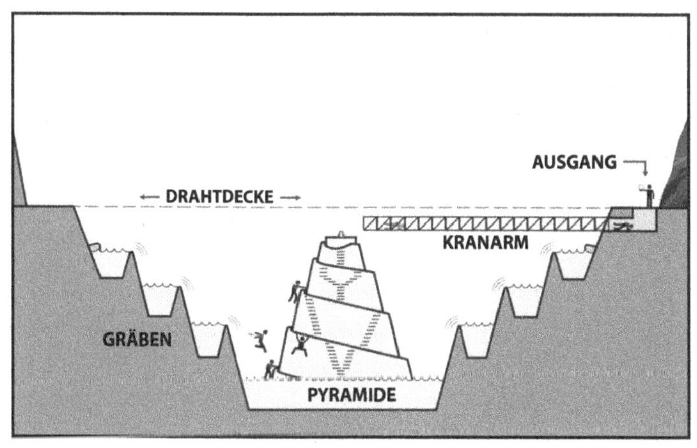

ERKLIMMEN DER PYRAMIDE

Klatschnass, schwer atmend und mit zittrigen Fingern kämpfte sich Jack die nahezu lotrechte Pyramide hinauf, verfolgt von den Wassermassen, die schneller anstiegen, als er klettern konnte.

Sie wanderten seinen Körper hoch, über die Knie, dann zum Gürtel, schließlich über die Rippen.

Jack schaute unterwegs nach oben, um zu sehen, wie weit er es noch hatte. Dabei blitzte in seinem Sichtfeld etwas Weißes auf, das von der letzten Grabenwand auf die Seite der Pyramide sprang.

Der weiße Jäger mit dem Löwenkopf.

Voll Grauen beobachtete Jack, wie der weiße Löwe – Furcht – über ihm auf der Pyramide landete und das Fußgelenk eines der anderen kletternden Kämpfer packte. Es handelte sich um den mit Goldfarbe bemalten Minotaurus, der zuvor beim Kampf gegen den Wels seinen Helm verloren hatte.

Dann ließ sich Furcht absichtlich von der Pyramide fallen und riss den goldenen Minotaurus mit.

Sowohl der weiße Löwe als auch der Minotaurus stürzten am Bauwerk herab und platschten unmittelbar neben Jack ins Wasser.

Der Minotaurus tauchte mit rudernden Armen zuerst auf und versuchte, zurück zur Pyramide zu schwimmen.

Jack beobachtete aus kurzer Entfernung, wie der Jäger namens Furcht den Minotaurus packte, unter Wasser zog und festhielt.

Kurz schwappte das Wasser über Jacks Kopf, und im gedämpften Unterwasserspektrum hörte er die mechanischen Laute eines Atemreglers.

Da wurde ihm klar: In dem löwenschädelförmigen Helm, den Furcht trug, musste irgendeine Atemvorrichtung eingebaut sein.

Es war kein fairer Kampf.

Furcht würde den goldenen Minotaurus unter Wasser halten, bis er ertrank …

Kaum hatte Jack der Gedanke ereilt, platschte auf seiner anderen Seite etwas Großes ins Wasser, und eine starke Hand packte ihn am rechten Stiefel.

Es handelte sich um den anderen Jäger, den schwarzen Löwen namens Chaos.

Mit einem kraftvollen Ruck zog er Jack nach unten, dem gerade noch Zeit für einen letzten tiefen Atemzug blieb, bevor er versank.

Unter Wasser.

Im Vergleich zum rauschenden Tosen über der Oberfläche herrschte eine bedrückende Stille.

Jack erblickte unter sich Chaos, der seinen rechten Stiefel umklammerte und selbst dank der Sauerstoffzufuhr in seinem Helm atmete.

Neben sich sah er den goldenen Minotaurus, der sich im Griff des weißen Löwen namens Furcht verzweifelt wehrte, bis er schließlich erschlaffte und tot im Wasser trieb.

Jack versuchte, den aus seinem linken Absatz ragenden Armbrustbolzen wie zuvor bei dem Wels einzusetzen. Er zielte mit einem Tritt auf Chaos' Kehle, allerdings prallte der Pfeil vom dicken Halsschutz des Jägers ab …

Herrgott noch mal …

Chaos umklammerte weiterhin seinen anderen Stiefel.

Jack zappelte, wand sich und trat mit aller Kraft aus, bis sich der zu große rechte Stiefel mit einem Ruck vollständig löste.

Geistesgegenwärtig stemmte er den nackten Fuß gegen Chaos' Löwenhelm und stieß sich davon ab. Jack schoss nach oben, brach durch die Oberfläche und schnappte gierig nach Luft.

Als Jack auftauchte, befand er sich dank des nach wie vor rasant steigenden Wassers bereits bei drei Vierteln des Wegs die Pyramide hinauf.

Was gut und schlecht war. Gut, weil er sich dem Gipfel deutlich näher als zuvor befand. Schlecht, weil ihn das Wasser bei dem Tempo überholen würde und er erst noch den gesamten Kranarm entlang zum Ausgang kriechen musste.

Er biss die Zähne zusammen. Eiserne Entschlossenheit durchströmte ihn.

Ich werde hier nicht draufgehen.

Ich darf jetzt nicht aufgeben. Ich gebe jetzt nicht auf.

Ich stehe das durch.

Jack streckte sich nach dem nächstbesten Handgriff im Stein und kletterte. Er bewegte sich so schnell er konnte und lieferte sich ein verzweifeltes Wettrennen mit dem steigenden Wasser.

Es würde vor ihm oben ankommen.

Trotzdem machte er weiter.

Das Wasser wirbelte und schwappte um ihn herum. Riesenwelse sausten an ihm vorbei. Die Fische kamen ihm so nahe, dass ihre schnurrhaarähnlichen Barteln seinen Körper peitschten.

Jack erreichte den Gipfel der Pyramide, lange nachdem der letzte andere Kämpfer die Grube verlassen hatte, und im selben Moment wie das ansteigende Wasser. Die gesamte Pyramide, die zuvor stolz aus der Mitte der Grube geragt hatte, war geflutet.

Gerade mal einen Meter entfernt sah Jack den horizontalen Kranarm, der sich über etwa 20 Meter zum Ausgang erstreckte. Unmittelbar darüber verlief das aus Drahtgeflecht bestehende Dach der Grube.

Er hechtete zu dem Kranarm. Das gnadenlos ansteigende Wasser fegte durch dessen Stahlstreben und erfasste den gesamten Kranarm sowie Jack.

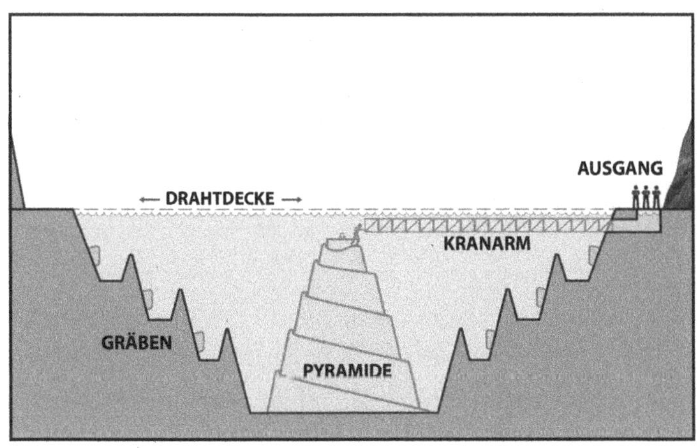

Vom Aussichtsbalkon aus betrachtet füllte Wasser mittlerweile die gesamte runde Grube aus.

Der Anblick von oben entsprach dem eines vollkommen runden Teichs, in dem sich niedrige Wellen kräuselten. Unter der Oberfläche sah man die Schemen mehrerer Riesenwelse umhergleiten.

Man ließ Hades' Jäger, die schwarze und die weiße Gestalt von Chaos und Furcht, durch die Eingangstore hinaus.

Das Wasser beruhigte sich und wurde spiegelglatt.

Von Jack fehlte jede Spur.

Der Kranarm verlief zu einem Loch im Boden der Arena, das längst ebenfalls mit Wasser gefüllt war. Von oben sah es aus wie ein gefluteter Kanaleinstieg.

Neugierig beobachtete Hades die Öffnung.

Die Zuschauer taten es ihm schweigend gleich.

Die anderen, klatschnassen Kämpfer behielten es keuchend ebenfalls im Auge und warteten.

Lily, Alby und Sky Monster starrten aus ihrem Geiselwagen hoch über der Arena mit angehaltenem Atem hinab.

Keinerlei Bewegung.

Nichts.

Kein Jack.

Dann spritzte plötzlich Wasser aus der Ausstiegsöffnung, und Jacks Kopf tauchte auf.

Keuchend, hechelnd, nach Luft schnappend kroch er auf dem Bauch hinaus, von Kopf bis Fuß triefnass in Jeans, T-Shirt und dem einen verbliebenen Stiefel.

Entkräftet rollte er sich auf den Rücken und saugte Sauerstoff ein.

»Fünfter Krieger!«, rief Hades von seinem Balkon. »Du bist als Letzter herausgekommen.«

Jack spürte, wie ihm das Blut in den Adern gefror. Hatte er die Tortur nur dafür überlebt, dass ihm gleich der Kopf gesprengt wurde?

Hades lächelte.

»Aber ein anderer hat die Grube nie verlassen, einer der beförderten goldenen Minotauren«, fügte er hinzu. »Du bist also zwar als Letzter herausgekommen, aber nicht Letzter bei dieser Herausforderung. Du hast dir das Recht verdient, weiter an den Spielen teilzunehmen.«

Der Ausdruck, mit dem er Jack anlächelte, legte nahe, dass er es immens genoss, ihm eine Heidenangst einzujagen.

Dann drehte er sich dem großen Kerl mit den rötlichen Bartstoppeln zu, der die Kristallkugel hielt.

»Du. Recke. Nenn uns deinen Namen und dein Haus.«

Der Kämpfer nahm den leichten Helm ab. Zum Vorschein kam ein Schädel mit kurz rasiertem orangefarbenem Haar. Er sprach mit kultiviertem britischem Akzent. »Ich bin Major Gregory Brigham, Majestät, vom Special Air Service Ihrer Majestät, dem SAS. Ich vertrete die mächtigen und ruhmreichen Deus Rex, das Königreich Land.«

Hades erklärte: »Du hast die zweite Herausforderung gewonnen und daher Anspruch auf die traditionelle Belohnung: Du kannst dir alles wünschen, was in meiner Macht steht. Du musst es lediglich benennen.«

Major Brigham nickte. Er schien sich der Ehre bewusst zu sein.

Dann deutete er mit dem Finger auf den Kämpfer neben sich, einen Mann mit rasiertem Kopf in der Kampfmontur der amerikanischen Army Rangers.

Brigham verkündete: »Ich hätte gern, dass dieser Gentleman getötet wird.«

Jack fühlte sich wie vom Donner gerührt.

Hatte er richtig gehört? Hatte der Brite gerade die Tötung des Mannes neben ihm verlangt?

Hades zuckte mit den Schultern. »So sei es.«

Er nickte Vacheron zu, der auf seine Fernbedienung drückte.

Platsch!

Der Schädel des Amerikaners zerplatzte und sein kopfloser Körper sackte zu Boden.

Nur Jack schien entsetzt zu sein. Alle anderen um ihn herum nahmen es kommentarlos hin, als hätten sie geradezu damit gerechnet.

Gleich darauf entlud sich tosend ein schwerer Schwall verflüssigten Gesteins in eine der Kammern des Geiselzugs – wohl die mit den Geiseln des toten Rangers – und löschte sämtliche Insassen aus.

Als die grausame Zeremonie vorbei war, wandte sich Vacheron an die Zuschauer. »Die zweite Herausforderung wurde durchgeführt und gewonnen. Wir gewähren unseren Recken eine kurze Verschnaufpause, damit sie ihre Wunden versorgen und mit ihren Unterstützergruppen sprechen können, aber nicht lange. Die dritte Herausforderung wartet bereits.«

Das Publikum jubelte.

Jack erschlaffte vor Erleichterung.

Auch Lily warf vor Erleichterung die Arme um Jack, als er wenige Minuten später den Geiselwagen betrat.

Die beiden Hunde wedelten wild mit den Schwänzen und sprangen an ihm auf und ab. Roxy, das kleinere der beiden Tiere, ein schwarzer Pudel, bellte unverkennbar freudig.

Jack erwiderte Lilys Umarmung, hielt sie fest und schloss dabei die Augen. Mittlerweile war sie wirklich eine junge Frau, schlank und wunderschön, 20 Jahre alt, mit langem rabenschwarzem Haar, olivfarbener Haut und messerscharfem Verstand.

Während er sie festhielt, sah er Alby an.

»Das ist kein Traum, oder?«, fragte Jack.

»Eindeutig kein Traum«, antwortete der junge Mann. »Aber wir sind durch den Spiegel im Kaninchenbau gelandet und mit Sicherheit nicht in Kansas.«

Auch Alby hatte sich stark verändert. Keine Spur mehr von dem kleinen, bebrillten, tauben, dunkelhäutigen Nerd, der er im Alter von elf Jahren gewesen war. Inzwischen war er 21 und trug zwar noch immer eine Brille – ein elegantes randloses Modell – sowie ein dezentes Hörgerät, war aber genauso groß wie Jack.

Nachdem er in den letzten beiden Jahren die High School im Schnellverfahren absolviert hatte, wurde er prompt am Caltech aufgenommen, wo er eine erstaunliche Entwicklung hingelegt hatte. Er war aufgeblüht und sprach mittlerweile mit einer ruhigen Selbstsicherheit, die Jack gefiel.

Sky Monster legte Jack die Hand auf die Schulter. Der große Neuseeländer mit dem buschigen Bart schüttelte den Kopf. »Hades? Die Unterwelt? Gruselige Typen mit Tierhelmen? Was ist das für ein Ort, Jack? Und wie sind wir hier gelandet?«

EIN MÄDCHEN NAMENS LILY

TEIL V

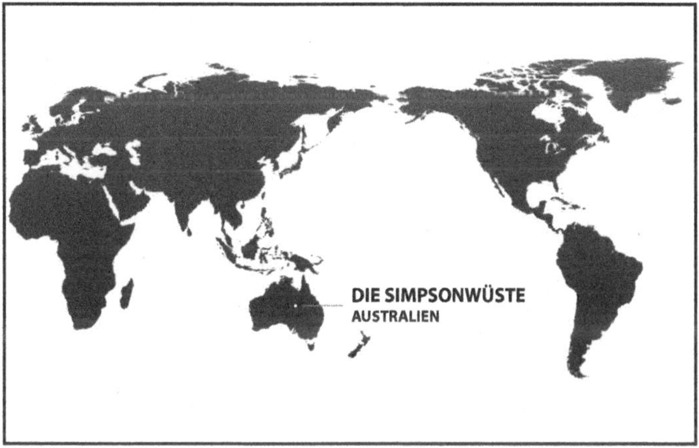

DIE SIMPSONWÜSTE
AUSTRALIEN

In den Jahren, nachdem sie 2008 die Welt gerettet hatten, verlief das Leben für die Mitglieder des Haushalts West schön.

Nachdem Jack herausgefunden hatte, dass er der fünfte der in einer alten Prophezeiung erwähnten »fünf großen Krieger« war, und nachdem er einen schrecklichen Kampf gegen seinen eigenen Vater in einem riesigen Schrein unter der Osterinsel überlebt hatte, fühlte sich das ruhige Leben auf seiner Farm im Outback genau richtig für ihn an.

Lange Morgenspaziergänge, Bücher, Fahrten mit seinem Land Cruiser durch die endlosen Weiten der Wüste und ganz allgemein keine katastrophalen, potenziell weltzerstörerischen Ereignisse – er liebte es.

Kriegsveteranen behaupteten oft einheitlich, wer einmal den Adrenalinrausch eines Kampfs auf Leben und Tod erlebt hatte, würde sich entweder völlig aus der Welt zurückziehen, weil er ihre dümmeren Aspekte nicht mehr ertragen konnte, oder sich prompt in weitere Action stürzen.

Jacks Frau Zoe empfand weitgehend wie er. Jack und sie tranken morgens ihren Kaffee auf der Terrasse und beobachteten, wie die Sonne über dem flachen Horizont aufging. Obwohl es sie, wenn sie ehrlich sein wollte, vielleicht immer noch ein wenig mehr nach Abenteuern juckte als Jack. Zoe flog gern davon, um nachzusehen, wie es alten Freunden bei archäologischen Ausgrabungen an abgelegenen Orten erging, oder um spezielle Seminare in den Elitemuseen der Welt zu besuchen.

Für ihre Adoptivtochter Lily hingegen hatte sich das Leben völlig verändert: Sie war erwachsen geworden.

Während der sich überschlagenden Ereignisse im Jahr 2008 war sie elf Jahre alt gewesen. Und was wollte eine Elfjährige, nachdem sie dabei mitgeholfen hatte, die Welt zu retten?

Natürlich einen Welpen.

Also wurde ein Ausflug nach Adelaide arrangiert, wo Jack, Zoe und Lily ein Tierasyl für Hunde aufsuchten.

Lily verliebte sich dort auf Anhieb in einen scheuen Labrador namens Ash.

Die sanftmütige Hündin war bei der Ausbildung zum Blindenhund durchgerasselt, weil sie zu wenig Durchsetzungsvermögen zeigte, und ihre idiotischen Besitzer, die ins Ausland gezogen waren, hatten sie auf dem Weg zum Flughafen im Tierheim abgesetzt.

Bei jenem Besuch knuddelte Lily das Tier wie einen Teddybären. »Die will ich«, verkündete sie.

Und damit hätte es sich gehabt – wenn Jack nicht ein zartes Ziehen am Hosenbein bemerkt hätte, als sie gerade gehen wollten.

Er drehte sich um.

Zu seinen Füßen saß ein kniehoher schwarzer Pudel, der zaghaft an seinem Bein scharrte und ihn mit flehentlichen schwarzen Augen ansah.

Eine der Frauen des Tierasyls kam angelaufen. »Tut mir so leid. Die da ist eine kleine Befreiungskünstlerin.«

Jack sah auf die Hündin hinab.

Das Tier erwiderte seinen Blick seelenruhig.

Nicht unbedingt ein Hund für einen richtigen Mann.

Die Frau wollte die Pudeldame aufheben, die sich jedoch geschickt duckte und davonwieselte. Jack beobachtete sie und bemerkte, dass sie bei jedem Schritt ein wenig hinkte.

Bei genauerer Betrachtung stellte er fest, dass mit dem linken Vorderbein etwas nicht stimmte: Es wirkte unnatürlich krumm.

Nach mehreren Versuchen gelang es der Frau, sie zu fangen. »Bin gleich wieder da, ich bringe sie nur schnell zurück in ihren Kä…«

»Warten Sie«, fiel Jack der Frau ins Wort. »Was ist mit ihrem Bein passiert?«

»Die kleine Roxy hatte ein sehr feines Leben in der Vorstadt, bis eines Nachmittags die zwei Pitbulls vom Nachbarhaus ein Loch unter den Zaun gegraben und sie angegriffen haben.

Sie haben sie fürchterlich zugerichtet, sie fast zerfetzt. Ihr das Bein gebrochen und die Kehle aufgerissen. Aber Roxy hat sich gewehrt und sie sich vom Leib gehalten, bis jemand angerannt gekommen ist.

Sie ist blutüberströmt in unsere Klinik gekommen. Hat ausgesehen, als hätte sie jemand durch den Fleischwolf gedreht. Wir dachten damals nicht, dass sie die Nacht überleben würde. Als ihre Besitzer sie auf dem Operationstisch liegen gesehen haben, ein blutiges, winselndes Wrack, haben sie gemeint, sie hätten keine Verwendung mehr für sie. Einen *kaputten* Hund würde ihre achtjährige Tochter nicht wollen, haben sie gemeint.

Jedenfalls haben wir sie zusammengeflickt, so gut es ging, und abgewartet, wie sie sich erholt. Nach einer Woche konnte sie schon vorsichtig aufstehen. Nach drei Wochen wollte sie, dass ich einen Ball für sie werfe, als wäre nichts davon je passiert.«

Jack lächelte. »›Ich habe noch nie ein wildes Tier gesehen, das sich bemitleidet hat‹«, zitierte er. »D. H. Lawrence. Das mag ich so an Hunden. Sie kennen kein Selbstmitleid.« Er schaute von Roxys krummem linkem Vorderbein zu seinem eigenen künstlichen linken Arm.

Hinter Jacks Rücken sah Lily fragend Zoe an.

Zoe zuckte mit den Schultern, als wollte sie sagen: *Keine Ahnung, worauf er damit hinauswill.*

Dann schlug Jack lächelnd vor: »Wie wär's, wenn wir Roxy auch mitnehmen?«

Und so wurde aus dem Leben auf der Farm ein Leben mit zwei umhertollenden Hunden.

Lily liebte Ash, spielte mit ihr, fütterte sie, ließ sie in ihrem Bett schlafen.

Und Roxy vergötterte Jack. Er verkörperte ihre Welt. Nichts anderes zählte für sie. Ob er im Land Cruiser durch die Gegend fuhr oder in seinem Büro las, sie wich nicht von seiner Seite. Sie folgte ihm überallhin und lief oft mehrere Kilometer, um ihn irgendwo auf der Farm aufzuspüren. Außerdem erwies sie sich als klug und ließ sich gern dressieren. Jack brachte ihr bei, sich totzustellen, abzuklatschen und sogar seine Hausschuhe für ihn zu holen.

Für Jacks Falkendame Horus waren die Hunde zugegebenermaßen ein ziemlicher Schock.

Der alte Vogel tolerierte sie so wie ein Mädchen im Teenageralter einen kleinen Bruder. Horus saß oft auf Jacks Stuhllehne und ignorierte Roxy demonstrativ, während die kleine schwarze Hündin auf und ab sprang und sie zum Spielen aufforderte.

Wenn der Pudel die Falkendame besonders nervte, flog sie runter, schnappte sich mit dem Schnabel Roxys rosa

Lieblingstennisball und legte ihn ganz oben auf einem Bücherregal ab, weit außerhalb der Reichweite der protestierend bellenden Hündin.

Wenn Jack bei solchen Gelegenheiten an seinem Schreibtisch saß und die beiden Tiere ihn nicht beachteten, schlich sich ein verhaltenes Lächeln in seine Züge.

Lily und Alby blieben zwar befreundet, als sie Teenager wurden, doch Jack entging nicht, dass sie sich in mancher Hinsicht auseinandergelebt hatten.

Zum einen verlief ihre Hochschulausbildung völlig unterschiedlich. Alby studierte am California Institute of Technology in Pasadena in der Nähe von Los Angeles, der weltweit führenden Universität für Astrophysik. Die Heimat des Mars-Rover-Projekts, des Hubble-Teleskops und von vier Nobelpreisträgern für Physik war der perfekte Ort für ihn.

Zum Entsetzen der anderen Studenten, allesamt Mathematikgenies, die sich kaum für etwas so Profanes wie Geschichte interessierten, begann er an der USC ein Zweitstudium über Frühgeschichte und Mythologie. Seine Kommilitonen kamen höchstens mit Mythologie in Berührung, wenn sie *World of Warcraft* spielten oder *Der Herr der Ringe* lasen.

»Ich mag einfach Geschichte«, teilte er ihnen kryptisch mit. »Man weiß nie, wann sich Frühgeschichte im modernen Leben als nützlich erweist.«

Lily hingegen hatte die High School trotz ihrer unbestreitbaren Begabung und Intelligenz nicht im Schnelldurchlauf absolviert.

Was Jack ganz gut so fand.

Dadurch hatte sie viel darüber gelernt, wie Jugendliche und gewöhnliche Menschen funktionierten, wie freundlich und wie kleinkariert sie sein konnten. Es ärgerte sie, wenn sich andere Mädchen zickig verhielten. Das beklagte sie oft Jack gegenüber. »Für Leute wie sie haben wir die Welt gerettet?«

Jack lächelte nur traurig. »Die meisten Menschen sind gut, Kleines. Unter dem Strich – und das gilt für jeden Einzelnen auf der Welt – muss man nur sich selbst treu bleiben. Wir müssen uns alle im Spiegel betrachten und mögen können, was wir sehen.«

Nach dem Abschluss der High School hatte auch Lily eine Universität in den USA besucht – Stanford, wo sie Frühgeschichte und mehrere alte Sprachen studierte. Wenngleich sie niemandem erzählte, dass sie einer 5000 Jahre alten Linie ägyptischer Orakel entstammte, die mit der einzigartigen Fähigkeit geboren wurden, eine uralte Sprache – das Wort des Thot – zu lesen, half es ihr eindeutig beim Studium.

Stanford lag etwas südlich von San Francisco, nicht weit von Alby in Los Angeles, und Jack freute sich darüber, dass die beiden in Verbindung blieben.

Aber Stanford war nicht dasselbe wie Caltech.

Die Eliteuni direkt am Rand des Silicon Valley strotzte vor talentierten, brillanten Studenten. Außerdem trieb sich dort eine beträchtliche Anzahl wohlhabender, privilegierter junger Leute herum.

Lily hatte sich mit einigen angefreundet, deren Eltern Superreiche aus einigen der wohlhabendsten Familien der Welt waren.

Besonders angetan aus dieser Gruppe hatte es ihr ein gut aussehender Mittzwanziger namens Dion DeSaxe.

Sie hatten mehrere Verabredungen gehabt, und Lily fühlte sich sehr zu ihm hingezogen.

Bei einem FaceTime-Anruf hatte sie Jack verraten, dass sie ihn als festen Freund für geeignet hielt.

Du meine Güte, war es Jack durch den Kopf geschossen. Er fand es beängstigend genug, sich vorzustellen, dass sein kleines Mädchen mit jemandem ausging. Aber ein fester Freund …

Wie sich herausstellte, entstammte Dion einer überaus betuchten französischen Familie. Jack lernte ihn kennen, als er einmal in Stanford vorbeischaute. Der junge Mann sah tatsächlich gut aus, glatt rasiert, kantiges Kinn, wallendes pechschwarzes Haar. Und er strahlte die Selbstsicherheit von jemandem aus, dem es nie an etwas gemangelt hatte.

Lily hatte die beiden einander sichtlich nervös vorgestellt. »Dion, das ist mein Dad, Jack West.«

»Freut mich, Sie kennenzulernen, Jack«, hatte Dion gesagt, als sie sich die Hand schüttelten. »Hab schon viel von Ihnen gehört.«

Jack?, ging es Jack durch den Kopf.

Er sah, wie Lily ihm einen besorgten Blick zuwarf. Auch ihr war es nicht entgangen.

Unwillkürlich fragte sich Jack: *Was ist aus »Freut mich, Sie kennenzulernen, Sir« geworden? Und: »Es ist mir eine Ehre, mit Ihrer Tochter zusammen zu sein.«*

Er ließ es dabei bewenden.

Die Jugend von heute.

Alles in allem war das Leben trotz der Turbulenzen mit den Hunden und Lilys festem Freund ziemlich gut.

Und dann kam der Tag, an dem General Eric Abrahamson anrief und Jack nach Pine Gap einlud.

»Jack. Eric Abrahamson hier«, sagte die vertraute Stimme am Telefon. »Wir sind auf etwas gestoßen, das wir uns nicht erklären können, und wir dachten, vielleicht können Sie uns weiterhelfen.«

»Wo?«

»Pine Gap.«

»Wann?«

»Sofort wäre gut.«

»Worum geht's?«

»Um die Narbe.«

Das erregte Jacks Aufmerksamkeit.

»Bin unterwegs.«

Wie es der Zufall wollte, erreichte ihn der Anruf während der Ferien der Universität. Deshalb hielten sich zu dem Zeitpunkt sowohl Lily als auch Alby auf der Farm auf. Beide wollten mitkommen. Jack setzte sich auch mit Pooh Bear und Stretch in Verbindung - seinen treuen Begleitern von früheren Missionen. Sie sagten zu, sich mit ihm in Pine Gap zu treffen.

Zoe hingegen würde nicht mitkommen.

Zwei Tage zuvor war sie von ihren guten Freunden Lachlan und Julius Adamson, den herrlich kauzigen, sommersprossigen eineiigen Zwillingen, die ebenfalls an ihren früheren Missionen teilgenommen hatten, ausgerechnet zum Marianengraben vor der Küste der Philippinen gerufen worden.

Die Adamsons arbeiteten zu dem Zeitpunkt mit einem amerikanischen Kollegen zusammen, dem renommierten Ozeanografen und Geophysiker Professor David Black, einem Experten für das Leben in der Tiefsee und für hydrothermale Schlote auf dem Meeresboden. Bei ihrer Arbeit mit Black im Marianengraben, dem tiefsten Punkt der Erde, hatten sie etwas entdeckt.

Die Zwillinge hatten Jack und Zoe eine verschlüsselte Nachricht geschickt: *Hier ist etwas, das hier nicht sein sollte: ein torähnliches Gebilde aus Stein mit einem Text in der Sprache des Thot darauf.*

Zoe hatte sich in ihrer Abenteuerlust freiwillig dafür gemeldet, hinzufliegen und der Sache auf den Grund zu gehen, während Jack mit den Kindern auf der Farm geblieben war, nicht ahnend, dass er wenig später selbst einen Anruf erhalten würde.

Und so düste Jack, während Zoe im westlichen Pazifik unterwegs war, mit Lily und Alby an Bord der *Sky Warrior* – seines schwarzen, der Concorde ähnlichen und von Sky Monster gesteuerten Jets aus russischer Produktion –nach Pine Gap.

Nach kurzem Flug landete die Maschine auf dem abgelegenen Stützpunkt außerhalb von Alice Springs im kargen Herzen Australiens.

Jack stieg in entschieden zu legerer Kleidung aus der *Sky Warrior* auf die Landebahn des Stützpunkts hinab.

Die schwarze Asphaltpiste flimmerte in der Hitze der Wüste.

Lily, Alby und die Hunde verließen das Flugzeug nach ihm. Sky Monster erklärte wie üblich, dass er bei der Maschine bleiben werde, um ein paar Dinge zu richten.

Sie wurden von General Abrahamson und dessen baldigem Nachfolger General Beard empfangen und in die geheime Basis geführt.

Pine Gap ist ein überaus geheimer Ort. So geheim, dass nur wenige Menschen wissen, was dort wirklich vor sich geht.

Manche sagen, es sei ein Abhörposten. Andere halten Pine Gap für eine Hightech-Satellitenortungsanlage. Wieder andere behaupten, unter dem Stützpunkt rage eine riesige Iridium-Antenne tief in die Erde und spüre selbst das kleinste Beben auf, womit die USA – denen der Stützpunkt gehört – jeden Atomwaffentest überall auf der Welt orten können.

Jack wusste, was die Anlage wirklich beherbergte, als er deren saubere, klimatisierte Büroräumlichkeiten betrat.

Nämlich all das und noch etwas.

Pine Gap war das Datenerfassungs- und -auswertungszentrum für das sogenannte SKA Observatory.

SKA stand dabei für Square Kilometer Array. Es handelte sich um eine Ansammlung von Radioteleskopen in Afrika und Australien, die in Kombination mit komplexen Rechenalgorithmen die höchstauflösenden Bilder von Sternen und Sternhaufen in der Geschichte der Astronomie liefern sollten.

Tatsächlich verarbeitete das SKA eine solche Unmenge an Daten, dass eigens dafür gebaute Quantencomputer benötigt wurden, die täglich mehr Informationen verarbeiteten als das gesamte Internet in einem Jahr.

Ein bedeutendes und geheimes Projekt. Den internationalen Medien hatte man gesagt, das SKA werde erst 2020 in Betrieb genommen. Was jedoch nicht stimmte, wie Jack wusste.

Es lief bereits.

Nach dem Durchqueren des Eingangsbereichs im Stützpunkt hielt General Abrahamson in einem klimatisierten Warteraum an.

»Ich fürchte, die Kinder und die Hunde müssen hier warten. Die Angelegenheit ist unter Verschluss.«

Lily und Alby verstanden es und ließen sich prompt auf den Sofas im Warteraum nieder. Roxy zeigte sich wenig begeistert, von Jack getrennt zu werden. Sie bellte leise, als er mit Abrahamson und Beard durch eine Innentür ging.

Schließlich erreichten sie einen unterirdischen Raum mit Großbildschirmen, der an das Kontrollzentrum der NASA erinnerte.

»Also«, begann Abrahamson. »Das SKA Observatory. Das größte Teleskop, das je gebaut wurde. Es hat vier Milliarden Dollar gekostet und ist in der Lage, weiter in den Weltraum zu blicken, als wir es je zuvor konnten. Isaac Newton hätte für ein solches Teleskop glatt gemordet.«

»Und?«, bohrte Jack nach.

»Und wir haben es vor einem Monat eingeschaltet«, erwiderte Abrahamson. »Und das gesehen.«

Er deutete auf den Hauptbildschirm.

Der ein merkwürdiges Bild zeigte:

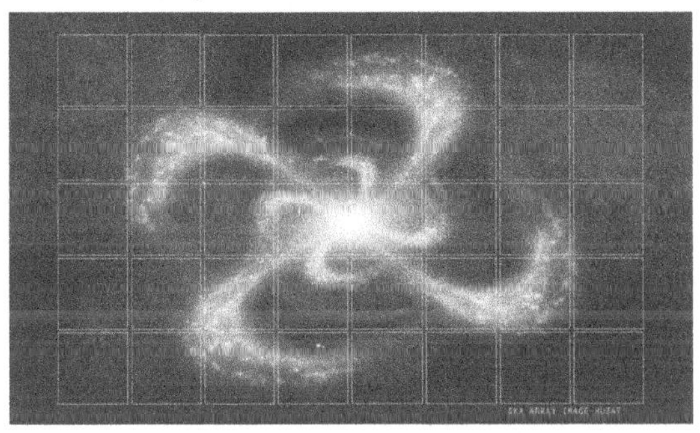

Jack fand es auf eigenartige Weise wunderschön. Es sah aus wie eine Galaxie mit vier großen, gekräuselten Armen und vier kleineren inneren Armen, ebenfalls leicht gekringelt.

»Was ist das? Eine Galaxie?«, fragte er.

»Es ist tatsächlich eine Galaxie«, bestätigte Abrahamson. »Eine außer Kontrolle geratene Galaxie, die mit unglaublicher Geschwindigkeit durch den Weltraum rast, herausgerissen aus dem Zentrum des Universums.«

»Wie schnell?«

»Etwa zwölf Milliarden Stundenkilometer.«

»Das ist unmöglich. Das ist zehnfache Lichtgeschwindigkeit.«

»Wissen wir, aber das zeigen unsere Messungen an«, erwiderte Abrahamson. »Sie scheint sich auf dem Kamm einer Gravitationswelle fortzubewegen, die sich wie ein Kräuseln in einem Teich ausbreitet, ausgehend vom Mittelpunkt des bekannten Universums. Außerdem besitzt diese Galaxie eine sogenannte ›negative Dichte‹, die es ihr ermöglicht, schneller als das Licht zu reisen, ohne sich dabei katastrophal auszudehnen. Ich habe unsere Physikgenies gefragt, und sie bestätigen, dass es stimmt. Wenn die Schwerkraft Licht daran hindern kann, aus einem Schwarzen Loch zu entkommen, kann sie offenbar auch das Gegenteil und etwas schneller als Licht antreiben.«

Jack spürte, wie es in seinem Nacken zu kribbeln begann.

»Wie groß ist sie?«, fragte er.

»Ungefähr 400-mal so groß wie die Milchstraße.«

»Und ihr Kurs?«

Abrahamson sagte: »Sie kommt direkt auf uns zu, Jack.«

Jack begriff die Tragweite auf Anhieb.

Eine Galaxie dieser Größe, die mit phänomenaler Geschwindigkeit durch den Weltraum donnerte, würde alles auf ihrem Weg auslöschen. Wenn sie die Milchstraße erreichte, würde sie hineinpflügen wie ein Sattelschlepper durch einen Ameisenhaufen.

Die Milchstraße würde auseinandergesprengt werden. Die Sonne und sämtliche Planeten ihres Systems würden entweder schlagartig verdampfen oder in den Weltraum geschleudert werden.

Und die Menschheit würde es nicht kommen sehen.

Tatsächlich würde alles Leben auf der Erde längst ausgelöscht sein, bevor die außer Kontrolle geratene Galaxie sie erfasste.

Durch die gewaltige Gravitationseinwirkung würde der Planet bereits in Stücke gerissen, wenn sich die Galaxie noch Lichtjahre entfernt befände. Der Tod der Menschheit würde augenblicklich eintreten – in der einen Sekunde wäre sie noch da, in der nächsten nicht mehr.

»Wie viel Zeit bleibt uns?«, fragte Jack.

Redbeard schaltete sich ein. »Bei der aktuellen Geschwindigkeit schätzen wir, dass sich das zerstörerische Gravitationsfeld der Galaxie in etwa zwei Monaten auf uns auswirken wird. Die Erde hat noch 60 Tage zu leben.«

»Jack«, ergriff Abrahamson das Wort, »wir hatten Glück, dass wir das SKA noch rechtzeitig eingeschaltet haben. Sonst hätten wir das nie kommen sehen.«

Jack starrte auf die am Bildschirm abgebildete Galaxie. »Und was kann ich Ihrer Meinung nach tun?«

Abrahamson erwiderte: »Keine Ahnung. Aber ich weiß, dass Sie bei Ihren Reisen schon haufenweise verrückten Scheiß erlebt haben. Ich hatte die Hoffnung, dass dieses Ding vielleicht in einem Ihrer Geschichtsbücher oder alten Texte erwähnt wird.«

Jack betrachtete erneut das Bild auf dem Monitor. »Das ähnelt dem Tetragammadion …«

»Tetra… was?«, hakte Redbeard nach.

»Tetragammadion. Das Symbol, das wir heute als ›Hakenkreuz‹ bezeichnen, obwohl es hier umgekehrt ist«, sagte Jack. Er schnappte sich einen Stift und Papier und kritzelte hastig. »Normalerweise zeichnet man es so – mit vier gebogenen oder gekrümmten Außenarmen, vier Innenarmen und einigen Punkten darin.«

»Ein Hakenkreuz?«, sagte Abrahamson angewidert.

Jack erklärte: »Lang bevor sich Hitler und die Nazis das Hakenkreuz angeeignet und zu einem Symbol des Bösen gemacht haben, war es eigentlich ein sehr positives religiöses Symbol, ein Zeichen für Glück und ein Schutz gegen Schlechtes. In Indien beispielsweise gilt es sowohl Buddhisten als auch Hindus als heilig. Es gibt auch ältere Beispiele. In der Ukraine wurden Hakenkreuzdarstellungen gefunden, die bis 10.000 vor Christus zurückdatieren. Seltsamerweise hat nie jemand herausgefunden, warum das Symbol in diesen alten Kulten so verbreitet war. Vielleicht sollte es diese Galaxie darstellen.«

Redbeard schüttelte den Kopf. »Wie sollen uralte Zivilisationen von einer Galaxie am anderen Ende des Universums gewusst haben können? Einer Galaxie, die selbst wir bis jetzt nicht sehen konnten?«

»Ist alles schon vorgekommen«, gab Jack zurück. »Der primitive Stamm der Dogon in Westafrika hat gewusst, dass der Stern Sirius zwei Begleitsterne hat, lang bevor wir es mit modernen Teleskopen bestätigen konnten.«

»Und wie erklären Sie das?«

»Kann ich nicht«, antwortete Jack. »Niemand kann es. Besucher aus dem All? Zeitreisende, die fortgeschrittenes Wissen weitergegeben haben? Die Welt ist voll von Dingen, die wir nicht verstehen. Ich habe genug davon gesehen, um unvoreingenommen zu sein.«

Jack wandte sich an Abrahamson.

»Das ist das Beste, was ich anbieten kann, Sir. Ich könnte höchstens noch das Tetragammadion in einigen meiner Bücher und Texte nachschlagen, aber eigentlich …«

In dem Moment stieg Jack etwas in die Nase.

Ein merkwürdiger Geruch.

Er runzelte die Stirn. Plötzlich wurde ihm schwindlig.

Er drehte sich um …

… und erblickte den nächstgelegenen Lüftungsschacht der Klimaanlage.

Ein Gas strömte heraus und brachte die Luft zum Flimmern.

»Da ist etwas in den Lüftungsschächten«, sagte er. Gleichzeitig sah er auf einem nahen Überwachungsmonitor, wie maskierte Männer mit Sturmgewehren in den Empfangsbereich des Stützpunkts eindrangen.

»Wir … müssen … weg …« Auf einmal sprach er undeutlich.

Jack drehte sich zu Abrahamson um. Voll Grauen beobachtete er, wie Redbeard eine Pistole zog und Abrahamson damit in den Hinterkopf schoss.

Dann setzte Redbeard seelenruhig eine Gasmaske auf.

Jack wankte weg.

Seine Gedanken verschwammen, seine Beine fühlten sich wie Blei an. Was für ein Gas es auch sein mochte, er wurde davon benebelt und träge.

Muss zu …

… Lily und Alby …

Mühsam und kraftlos taumelte er von Redbeard weg. Der Mann folgte ihm, die Waffe müßig in der Hand.

»Keine Sorge, Jack«, sagte Redbeard. »Ich bringe Sie nicht um. Ich brauche Sie. Mein Adelshaus braucht Sie.«

Mit tränenden Augen, verkrampfter Kehle und beeinträchtigtem Gleichgewichtssinn stolperte Jack durch die Tür des Kontrollraums hinaus. Nachdem er sich unstet ein Stück durch den Korridor geschleppt hatte, wurde ihm klar, dass er es nicht zurück zu Lily und Alby schaffen würde.

Er musste irgendetwas unternehmen.

Als er sich umsah, entdeckte er eine Küche. Eine gewöhnliche Büroküche mit einem Mikrowellenherd auf der Arbeitsplatte und einem Kühlschrank neben der Tür.

Jack fiel in die Küche und kippte dabei den Kühlschrank so, dass er die Tür blockierte, zumindest für kurze Zeit.

30 Sekunden später schob General Conor Beard den Kühlschrank zur Seite und betrat mit gezückter Pistole die Küche.

Redbeard lächelte. »Keine Angst, Jack. Sie wurden für eine große Ehre auserwählt. Wer weiß, vielleicht können Sie ja doch etwas gegen diese außer Kontrolle geratene Galaxie unternehmen.«

Das Letzte, was Jack verschwommen und unscharf sah, war Redbeards von einer Gasmaske bedecktes Gesicht.

Dann verlor er das Bewusstsein, und alles wurde schwarz.

Zwei Tage später sollte er in einer dunklen Zelle aus Stein erwachen, gerade noch rechtzeitig, bevor ein Minotaurus mit einem Messer auf ihn losging.

Zwei Stunden nachdem das Gas in Pine Gap freigesetzt worden war, trafen zwei Personen in einem Privatjet mit Kennzeichen aus den Vereinigten Arabischen Emiraten auf dem geheimen Stützpunkt ein.

Die beiden hätten kaum unterschiedlicher sein können.

Der eine groß und dünn, der andere klein und rundlich. Der Große war glatt rasiert, der Kleinere besaß einen dichten, von einem juwelenbesetzten Messingring gebändigten Bart. Der Große war attraktiv, der Kleinere eher weniger: Er trug links sogar eine piratenähnliche Augenklappe.

Ihre richtigen Namen lauteten Benjamin Cohen, ehemaliger Offizier des israelischen Mossad, und Major Zahir al Ansar al Abbas, zweiter Sohn des Emirs der Vereinigten Arabischen Emirate.

Trotz aller Unterschiede waren sie enge Freunde, zusammengeschweißt durch ein gemeinsames Ziel und die Verbundenheit mit einem Mädchen und dessen Vater.

Ihre Freunde kannten sie unter den Namen, die Lily ihnen vor vielen Jahren gegeben hatte: Stretch und Pooh Bear.

Schlechtes Wetter über dem Indischen Ozean hatte sie aufgehalten. Deshalb trafen sie zwei Stunden verspätet zu ihrem Treffen ein. Sie standen am Fuß der Passagiertreppe ihres Privatjets.

»Irgendwas stimmt hier nicht«, meinte Pooh Bear, während er den Blick des heilen Auges über den Stützpunkt wandern ließ. »Wo ist die *Sky Warrior?*«

Von Jacks Flugzeug fehlte jede Spur.

»Wo sind die Wachleute?«, fragte Stretch. »Der Stützpunkt fällt unter Sicherheitsstufe neun. Hier draußen sollten haufenweise Männer mit automatischen Waffen rumlaufen. Und es ist überhaupt keiner da.«

Beide zogen ihre Pistolen.

Dann rückten sie vorsichtig in den Stützpunkt vor.

Im Hauptgebäude stießen sie auf Spuren eines heftigen Feuergefechts.

Einschusslöcher hatten die Wände regelrecht zerfetzt. Überall Blutspritzer. Fünf tote Wachleute lagen mit Löchern in den Schädeln hinter der Empfangstheke.

»Jack …«, Pooh Bear rannte los, durchsuchte Raum um Raum.

Er entdeckte nicht eine einzige lebende Person in der Anlage.

Die Leiche von General Eric Abrahamson fanden sie mit dem Gesicht nach oben und offenen Augen in einem Raum, der einem Kontrollzentrum ähnelte. Sie durchsuchten den Rest des Gebäudes.

Keine Spur von Jack, Lily, Alby oder Sky Monster.

Pooh Bear und Stretch wechselten einen Blick.

»Warum sollte jemand alle anderen umbringen, aber ausgerechnet Jack mit seiner Gruppe mitnehmen?«, fragte Stretch.

Pooh Bear betrachtete die gespenstisch stillen Räume des verlassenen, blutigen Stützpunkts.

»Jack West jr. verlässt sein geheimes Zuhause nicht besonders oft«, sagte er. »Vielleicht waren die Angreifer genau darauf aus – Jack zu entführen. Sie haben Wind davon gekriegt, dass er herkommen würde, und sie haben ihm eine Falle gestellt. Alle anderen waren nur Kollateralschäden.«

Stretch schnupperte … und runzelte die Stirn.

»Riecht nach Chloroxipham.«

»Was ist das?«

»Ein schnell wirkendes Nervengas«, antwortete Stretch. »Nicht tödlich. Sie müssen es in die Klimaanlage geleitet haben.«

»Wer benutzt es?«, fragte Pooh Bear.

»Vor allem westliche Antiterroreinheiten«, sagte Stretch. »Der britische SAS ist dafür bekannt, es in Belagerungssituationen zu verwenden. Wenn Terroristen eine Botschaft oder ein Theater übernehmen, wird es in die Lüftungsschächte gepumpt, um die Bösen außer Gefecht zu setzen, aber keine Geiseln zu töten.«

Pooh Bear setzte sich einen Korridor entlang in Bewegung. »Hoffentlich ist Jack lang genug bei Bewusstsein geblieben, um uns irgendeine Botschaft zu hinterlassen.«

Er bog in die Küche des Stützpunkts und ging geradewegs zum umgekippten Kühlschrank.

Es handelte sich um ein zwischen ihnen vereinbartes Notfallprotokoll.

Wenn jemand aus Jacks Team irgendwo in Schwierigkeiten geriet, sollte er die Küche aufsuchen – weil es fast überall eine gab – und dort eine Nachricht in etwas hinterlassen, das man in praktisch jeder Küche fand: einer Milchflasche oder -tüte.

Pooh Bear holte eine Milchtüte aus dem auf der Seite liegenden Kühlschrank und leerte sie.

Die Milch floss aus dem Karton …

… zusammen mit etwas anderem.

Ein Teelöffel.

Er fiel aus dem Milchkarton und landete klappernd im Spülbecken.

»Gut gemacht, Jack!«, sagte Pooh Bear, schnappte sich den kleinen Löffel und untersuchte ihn.

Mit schwarzem Stift gekritzelt befand sich Folgendes darauf:

»Was ist das für ein Symbol?«, fragte Pooh Bear.

»Keine Ahnung«, erwiderte Stretch. »Und ›MM‹. Glaubst du, Jack meint …«

»O Mann, ja.«

Stretch schaute vom Löffel zu Pooh Bear. »Er muss tief in der Scheiße stecken. MM. Mabel Merriweather. Eine ausgesprochen imposante Frau, einst als Mabel *West* bekannt. Jack will, dass wir seine Mutter suchen.«

Pooh Bear und Stretch hetzten zurück zu ihrem Flugzeug.

Sie wollten nicht mehr hier sein, wenn die Behörden eintrafen. Sonst müssten sie Stunden, vielleicht sogar Tage mit Erklärungen vergeuden. Wenn sie Jack helfen wollten, mussten sie sofort verschwinden.

Stretch holte unterwegs sein Handy heraus. »Ich rufe besser Zoe an«, sagte er. »Sie ist im Pazifik und nimmt mit den Zwillingen einen Fund unter die Lupe.«

Der Anruf landete direkt auf der Mailbox.

»Verdammt«, fluchte Stretch. »Das Telefon ist ausgeschaltet; oder sie hat kein Netz.«

»Sie könnte gerade 20.000 Meilen unter dem Meer sein«, meinte Pooh. »Wir versuchen es später noch mal.«

In dem Moment bemerkte Pooh auf dem Weg über die Rollbahn draußen in der Wüste etwas: drei wilde Hunde – oder Dingos, wie die Australier sie nannten.

Die Tiere bewegten sich vorsichtig im Rudel und umkreisten etwas auf dem Boden.

Pooh Bear bremste ab, ging näher hin und versuchte zu erkennen, worauf sie es abgesehen hatten.

Bis er es sah. Vom Boden an der Stelle, an die sie sich anpirschten, stob eine kleine Sandwolke auf.

Sie ging von einem Tier aus. Einem Vogel.

Einem abgeschossenen Vogel.

Einer der Flügel flatterte lahm, der andere wirbelte Sand auf.

Pooh Bear setzte sich in die Richtung in Bewegung … und als er den Vogel erkannte, beschleunigte er die Schritte und forderte die wilden Hunde brüllend auf, sich zu verziehen.

Schließlich sank er neben dem Vogel auf die Knie.

Es handelte sich um Horus, Jacks Wanderfalkendame.

Der verletzte Vogel lag auf der Seite in einer trocknenden Blutlache und gurrte matt. Pooh Bear entdeckte eine Schusswunde am linken Flügel.

»Ganz ruhig«, sagte er und hob die braune Falkendame in die Arme. »Jetzt wird alles wieder gut.«

Er trug sie zum Flugzeug, stieg ein und schloss die Tür, als Stretch die Maschine beschleunigte.

Dann erhob sich der Privatjet in den Himmel und ließ hinter sich die blutige Stätte zurück, die einst die Geheimbasis Pine Gap gewesen war.

GEHEIME GESCHICHTE I

DIE VIER MYSTISCHEN KÖNIGREICHE

Unter weiteren Felszeichnungen befand sich einer von vier Königen, die Schulter an Schulter auf Thronen saßen, flankiert von fünf stehenden Kriegern …

AUS *DIE SECHS HEILIGEN STEINE*

KÄMPFERPROFIL

NAME: DEPON, TENZIN
ALTER: 22
RANG FÜR SIEG: 3
VERTRITT: HIMMEL

PROFIL:

Tenzin Depon, tibetischer Prinz aus dem Königreich Himmel, hat im Alter von acht Jahren die Weihe empfangen und seinem Erbe entsagt, um Kriegermönch zu werden.
Er hat die letzten 14 Jahre durchgehend für diese Spiele trainiert.
Setzlistenrang 3 von 16 Anwärtern auf den Sieg bei den Spielen.

VON SEINEM SCHIRMHERRN:

»Tenzins Zeit ist gekommen.«
Kenzo Depon,
König des Himmels

Auf dem Balkon mit Blick auf die geflutete Arena der zweiten Herausforderung unterhielten sich die wohlhabenden Zuschauer bei Champagner und Horsd'œuvres.

Man hörte Gesprächsfetzen ihrer Unterhaltungen:

»… habe gehört, sie wollte ihn heiraten, um sich einen Platz in der Blutlinie der Rothschilds zu erschleichen …«

»… faszinierend, wie Neulinge im Weißen Haus denken, sie hätten echte Macht …«

»… und er dann so: ›Na ja, sie sind ja auch neureich.‹ Beinahe hätte ich gelacht. Das Vermögen seiner Familie reicht nur bis ins Jahr 1790 zurück. Aus meiner Sicht ist er neureich!«

Einige der Anwesenden äußerten sich über die Kämpfer.

»Der fünfte Krieger ist überfordert. Er hat gerade mal so die ersten beiden Herausforderungen überstanden, und das sind die mit Abstand einfachsten …«

»Ich setze auf den SAS-Mann, Brigham. Iolanthe hat mir erzählt, dass er für die Spiele ein Jahr lang mit Nachbildungen früherer Labyrinthe und Arenen trainiert hat.«

»Was ist mit dem US-Marine? Der die Majestic-12 ausgeschaltet hat?«

»Damit hat er uns allen einen Gefallen getan. Die Majestic-12 waren außer Kontrolle. Sie hatten vergessen, wem sie dienen.«

»Behaltet die beiden Kriegsmönche aus Tibet im Auge, vor allem den namens Tenzin. Hier im offiziellen Programm steht, dass er sich seit seinem neunten Lebensjahr darauf vorbereitet hat.«

Im Geiselwagen seiner Gruppe über der Arena saß Jack mit dem Rücken an der Eisenwand. Nachdem er sich ein wenig beruhigt hatte, fielen ihm mehr und mehr Einzelheiten darüber ein, was sich vor seiner Gefangennahme in Pine Gap ereignet hatte. Er erzählte den anderen von der Galaxie mit der Form eines Tetragammadions, die auf die Erde zuraste.

»Und wo auf der Welt sind wir?«, fragte Lily.

»Den Welsen nach zu urteilen irgendwo in Asien, aber ich bin mir nicht sicher«, antwortete Jack. Roxy schmiegte sich an sein Bein, und er streichelte sie.

Alby ergriff das Wort. »Hades? Die Unterwelt? Was ist das alles, und warum sind wir hier?«

»Das hier«, sagte eine Frauenstimme, »sind die Großen Spiele der Hydra, und ihr seid hier, um mein Adelshaus zu vertreten.«

Jack drehte sich der Sprecherin zu, die er bereits an der Stimme erkannt hatte.

Eine wunderschöne Frau mit perfekter Porzellanhaut, smaragdgrünen Augen und umwerfendem kastanienbraunem Haar trat vor seine Zelle.

Sie stand mit den Händen hinter dem Rücken da und trug ein funkelndes, figurbetontes silbernes Kleid, das ihre schlanken Beine und ihre schmale Taille besonders zur Geltung brachte. Die Frau hatte im Verlauf mehrerer Begegnungen mit Jack schon versucht, ihn umzubringen, ihn zu verführen, und sie hatte ihm sogar auch geholfen.

Iolanthe Compton-Jones, Archivarin der königlichen persönlichen Aufzeichnungen der uralten Linie europäischer Könige, bekannt als Deus Rex.

Neben ihr stand ein kleiner Mann mit Glatze und Brille, der einen kompakten Koffer trug.

Iolanthe deutete mit dem Kopf auf einen Minotaurus, der in der Nähe Wache stand. »Das ist der Leibarzt unseres Hauses. Lass ihn rein.«

Der Minotaurus öffnete die Gittertür zu Jacks Käfig und ließ den bebrillten Mann hinein.

»Hallo«, grüßte er mit überaus britischem Akzent. »Mein Name ist Barnard. Dr. Harold Barnard. Jetzt halten Sie still, mein Junge, und lassen Sie mich diese Kratzer ansehen.«

Als er den Koffer öffnete, erwies er sich als voll von medizinischer Ausrüstung: Verbände, Tabletten, Ampullen, Spritzen und sogar ein kleiner tragbarer Defibrillator.

Iolanthe blieb draußen.

»Meine Güte, Jack«, sagte sie sarkastisch, »du hättest dich für den Anlass nicht so herausputzen müssen.«

Während Barnard die Wunden versorgte, betrachtete Jack erst sein nasses, verdrecktes Homer-Simpson-T-Shirt, dann Iolanthes prunkvolles silbriges Kleid.

»Leck mich, Iolanthe«, gab er schließlich zurück.

Sie wandte sich an Lily. »Und Lily, ich freue mich ja so, dich wiederzusehen. Bestimmt findest du diese Erfahrung ungemein anregend.«

»Sie sind ein echtes Miststück, Lady«, erwiderte Lily.

Iolanthe lächelte verkniffen. »Wie charmant. Hier, Jack, ich habe ein Geschenk für dich.«

Sie holte die Hände hinter dem Rücken hervor und präsentierte einen verbeulten Feuerwehrhelm. Auf dem Abzeichen stand FDNY PRECINCT 17.

Sie reichte ihn durch die Gitterstäbe der Zelle. »Er war in deinem Flugzeug. Wir können Jack West doch nicht ohne seinen berühmten Helm kämpfen lassen, oder?«

Jack nahm ihn entgegen. »Wo sind wir, und wie sind wir hergekommen, Iolanthe?«

»Weißt du, Jack, du kannst dir nicht vorstellen, wie enttäuscht ich war, als ich gehört habe, dass du diese hübsche Irin geheiratet hast, wie auch immer sie heißt. Herzen auf aller Welt sind gebrochen, als sich herumgesprochen hat, dass der fünfte große Krieger nicht mehr zu haben ist.«

»Wo sind wir, und wie sind wir hergekommen?«

»Ihr seid in Indien, Jack.« Schlagartig wurde Iolanthe ernst. »Wo genau in Indien, das steht mir nicht frei zu sagen, aber es ist ein abgelegener Ort in einer der zahlreichen Wüstenregionen des Landes. Das hier« – sie schwenkte ausladend die Hand – »ist die ursprüngliche antike Stadt der Hydra: das alte Hyderabad.«

»Und wie sind wir hergekommen?«

»Oh, ich habe dich entführen lassen«, antwortete Iolanthe schlicht. »Aus Pine Gap. Du bist schwer zu finden, Jack. Aber ich hatte jemanden in Pine Gap – General Beard. Er hat mich darüber informiert, dass du dich für ein Treffen dort aus deiner Abgeschiedenheit herauswagst.«

»Warum bin ich hier?«

»Eigentlich dachte ich, das hättest du dir inzwischen zusammengereimt. Wie schon gesagt bist du hergebracht worden, um für mein Adelshaus an den Großen Spielen der Hydra teilzunehmen.«

Sie verstummte und musterte Jack eingehend.

»Du hast noch nie von den Spielen gehört?«, fragte sie.

»Nein.«

»Wirklich noch nie?«

»Noch nie.«

»Ach herrje. Bei all den Abenteuern, die du schon erlebt hast, dachte ich, du wüsstest davon. Dann fange ich besser ganz von vorn an.«

Iolanthe begann mit einer Erklärung. »Kannst du dich erinnern, bei deinen Reisen zu den antiken Stätten der Welt mal eine Darstellung von vier Königen gesehen zu haben, die Seite an Seite auf vier Thronen sitzen?«

Jack dachte darüber nach. Nach wenigen Momenten sah er es vor seinem geistigen Auge: ein Bild an der Wand eines uralten unterirdischen Komplexes, das fünf stehende Krieger hinter vier sitzenden Königen zeigte, so eindrucksvoll, dass es sich ihm inmitten eines größeren Abenteuers eingeprägt hatte.

»Ja«, sagte er. »In China. Unter dem Hexenberg in einer Fallenanlage, die Laotse zum Schutz des Steins der Weisen entwickelt hatte. Vier Könige, die vor fünf Kriegern sitzen.«

»Genau«, bestätigte Iolanthe. »Diese vier Könige repräsentieren die vier ewigen Reiche – oder die vier mystischen Königreiche, wie sie manchmal genannt werden. Es sind die vier Schattenreiche, deren Familien über die Welt herrschen: die Königreiche Land, Meer, Himmel und Unterwelt.«

»Die vier Schattenreiche, die über die Welt herrschen?«, fragte Alby zweifelnd.

»Ja«, betonte Iolanthe. »Im Verlauf der verzeichneten Geschichte sind Imperien aufgestiegen und untergegangen, Nationen wurden geboren und sind gestorben, Kriege wurden geführt, Regierungssysteme sind zusammengebrochen. Und während alledem haben im Hintergrund immer die vier ewigen Königreiche geherrscht. Meine königliche Familie, die du unter dem Namen ›Deus Rex‹ kennst, regiert nach altem Brauchtum das als Land bekannte Reich.«

Das war Jack neu.

Bisher hatte er durch frühere Begegnungen nur gewusst, dass es sich bei den Deus Rex um die sogenannten Gottkönige Europas handelte. Eine ausgewählte Gruppe von Adelsfamilien, darunter das britische, das dänische, das spanische und das russische Königshaus, die ihre Abstammung bis in die Antike zurückverfolgen konnten. Jack war die zweifelhafte Ehre zugefallen, ihr Oberhaupt, einen Russen mit dem Spitznamen Carnivore, bei einer entscheidenden Konfrontation unter der Osterinsel ins Jenseits befördert zu haben.

»Wer hat bei den Deus Rex nach Carnivores Tod das Sagen?«, fragte er. »Die Königin von England?«

»Sie? Um Himmels willen, nein. Der Herzog von Avalon ist jetzt unser König«, sagte Iolanthe. »Queen Elizabeth ist in der Thronfolge weit zurück, obwohl einer ihrer Söhne hier ist, um sich die Spiele anzusehen. Das Königreich Land herrscht über die großen Landmassen der Welt, die im Verlauf der Geschichte von europäischen Mächten kontrolliert wurden: Europa, Großbritannien, Russland, Afrika und Australien.«

Jack warf ein: »Warte mal. Willst du damit sagen, diese Königreiche herrschen zusammen über die Welt? Als ich auf der Suche nach den sieben Weltwundern der Antike war, hat deine Familie gegen Amerika gekämpft, gegen die dortigen Freimaurer.«

»Zu behaupten, dass wir zusammen herrschen, würde wohl ein bisschen an der Wahrheit vorbeischrammen«, erwiderte Iolanthe. »Es gibt immer Streitigkeiten innerhalb der vier Königreiche und zwischen ihnen. So auch damals. So ist es immer gewesen.«

Gedankenverloren strich sich Iolanthe eine verirrte Strähne hinters Ohr.

»Der Zwischenfall war eine Meinungsverschiedenheit zwischen meinem Königshaus und dem Königreich Meer, das sich jetzt in Amerika befindet und von den Freimaurern beraten wird. Die Häuser trachten immer nach einer Vormachtstellung und geraten sich deshalb von Zeit zu Zeit in die Haare. Mein Haus – das über die Jahrtausende von Historikern der katholischen Kirche und Männern von Institutionen wie der Royal Society beraten wurde – herrscht schon sehr lange.«

»Das Königreich Meer ist Amerika?«, fragte Jack.

»Genau genommen ist es das Königreich des Atlantiks, des Indischen Ozeans und des Pazifischen Ozeans, was Amerika mit einschließt. Aber ja, im Augenblick sitzt ein Amerikaner auf dem Thron«, erwiderte Iolanthe. »Das Königreich Himmel hat seinen Sitz in den Bergen Tibets, und das berühmte Königreich Unterwelt ist hier in Indien.«

»In Tibet gibt es ein uraltes Königreich?«, fragte Alby.

Iolanthe gab zurück: »Was glaubst du wohl, warum sich das moderne China schon so lange Tibet einverleiben will? Vor 1000 Jahren war es umgekehrt. Damals hat ein Königshaus mit Sitz in Tibet über die rückständigen Chinesen geherrscht. Aber über die Jahrhunderte ändern sich die Dinge. Und manchmal werden aus Beherrschten die Herrschenden.«

Jack schüttelte den Kopf. »Okay. Und nebenbei behauptest du auch noch, dass Orte wie die Hölle wirklich existieren?«

Iolanthe seufzte. »Ich hätte gedacht, für einen Mann, der so viel gesehen und erlebt hat wie du, Jack, wäre das recht einfach zu akzeptieren. Und bitte nenn es nicht ›Hölle‹. Der Begriff ist mit allen möglichen unmoralischen Vorstellungen besetzt. Nenn es die Unterwelt. In den ursprünglichen Mythen war die Unterwelt lediglich ein Ort, an dem man nach dem Tod gelandet ist – Bestattungskatakomben. Dorthin hatte man die Toten gebracht. Die Sache mit dem Höllenfeuer und der Verdammnis ist erst später durch nervtötende Priester hinzugekommen.

Weißt du«, fuhr sie fort, »viele der langlebigsten Mythen der Menschheit haben sich tatsächlich ereignet. Die alten Götter, die alten Legenden. Sie mögen im Verlauf der Jahrtausende ausgeschmückt und abgewandelt worden sein, aber im Kern sind sie wahr. Deshalb kann ihnen auch der Zahn der Zeit nichts anhaben.

Nimm nur Zeus, den berühmten König der Götter, den Herrscher des Olymps«, sagte Iolanthe. »Er war der Landkönig seiner Zeit und ein ausgesprochen charismatischer Regent. Er hat die drei anderen Könige dominiert, die damals alle aus derselben Familie stammten. Sein Bruder Hades hat die Unterwelt regiert, dieses Königreich hier in Indien, sein anderer Bruder …«

»… Poseidon …«, warf Jack ein.

»… die Meere. Die gescheiterte Rebellion der Titanen war ein gescheiterter Aufstand gegen die vier Königreiche. Die alte Hauptstadt des Königreichs Meer und ihre berühmte Zerstörung in der Antike haben natürlich in Form der Legende von Atlantis eigenen Mythenstatus erlangt.

Sogar die Namen der drei früheren Gewinner dieser Spiele – Osiris, Gilgamesch und Herkules – sind in die

Geschichte eingegangen, obwohl der ursprüngliche Grund für ihren Ruhm verloren gegangen ist. Wir betrachten sie heute als fiktive Götter oder Helden. In Wahrheit haben sie tatsächlich gelebt und Großes vollbracht.

So vieles in unserer Welt hat seinen Ursprung in den vier Königreichen: Sternkammern, Bälle für Debütantinnen, der Begriff *Adel verpflichtet,* ja sogar die Olympischen Spiele sind in Griechenland als Imitation dieser Spiele hier entstanden.«

»Warte«, sagte Jack. »Die Sternkammer. Hades hat in seiner Ansprache vorhin etwas darüber erwähnt, dass sich die Sternkammer geöffnet hat und die Spiele deshalb jetzt stattfinden. Was hat es damit auf sich?«

Iolanthe lächelte. »Das hat mir schon immer an dir gefallen, Jack. Du bist aufmerksam. Und du kommst immer direkt auf den Punkt. Im großen Gefüge sind die Spiele von unglaublicher Bedeutung. Denn sie sind im wahrsten Sinn des Wortes die Chance der Menschheit, ihren Wert unter Beweis zu stellen und weiterzuexistieren.«

»Was soll das heißen?«, hakte Jack nach.

»In seiner Eröffnungsrede«, sagte Iolanthe, »hat Hades tatsächlich erwähnt, dass sich die Sternkammer geöffnet hat. Dieses Reich, dieser mächtige Bergpalast, ist ein ausgesprochen geheimnisvoller Ort. Errichtet wurde er von einer uralten Zivilisation, die lange vor den Menschen auf diesem Planeten gelebt hat. Dieselbe Zivilisation hat auch die sechseckige Maschine gebaut, die du wieder zusammengesetzt hast, Jack.

Uns präsentiert sich der Ort als imposanter schwarzer Berg, aber er ist so viel mehr als das. Denn der Gipfel ist auf seltsame, unerklärliche Weise lebendig. Unsere Wissenschaftler haben ihn analysiert. Dort brodelt eine eigenartige Energie, und er enthält etliche unerklärliche Mechanismen wie den, der die Sternkammer geöffnet hat. Sie funktionieren nach ihrem eigenen Himmelskalender.

Die Sternkammer ist ein astronomischer Tempel auf dem Gipfel des Bergs. Vor genau 40 Tagen hat sich dieser Tempel von allein geöffnet. Uralten Texten zufolge passiert dies, wenn eine als Hydra bekannte Galaxie direkt auf die Milchstraße und die Erde zusteuert – ein Ereignis, das alle paar Tausend Jahre eintritt.

Du hast diese Galaxie mit eigenen Augen gesehen, Jack. In Pine Gap. Zum ersten Mal in der Geschichte konnte die Menschheit dank des SKA die Hydra tatsächlich sehen.«

Jack erwiderte: »Die vom SKA erfassten Bilder sind streng geheim.«

»Hörst du mir eigentlich zu?«, konterte Iolanthe. »Jede bedeutende Regierung der Erde gehört den vier Königreichen.

Unsere Mitarbeiter haben das SKA konstruiert. Wir sehen die Ergebnisse früher als die Präsidenten. Du solltest dich geehrt fühlen, dass du die Hydra-Galaxie gesehen hast, Jack. Isaac Newton hat zwar ihre Existenz berechnet, sie aber zu seinem Leidwesen nie zu Gesicht bekommen. Wie er geschrieben hat, war die Optik seiner Zeit einfach nicht weit genug entwickelt.

Aber seine Berechnungen waren korrekt. Sie ist da draußen und kommt auf uns zu. Und während die Hydra durch den Weltraum in unsere Richtung rast, ebnet sie den Weg für etwas viel Wichtigeres: ein Signal aus dem Zentrum des Universums von derselben Zivilisation, die diesen Ort erbaut hat.

Sie sind auf der Suche nach uns, Jack. Sie fragen sich, ob es uns noch gibt und wir es wert sind, weiterhin zu existieren.

Jedenfalls sind die Spiele hier eine uralte Zeremonie zu Ehren der Ankunft der Hydra. Bei einer Reihe von Herausforderungen müssen die Kämpfer neun Kugeln aus sehr seltenem Goldquarz erlangen.

Die goldenen Kugeln werden dann in zwei getrennten Zeremonien in den beiden Tempeln auf diesem Berg platziert.

Bei der ersten Zeremonie werden fünf Kugeln in die Sternkammer gebracht, die wir den ›Kleintempel‹ nennen. Erst danach öffnet sich der zweite, sogenannte ›Großtempel‹. Die letzten vier Kugeln werden dann in Form der sogenannten Superzeremonie im Großtempel platziert.

Dieser gesamte Berg, Jack, ist im Wesentlichen eine riesige, uralte Antenne. Sie beginnt tief unter der Erde und erstreckt sich hoch in den Himmel. Sobald alle neun Kugeln an ihrem Platz sind, aktivieren sie die Antenne. Sie sendet ein Signal zur Hydra-Galaxie und übermittelt, dass die Erde noch von Menschen bevölkert und fortschrittlich – würdig – genug ist, um weiter zu bestehen. Dadurch wird die Hydra abgelenkt, und das Leben auf der Erde besteht fort.

Adel verpflichtet, Jack. Das ist die Verpflichtung jener von hoher Geburt, sich um das gemeine Volk zu kümmern. Deshalb gibt es die Königshäuser – um die alten Traditionen der Erde zu bewahren und so alle Menschen auf ihr am Leben zu erhalten.

Wie ich schon gesagt habe, wurden die Großen Spiele bisher dreimal abgehalten. Aber diesmal ist es anders. Es wird seit Langem vorausgesagt, dass die vierten Großen Spiele einer gewaltigen, schrecklichen Katastrophe vorausgehen. Diesmal steht viel auf dem Spiel. Mehr als das Schicksal der Erde.«

Iolanthe sah Jack eindringlich an. »Aber vorerst musst du nur wissen, dass Lord Hades' Wort hier Gesetz ist. Glaub mir, er trägt eine schwere Bürde. Mit der Krone geht die heilige Verpflichtung einher, die Spiele ohne Furcht und ohne Begünstigung auszurichten. Wenn die Kämpfer nicht alle Kugeln erlangen, sendet der Großtempel kein Signal an die Hydra zurück. Dann fegt sie durch unsere Galaxie und zerstört die Erde.«

Jack schwieg einige Herzschläge lang. Dabei musterte er Iolanthe eingehend.

»Das ist noch nicht alles«, sagte er schließlich.

»Ich weiß nicht, was du meinst«, erwiderte Iolanthe.

»Warum werden die neun Kugeln nicht einfach platziert, und fertig? Warum aufwendige Spiele?«, fragte Jack.

»Wie erwähnt, wurde dieser Berg von einer wesentlich fortschrittlicheren Zivilisation als unserer errichtet. Er wurde eigens für diesen Zweck entworfen – als Austragungsort der

Großen Spiele. Die Sternkammer hat sich zu einem vorherbestimmten Zeitpunkt geöffnet, und genauso erfüllen die goldenen Kugeln eine vorherbestimmte Funktion. Jede Quarzkugel pulsiert vor Energie. Dasselbe gilt für die in den Hals jedes Kämpfers eingelassenen Edelsteine, weil sie aus demselben exotischen Mineral bestehen.

Wenn eine Kugel bei einer Herausforderung gewonnen und vom siegreichen, mit einem Edelstein gezeichneten Kämpfer vom Sockel gehoben wird, dann merkt die Kugel irgendwie, dass sie gemäß dem alten Ritual errungen wurde. Wir können bei unserer Aufgabe nicht schummeln, Jack. Wir können die Altvorderen nicht täuschen.«

»Okay, lass es mich anders ausdrücken«, sagte Jack. »*Was springt für dich dabei raus, Iolanthe?* Für dein Königreich? Du hast mich nicht allein wegen der uralten, hehren Verpflichtung, die Welt zu retten, entführen lassen, damit ich an der Sache hier teilnehme. Ich kenne dich. So tickst du nicht.«

Iolanthe nickte langsam. »Die Spiele dienen als Test zur Bestimmung des Wertes der Menschheit, das stimmt. Aber sie erfüllen gleichzeitig einen anderen Zweck. Der König, der als Schirmherr des siegreichen Kämpfers auftritt, erhält eine ungemein wertvolle, mächtige Belohnung.«

»Und die wäre?«

»Etwas, worüber du dir vorerst nicht den Kopf zerbrechen musst«, gab Iolanthe zurück. »Für dich sollte höchste Priorität haben, am Leben zu bleiben.«

Jack ließ es dabei bewenden. Er hatte andere Fragen, die er beantwortet haben wollte, und das konnte nur Iolanthe. »Diese Minotauren. Sie sind nicht völlig menschlich. Was sind sie?«

»So etwas wie Untermenschen«, erwiderte Iolanthe. »Bessere Primaten, die sich nicht ganz auf das Niveau des

Homo sapiens entwickelt haben. Nenn sie Neandertaler, wenn du willst. Anthropologen vertreten seit Langem die Ansicht, dass die Neandertaler nie vollständig vom Homo sapiens verdrängt worden sind. Sie haben sich mit uns gekreuzt und wandeln heute in unseren Städten unter uns. Aber das hier sind reinrassige Neandertaler, stumpfsinnige Rohlinge, die sich nur für niedere Arbeiten und als Kanonenfutter für Krieger eignen. Lord Hades hat Tausende davon. Unter seiner Aufsicht bewahren sie diesen glorreichen Ort hier.«

»Also sind sie seine Sklaven?«

»Richtig. Eine Sklavenarmee.«

»Noch eine Frage«, fuhr Jack fort. »Warum ich?«

»Oh, das ist einfach. Jeder Kämpfer hier hat hart für die Spiele trainiert. Manche ihr gesamtes Erwachsenenleben lang.«

Sie deutete mit dem Kopf auf die drei Zellen rechts von Jacks. »Die anderen Kämpfer, die das Königreich Land vertreten, sind der überaus tüchtige Major Brigham vom SAS Ihrer Majestät und zwei brasilianische Elitesoldaten.

Major Brigham hat sich jahrelang darauf vorbereitet. Die Brasilianer genauso. Unsere Berater von der katholischen Kirche haben sie uns beschafft. Brasilien liegt zwar in Südamerika und gehört damit eigentlich zum Königreich Meer, aber dort lebt die größte katholische Bevölkerung der Welt, und dank unserer engen Verbindungen zur Kirche konnten wir sie dazu bringen, für uns zu kämpfen. Unsere beiden Brasilianer sind sehr katholisch. Und ungemein blutrünstig. Mein König findet es höchst unterhaltsam, gegen den König des Reichs Meer mit Männern aus dessen eigenem Gebiet anzutreten. Sie haben unter sich eine Wette darüber abgeschlossen, wie die Sache …«

»Noch mal: Warum ich?«, fiel Jack ihr mit tonloser Stimme ins Wort.

Iolanthe zuckte mit den Schultern. »Unser vierter Kämpfer ist vor acht Tagen beim Training für die Spiele umgekommen, und wir haben einen kompetenten Ersatz für ihn gebraucht. Wer hätte sich dafür besser geeignet als du?«

»Also hast du beschlossen, mich entführen zu lassen und meine Familie und Freunde als Geiseln zu halten, während ich für dich an einer Reihe von Wettkämpfen auf Leben und Tod teilnehme?«

»Wortklauberei.«

»Ich stimme Lily zu«, sagte Jack. »Du bist ein Miststück.«

»Aber, aber«, meldete sich eine tiefe Stimme von irgendwo in der Nähe zu Wort. »Das ist ein wenig derb.«

Ein Mann trat hinter Iolanthe ins Blickfeld.

Hades.

Er baute sich vor Jacks Zelle auf.

»Das ist also der fünfte Krieger.« Er musterte Jack von oben bis unten. »Komisch. Ich dachte, du wärst … imposanter.«

Jack musterte umgekehrt Hades. »Komisch. Dasselbe ist mir gerade über dich durch den Kopf gegangen. Wo du doch der Herrscher der Unterwelt bist und so.«

Das war gelogen.

Aus nächster Nähe betrachtet verkörperte der Mann den lebenden Inbegriff des Wortes »imposant«.

Groß, breitschultrig, ausdrucksstarke, kantige Kieferpartie, stechende kastanienbraune Augen. Etwas an seinem Blick wirkte beunruhigend. Jack brauchte einen Moment, um zu erkennen, was.

Der Mann blinzelte kaum je. Er starrte ihn einfach stet und unerschütterlich an.

Hades' Lippen verzogen sich zu einem Lächeln, doch der Ausdruck in seinen Augen blieb tödlich.

Er deutete mit dem Kopf auf Jacks *Simpsons*-T-Shirt. »Ich muss gestehen, dass ich moderne Cartoons mag. Besonders gefällt mir die Darstellung des Satans in *South Park*. Du scheinst ziemlich unvorbereitet zu sein, fünfter Krieger.«

»Ich hatte das alles hier nicht vor, als ich vor ein paar Tagen das Haus verlassen habe.«

»Dann hoffe ich, dass du schnell lernst.«

»Hast du Spaß dran?«, fragte Jack unvermittelt. »Dabei zuzusehen, wie Männer um ihr Leben kämpfen? Wie sie zu deinem Vergnügen sterben?«

Hades legte den Kopf schief. »Du schätzt mich falsch ein, fünfter Krieger. Ich finde daran überhaupt keine Freude. Es ist meine Pflicht, diese Spiele auszurichten. Das allein treibt mich an.

Ich habe viele Jahre, ja meine gesamte Regierungszeit damit verbracht, mich auf diese Woche vorzubereiten. Weißt du, wie viele Herrscher der Unterwelt schon die Großen Spiele der Hydra ausgerichtet haben? Nur drei. Drei. In der gesamten Menschheitsgeschichte. Mein einziges Ziel besteht darin, sicherzustellen, dass die Spiele die Anforderungen der Altvorderen erfüllen.

Denn mein Königreich ist einzigartig. Von den vier Königen kann nur ich nicht nach meinen persönlichen Wünschen handeln. Bei der Entgegennahme meiner Krone habe ich geschworen, meine heilige Pflicht über alles andere zu stellen, auch über meine Treue zu meinem Heimatland Frankreich. Ebenso muss ich über der Politik der Königshäuser stehen. Ich darf niemanden bevorzugen, nicht mal meine eigenen vier Vertreter bei den Spielen. Wenn sich kein Recke der Herausforderungen als würdig erweist, ist die Welt nicht würdig, weiter zu bestehen, und muss daher enden.«

»Was ist mit dem Taiwanesen, der gesagt hat, er sei entführt worden?«, fragte Jack. »Du hast ihn ohne jedes Zögern umgebracht.«

Hades schüttelte traurig den Kopf. »Die Welt hat sich im Verlauf der Jahrhunderte so sehr verändert. Imperien sind zu Republiken geworden, Prinzen und Prinzessinnen zu Promis, und mit dem Einzug der sogenannten Demokratie hat sich beim gewöhnlichen Volk der Glaube eingeschlichen, seine Meinung würde zählen. Tut sie nicht.«

Hades' Züge verhärteten sich.

»Hier wirst du keine Demokratie finden. Du befindest dich in einem wahren Königreich. Meinem Königreich. Meinem Herrschaftsgebiet. Ich regiere es mit absoluter Macht und eiserner Disziplin. Kein König könnte die Unverschämtheit dulden, die der Mann an den Tag gelegt hat, selbst wenn ihm tatsächlich Unrecht widerfahren ist. Als König der Unterwelt bin ich, wenn es sein muss, der Mann, der die gesamte Bevölkerung dieses Planeten zum Tod verurteilt. Das ist meine Aufgabe. Meine Pflicht.

Deshalb gibt es für mich nur Schwarz und Weiß, kein Grau. Dieser Mann hat sich zu kämpfen geweigert, deshalb musste er sterben. Meine Entscheidungen sind endgültig. Und es könnte durchaus sein, dass ich die letzte Entscheidung überhaupt in der Geschichte der Menschheit treffe.«

Wieder starrte er Jack an, ohne zu blinzeln.

Jack begegnete seinem Blick und erwiderte nichts.

»Aber ich bin nicht deshalb hergekommen«, sagte Hades schließlich und lächelte unverhofft. »Sondern ihretwegen.«

Er deutete mit dem Kopf auf Lily, die hinter Jack kauerte.

Zwei Wachen öffneten die Eisentür der Zelle. Jack stellte sich ihnen in den Weg.

»Meine Tochter kriegt ihr nur über meine Leiche.«

Hades' Grinsen verblasste. »Achte auf deinen Ton, fünfter Krieger. Vergiss nicht, was ich über Unverschämtheit gesagt habe. Und tatsächlich ist sie noch nicht mal deine leibliche Tochter. Sie ist das Kind des Orakels von Siwa. Ihr Blut ist rein. So rein, dass viele dafür sterben würden, es zu bekommen, und manche ein Vermögen dafür zahlen würden, sie zu heiraten.«

Jack runzelte die Stirn. Das hörte sich nicht gut an.

Hades streckte Lily die Hand entgegen. »Komm, Kind. Begleite mich zu den königlichen Balkonen. Jemand deines Standes, deiner Abstammung sollte nicht hier sein bei diesen … Gewöhnlichen.«

Lily starrte Hades vernichtend an. »Ich denke, ich bleibe lieber hier bei meinem gewöhnlichen Vater und meinen gewöhnlichen Freunden, du …«

»Lily«, sagte Jack scharf. »Nein. Geh mit.«

»Aber Dad …«

Jack hielt sie fest und sah ihr in die Augen. »Wenn ich bei der nächsten Herausforderung draufgehe, sterben auch alle in dieser Zelle. Wenn du mitgehst, muss ich mich um eine Person weniger sorgen. Ist auch gut möglich, dass zutrifft, was deine Großmutter immer sagt.«

Lily neigte den Kopf und nickte, weil sie die Anspielung verstand.

Sie ging auf Jacks Mutter zurück, eine höchst ungewöhnliche Frau. Sie hatte Lily bei jeder gemeinsam verbrachten Gelegenheit ermutigt, Neues auszuprobieren, sich ungewöhnliche Theaterstücke oder Filme anzusehen und vor allem in der Schule gut aufzupassen.

»*Wer weiß, vielleicht lernst du ja was*«, hatte sie dazu immer gemeint.

Das war Jacks Hintergedanke: Seine Tochter sollte mit Hades gehen, denn vielleicht würde sie etwas über all das in Erfahrung bringen.

Lily wandte sich an den Herrscher der Unterwelt. »Na schön. Ich komme mit.«

Nach einem letzten Kuss auf Jacks Wange ging sie mit Hades, Iolanthe, dem britischen Arzt und Hades' Wachleuten.

Einen Moment später erschien Monsieur Vacheron, der glatzköpfige Spielleiter. Er blieb vor Jacks Zelle stehen und lächelte ihn herablassend an.

»Hallo, Made«, grüßte er verächtlich. »Zur dritten Herausforderung darfst du eine Waffe mitbringen. Außerdem musst du einen Gefährten auswählen und ihn an dich binden.«

Vacheron warf achtlos etwas Kleines durch die Gitterstäbe zu Jack. Der Gegenstand prallte von Jacks Brust ab und landete klirrend auf dem Boden.

Ein Paar Handschellen aus Stahl.

15 Minuten später standen Jack und Sky Monster mit Handschellen aneinandergefesselt in einem engen Vorraum aus Eisengittern, kaum größer als eine Telefonzelle. Vor ihnen befand sich eine Stahltür nach draußen.

Zu beiden Seiten erstreckten sich ähnliche Käfige mit den anderen Kämpfern, alle ebenfalls an einen Gefährten gekettet, alle mit Blick zu ihren Außentüren.

In dem dunklen, beengten Raum fühlte sich Jack wie ein Rennpferd in der Startbox, das mit anderen Pferden darauf wartete, dass sich die Tore öffneten.

Man hatte Sky Monster und ihn vom Geiselwagen durch eine Reihe von Tunneln hergeführt, bevor man sie durch die Hintertür in den Vorraum geschoben hatte.

Angespannte Stille herrschte.

Jack trug mittlerweile seinen ums Kinn festgeschnallten Feuerwehrhelm zu seinem *Simpsons*-T-Shirt.

Schuhe hatte er keine. Der eine zu große Stiefel aus dem Wasserlabyrinth hatte nicht wirklich geholfen, und Alby hatte zu kleine Füße, um Jack seine Turnschuhe zu überlassen. Sky Monster trug seine eigenen. Da der Neuseeländer keine Waffe besaß, hatte Jack ihm das Messer gegeben, das er dem ersten Minotaurus abgenommen hatte.

Durch die Tür ertönte von draußen ein merkwürdiges Trompetengeschmetter, gefolgt von einem dumpfen Dröhnen.

So müssen sich die römischen Gladiatoren gefühlt haben, dachte Jack. *Kampfbereit, ohne zu wissen, was auf der anderen Seite der Tür wartete.*

Seine Nerven lagen blank. Sein Herzschlag pochte laut durch seine Ohren.

Aus dem Augenwinkel bemerkte er, wie sich Schweißperlen auf Sky Monsters Stirn bildeten. Der große Neuseeländer wirkte wie versteinert. Er war es nicht gewohnt, auf dem Boden mitten im Geschehen zu sein. Normalerweise kreiste er hoch am Himmel im Flugzeug und wartete auf seinen Einsatz als Fluchthelfer. Er verbrachte seine Heldentaten auf einem Pilotensitz. Dafür musste er weder schlank noch fit sein – beides war er auch nicht.

Im Käfig unmittelbar rechts von ihnen sah er zwei andere aneinandergekettete Männer.

Der ältere war ein kleiner drahtiger Kerl mit der karamellfarbenen trockenen Haut eines Nepalesen. Er trug ein markantes schwarzes Kopftuch und – für Jack wichtiger – ein Kurzschwert mit krummer Klinge in einer Hand.

Jack kannte diese Waffenart.

Es handelte sich um ein *Kukri* oder *Khukuri,* die traditionelle Waffe der Gurkhas, jener legendären nepalesischen Krieger, die im Verlauf der Jahrhunderte in den Armeen Nepals, Großbritanniens und Indiens gedient hatten. Wegen ihrer Herkunft aus den Höhenlagen des Himalaja galten Gurkhas als bekannt für ihre Ausdauer. Und für ihre Gnadenlosigkeit im Kampf.

Mein Gott, die haben hier einen gottverdammten Gurkha, dachte Jack verzweifelt.

Monsieur Vacheron schritt hinter der Reihe der Käfige auf und ab.

»Maden!«, brüllte er. »Das ist die dritte Herausforderung! Oben auf dem Turm befindet sich eine goldene Kugel. Der Recke, der sich diese Kugel holt, darf die Arena über eine spezielle Brücke verlassen, die danach wieder eingezogen wird. Ruhm und Ehre erwarten ihn. Der Rest von euch Scheißern muss über den Weg der Feiglinge raus. Und beeilt euch dabei besser. Den letzten beiden Kämpfern im Kampfraum werden die Schädel gesprengt, und ihre Unterstützergruppen werden liquidiert.«

Vacheron wandte sich zum Gehen.

»Warte!«, rief Jack. »Was ist mit unseren Gefährten?« Er zeigte auf den an sein linkes Handgelenk geketteten Sky Monster.

Vacheron drehte sich Jack zu und wirkte verärgert darüber, dass ihn ein Kämpfer angesprochen hatte. Einen Moment lang starrte er Jack an und schien nicht antworten zu wollen.

Dann tat er es doch.

»Die Gefährten sind noch wertloser als ihr, Made. Sie sind nur als Last für euch da. Weder mich noch Lord Hades oder sonst irgendjemanden juckt, ob sie die Prüfung überleben oder nicht. Adieu.«

Damit ging Vacheron.

Sky Monster fing neben Jack zu hyperventilieren an.

»Hey. Monster.« Jack brachte das Gesicht dicht zu dem von Sky Monster. »Alles gut. Ich bin ja da, direkt an deiner Seite. Da draußen gibt's nichts, was wir nicht zusammen bewältigen könnten. Okay?«

Sky Monster nickte schnell. »Okay. Danke, Jack. Danke.«

Mit einem lauten Scheppern schwang die Außentür ihres Käfigs auf …

… und Jack erblickte den riesigen Raum dahinter.

»Heilige Scheiße …«, hauchte er.

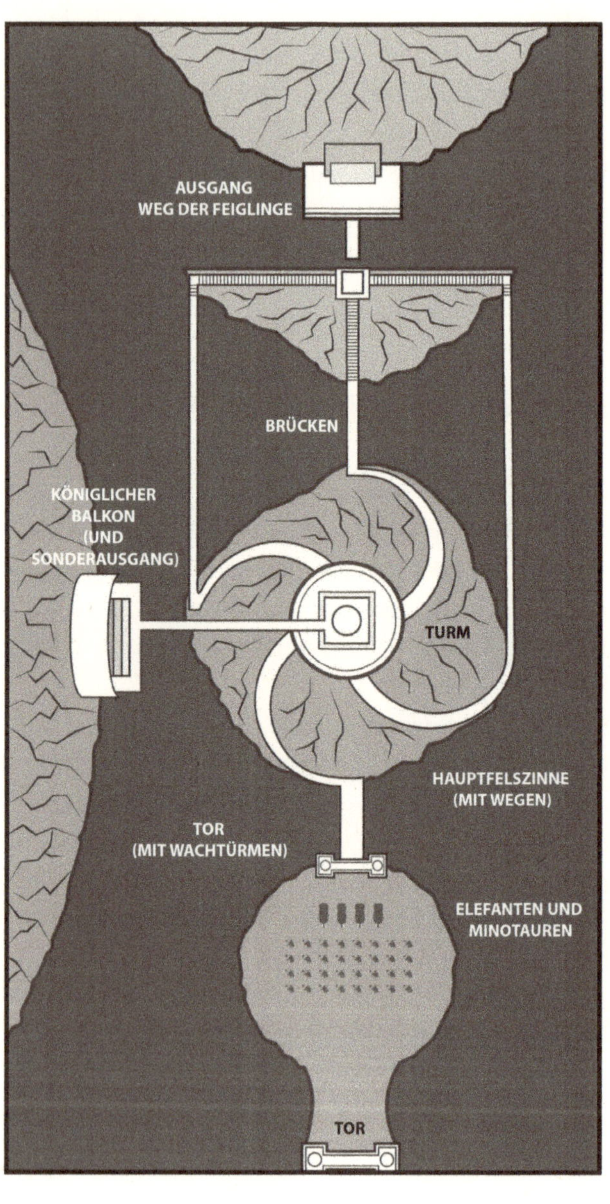
AUSGANG
WEG DER FEIGLINGE
BRÜCKEN
KÖNIGLICHER
BALKON
(UND
SONDERAUSGANG)
TURM
HAUPTFELSZINNE
(MIT WEGEN)
TOR
(MIT WACHTÜRMEN)
ELEFANTEN UND
MINOTAUREN
TOR

DRITTE HERAUSFORDERUNG

DER TURM UND DER ABGRUND

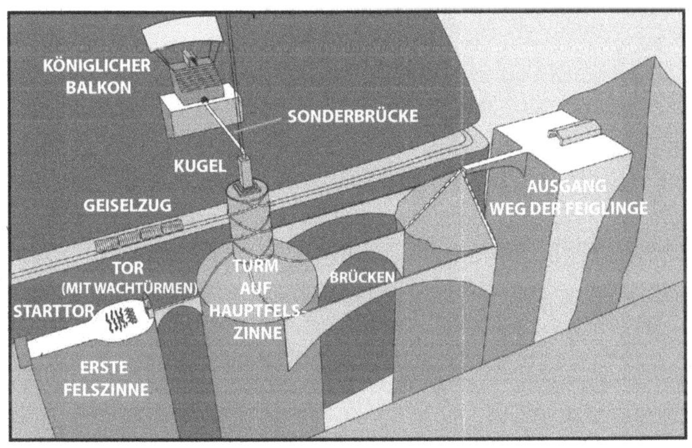

KÄMPFERPROFIL

NAME: »DER GURKHA«
ALTER: 31
RANG FÜR SIEG: 6
VERTRITT: HIMMEL

PROFIL:

Der gebürtige Nepalese ist Mitglied eines der berühmtesten Regimenter Indiens, der 8th Gurkha Rifles. Es gehört zwar zur indischen Armee, aber alle Angehörigen des Regiments sind Nepalesen.
Er ist leicht zu erkennen, da er ein schwarzes Kopftuch trägt und mit einem Kukri bewaffnet ist.
Setzlistenrang 6 von 16 Anwärtern auf den Sieg bei den Spielen.

VON SEINEM SCHIRMHERRN:

»Der Gurkha wird sehr schwer zu schlagen sein.«

Kenzo Depon,
König des Himmels

DIE HETZE ÜBER DIE ERSTE ZINNE

Ein ebenso spektakulärer wie furchterregender Anblick erwartete Jack und Sky Monster.

Vor ihnen erstreckte sich ein gewaltiger Abgrund, leicht drei Fußballfelder groß.

Zu ihrer Linken begrenzte ihn der kolossale Berg, auf dem sich hoch, hoch oben ein Aussichtsbalkon für Hades und die anderen königlichen Zuschauer befand. Unter dem königlichen Balkon trafen gerade die eisenbeschlagenen Geiselwagen auf Schienen von der vorherigen Arena ein.

Aus dem Abgrund vor ihnen ragten zwei durch eine schmale Brücke ohne Geländer verbundene Felsnadeln. Die erste Zinne war klein und flach, die zweite schlichtweg gigantisch. Sie ragte deutlich höher empor und besaß zudem einen Aufbau in Form eines hohen zylindrischen Turms.

Der Turm war sogar wunderschön und erinnerte Jack an alte babylonische Architektur.

Mehrere Wege schlängelten sich spiralförmig um die Außenwand des Turms nach oben und kreuzten sich in unterschiedlichen Abständen. Die Gesamtheit – der Turm und die Felszinne – ragte mindestens zehn Stockwerke über der Stelle auf, an der Jack stand. Der Gipfel befand sich auf gleicher Höhe mit dem königlichen Aussichtsbalkon.

Jack konnte ansatzweise eine leuchtende goldene Kugel auf der Spitze des Turms sehen. Und in der Nähe verlief vom Turm zum Balkon eine schmale, an Seilen aufgehängte Brücke.

Das war der von Vacheron erwähnte Ausgang für den Kämpfer, der sich die Kugel holte. Der Ausgang, der danach eingezogen werden würde. Den anderen – den Weg der Feiglinge für die restlichen Teilnehmer – konnte Jack vorerst nicht sehen.

Und wenn er ehrlich sein sollte, interessierte ihn in dem Moment überhaupt kein Ausgang. Von unmittelbarer Bedeutung für Sky Monster und ihn war, was sich zwischen ihnen und der Brücke befand, die zu der Zinne mit dem Turm führte: eine Phalanx von etwa 30 Minotauren mit Schwertern und Speeren.

Sie standen in vier Reihen auf der ersten flachen Zinne vor vier gepanzerten Elefanten in zeremonieller rot-schwarzer Kriegsbemalung. Jedes Tier trug zwei Minotauren auf dem Rücken und trompetete laut.

»Sind das *Elefanten?*«, fragte Sky Monster ungläubig.

»Ja«, bestätigte Jack.

Der analytische Teil seines Gehirns bemerkte die kleinen Ohren der Tiere. Asiatische Elefanten hatten kleinere Lauscher als afrikanische. Vielleicht hatte Iolanthe die Wahrheit darüber gesagt, dass sie sich in Indien befanden.

Jack schüttelte den Gedanken ab, der ihn abgelenkt hatte.

Die anderen Kämpfer zögerten nicht.

Synchron mit ihren an sie geketteten Partnern sprinteten sie aus den Käfigen über die flache Zinne auf die Streitkraft aus Minotauren und Elefanten zu.

Der Gurkha aus dem Verschlag neben Jack bewegte sich besonders schnell und sicher und perfekt auf seinen kleineren Gefährten abgestimmt.

Sein Gefährte.

In dem Moment erkannte Jack mit Bedauern, dass die Begleiter fast aller anderen Kämpfer klein, gedrungen und schlank oder gar zierlich waren.

Er warf einen Blick neben sich auf Sky Monster – groß und übergewichtig. Und wieder fragte er sich, ob die anderen Teilnehmer mehr wussten als er. Bei diesem Wettkampf schien es eindeutig auf Schnelligkeit und Beweglichkeit anzukommen, und im Gegensatz zu nahezu allen anderen Gefährten hatte Sky Monster beides nicht zu bieten.

Ein mächtiges Gebrüll vertrieb die Gedanken aus Jacks Kopf.

Die Miniaturarmee der Minotauren stimmte einen Kriegsschrei an, verfiel gefolgt von den vier Elefanten in Laufschritt und steuerte direkt auf die Kämpfer zu.

Die dritte Herausforderung hatte begonnen.

Die einsetzende Schlacht verlief genauso brutal und chaotisch wie furchterregend und laut.

Überall herrschte Bewegung: Minotauren rannten mit Schwertern um sich schlitzend umher. Elefanten bäumten sich auf und landeten mit dröhnenden Lauten. Kämpfer huschten bald hierhin, bald dorthin.

Inmitten des Chaos sah Jack den Marine mit der verspiegelten Brille, der mit einer stämmigen Frau im Schlepptau flink durch das Getümmel rannte.

Einen flüchtigen Moment lang freute sich Jack, dass noch jemand einen kräftigeren Partner hatte. Dann jedoch runzelte er die Stirn, denn er vermeinte, den großen weiblichen Marine zu kennen …

Dann versperrte ihm ein trötender, sich aufbäumender Elefant die Sicht. Jack duckte sich unter den Füßen des Tiers hinweg, zog Sky Monster mit sich und folgte dem linken Rand der Felszinne.

Unterwegs erblickte Jack den britischen Kämpfer, den SAS-Mann namens Brigham mit dem rötlichen Haar.

Brigham rannte mit einem Kurzschwert in einer Hand und seinem kleinen, an sein anderes Handgelenk gefesselten Begleiter und hackte unterwegs drei Minotauren nieder, die sich ihm in den Weg stellten. Er steuerte auf ein bogenförmiges Tor zu, hinter dem die Brücke zur Hauptzinne folgte.

Was Brigham dann tat, überstieg alles, womit Jack je gerechnet hätte. Als gerade keine Minotauren angriffen, drehte sich Brigham zur Seite und hackte, ohne mit der Wimper zu zucken, die Hand seines kleinen Begleiters ab.

Jack erbleichte. »Herr im Himmel …«

Der Mann schrie gellend auf, als seine am Gelenk abgetrennte Hand zu Boden fiel … und mit ihr die Handschellen aus Stahl.

Es gehörte zum Grausamsten, was Jack je gesehen hatte, dennoch entbehrte es nicht einer skrupellosen Logik.

Befreit von seiner Verbindung mit dem kleineren Mann stürmte Brigham wesentlich schneller als zuvor zum Tor. Sein Begleiter blieb über den blutigen Stumpf seines Handgelenks gebeugt zurück.

Innerhalb von Sekunden fielen zwei Minotauren über den Mann her, der schrill heulte, während sie ihn in Stücke hackten.

Jack beobachtete, wie wenige Meter von Brigham entfernt der Gurkha dem Beispiel des Briten folgte. Auch er ließ sein verheerend wirkendes Kukri niedersausen und durchtrennte den Unterarm seines Partners.

Dieser Begleiter starb nicht so kläglich wie jener Brighams. Stattdessen schleuderte er sich trotz seiner schweren Verletzung den anstürmenden Minotauren entgegen – ein bewusstes Opfer, mit dem er dem Gurkha genug Zeit verschaffte, um wegzurennen.

»Großer Gott«, entfuhr es Jack. »Das ist blanker Wahnsinn.«

Sky Monster hatte beide Verstümmelungen bezeugt. Seine Augen wirkten groß wie Untertassen.

»Bitte tu mir das nicht an, Jack.«

»Wir stehen das zusammen durch oder gar nicht, Kumpel«, erwiderte Jack. »Komm weiter.«

Während Jack und Sky Monster durch das Durcheinander rannten, duckten sich die anderen Kämpfer um sie herum und schlugen zu, rannten und traten aus, kämpften gegen die Streitkraft der Minotauren.

Schnell wurde für Jack deutlich, dass die Teilnehmer an den Spielen zwar zahlenmäßig deutlich unterlegen waren, aber erheblich besser kämpften als die kleineren Minotauren.

Die 30 Halbmenschen sollten die Recken auf dem Weg zum Turm der Hauptzinne lediglich aufhalten, um sie voneinander zu trennen.

Dennoch warfen sie sich mit geradezu schockierender Wildheit ins Gefecht. Sie schleuderten sich den Kämpfern entgegen, sprangen sie ohne Rücksicht auf das eigene Leben an.

Mit einer Ausnahme.

Jack sah, wie der verbliebene goldene Minotaurus – einer der beiden, die in die Ränge der Kämpfer aufgestiegen waren – mit seinem Begleiter ungehindert durch die Reihen der gewöhnlichen Minotauren lief.

Sie bevorzugen ihresgleichen, erkannte Jack. *Sie sind vielleicht nicht ganz menschlich, aber sie sind nicht dumm.*

In dem Moment ging ein Elefant zu Boden, dem ein anderer Kämpfer mitten im Ansturm den Bauch aufgeschlitzt hatte. Das riesige Tier landete wuchtig unmittelbar neben Jack und Sky Monster.

Mit einem dumpfen Knall schlug es auf und schlitterte auf sie zu!

»Nach links hechten!« Jack riss Sky Monster mit, und sie sprangen nach links. Der Elefant rutschte an ihnen vorbei, verschwand über den Rand des Abgrunds und nahm seine Minotaurenreiter mit in die Tiefe.

Durch ihren Hechtflug waren sie nahe am linken Rand der Felszinne gelandet. Als sie sich wieder auf die Beine rappelten, sprangen ihnen zwei Minotauren entgegen.

»Monster! Wäscheleine!«, rief Jack. Sky Monster reagierte, indem er die angekettete Hand im selben Moment wie Jack hob. Die Kehle des ersten anstürmenden Minotaurus prallte gegen die Kette der Handschellen. Seine Füße flogen hoch, als er zu Boden ging.

Einen Sekundenbruchteil danach duckte sich Jack und hievte den zweiten angreifenden Minotaurus über sich hinweg von der Felszinne in den Abgrund.

»Das ist ein Irrenhaus!«, rief Sky Monster.

»Die Geschichte meines Lebens«, gab Jack zurück. Er deutete auf die Brücke, die zur großen Felszinne in der Mitte führte. »Hier können wir nicht bleiben! Wir müssen zu der Brücke da!«

Sie rannten durch das Getümmel.

Schnell und tief geduckt huschte Jack im Zickzack zwischen den anstürmenden Minotauren und sich aufbäumenden Elefanten hin und her, wich ihnen aus, aber der schwerere Sky Monster hatte sichtlich Mühe damit. Er keuchte und schnaufte, atmete schwer und war hochrot im Gesicht.

Sky Monster verlangsamte sie unbestreitbar. Ein dreistöckiges, schlossähnliches Tor bildete den Zugang zur Brücke, die zur Hauptzinne führte. Es bestand aus zwei hornartigen Türmen und einem hochgezogenen Fallgitter.

Jack spähte daran vorbei zu der großen Felszinne und stellte fest, dass der goldene Minotaurus und der britische Kämpfer Brigham die Brücke bereits überquert hatten. Die beiden eilten gerade einen gewundenen Pfad hinauf, dicht gefolgt von dem Gurkha.

Jack und Sky Monster befanden sich noch etwa 20 Meter von der Brücke entfernt. Nur ein anderes Kämpferpaar befand sich noch auf der ersten Felszinne und erreichte gerade das Tor.

»Gewinnen können wir die Herausforderung nicht!«, brüllte Jack über dem allgemeinen Lärm. »Also lass uns zumindest dafür sorgen, dass wir nicht zu den Letzten hier drin gehören!«

»Verstanden!«

In dem Moment beobachtete Jack eine ausgesprochen unerfreuliche Handlung des Kämpferpaars, das gerade das Tor hinter sich gelassen hatte.

Die beiden entdeckten einen Hebel, durch den das Fallgitter herunterrasselte und den Durchgang versperrte.

»Mistkerle …« Jack schnappte nach Luft.

Sky Monster und er lagen bei dem Todesrennen ohnehin schon an letzter Stelle. Nun saßen sie auch noch auf der ersten Felszinne fest.

»Hier lang!« Jack zog Sky Monster in Richtung des linken Wachturms des Bogentors.

Das Gebilde bestand aus grob behauenem Stein. Die Oberfläche schien uneben genug zu sein, um Halt daran zu finden.

Sky Monster spähte über den Rand des Abgrunds in eine gewaltige Tiefe von mehreren Hundert Metern.

»Jack ...«

»Nicht nach unten schauen! Wir klettern jetzt außen an der Mauer entlang!«, sagte Jack und schaute verzweifelt zurück.

Oben auf dem königlichen Aussichtsbalkon kommentierte Monsieur Vacheron: »Meine Damen und Herren, wenn ich Ihre Aufmerksamkeit in diese Richtung lenken darf: Der fünfte Krieger und sein Begleiter versuchen wacker, um das Brückentor herumzuklettern.«

Die erhabenen Zuschauer drehten die Köpfe und schauten hin.

Lily stand mitten unter ihnen. Sie hatte es bereits bemerkt und beobachtete das Geschehen bange.

Sky Monster streckte sich nach einem Halt an der Seitenwand des Wachturms und wagte sich hinaus über den schier bodenlosen Abgrund. Jack folgte ihm mit der an seinen Gefährten geketteten Hand voraus.

Hoch über der tödlichen Tiefe bewegten sie sich Zentimeter für Zentimeter die Außenmauer des Wachturms entlang.

»Nur weiter, weiter«, drängte Jack, »dann nach oben …«

Sky Monster hatte etwa zweieinhalb Meter zurückgelegt, als plötzlich ein Minotaurus ohne Rücksicht auf die eigene Sicherheit von der Kante der Felszinne sprang, geradewegs auf Jack zuflog und die behaarten Arme um seine beiden Beine schlang.

Das Ergebnis folgte abrupt.

Durch das zusätzliche Gewicht verlor Jack den Halt an der Mauer und fiel.

Die versammelten Zuschauer auf der Tribüne schnappten kollektiv nach Luft.

Lily klatschte sich die Hand auf den Mund.

Jack fiel von der Mauer.

Sein linkes, mit Sky Monster verbundenes Handgelenk riss die rechte Hand seines Freundes von deren Halt, und für den Bruchteil einer Sekunde dachte Jack, es wäre vorbei: Sky Monster und er würden in den Tod stürzen.

Dann wurde sein Fall abrupt gebremst.

Irgendwie gelang es Sky Monster, sich festzuklammern.

Mit vor Anstrengung hochrotem Gesicht und zusammengebissenen Zähnen krallte sich Sky Monster nur mit der linken Hand an der Mauer fest und hielt sich selbst, Jack … und den Minotaurus!

Jack spürte, wie ihn ein Anflug inspirierter Energie durchströmte.

»Du bist der Beste, Monster!«, rief er und trat nach dem Minotaurus – einmal, zweimal, dreimal –, bis er von ihm abfiel und in den Abgrund stürzte. Und keinen Moment zu früh, denn Sky Monsters Griff drohte letztlich zu versagen. Schnell hielt sich Jack selbst wieder an der Mauer fest und kletterte nach oben zu seinem Partner. Sky Monster fand indes neuen Halt und schnaufte durch.

Einen Moment lang verharrten die beiden Freunde nicht weit von der ersten Felszinne entfernt, wo sich die wütenden Minotauren versammelt hatten.

»Danke, Kumpel«, sagte Jack. »Ich bin echt froh, dass ich kein Leichtgewicht als Partner habe. So jemand wäre dazu nicht in der Lage gewesen. Komm jetzt, wir müssen um das Ding hier herumklettern und die Geschichte durchstehen.«

Und so bahnten sich Jack und Sky Monster den Weg um den Wachturm herum.

Während sie damit beschäftigt waren, lief Major Gregory Brigham vom SAS, befreit von seinem Begleiter, die Reihe schmaler, sich kreuzender Wege um den Turm auf der großen Felszinne hinauf.

Dicht hinter Brigham folgten der goldene Minotaurus und der Gurkha. Letzterer erklomm mühelos einen der Pfade, unterstützt von seiner an die Berge seiner Heimat gewöhnten Lunge.

Auf dem Zuschauerbalkon deutete Vacheron mit dem Arm.

»Meine Damen und Herren, die Führenden nähern sich dem Gipfel des Turms. Allerdings sollten sie sich vorsehen, denn der Turm besitzt eigene Verteidigungseinrichtungen.«

Greg Brigham keuchte schwer, während er den mächtigen Turm erklomm. Es war ein brutaler Aufstieg.

Hinter sich hörte er ein Grunzen. Er schaute zurück und erblickte sowohl den goldenen Minotaurus als auch den Gurkha nur ein kurzes Stück hinter sich auf dem Pfad.

Und sie holten auf.

Der Weg, den Major Brigham hinaufraste, war nichts für schwache Nerven. Er verlief die Außenmauer des riesigen zylindrischen Turms entlang, gerade breit genug für eine Person.

An der Innenseite des Wegs prangten in regelmäßigen Abständen flache Nischen in der Mauer, während eine 30 Zentimeter hohe Rinne aus Stein den schwindelerregenden äußeren Rand des Pfads begrenzte.

Plötzlich hörte Brigham ein lautes Poltern von irgendwo über sich.

Er hechtete in die nächstgelegene Nische – nur eine knappe Sekunde bevor eine riesige, mannshohe, mit Stacheln bewehrte Eisenkugel um die Kurve rollte und die gesamte Breite des Wegs einnahm.

Die Kugel sah mit ihren zahlreichen rot glühenden, vor Bewegung verschwommenen Eisenspitzen verheerend aus. Und sie erwies sich als so konstruiert, dass die rollenden Stacheln perfekt in die äußere Rinne des Wegs passten und die Kugel nicht über die Kante rollen konnte. Stattdessen folgte sie gnadenlos dem Pfad nach unten.

Brigham presste sich mit dem Rücken an der Wand in die flache Nische und zog den Bauch ein, als die Eisenkugel vorbeidonnerte. Die rot glühenden Spitzen kamen ihm so nahe, dass sie zischten, als sie seine Nase passierten.

Der Gurkha sprang vom Weg, klammerte sich mit den Fingerspitzen an die Rinne und baumelte daran, um der Kugel auszuweichen.

Der golden bemalte Minotaurus und sein Begleiter jedoch hatten keine Nische, in die sie springen konnten, und sie sahen die Gefahr zu spät, um dem Beispiel des Gurkha zu folgen.

Die Eisenkugel pflügte mit voller Wucht in sie hinein.

Zwei der grausamen Stacheln pfählten den Minotaurus, bevor die Kugel ihn überrollte, auch seinen Gefährten aufspießte und zusammen mit ihren schreienden Opfern von dem Bauwerk stürzte.

Bei dem plötzlichen Geschrei schaute Jack hinauf.

Nachdem Sky Monster und er um die Außenmauer des Wachturms herumgeklettert waren, eilten sie über die Brücke zur mittleren Felszinne.

Hinter ihnen scharte sich die Horde der Minotauren um das Tor. Entweder würden sie versuchen, das Fallgitter hochzustemmen, oder wie Jack und Sky Monster außen um den Turm zu klettern.

So oder so würde ihnen die wutentbrannte Horde bald über die Brücke folgen.

Als Jack abrupt zu den Schreien aufschaute, erblickte er die beiden aneinandergeketteten Minotauren und die Eisenkugel, die zusammen vom Turm stürzten.

Sie fielen etwa 60 Meter, bevor sie auf den felsigen Hang am Fuß des Turms prallten, den Hang hinabkullerten und von der Zinne in den Abgrund ungeahnter Tiefe verschwanden.

Jack schaute höher und sah mehrere Kämpfer auf den kreuz und quer verlaufenden Pfaden des Turms.

Den SAS-Mann namens Brigham sichtete er in Führung in der Nähe des Gipfels, dicht gefolgt vom Gurkha. Beide wichen weiteren über die Pfade des Turms herabdonnernden Eisenkugeln aus.

Einige weitere Kämpfer befanden sich noch weit zurück in den tieferen Gefilden des hohen Bauwerks. Wie Jack feststellte, hatten wieder andere den Turm gar nicht erst in Angriff genommen. Da Brigham und der Gurkha uneinholbar in Führung lagen, begnügten sie sich mit Schadensbegrenzung und steuerten bereits auf den Ausgang über den Weg der Feiglinge zu.

Von Jacks Brücke führte ein gewundener Pfad den felsigen Hang zum Turm hinauf. Der Pfad mündete in einen der Wege des Turms, was bedeutete, dass die herabkullernden Eisenkugeln bis dorthin weiterrollen würden, wo sich Jack befand.

Als sie den Beginn des Anstiegs erreichten, betrachteten Jack und Sky Monster eine dort zum Liegen gekommene Kugel.

Jack starrte auf das tödliche Gebilde.

Es handelte sich um eine grausame Konstruktion: eine fast zwei Meter hohe Eisenkugel, die neben etlichen rot glühenden Stacheln mehrere gekrümmte Klingen aufwies.

In ruhendem Zustand konnte Jack auch erkennen, dass er ein unfassbar schönes Gesamtwerk vor sich hatte. Man hatte das Eisen zum lebensechten Abbild der Köpfe wild knurrender Keiler geschmiedet.

Die tödlichen Stacheln hatte man so gestaltet, dass sie die Hauer der Wildschweinköpfe bildeten.

»Wow …«, stieß Jack hervor.

Auch Sky Monster starrte das Gebilde geradezu ehrfürchtig an. »Deshalb bleibe ich in der Regel im Flugzeug.«

Gebrüll ließ sie beide herumwirbeln.

Die Minotauren auf der ersten Felszinne hatten das Fallgitter geöffnet, rannten in Scharen hindurch und folgten ihnen über die Brücke.

»Los«, sagte Jack. »Wir müssen weg von diesem Felsen. Wir dürfen nicht unter den letzten beiden Paaren sein.«

Sie setzten sich den Pfad hinauf in Bewegung.

Während Jack und Sky Monster den Aufstieg begannen, erreichte Major Gregory Brigham hoch über ihnen den Gipfel des Turms.

Nachdem er einigen weiteren Eisenkugeln ausgewichen war und eines der vier Löcher passiert hatte, aus denen sie kamen, traf Brigham nur wenige Meter vor dem Gurkha beim Ziel ein.

Unter dem begeisterten Beifall der königlichen Zuschauer erklomm Brigham breite Steinstufen mit Öffnungen darin zum absolut höchsten Punkt des gewaltigen Bauwerks …

… wo er die goldene Kugel auf einem Altar vorfand.

Von der Plattform mit dem Altar erstreckte sich eine an Seilen aufgehängte Brücke zum königlichen Balkon.

Brigham vergeudete keine Sekunde. Er schnappte sich die Kugel, umklammerte sie wie einen Football und rannte mit ihr über die Brücke.

Nach einem kurzen, schwindelerregenden Lauf stieg er keuchend und schwitzend unter dem Jubel der königlichen Zuschauer von der anderen Seite des Stegs.

Dabei trat Brighams Stiefel auf einen Auslöser. Sofort wurde die hohe Brücke hinter ihm eingezogen. Die einzelnen Segmente schoben sich ineinander, und der Gurkha saß drüben auf dem Turm fest.

Vacheron wandte sich an den versammelten Hochadel. »Meine Damen und Herren, wir haben einen Gewinner! Aber wie gesagt darf nur er die Arena über diese spezielle Brücke verlassen. Alle anderen Kämpfer müssen daran erinnert werden, wie unwürdig sie sind. Sie müssen über den Weg der Feiglinge entkommen.«

In dem Moment erwachte auf dem Turm ein zweiter schrecklicher Mechanismus zum Leben, aktiviert vom selben Auslöser.

Extrem heiße, flüssige Lava quoll aus den breiten Öffnungen in den Stufen zum Altar auf dem Gipfel. Zähflüssig, grau, klebrig, durchsetzt von glühendem Rot und langsam wie Sirup.

Der Gurkha machte kehrt und floh den nächstbesten Pfad hinunter.

Die graue Masse sickerte träge aus dem Gipfel und wälzte sich wie Lava, die sich über den Rand eines Vulkans ergießt, alle vier Pfade hinab zu den Kämpfern, die sich noch auf dem Turm und auf der Felszinne befanden.

DER WEG DER FEIGLINGE

Jack und Sky Monster befanden sich halb den kurvigen Weg hinauf, verfolgt von der kleinen Armee aus Minotauren, als sie sahen, wie die flüssige Steinmasse über den Rand der Turmspitze quoll und sich über die Pfade entlang der Seiten des Turms auszubreiten begann.

Jack beobachtete, wie alle Kämpfer auf dem Turm wendeten und blitzartig die Flucht nach unten antraten.

Da er sich auf halbem Weg nach oben befand, konnte er mittlerweile den anderen Ausgang aus der riesigen Höhle sehen: drei gewaltige Brücken, die den Abgrund überspannten und alle an einem Berg endeten, wo die drei getrennten Treppen zu einem einzigen Ausgang zusammenliefen.

Der Weg der Feiglinge.

Jack wurde die Lage klar.

Was bisher ein Rennen nach oben zum Gipfel gewesen war, wurde zu einem Sprint nach unten zu den drei Brücken und dem Ausgang.

»Nimm die Beine in die Hand, Sky Monster!«, rief er. »Wir müssen zu dem Ausgang da!«

Und schon rannten sie, so schnell sie konnten, den steilen, kurvigen Weg hinauf, immer noch verfolgt von einer Horde wütender Minotauren.

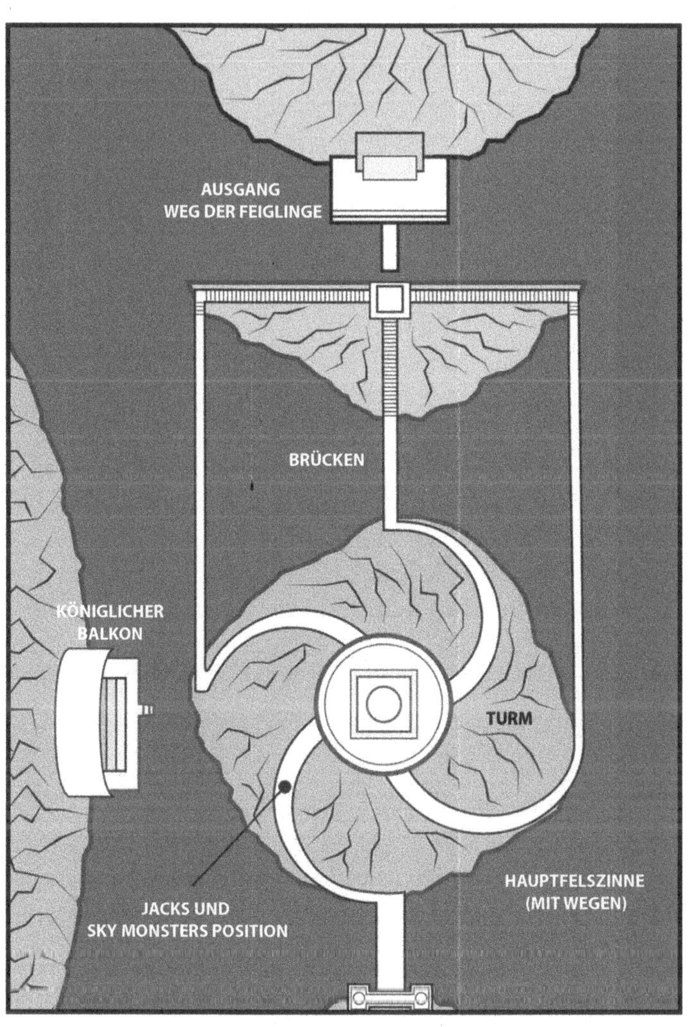
AUSGANG
WEG DER FEIGLINGE
BRÜCKEN
KÖNIGLICHER
BALKON
TURM
HAUPTFELSZINNE
(MIT WEGEN)
JACKS UND
SKY MONSTERS POSITION

Sky Monster ging es nicht gut. Keuchend, schwer atmend hielt er Jack auf.

Sie erreichten die Stelle des Übergangs zwischen dem felsigen Hang und dem Sockel des Turms, und als Jack zu einer nahenden Eisenkugel hinaufschaute, sank Sky Monster auf die Knie.

»Lauf weiter«, sagte Jack und zerrte ihn vorwärts.

Aber Sky Monster rührte sich nicht.

»Monster, Kumpel, wir müssen …«

»Jack«, sagte Sky Monster. »Wir wissen es beide. Ich schaffe das nicht. Dafür bin ich zu fett, zu langsam. Ich halte dich auf.«

Jack warf einen Blick zurück zur von unten nahenden Horde der Minotauren, dann einen hinauf zur von oben heranpolternden Eisenkugel. Alles ging viel zu schnell. Eine solche Diskussion konnten sie sich nicht leisten.

»Monster, bitte, wir haben keine Zeit für …«

»Richtig, aber *dafür* schon«, fiel Sky Monster ihm ins Wort. Plötzlich stieß er Jack von sich und über die Kante, bevor er sich hinlegte und den Arm mit der Handschelle über den Weg ausstreckte.

Jack baumelte an der Handschelle hängend abseits des Pfads auf dem Steilhang der Felszinne.

Einen Moment später rollte die Eisenkugel über ihnen in Sicht, donnerte über Sky Monsters ausgestreckten Arm, und …

Schnapp!

Einer der glühend heißen Stacheln knirschte über die Kette der Handschellen und durchtrennte sie. Ein anderer

Stachel bohrte sich im Vorbeirollen in Sky Monsters rechten Unterarm, und er brüllte vor Schmerzen auf.

Der todbringende Eisenbrocken polterte davon, geradewegs auf die Masse der Minotauren zu, die den unteren Pfad heraufstürmten. Die ersten fünf Minotauren schaltete er aus, bevor er sich auf einem der armen Teufel verkeilte, dessen Fuß mit einem Stachel am Boden festnagelte und zum Stillstand kam. Die Kreatur stieß gequältes Geheul aus.

Jack rappelte sich überrascht auf, plötzlich nicht mehr an Sky Monster gekettet.

»Los!«, brüllte ihm der Neuseeländer zu. »Du musst weiterleben, Jack! Ich nicht! Du warst immer besonders. Ich nicht. Ich bin nur ein Pilot. Gib meinem Leben einen Wert, indem du aus dem Schlamassel rauskommst und diesen Arschlöchern die Fressen polierst! Jetzt geh!«

Jack blieb keine Zeit zum Diskutieren, also nickte er seinem Freund zu und stürmte den nächstbesten Weg hinunter zu einer der drei Fluchtbrücken.

Jack rannte, so schnell er konnte.

Er flog förmlich einen der abschüssigen Pfade hinunter und auf eine der schwindelerregend hohen Brücken zu, die zum Ausgang führten.

Unterwegs sah er die anderen Kämpfer vor ihm fliehen.

Sie hasteten die drei hohen Treppen hinauf, erreichten den Punkt, an dem sie zusammenliefen, und sprangen über eine schmale Kluft in Sicherheit.

Jack fiel auf, dass jener letzte Sprung nach unten ging – etwa zweieinhalb Meter tief.

Hatte man ihn erst gemacht, konnte man nicht zurück in die Arena. Vermutlich ein Mechanismus, der verhindern sollte, dass ein Kämpfer umkehrte, um nachträglich seinen Partner zu retten.

Suchend wanderte sein Blick über den Bereich vor sich. Alle anderen Kämpfer waren ihm weit voraus.

Alle außer einem.

Der Gurkha.

Er hatte darauf gesetzt, die Spitze des Turms als Erster zu erreichen und die Herausforderung zu gewinnen. Ein zweischneidiges Schwert: Nachdem Brigham ihm den Rang abgelaufen hatte, musste der Gurkha die größte Entfernung zurücklegen, um den Ausgang am Ende des Wegs der Feiglinge zu erreichen.

Somit befand sich neben Jack nur noch der Gurkha in der Arena. Und im Augenblick rannte er knapp vor Jack auf der mittleren Brücke.

Ein Kämpfer ist schon tot. Ich darf also nicht Letzter werden!, brüllte Jacks Verstand.

Er mobilisierte sämtliche Energiereserven und beschleunigte die Schritte.

Oben auf dem königlichen Balkon beobachteten Lord Hades und seine Gäste Jacks verzweifelten Sprint mit großem Interesse.

»Meine Güte«, kommentierte Vacheron, »sieh sich einer an, wie der fünfte Krieger rennt. Er weiß, worum es geht. Ein Kämpfer ist umgekommen, also wird der letzte in der Arena verbliebene Recke Vorletzter, was den Tod bedeutet. Er rennt buchstäblich um sein Leben.«

Der Gurkha befand sich auf halbem Weg die mittlere Treppe hinauf, als Jack unten an den Stufen ankam.

Jack preschte hoch wie ein Besessener.

Sein Rivale näherte sich in vollem Lauf der höchsten Stelle, nach wie vor mit dem Kurzschwert in der Hand.

Schließlich erreichte der Gurkha den Gipfel als Erster und setzte zum Springen an …

In dem Moment hechtete Jack zu ihm, schlang wie ein Rugbyspieler beide Arme um seine Fußgelenke und brachte ihn mit einem dumpfen Aufschlag zu Fall.

Jack und der Gurkha entwirrten sich voneinander, rappelten sich auf und standen sich auf der kleinen Plattform über den drei Treppen gegenüber.

Der Gurkha holte bedrohlich mit dem Kurzschwert aus.

Und plötzlich handelte es sich nicht mehr um ein Wettrennen zum Ausgang, sondern um einen Kampf auf Leben und Tod.

Die Klinge des Kurzschwerts blitzte auf, als der Gurkha auf Jack losstürzte.

»Gottverdammt noch mal«, fluchte Jack.

Er fühlte sich zu ausgelaugt zum Kämpfen, zu erschöpft, um auf Gentleman zu machen, also packte er schmutzige Tricks aus.

Ein gezielter Tritt gegen die Kniescheibe verursachte ein Übelkeit erregendes Knirschen, ließ das linke Bein des Gurkha in die falsche Richtung einknicken und entlockte dem Mann einen gellenden Aufschrei.

Jacks nächster Tritt gegen die Brust des aus dem Gleichgewicht Geratenen beförderte diesen von der Plattform in den Abgrund. Er schrie den gesamten Weg in die Tiefe.

Und plötzlich befand sich Jack allein auf der Plattform.

In dem gewaltigen Raum um ihn herum trat eine unheimliche Stille ein.

Es kullerten keine Eisenkugeln mehr die gewundenen Pfade des Turms herab.

Da jene Kugel, die Jacks Handschelle durchtrennt hatte, den Weg versperrte und sich immer noch verflüssigte Steinmasse den Turm entlang herunterwälzte, war die Horde der Minotauren zur ersten Felszinne zurückgekehrt.

Hades, Vacheron und die königlichen Zuschauer beobachteten Jack erwartungsvoll schweigend. Sie schienen bereit zu sein, in Applaus auszubrechen, sobald er den letzten Sprung absolvierte.

Die anderen überlebenden Kämpfer standen kaum drei Meter von ihm entfernt auf der anderen Seite der schmalen Kluft und beobachteten ihn ebenfalls. Ihn trennte nur ein kurzer Sprung davon, sich ihnen anzuschließen und die Arena zu verlassen.

Doch Jack tat stattdessen etwas, womit niemand rechnete.

Er sprang nicht.

Die königlichen Zuschauer sahen fassungslos mit an, wie sich Jack West jr. zu ihrer völligen Überraschung umdrehte und die hohe Treppe zurück in Richtung der mittleren Felszinne hinunterlief.

»Was um alles in der Welt hat er vor?«, fragte jemand.

Iolanthe beobachtete Jack mit zusammengekniffenen Augen. »Er tut, was typisch für ihn ist.«

Jack hastete über die Brücke und behielt dabei die Ströme aus geschmolzenem Gestein im Auge, die immer noch die sich kreuzenden Pfade des Turms herabkrochen.

Mittlerweile waren sie beinahe unten angekommen.

Jack eilte einen der gewundenen Pfade zum Turm hinauf und erreichte dessen Fuß, als die träge, glühende Masse zehn Meter entfernt in Sicht geriet.

Er fand Sky Monster dort vor, wo er ihn zurückgelassen hatte. Der große Neuseeländer saß nur da, hielt sich den blutigen rechten Unterarm und starrte auf den Boden.

Verdattert schaute er auf, als Jack sagte: »Monster. Komm jetzt, höchste Zeit zu verschwinden.«

»Jack? Du … bist zurückgekommen? Musst du nicht … raus?«

Jack lächelte. »Solange wir dem glühenden Schlamm da entkommen können, haben wir so viel Zeit, wie wir brauchen, alter Freund. Niemand wird zurückgelassen, ganz gleich wie sehr außer Form. Komm.«

Jack führte Sky Monster in Richtung des Ausgangs.

Kaum hatten sie ein paar Schritte zurückgelegt, hörte Jack etwas.

Ein Wimmern.

Ein gequältes Wimmern wie von einem Tier.

Mit zusammengekniffenen Augen spähte Jack den abschüssigen Pfad hinunter, der zurück zur ersten Felszinne führte.

Dort sichtete er eingeklemmt unter der zuvor herabgekullerten Eisenkugel einen Minotaurus, halb abseits des Wegs – offensichtlich hatte er noch versucht, in Sicherheit zu hechten.

Allerdings hatte die riesige Kugel einen seiner Stiefel erwischt und den Halbmenschen festgekeilt, für den keine Hoffnung bestand, sich selbst zu befreien. Aber er wimmerte nicht um Hilfe flehend in Jacks Richtung.

Vielmehr in die zweier anderer Minotauren, die weiter unten auf dem Weg standen. Angespannt und unsicher traten sie von einem Bein aufs andere. Der Versuch, ihren Kameraden zu retten, barg das Risiko, von der nahenden Lava erfasst zu werden.

Schließlich trafen sie ihre Entscheidung … und flüchteten in die entgegengesetzte Richtung.

Der eingeklemmte Minotaurus riss sich die Stiermaske vom Kopf und heulte ihnen kläglich hinterher, als sie davoneilten.

Während Jack hinsah, zerrte der Minotaurus verzweifelt an seinem eingekeilten Fuß, jedoch vergeblich. Die Kugel war entschieden zu schwer, als dass der Halbmensch sie allein bewegen konnte.

Ohne den Kampfhelm wirkte der Halbmensch weit weniger Furcht einflößend. Er hatte einen Schopf schwarzer Haare, eine niedrige Stirn und einen vorstehenden Unterkiefer.

So sah er eindeutig menschlicher aus.
Und in Jack legte sich ein Schalter um.
Dieser Mann, diese Kreatur, dieser Halbmensch – was auch immer – würde auf grausige Weise sterben, wenn das nahende, verflüssigte Gestein ihn langsam verschluckte.
Also setzte sich Jack den Pfad hinunter in Bewegung und ließ Sky Monster am Fuß des Turms zurück.

Auf dem königlichen Balkon trat ein gut aussehender junger Prinz neben Hades und flüsterte: »Ist das zulässig, Vater? Darf er das?«
Hades beobachtete Jack weiter.
Schließlich antwortete er: »In meinen Augen verstößt der Recke damit gegen keine Regeln.«

Der eingeklemmte Minotaurus hatte Jack noch nicht bemerkt. Dann knirschten Jacks nackte Füße über den Kies, und der Minotaurus wirbelte überrascht herum, die Augen vor Angst weit aufgerissen.
Jack hob die Hände.
»Ich will dir nichts tun. Nur helfen.«
Jack wartete nicht auf eine Erwiderung, dafür fehlte ihm die Zeit. Der Strom aus flüssigem Gestein hatte mittlerweile beinahe den Fuß des Turms erreicht. Der eingeklemmte Halbmensch starrte ihn völlig fassungslos an, als sich Jack vorbeugte, mit der linken Hand aus Titan einen der heißen Stacheln packte und sich mit aller Kraft gegen die Eisenkugel stemmte.

Oben auf dem königlichen Aussichtsbalkon sahen die versammelten Gäste mittlerweile schockiert und ungläubig zu.

»Wie schauderhaft«, sagte eine der Frauen.

»Absurd«, befand einer der Männer.

Lily blickte stolz auf ihren Vater hinab.

Neben ihr beobachtete Hades weiter alles mit kühlem Blick.

Der schwere Eisenbrocken rollte ein kurzes Stück den abschüssigen Pfad hinunter und gab den linken Fuß des Minotaurus frei.

Der Halbmensch sprang auf und hopste geradezu komisch auf dem unversehrten Bein, als wollte er sich verteidigen.

Jack breitete erneut die Hände aus.

»Wie gesagt, ich will dir nur helfen.«

Dann schob er sich rasch unter die linke Schulter des Halbmenschen, stützte ihn und half ihm den Weg hinauf.

Während auf dem königlichen Balkon entgeisterte Stille herrschte, trafen Jack und der Minotaurus am oberen Ende des Wegs bei Sky Monster ein. Zusammen gingen die drei auf der gegenüberliegenden Seite der Felszinne hinunter zu den Brücken und zum Ausgang.

An der Stelle, an der Jack den Gurkha in den Abgrund gestoßen hatte, half er Sky Monster, den letzten Sprung zu meistern, indem er ihn praktisch über die Kluft warf.

Dann hievte er sich den Minotaurus über die Schultern wie ein Feuerwehrmann – ein Bild, das der Feuerwehrhelm auf seinem Kopf verstärkte – und schaute hinauf zum königlichen Balkon mit Hades und Vacheron.

»Ich darf alles behalten, was ich aus der Arena raustragen kann, richtig?«, rief er.

Vacheron warf Hades einen fragenden Blick zu.

Hades nickte.

»Darfst du«, bestätigte Vacheron.

»Na dann ist es ja gut«, sagte Jack.

Und er sprang mit dem verletzten Minotaurus auf den Schultern über den Abgrund hinweg in Sicherheit.

Auf dem königlichen Balkon brach ein wildes Raunen aus.

Im Verlauf der Jahrtausende hatten sich bei den Großen Spielen viele berühmte Geschehnisse ereignet, aber noch nie etwas Derartiges: ein Kämpfer, der einen Minotaurus rettete!

Auf dem Balkon beim Ausgang am Ende des Wegs der Feiglinge starrten die anderen Kämpfer Jack fassungslos an.

Ihre verblüfften Blicke besagten alles: Wer, bitte, half einem Minotaurus?

Als Hades die Hand hob, breitete sich Schweigen in der gesamten, kolossalen Höhle aus. Und als er das Wort ergriff, hörte Jack ihn ungeachtet der Entfernung klar und deutlich.

»Meine Damen, meine Herren und ihr, Recken! Was für ein Spektakel wir doch bezeugen! Siegreicher Recke: Tritt vor.«

Der SAS-Mann, Major Brigham, stellte sich vor Hades. Ehrfürchtig überreichte er dem dunklen Herrscher die goldene Kugel, die er bei der Herausforderung erbeutet hatte.

Hades ergriff wieder das Wort: »Recke. Ich bin zutiefst beeindruckt. Du hast die beiden letzten Herausforderungen gewonnen. Und wieder steht es dir frei, deine Belohnung für den Sieg nach Belieben zu nennen. Du kannst dir alles wünschen, was in meiner Macht steht. Also sprich.«

Brigham nickte.

Das königliche Publikum harrte gespannt seiner Antwort.

Genau wie die Kämpfer auf dem anderen Balkon.

Nach dem Sieg bei der zweiten Herausforderung hatte Brigham die Hinrichtung seines schärfsten Rivalen gefordert. Würde er dasselbe erneut tun?

Einige der Kämpfer beobachteten Brigham nervös und bemerkten, dass die beiden Jäger mit den Löwenmasken, Chaos und Furcht, lautlos hinter ihnen aufgetaucht waren. Oben auf dem königlichen Balkon hatte sich Vacheron mit seiner tödlichen Fernbedienung neben Hades gestellt.

Schließlich ergriff Major Gregory Brigham das Wort.

Er verbeugte sich vor Hades. »Herr, ich hätte gern, dass der tibetische Prinz Tenzin Depon getötet wird.«

Die hochadligen Zuschauer murmelten anerkennend.

Der tibetische Prinz nahm den dritten Platz der Setzliste der Spiele ein. Nach seinem ersten Sieg hatte Brigham die Hinrichtung des zweitgesetzten Kämpfers angeordnet. Nun wollte er den nächstgereihten Herausforderer eliminieren. Es handelte sich um eine bewährte Strategie bei den Spielen: die ersten Herausforderungen gewinnen und die Hauptkonkurrenten beseitigen.

Jack schaute zu dem muskulösen tibetischen Kriegermönch in seiner Nähe. Der junge Mann schloss die Augen und ergab sich seinem Schicksal, kurz bevor sein Schädel explodierte und sein Körper zusammensackte.

Als Nächstes wurden seine Unterstützer im Geiselwagen getötet, indem sich die flüssige Steinmasse über sie ergoss und sie ertränkte.

Während Jack das Geschehen beobachtete, wurde ihm schlecht.

Als es vorbei war, rief Vacheron förmlich: »Meine Damen und Herren! Das ist für heute alles! Die Kämpfer ziehen sich jetzt zu ihren Geiselwagen zurück! Die vierte

Herausforderung beginnt morgen bei Sonnenaufgang!« Er verbeugte sich vor den königlichen Gästen. »Ich wünsche allen einen guten Abend.«

GEHEIME GESCHICHTE II

DIE WAHRE GESCHICHTE DER WELT

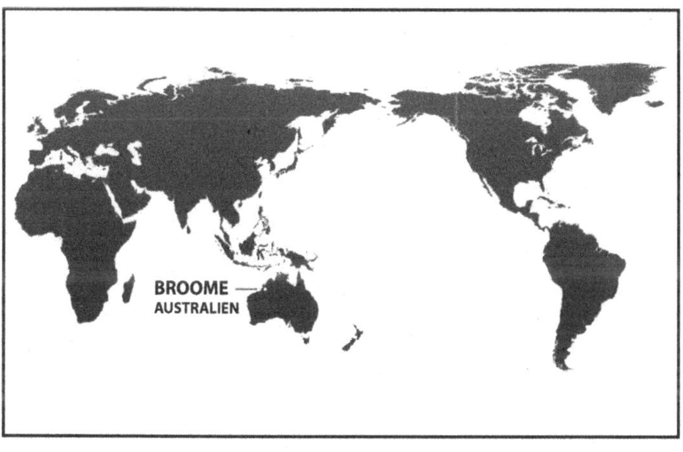

Newton war nicht der Erste des Zeitalters der Aufklärung. Er war der Letzte der Magier, der Letzte der Babylonier und Sumerer, der letzte große Geist, der die sichtbare und intellektuelle Welt mit denselben Augen betrachtet hat wie diejenigen, die vor knapp 10.000 Jahren begannen, unser geistiges Erbe aufzubauen.

JOHN MAYNARD KEYNES

BROOME, AUSTRALIEN

Kurz vor drei Uhr nachmittags verließen Pooh Bear und Stretch mit ihrem Mietwagen den Regionalflughafen von Broome in der abgelegenen nordwestlichen Ecke Australiens. Es herrschte glühende Hitze.

Broome lag an der Küste am Rand einer mächtigen Wüste und galt in den Wintermonaten als beliebtes Urlaubsziel. Im Sommer hingegen war es einfach nur heiß. Vier Monate im Jahr lagen die Tagestemperaturen bei über 44 Grad Celsius.

Pooh Bear und Stretch passierten ein farbenfroh gestaltetes Schild mit der Aufschrift:

WILLKOMMEN IN BROOME

EINWOHNERZAHL 14.052

»Wenn man am Ende der Welt leben will«, meinte Pooh Bear, »ist man hier richtig.«

Stretch lächelte verschmitzt. »Mae mag die Einsamkeit definitiv. Und die Welt gesteht sie ihr gern zu.«

»Was stört sie an dir?«, fragte Pooh Bear.

»Ich bin zu dünn. Und an dir?«

»Dass ich keine Freundin habe«, erwiderte Pooh Bear. »Wir reden hier von der Frau, die Wolf geheiratet und Jack großgezogen hat. Also muss sie imposant sein. Was macht sie hier oben?«

»Sie ist Lehrerin an der High School. Unterrichtet Geschichte.«

»Jacks Mutter ist Geschichtslehrerin an der High School?«

Stretch drehte sich Pooh Bear zu. »Meine Freundin Dr. Mabel Merriweather ist die vielleicht überqualifizierteste High-School-Geschichtslehrerin der Welt.«

An der Stelle fuhr ihr Auto durch das Zufahrtstor der High School von Broome.

Der Zeitpunkt ihrer Ankunft erwies sich als günstig. Der Unterricht hatte gerade geendet. Die Schülerinnen und Schüler der Broome High strömten durch die Tore nach Hause und ins Wochenende.

Pooh Bear und Stretch warteten im Empfangsbereich, nachdem sie darum ersucht hatten, Frau Merriweather zu sehen.

Nach etwa fünf Minuten betrat eine kleine Frau Ende 60 mit Feengesicht, Pagenkopf und großer Brille forschen Schrittes den Empfangsbereich, verfolgt von einem hochgewachsenen, etwa 18-jährigen Burschen in einem Footballtrikot der Broome High.

Der Junge bettelte: »Aber Miss Merriweather, wenn ich nicht bestehe, darf ich morgen nicht mitspielen!«

»Arthur …«

»Alle nennen mich Bubba, Ma'am.«

Sie blieb stehen.

Pooh Bear spürte, wie sich Kälte im Raum ausbreitete. Der Blick, den sie dem Jungen zuwarf, hätte Wasser gefrieren lassen können.

»*Arthur*«, wiederholte sie. »Lass es mich klipp und klar sagen. Spiele interessieren mich nicht. Wenn du diese Schule verlässt, wird dir nicht die Anzahl der bestrittenen Footballspiele einen Job verschaffen. Mein einziges Anliegen gilt deiner Bildung. Hättest du für den Test gelernt, dann hättest du ihn bestanden. Und wenn du ihn bestanden hättest, könntest du morgen spielen. Das ist eine gute Lektion für dich: Das Leben kommt an erster Stelle, Spiele an zweiter. Spielen darf man, wenn man es sich verdient hat.«

Der riesige Junge ließ den Kopf hängen. Niedergeschlagen wandte er sich ab und ging davon.

Pooh Bear und Stretch, beide kampferprobte Soldaten, die schon Männer im Nahkampf getötet hatten, saßen verdattert da.

»Nun denn …« Die kleine Frau drehte sich um und richtete den laserartigen Blick auf sie.

»Benjamin Cohen«, sagte sie zu Stretch. »Gütiger Gott, Junge, wann wirst du endlich mal was *essen?* Du bist dünn wie eine Bohnenstange. Und Zahir …«

Pooh Bear stand auf. Nicht mehr viele Menschen benutzten seinen richtigen Namen.

»Hast du schon eine Frau gefunden?«

»Nein, Ma'am. Noch nicht.«

»Verabredungen?«

»Ein paar, Ma'am.«

»Bitte, genug jetzt mit diesem ›Ma'am‹. Nennt mich Mae.« Sie schenkte beiden ein gewinnendes Lächeln. »Aber wenn ihr mich je Mae West nennt, schneide ich euch die Nüsse mit einem Buttermesser ab.«

»Ja, Ma'am. Ich meine, ja, Mae«, stammelte Pooh Bear.

»Also«, sagte Mae. »Was ist los? Mir fällt nur eins ein, was euch beide so spontan hierhergeführt haben kann. Was ist mit meinem Sohn passiert?«

Sie begaben sich in Maes Büro, ein bescheidenes Zimmer mit Blick auf einen Wüstengarten.

Als Pooh Bear eintrat, stellte er fest, dass Geschichtsbücher sämtliche Regale füllten.

Sie reichten von klassisch bis alternativ: von Gibbons *Verfall und Untergang des Römischen Reiches* bis zu *Erinnerungen an die Zukunft* von Erich von Däniken und *The Secret Teachings of All Ages* von Manly P. Hall. Pooh Bear fiel auf, dass alle streng alphabetisch nach Autoren geordnet standen, die Buchrücken mit militärischer Präzision aufgereiht.

»Jack ist verschwunden«, sagte Stretch, nachdem Pooh Bear und er sich auf zwei Sesseln gegenüber von Maes Schreibtisch niedergelassen hatten. »Er wurde entführt.«

»Woher wisst ihr das mit Sicherheit?« Mae Merriweather mochte ein niedliches, feenhaftes Gesicht besitzen, aber die Augen hinter der großen Brille bohrten ihren Blick stechend in Pooh Bear. Für ihn wirkte sie wie eine todbringende Bibliothekarin.

Er holte sein iPhone heraus und spielte ein Video ab.

Es zeigte Pine Gap aus der Luft, eine schwebende Ansicht von oben auf die Wüstenanlage.

»Das sind Aufnahmen der GoPro-Kamera, die Horus um den Hals hatte, als Jack heute Morgen verschwunden ist.«

Auf dem Display betrat eine Gruppe von bewaffneten Männern – begleitet von einer Frau – den Stützpunkt. Kurz darauf tauchten sie mit den bewusstlosen Gestalten von Jack, Sky Monster, Lily, Alby und den beiden Hunden auf.

Als sie Jack über den sandigen Boden trugen, zeigte die Frau in Richtung der Kamera. Prompt zog einer der Soldaten die Pistole und feuerte. Das Kamerabild trudelte außer Kontrolle, bevor es auf den Boden zuraste und zu einem Rauschen wurde.

Pooh Bear verzog das Gesicht. »Sie haben Horus abgeschossen und alle in der Basis umgebracht.«

»Bitte zurückspulen«, sagte Mae mit fester Stimme. »Ich will das Gesicht der Frau sehen.«

Pooh Bear kam der Aufforderung nach und fror das Bild der gehenden Frau ein. Er hatte gewusst, um wen es sich handelte, kaum dass er die Aufnahmen gesehen hatte. Genau wie Jack kannte er die Frau gut.

»Ihr Name ist Iolanthe Compton-Jones«, sagte er. »Sie gehört zu einer bestimmten Gruppe. Wir kennen sie als die Deus …«

»Die Deus Rex«, fiel Mae ihm ins Wort. »Die Gottkönige.«

Pooh überraschte, dass sie davon wusste. »Woher …«

Wieder unterbrach ihn Mae. »Geschichtslehrerin.«

»Vor seiner Entführung konnte Jack noch das hier für Sie hinterlassen.«

Er reichte ihr den silbernen Teelöffel aus Pine Gap mit der Botschaft in schwarzem Filzstift:

»Wir können das Symbol nicht entziffern. Hoffentlich können Sie es.«

Mae drehte den Teelöffel in den zierlichen Händen und betrachtete ihn eingehend.

»Ein Tetragammadion«, murmelte sie abwesend.

Pooh Bear und Stretch schwiegen, weil sie ihre Gedankengänge nicht stören wollten.

Schließlich schaute sie auf. »Gibt es in dem Stützpunkt, den Jack besucht hat, irgendein Observatorium? Ein astronomisches Observatorium mit einem Teleskop?«

»Ja«, antwortete Pooh Bear schnell und hoffnungsvoll. »Der Datenstandort eines unheimlich leistungsfähigen neuen Teleskops.«

»Hmmm …« Mae runzelte mit finsterer Miene die Stirn, und Pooh Bear beschlich jäh das Gefühl, etwas falsch gemacht zu haben.

Abrupt stand sie auf und ging zu einem ihrer Bücherregale. Sie zog einen dicken, sehr alt aussehenden, ledergebundenen Band ohne Titel auf dem Rücken heraus.

Nachdem sie mit dem Buch zu ihrem Schreibtisch zurückgekehrt war, blätterte sie es durch.

Als sie die gesuchte Seite gefunden hatte, las sie laut vor:

»Ich kann es nicht sehen. Dafür ist die Optik meiner Zeit nicht gut genug. Aber die Mathematik belegt es unausweichlich. Es naht. Es wird an weisen und edlen Menschen künftiger Generationen mit fortschrittlicherer Optik liegen, es am Nachthimmel auszumachen und den Rückruf zu veranlassen. Sonst ist alles verloren.«

Mae drehte das Buch so um, dass Pooh Bear und Stretch es sehen konnten.

In der Mitte der Seite, über dem Absatz, den sie gerade gelesen hatte, prangte das Symbol:

»Kommt euch das bekannt vor?«, fragte Mae die beiden Männer.

»Und ob«, erwiderte Pooh Bear.

Der Text unter dem Symbol war in einem sehr alten Stil handgeschrieben, wie er feststellte. Die Seiten des Buchs waren trocken, brüchig und braun vor Alter.

»Was ist das für ein Buch? Und wer hat es geschrieben?«

»Dieses Buch«, erklärte Mae, »ist fast 300 Jahre alt und eines von nur fünf existierenden Exemplaren. Es heißt *Die Chronologie der alten Königreiche* und wurde von Sir Isaac Newton verfasst.«

»Deshalb wollte ich wissen, ob Jack in einem Observatorium war, als er entführt wurde«, sagte Mae.

»Es gibt das Tetragammadion weltweit in verschiedenen Abwandlungen – im Buddhismus und Hinduismus und bedauerlicherweise auch in Form des Hakenkreuzes der Nazis. Aber nur wenige beziehen sich im astronomischen Sinn darauf. Dieses von Newton selbst gezeichnete Bild stellt eine weit entfernte Galaxie dar, bekannt als Hydra-Galaxie.«

»Eine Galaxie, die er nicht sehen konnte?«, murmelte Stretch.

»Isaac Newton war ein bemerkenswerter und brillanter Mann«, sagte Mae. »Der vielleicht brillanteste Mann der gesamten Menschheitsgeschichte. Sein Werk über die Bewegungen der Planeten war seiner Zeit um 250 Jahre voraus, und die *Principia Mathematica* bleiben das einflussreichste Buch, das je geschrieben wurde.

Bekanntermaßen hat sich Newton auch mit exotischer Forschung befasst, die von Kritikern als ›Alchemie‹ oder ›okkulte Wissenschaft‹ abgetan wurde. Seine Notizen zu diesen Themen – und Newton hat immer sehr detaillierte Notizen geführt – waren berüchtigt dafür, schwer zu entziffern zu sein. Bei seiner Arbeit über die Hydra-Galaxie verhält es sich ähnlich.

Newton war unter anderem Lucasischer Professor für Mathematik an der Universität Cambridge, Leiter der Münzprägeanstalt Royal Mint und, was für unsere Zwecke am wichtigsten ist, Präsident der Royal Society. Durch den letzten Posten wurde er zum Vorsitzenden einer ungemein mächtigen Gruppe, der inneren Elite der Royal Society: des sogenannten Invisible College.«

»Invisible College?«, hakte Pooh Bear nach.

»Die Weisesten der Weisen, feierliche Berater der alten Könige«, sagte Mae. »So lautet ihr offizielles Motto.«

»Die Mitglieder des Invisible College waren Berater der britischen Krone?«, fragte Stretch.

Mae warf ihm einen Blick zu.

»Nein. Ich sagte, sie waren Berater der alten Könige. Der Herrscher der vier legendären Königreiche.«

Sie bemerkte die verständnislosen Mienen der beiden Männer vor ihr.

»Vier legendäre Königreiche?«, wiederholte Pooh Bear.

Mae verstummte kurz. Sie wirkte unsicher, ob sie weitermachen sollte.

»Vor langer Zeit, als ich noch die Energie und den Eifer der Jugend hatte, habe ich an dem Thema geforscht«, sagte sie schließlich. »Meine Kollegen haben mich für verrückt gehalten. Sie haben gemeint, ich würde Legenden und Verschwörungstheorien nachjagen, keiner echten Geschichte. Nur Jacks Vater hat mich ermutigt. Ich habe schon sehr lange nicht mehr an die vier Königreiche gedacht.«

»Erzählen Sie uns davon«, bat Stretch.

»Meine Herren« – der Ausdruck in Maes Augen wurde plötzlich hart und konzentriert – »wenn wir in der Angelegenheit gemeinsam vorankommen wollen, müsst ihr einige eurer vorgefassten Meinungen über Könige, Königinnen und Nationalstaaten, ja sogar über die Geschichte selbst über Bord werfen. Könnt ihr das?«

»Nach allem, was ich unterwegs mit Ihrem Sohn auf der Welt gesehen habe, bin ich der aufgeschlossenste Mensch des Planeten«, sagte Pooh Bear. »Ich bin dabei.«

»Mae«, sagte Stretch. »Entschuldigen Sie, wenn ich das so sage, aber Jack West sr. – Wolf – hätte nie eine gewöhnliche Geschichtslehrerin geheiratet. Was ist Ihr wahres Fachgebiet?«

Mae lächelte. »Obwohl ich es aufrichtig liebe, jungen Menschen die Augen zu öffnen, halte ich mich doch gern für mehr als eine durchschnittliche High-School-Lehrerin. Im Grunde bin ich mein Leben lang einer einzigen Frage nachgegangen. Meine Suche nach der Antwort darauf hat mich zu einer Expertin für so verschiedenartige Themen wie mythische Reiche, fortgeschrittene Astronomie und berühmte Persönlichkeiten wie Nikola Tesla und Isaac Newton gemacht.«

»Und wie lautet die Frage?«, fragte Stretch.

»Die Frage«, erwiderte Mae, »ist die bedeutendste von allen: Wer oder was ist Gott?«

»Wer ist Gott?« Stretch klang zweifelnd. »Meinen Sie den muslimischen Gott Allah? Ägyptische Götter? Griechische Götter? Oder den christlichen Gott, der angeblich seinen einzigen Sohn auf die Erde geschickt hat, der dann gekreuzigt wurde und von den Toten auferstanden ist? Sie wissen schon, dass Jack mal das Grab von Jesus Christus in einem römischen Salzbergwerk gefunden hat, mit dem Leichnam noch darin, oder?«

Mae nickte. »Ich rede von allen. Und ja, mir ist durchaus bewusst, dass Jesus der Nazarener ein Mensch war, auch wenn ihn ein beträchtlicher Teil der Menschheit als Gott hingestellt hat. Was meint ihr, warum das passiert ist?«

Stretch zuckte mit den Schultern. »Er hat eine populäre Philosophie gepredigt. Frieden, Gleichheit, nett zu anderen sein. Er hat seine Jünger mit Broten und Fisch gespeist, hat Kranke geheilt. Und wie wir 2008 erfahren haben, war er wohl auch ein Mitglied einer uralten königlichen Linie …«

»Ganz recht«, warf Mae schnell ein. »Er hat Kranke geheilt und einem uralten Königshaus angehört. Stellt euch vor, ihr lebt in der römischen Provinz Judäa, und aus dem Nichts taucht ein Mann mit fortschrittlichem medizinischem Wissen auf, der Kranke zu heilen beginnt. Das muss zwangsläufig für Aufsehen sorgen. Durch seine königliche Abstammung war Jesus eine noch größere Sensation, und sein Ruhm hat sich verbreitet.

Ich behaupte, dass eine Handvoll Königsgeschlechter über fortschrittliches uraltes Wissen verfügt, das ihnen von einer geheimnisvollen Zivilisation aus der fernen Vergangenheit überliefert wurde. Dadurch haben sie einen derartigen Vorsprung gegenüber der allgemeinen Bevölkerung erlangt, dass sie sozusagen gottgleich erscheinen.

Habt ihr gewusst, dass jede große antike Zivilisation erwähnt, von einem bärtigen Mann mit weißer Haut besucht worden zu sein? Es ist immer ein Mann, er ist immer weiß, und er hat immer einen Bart. Ein Mann, der ihnen fortschrittliches Wissen schenkt und Kranke heilt.

Die Ägypter, die Maya, die Kambodschaner – sie alle wurden von einem solchen Mann besucht. Die Ägypter nannten ihn Viratia.

Die Maya nannten ihn Viracocha. Die Kambodschaner: Viacaya. Klingt schlüssig, oder?

Ich meine, wenn man eine einfache Gesellschaft ist und jemand kommt, der einem zeigt, wie man riesige Pyramiden baut, Sonnenfinsternisse vorhersagt, nachhaltige Landwirtschaft betreibt und wie durch ein Wunder Kranke heilt, dann kann man ihn schon für einen Gott halten, oder?«

»Klar«, bestätigte Pooh Bear.

»Meine These«, fuhr Mae fort, »lautet, dass unsere alten Götter – von Zeus über Poseidon bis hin zu Anubis und Isis – allesamt königliche Nutznießer der vorzeitlichen Zivilisation waren, die einst die große Maschine gebaut hat. Sie alle waren Mitglieder einiger weniger Familien von hoher Geburt, die noch heute als die vier mystischen Königreiche existieren. Meines Erachtens ist die Frage, wer oder was Gott ist, untrennbar mit den vier Königreichen verbunden, die unsere Welt im Verborgenen regieren.«

Wieder fielen ihr Poohs und Stretchs verwirrte Mienen auf.

»Okay, vielleicht sollte ich ein wenig weiter ausholen«, meinte Mae. »Denkt an alles, was ihr im Geschichtsunterricht an der High School gelernt habt. Alles davon ist falsch. Die Geschichte, wie ihr sie kennt, ist nicht korrekt. Was ihr kennen müsst, ist die geheime Geschichte der Welt.«

Mae holte tief Luft. »Die vier mystischen Königreiche waren erstaunlich erfolgreich darin, ihre Existenz zu verbergen. Nur wenige Menschen wissen von ihrem Einfluss und ihrer Macht. Wenn man eine Weltkarte betrachtet, sieht man die Grenzen von Ländern und Nationalstaaten. Was man nicht sieht, sind die Grenzen der vier uralten Reiche.

Dennoch gibt es sie. Sie existieren definitiv. Und diese Königreiche haben den Verlauf der Menschheitsgeschichte von Anfang an beeinflusst.

Sie sind die wahren Herrscher der Welt. Die Könige der Könige. Die Oberherren der Monarchien der Welt.«

»Wie die Deus Rex?«, fragte Stretch.

»Ich konnte es zwar nie beweisen, aber ich war immer der Meinung, dass die Deus Rex eines der vier Königreiche sind, ja. Das sogenannte Königreich Land«, sagte Mae.

»Die vier geheimen Königreiche kennt man als *Land, Meer*, *Himmel* und *Unterwelt*. Hier, das sind meine alten Notizen.« Mae holte ein altes Notizbuch aus dem Regal und blätterte zu einer Seite mit Eselsohren. »Das wird es besser erklären.«

Die Seite zeigte zwei Weltkarten. Bei der ersten handelte es sich um eine gewöhnliche mit den üblichen Landesgrenzen.

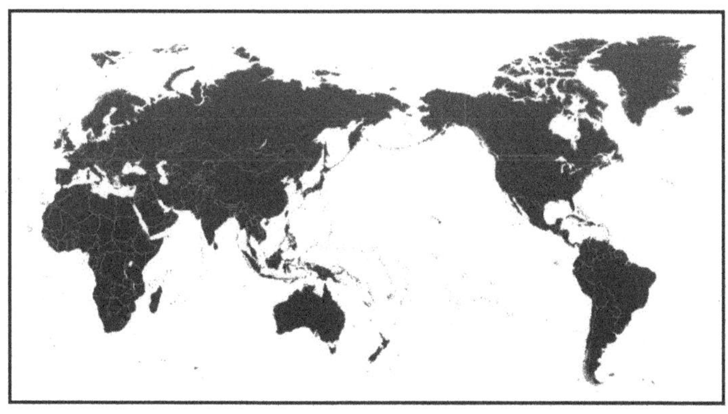

»Das ist eine herkömmliche Weltkarte«, erklärte Mae. »Wie man sie schon tausendmal gesehen hat. Das halten die Menschen für die Realität. Jetzt seht euch diese Karte an.«

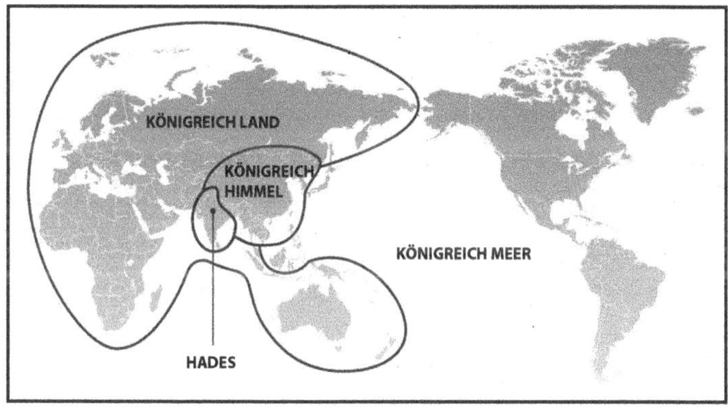

»*Das* ist die Realität«, sagte Mae. »So wird die Welt wirklich regiert.«

Pooh Bear betrachtete die Karte eingehend. Die Welt war darauf mit handgezeichneten Linien in vier Regionen unterteilt.

Das Königreich Meer bildete mit Abstand den größten Teil und umfasste Amerika, Grönland, Japan und alle Ozeane der Welt.

An zweiter Stelle folgte das Königreich Land. Es enthielt auf den ersten Blick eindeutig die größte reine Landmasse, die sich über Europa, Russland, Afrika, den Nahen Osten und Australien erstreckte.

Das Königreich Himmel bestand im Wesentlichen aus China und den Ländern des Himalaja sowie einem Teil Südostasiens.

Und zu guter Letzt gab es noch das als »Hades« bezeichnete Reich, die Unterwelt. Es stellte das bei Weitem kleinste der vier Königreiche dar und schloss im Wesentlichen Indien ein.

»Hades?« Stretch zog eine Augenbraue hoch. »Der griechische Gott der Antike? Der Herrscher der Unterwelt? Soll das heißen, dass er heute noch lebt?«

»Der Name *Hades* ist lediglich ein Titel, der an die aufeinanderfolgenden Könige der Unterwelt weitergegeben wird. Von daher: Ja, es gibt auch heute einen Mann, der wahrscheinlich sehr reich ist, im Alltag unter einem anderen Namen lebt und nur in königlichen Kreisen als Lord Hades bekannt ist, König der Unterwelt.

Du darfst nicht vergessen, Stretch, dass es keine Götter gibt, nur Menschen«, sagte Mae. »Das ist die Antwort auf die Frage, die mein Leben geprägt hat: *Es gibt keine Götter.* Jeder Gott oder Held der Antike war einst ein Mensch, vermutlich mächtig und berühmt, dennoch ein Mensch. Zeus, Perseus, Athene, Herkules – sie alle waren lediglich Menschen. Diese Theorie ist nicht neu. Der griechische Philosoph Euhemeros hat sie bereits 300 Jahre vor Christus postuliert.«

Mae tippte auf die zweite Karte.

»Diese Leute, diese vier Könige sind die heimlichen Herrscher der Welt. Gelegentlich werden sie so bedeutend, dass ihre Namen aus dem Schatten heraustreten und Eingang ins Bewusstsein der Öffentlichkeit finden: Cheops, Ramses, Agamemnon, Konstantin, Karl der Große. Aber das kommt selten vor.

In ihrer Eigenschaft als Herrscher sind die vier ewigen Königreiche die Hüter uralten, fortschrittlichen Wissens. Viel davon ist astronomisch, viel davon im Wort des Thot in Manuskripten niedergeschrieben, die auf die Anfänge der zivilisierten Menschheit zurückgehen.«

Mae hob einen Finger.

»Die Quelle dieses fortgeschrittenen uralten Wissens ist ein weiterer Teil der Antwort auf die Frage meines Lebens. Wenn es eine frühere, fortschrittliche Zivilisation auf diesem Planeten gegeben hat oder wenn Außerirdische die Erde besucht haben, würden sie sich als Götter qualifizieren?«

Pooh sah Stretch an. Stretch sah Pooh an.

Mae fuhr fort: »Die vier Königreiche sind die verborgene Hand, die das Geschick der Menschheit lenkt. Jeder große Krieg, jede Hungersnot, jede Revolution, Migration und Depression – alles ihr Werk.

Die vier Königshäuser wissen, dass sich der Mensch weiterentwickeln muss. Sie wissen auch, dass Reichtum und Ruhm die Menschen zu Fortschritt anspornen. Deshalb gestatten sie ihnen, Reichtum und Macht zu erlangen. Bis zu einem gewissen Grad. Denn wenn jemand zu hoch aufsteigt – zu nah an der Sonne fliegt, wenn man so will –, wird derjenige von den vier Königen skrupellos niedergestreckt.

Durch diese Linse betrachtet bekommt die Geschichte einen völlig anderen Charakter. Nehmen wir zum Beispiel Frankreichs Ludwig XIV., den berühmten Sonnenkönig. Er war unvorstellbar reich und einer dieser alten Könige, der Herrscher des Königreichs Land. Sein verwöhnter Enkel, Ludwig XVI., war nicht halb so gut wie sein Großvater. Deshalb wurde er bei der Weitergabe der Krone übergangen. Als Ludwig XVI. es gewagt hatte, diese Entscheidung anzufechten, wurde die Französische Revolution ausgelöst, und der junge Ludwig hat buchstäblich den Kopf verloren.

Der Erste Weltkrieg war ein Streit zwischen einigen unbedeutenderen königlichen Familien. Der Zweite Weltkrieg war ein Bündnis aller Königshäuser, um zwei lästige Nationen zu zerstampfen, Deutschland und Japan.

Bei drei Gelegenheiten, 1929, 1987 und 2008, als sich die Kapitalistenklasse zu schnell zu hoch aufgeschwungen und zu Göttern erklärt hatte, wurde sie von den vier Königen prompt an ihren Platz erinnert.

Präsidenten, Premierminister und Nationalstaaten sind lediglich vorübergehende Randerscheinungen. Die Königshäuser nutzen Demokratie als Instrument, um die Bevölkerung zufriedenzustellen.

Einzelne mögen aufsteigen und sich zu ›Königen‹ oder ›Sultanen‹ ausrufen, aber ihr Reichtum ist nichts im Vergleich zu dem der vier Königreiche.

Gelegentlich holen sich die Königreiche talentierte Personen durch strategische Vermählungen in ihre geheime Aristokratie, damit die Blutlinien gesund bleiben und die Gesinnung offen.

Und in den letzten 5000 Jahren wurden diese Königsgeschlechter von den Männern – immer Männern – des

Invisible College beraten, Männern überragender Weisheit, eingeweiht in das Wissen der ›Altvorderen‹, jener geheimnisvollen, fortschrittlichen Zivilisation, die sowohl die große Pyramide als auch die von Jack wieder zusammengesetzte Maschine erbaut hat.

Wie bei den Herrschern, denen sie dienen, finden manchmal auch die Namen dieser Berater den Weg ins Volksbewusstsein. Beispiele sind Männer wie Imhotep, Merlin, Richelieu und Rasputin.«

»Und Newton«, sagte Pooh Bear.

»Und Newton«, bestätigte Mae. »Die katholische Kirche, die im finsteren Mittelalter viel altes Wissen bewahrt hat und die moderne Form des Sonnenkults von Amon-Ra ist, hat viele solcher Eingeweihten in ihren Reihen. Und wie ihr wisst, berät sie die Deus Rex.«

Pooh Bear hob die Hände.

»Okay, okay. Es gibt also eine große Verschwörung durch königliche Arschlöcher, die unsere Welt regieren. Wie hilft uns das alles, Jack zu finden?«

»Jack hat dieses Tetragammadion-Symbol nach dem Besuch eines modernen astronomischen Observatoriums gezeichnet«, sagte Mae. »Und anschließend wurde er von Iolanthe Compton-Jones entführt, Mitglied eines der vier mystischen Königreiche. Wenn die Königreiche im Spiel sind, gibt es keine Zufälle. Sie handeln streng nach uralten Gesetzen und Ritualen.

Irgendetwas muss vor sich gehen – etwas, das mit der Hydra-Galaxie zu tun hat. Newton wusste von ihr und hat seine Gedanken in seinem Buch *Die Chronologie der alten Königreiche* niedergeschrieben. Wir müssen darin oder in seinen anderen Werken etwas finden, das uns zu Jack führen kann.«

»Jetzt reden wir die gleiche Sprache«, kam von Pooh Bear. »Ma'am, wenn Sie mir die Bemerkung gestatten, Sie sind total krass drauf.«

»Du hast ja keine Ahnung.« Mae Merriweather schenkte ihm ein schelmisches Grinsen. »Ach übrigens, wie geht's Horus? Ich mag diese Vogeldame.«

»Sie wird zwar so bald nicht wieder fliegen können, aber sie erholt sich«, antwortete Stretch.

»Gut«, sagte Mae. »Und jetzt an die Arbeit.«

DIE UNTERWELT

LAGE UNBEKANNT, IRGENDWO IN INDIEN

Nach dem Ende der dritten Herausforderung ergriff Iolanthe kurz entschlossen Lilys Hand und führte sie vom königlichen Aussichtsbalkon.

»Komm mit, Liebes«, sagte sie. »Heute Abend veranstaltet Lord Hades das Eröffnungsbankett, und du musst einfach dabei sein.«

Iolanthe nahm Lily in ihre eigene königliche Unterkunft mit.

Lily hatte immer noch keine Ahnung, wo sie sich befanden – und ob diese sogenannte »Unterwelt« über oder unter der Erde lag.

Aber während sie Iolanthe folgte, bemühte sie sich, auf jedes Detail zu achten. Wenn sie Jack helfen wollte, musste sie so viel wie möglich über diesen Ort in Erfahrung bringen.

Der Balkon, von dem sie die dritte Herausforderung beobachtet hatte, schien mit einem Berg verbunden zu sein.

Von jenem Balkon hatte Iolanthe sie in den Berg und durch eine Reihe von grob gearbeiteten Steintunneln zu einem modernen Aufzug mitten im Inneren geführt. Sie fuhren nach oben.

Der Aufzug mündete in einen weiteren Korridor aus rauem Stein, diesmal jedoch mit weichem Teppichboden. Lampen an den grauen Wänden spendeten sanftes Licht. Es sah aus wie in einem Boutique-Hotel mit Mauern aus Stein.

Iolanthes Unterkunft erwies sich als prunkvoll ausgestattet – ein großflächiger Raum mit hohem Bett, begehbarem Kleiderschrank und Marmorbadezimmer.

Eine hübsche junge, vielleicht 25-jährige Frau stand da und erwartete Iolanthe. Sie hatte braunes Haar und blasse Haut.

»Ah, Chloe«, sagte Iolanthe. »Sei so lieb und hol mein rotes Ballkleid. Außerdem mein Schmuckkästchen, mein Glätteisen und mein Schminkzeug. Wir haben mit Eliza Doolittle hier einiges an Arbeit vor uns.«

»Sofort, Mylady.« Prompt wieselte die junge Frau namens Chloe davon.

Ein einziges Fenster bot eine imposante Aussicht: Es wies zu einer gigantischen, von Flutlichtern erhellten Steinwand.

Sie befand sich etwa 200 Meter entfernt und wies ein labyrinthartiges Muster aus horizontalen Vorsprüngen und vertikalen Rutschen auf.

Vom Gipfel der Felswand schien sich eine Art Tarnnetz nach oben zu erstrecken. Und dahinter herrschte pechschwarze Finsternis.

Lily konnte sich zwar nicht sicher sein, doch sie hatte das Gefühl, dass dieser Berg, was auch immer er sein mochte, in irgendeinem Krater lag.

Iolanthe musterte sie von oben bis unten und schüttelte missbilligend den Kopf. »So kannst du nicht an einem königlichen Dinner teilnehmen.«

Lily trug noch die legere Kleidung, mit der sie nach Pine Gap gereist war: hippe Jeans, Riemchensandalen, rosa Hoodie von Zanerobe. Sie runzelte die Stirn. Ihr gefiel die Jeans. Sie war überaus schick und hatte sie ein Vermögen gekostet.

Chloe kam mit einem roten Kleid und einem Paar hochhackiger Schuhe aus Iolanthes Anziehbereich zurück.

Iolanthe musterte Lily, wog ihre Figur ab. »Meine Güte, was bist du gewachsen. Inzwischen sind wir fast gleich groß. Wie Schwestern! Hier, zieh das Kleid an.«

Lily nahm es mit einem finsteren Stirnrunzeln entgegen.

Ihr Gehirn versuchte, unter einen Hut zu bringen, was sie gerade hörte und was sie zuvor gesehen hatte. Iolanthe sprach so beiläufig von einem Bankett und Ballkleidern, während kurz zuvor Männer wie ihr Vater verzweifelt um ihr Leben gekämpft hatten.

»Wie kannst du überhaupt an so was denken, während da draußen Menschen sterben?«, fragte sie.

Iolanthe legte den Kopf schief. »Liebes. Kindchen. Das ist der Lauf der Dinge. So ist es schon immer gewesen. Seit Tausenden Jahren. Glaub mir, du kannst diese Spiele nicht aufhalten. Jetzt sei ein Schatz und zieh dieses bezaubernde Kleid an.«

Widerwillig kam Lily der Aufforderung nach.

Iolanthe lächelte. »Jetzt setz dich und lass Chloe deine Frisur und dein Make-up machen. Sie ist eine wahre Magierin.«

Lily setzte sich vor den einzigen Spiegel im Raum und ließ Chloe ihr Ding machen.

Während sich Lily im Spiegel betrachtete, ging ihr durch den Kopf, dass sie in den letzten acht Jahren tatsächlich sehr gewachsen war. Sie war kein schlaksiges kleines Mädchen mit großen braunen Augen und olivfarbener Haut mehr, das sich rosa Spitzen ins Haar steckte und glitzernde Rollschuhe trug.

Mittlerweile war sie eine Frau. 20 Jahre alt, schlank und recht attraktiv, wie sie fand. Sie war in ihre körperlichen

Merkmale hineingewachsen: Ihre braunen Augen und ihre olivfarbene Haut strahlten förmlich, Zeugnis ihrer ägyptischen Abstammung. In Cafés im Umfeld von Stanford traten oft junge Männer an sie heran und baten sie spontan um eine Verabredung. Obwohl sie sich nicht oft in Schale warf, wusste sie, dass sie in einem Rock und Stöckelschuhen gut aussah.

»Du hast tolle Schultern«, meinte Iolanthe enthusiastisch und legte ihr eine Diamantkette um den Hals, bevor sie die Träger des Ballkleids von den Schultern schob. »Die darfst du niemals bedecken. Damit bringst du Männer um den Verstand. Mein Gott, du bist eine wahre Schönheit.«

Lily stand auf und betrachtete sich im Spiegel.

Die Frau, die sie darin sah, überraschte sie.

Das Kleid so rot, figurbetont und tief ausgeschnitten. Die Diamanten so strahlend funkelnd. Ihre Frisur zugleich sittsam und doch jugendlich. Und das Make-up: zurückhaltend und minimalistisch; dennoch lenkte es die Aufmerksamkeit kunstvoll auf ihr bestes Merkmal: ihre großen Mandelaugen. Lily hatte sich selbst noch nie so kultiviert aussehend erlebt.

»Ja«, sagte Iolanthe. »Das passt wunderbar. Dieses Debüt war längst überfällig. Es ist höchste Zeit, meine Liebe, dich den Königshäusern vorzustellen.«

Lily wurde in einen prunkvollen Speisesaal geführt.

Vier kolossale Steinsäulen, jede in Form eines von Weinreben umrankten Baums, stützten eine kunstvoll gestaltete, 25 Meter hohe Decke. Die Hauptwand beherrschten vier große Schilde. Jeder wies eine etwas andere Form auf. Sie zeigten ungewöhnliche Bilder und lateinische Wahlsprüche.

KÖNIGREICH LAND
KÖNIGREICH MEER
KÖNIGREICH HIMMEL
KÖNIGREICH UNTERWELT

»Die Wappen der vier Königreiche«, erklärte Iolanthe, als sie Lilys Blick bemerkte. »Land, Meer, Himmel und Unterwelt.«

In der Mitte des Saals ragte stolz eine riesige Marmorstatue eines muskulösen griechischen Helden auf, der mit einem Minotaurus rang. Ein kolossales Kunstwerk, jede Figur mindestens drei Meter hoch. Am Gürtel des Helden hing eine dicke Keule aus Holz.

»Herkules und der kretische Stier«, flüsterte Lily. »Seine siebte Aufgabe.«

»Gut erkannt«, lobte Iolanthe. »Die meisten halten die Darstellung für Theseus, nicht für Herkules. Woher hast du gewusst, dass er es ist?«

»Die Keule am Gürtel«, antwortete Lily und deutete auf die Statue. »In den griechischen Mythen war Herkules berühmt dafür, eine große Keule bei sich zu tragen.«

Im Saal hielten sich die königlichen Zuschauer der Spiele auf.

Etwa 30 Personen hatten sich in formeller Abendgarderobe eingefunden: maßgeschneiderte Smokings bei den Herren, Ballkleider bei den Damen, dazu Halsketten und Ohrringe, funkelnd vor Diamanten.

Sie schlürften Cocktails, während ein Streichquartett Kammermusik spielte.

Ein kleinwüchsiger Hofnarr in einem roten Teufelskostüm und mit rot geschminktem Gesicht hopste und tollte durch die Menge, der er Zaubertricks vorführte.

Als Lily in ihrem atemberaubenden roten Ballkleid den Saal betrat, verstummten sämtliche Unterhaltungen. Sogar der Hofnarr erstarrte mitten im Sprung und glotzte sie an.

Lily zog die Schultern hoch und fühlte sich schlagartig verunsichert.

»Liegt es am Kleid?«, flüsterte sie Iolanthe zu.

Iolanthe lächelte wissend. »Es liegt nicht am Kleid, Liebes. Sondern an dir. In dieser Welt uralter Könige und reiner Blutlinien giltst du als die begehrteste junge Frau auf dem Planeten.«

Zum Glück verging der Moment, und die allgemeinen Unterhaltungen setzten sich fort. Lily nutzte die Gelegenheit, um die vier Schilde an der Hauptwand genauer zu betrachten.

Wappen wurden so gestaltet, dass sie eine Geschichte erzählten, das wusste sie. Jedes noch so kleine Detail barg eine Bedeutung, von der Rangkrone über das Heroldsbild bis hin zum Schild selbst.

Das erste Wappen, das des Königreichs Land, wies darüber eine Krone auf und zeigte drei Pyramiden.

Lily vermutete, dass es sich um die Pyramiden von Giseh in Ägypten handelte, denn die größte, wohl die Cheopspyramide, wurde von einem Lichtstrahl von oben getroffen. Genau das hatte Lily schon einmal gesehen – beim Tartarus-Ereignis, bei dem Jack, sie und ihr zusammengewürfeltes Team die sieben Weltwunder der Antike finden mussten.

Sie las den Wahlspruch: *Ad Majora Regis Gloriam.*

»Zum größeren Ruhm des Königs«, übersetzte sie laut.

Iolanthe nickte. »Ja. Mein Haus, das Königreich Land, manchmal auch Deus Rex genannt, hegt eine besondere Liebe für unseren König, da der König des Reichs Land in der Regel der reichste und mächtigste der vier Herrscher ist.«

Lily nahm den zweiten Schild in Augenschein: Meer.

Darauf sah man eine antike Stadt auf dem Wasser mit einer Pyramide, einem Kuppelbau, zwei Obelisken und einem leuchtturmähnlichen Gebilde, alles als Umrisse vor einer gleißenden Sonne, gekrönt von einem Dreizack darüber.

Der Wahlspruch *A Magnitudine, Vires* bedeutete übersetzt in etwa »Stärke aus Größe«.

»Hübscher Dreizack«, meinte Lily.

»Ein großer Meereskönig hat ihn vor vielen Jahrhunderten im Kampf geführt. So ist der Mythos um König Neptun und seinen Dreizack entstanden.«

Lily sah sich das dritte Wappen an: Himmel.

Es zeigte eine Berglandschaft mit drei Gipfeln. Den größten und dunkelsten davon krönte ein heller Stern, den wiederum die Sonne umringte.

Lily fiel auf, dass dieser Schild als einziger keine scharfen Kanten besaß. Sanfte Krümmungen rundeten alle Ecken und die Spitze unten ab.

»Warum hat der hier keine scharfen Kanten?«, fragte sie.

»Das Reich Himmel ist das spirituellste der vier mystischen Königreiche. Als Bewahrer von Wissen und Ritualen aus grauer Vorzeit brüstet es sich damit, nicht feindselig zu sein. Die weichen Ecken des königlichen Wappens sind als Ausdruck seines friedlichen Wesens gedacht.«

»*Potestatem ex Alto*«, las Lily. »Das bedeutet ›Macht von oben‹. Klingt nicht gerade friedlich. Genauso wenig wie es diese Spiele hier sind.«

»Nicht alle Macht ist physisch«, antwortete Iolanthe. »Und selbst jene, die Frieden predigen, müssen sich manchmal erheben und kämpfen.«

Lily richtete den Blick auf den letzten Schild, das Wappen von Hades' Reich der Unterwelt.

Als einziges enthielt es keine Darstellung der Sonne. Insgesamt wirkte es entschieden düster und bedrohlich.

Außerdem wies es statt einer stilisierten Krone über dem Schild zwei Hörner wie die eines Stiers an den Seiten auf. Auf dem Bild selbst erkannte man einen Furcht einflößenden Berg mit Wehranlagen und Türmen darauf. Dahinter zeichneten sich statt der Sonne die geschwungenen, tentakelartigen Arme einer Galaxie ab, vermutlich der Hydra.

»In diesem Berg befinden wir uns gerade«, erläuterte Iolanthe.

»Sieht aus wie der Eiffelturm«, befand Lily.

»Oder vielleicht sieht der Eiffelturm so aus wie der Berg«, erwiderte Iolanthe.

Lily las den Wahlspruch – *Ad Majora Natus* – und legte die Stirn in Falten.

»Merkwürdig«, sagte sie. »Das ist der einzige, bei dem es nicht um Ruhm oder Macht geht. *Ad Majora Natus* bedeutet …«

»›Geboren für Größeres‹«, fiel ihr eine Stimme hinter ihr ins Wort.

Lily drehte sich um und starrte in die Augen von Lord Hades höchstpersönlich.

»Das neue Orakel«, sagte Hades. »Es ist mir eine Ehre und ein Vergnügen, dich unter formelleren Umständen kennenzulernen, nicht in diesen kruden Wagen. Ich fürchte, wir sind einander nicht richtig vorgestellt worden.«

Aus der Nähe wirkte Hades noch imposanter, ging Lily durch den Kopf.

Er besaß stechende dunkle Augen und einen makellos gepflegten dunklen Bart. Seinen karmesinroten Anzug zierten kunstvoll in den Stoff eingewebte Symbole. Er verkörperte in der Tat von Kopf bis Fuß einen Vertreter uralten Adels.

Einen Schritt hinter ihm stand pflichtbewusst sein wichtigster Helfer: Vacheron, der Spielleiter.

Auf seiner anderen Seite ragte ein Hüne von einem Mann mit einem silbern schimmernden Hundehelm auf wie ein Leibwächter. Der Koloss trug eine erstaunlich moderne Körperpanzerung aus Bi-Kevlar-Gewebe und Carbonfasermaterial. Auch die beiden Glock-Pistolen in den Holstern an seinen Oberschenkeln entsprachen dem neuesten Stand der Technik.

»Oh, klar. Hi«, sagte Lily zu Hades und verzichtete bewusst auf eine förmliche Anrede. »Ich bin Lily West.«

Hades entging ihre Ausdrucksweise keineswegs. Er lächelte nachsichtig. »Sei gegrüßt, Miss Lily. Mein Name ist Anthony Michael Dominic DeSaxe. Ich wurde als Vierter dieses Namens zum Marschall von Frankreich und ebenfalls als Vierter dieses Namens zum Herrscher der Unterwelt ernannt.«

»DeSaxe …«, sagte Lily leise.

Nein, schoss es ihr durch den Kopf. *Das kann nicht sein.* Sie schüttelte den Gedanken ab.

»Ihr Wahlspruch gefällt mir«, sagte sie. »Ich habe gerade zu Iolanthe bemerkt, dass er nicht wie bei den anderen drei ist. Bei denen geht es um Stärke, Macht und Ruhm, bei Ihrem nicht. Wie interpretiert man das?«

Hades nickte beeindruckt.

»Mir obliegt eine uralte Pflicht, größer als die aller anderen. Darauf bezieht sich der Wahlspruch meines Hauses. Das ist nicht respektlos gegenüber den anderen Königen gemeint. Sie alle sind bemerkenswerte Männer aus bemerkenswerten Häusern. Ich jedoch wurde zum Verwalter dieses historischen Königreichs und zum Veranstalter dieser wichtigen Spiele. Daher wurde ich buchstäblich für Größeres geboren.«

»Zum Beispiel eine Show auf Leben und Tod zu veranstalten?«, fragte Lily. »Und sich wie ein römischer Kaiser aufzuführen?«

»Wenn es zu meiner höheren Pflicht gehört, Menschen zu töten, muss ich es tun, auch wenn es mir nicht gefällt. Viele Rituale dieser Welt haben ihre ursprüngliche Bedeutung verloren und sind zu hohlen Zeremonien geworden. Für das Ritual hinter diesen Spielen gilt das nicht. Sie werden nicht zu *meinem* Vergnügen veranstaltet, sondern aus einem bestimmten Grund. Als Signal dafür, dass die Bewohner dieses Planeten nach wie vor der Existenz würdig sind, die uns geschenkt wurde.«

»Ein Signal an wen?«

Hades musterte Lily eindringlich. »Es gibt auf dieser Welt vieles, das sich nicht erklären lässt, junge Dame. Einiges davon hast du selbst erlebt: antike Bauwerke wie die Pyramiden und Stonehenge. Unterirdische Tempelschreine wie die der Maschine, die dein Vater wieder zusammengesetzt hat. Was glaubst du, wer diese Wunder gebaut hat? Menschen?

Oder vielleicht viel ältere Wesen? Stell dir die Frage, wie das Leben auf diesem abgelegenen Planeten entstanden ist. Bestimmt weißt du von der kambrischen Artenexplosion, dem plötzlichen Ausbruch von komplexem Leben auf der Erde vor 500 Millionen Jahren.

Was war die Ursache dafür? Wie hat das Leben hier begonnen?

Die Menschheit wird seit langer, langer Zeit aus der Ferne beobachtet. Und von Zeit zu Zeit müssen wir durch Rituale wie die Tartarus-Rotation, den dunklen Stern Nepthys und die Großen Spiele der Hydra beweisen, dass wir eine Stufe der Raffinesse erreicht haben, die den Fortbestand unserer Existenz rechtfertigt.«

Lily notierte sich in Gedanken »Tartarus-Rotation« und »dunkler Stern Nepthys«. Jack und sie waren entscheidende

Akteure bei den Ereignissen rund um den Tartarus-Sonnenfleck und den dunklen Stern gewesen.

Hades fuhr fort: »Im Fall von Tartarus und Nepthys war wichtiges altes Wissen verloren gegangen und musste wiedergefunden werden. Einige der anderen Königreiche haben sich an dem Unterfangen beteiligt, darunter das von Iolanthe.«

Er nickte dieser zu, und sie neigte anmutig den Kopf.

»Ich selbst habe Abstand davon genommen«, fügte Hades hinzu. »Wenn die Welt durch den achtlosen Verlust von heiligem Wissen untergehen soll, dann soll es eben so sein.

Aber hier und jetzt liegt kein Verlust von Wissen aus grauer Vorzeit vor. Diese Spiele sind nie in der Versenkung verschwunden. Und die Rolle, die sie erfüllen, ist entscheidend. Indem wir diese neun goldenen Kugeln platzieren – erst fünf, dann vier –, teilen wir den Altvorderen mit, dass wir es wert sind, als Volk weiter zu bestehen. Wenn dabei Menschen umkommen, dann sterben sie für einen edlen Zweck.«

Schließlich verbeugte er sich, ganz der kultivierte Gastgeber. »Bitte entschuldige mich, Miss Lily, ich muss mich auch um andere Gäste kümmern. Genieß den Abend. Du kannst dir gar nicht vorstellen, was für eine Freude es ist, dich hier zu haben.«

Damit fegte er davon, gefolgt von seinem Bodyguard mit dem Hundehelm. Vacheron blieb stehen und starrte die beiden Frauen mit großen Augen an.

»Heiliges Orakel, es ist mir wahrhaft eine Ehre«, sagte er zu Lily und verbeugte sich tief.

Als er sich Iolanthe zuwandte, trat in seine Züge ein Ausdruck reiner Freude. Er lächelte breit und entblößte dabei faulige, vergilbte Zähne.

»Und Prinzessin Iolanthe, es ist wie immer ein erlesenes Vergnügen, Sie zu sehen. Wenn Sie während Ihres Aufenthalts hier irgendetwas brauchen, egal was, dann geben Sie mir bitte einfach Bescheid. Ich bin Ihr ergebener Diener.«

Der Spielleiter verneigte sich erneut, küsste Iolanthe die Hand und ging.

Lily sah die Adlige an. »Ich glaube, da ist jemand scharf auf dich.«

Iolanthe verzog das Gesicht zu einer angewiderten Grimasse. »Monsieur Vacheron ist seit Langem Hades' treuer Diener und Abgesandter in den anderen Königreichen. Er gehört zu den Typen, die es begeistert, sich mit Hochwohlgeborenen zu umgeben. Mehr als alles andere wünscht er sich, in ein Königsgeschlecht einzuheiraten, um offiziell in die von ihm so bewunderte gesellschaftliche Stratosphäre aufzusteigen. Ich bin von königlichem Blut und unverheiratet, deshalb schmeichelt er mir ständig.«

»Magst du ihn?«

»Der Mann ist ein Schwein«, erwiderte Iolanthe. »Ein ekelhaftes, ehrgeiziges Schwein. Verwechsle königliche Herkunft nicht mit Allmacht, Lily. Ich mag königlich sein, mag über nahezu unbegrenzte Ressourcen verfügen. Trotzdem steht es mir nicht frei, *alles* zu tun, was ich will. Zum einen kann ich mir nicht aussuchen, wen ich heirate. Das wird mein König für mich übernehmen. Und er wird die Entscheidung aus verschiedensten Gründen treffen, viele davon politisch und strategisch. Ich kann Vacheron nicht ausstehen. Aber falls befunden wird, es wäre vorteilhaft, dass ich ihn heirate, werde ich es tun und habe keine andere Wahl.«

Lily schaute von Iolanthe zu Vacherons sich entfernender Gestalt.

Dann dachte sie über die Adlige nach. Im Verlauf der Jahre war Iolanthe sowohl eine tödliche Rivalin als auch eine praktische Verbündete für ihre Familie gewesen. Die Frau verkörperte die skrupelloseste und moralisch verwerflichste Person, die Lily je kennengelernt hatte. Und dennoch verspürte Lily in dem Moment unwillkürlich Mitleid für sie.

Nachdem Vacheron verschwunden war, wurde Lily von Iolanthe durch die Schar der königlichen Gäste geführt.

Lily sah mehrere Leute, die sie aus Zeitungen und Zeitschriften kannte, vor allem Mitglieder der britischen und der dänischen Königsfamilie. Den Rest kannte sie nicht. Es handelte sich um die Schattenherrscher der Welt. Außerdem sah sie einen Großbildfernseher, der eine Liste anzeigte:

DIE KÄMPFER

KÖNIGREICH LAND	1	Maj. Gregory Brigham	UK
	2	Sgt. Victor Vargas	Brazil
	3	Sgt. Mauricio Corazon	Brazil
	4	Capt. Jack West Jr	US/Aus
KÖNIGREICH MEER	1	Maj. Jeffrey Edwards [Delta]	US
	~~2~~	~~Lt. Barrett Johnson [Army]~~	~~US~~
	3	W.O. DeShawn Monroe [Navy]	US
	4	Capt. Shane Schofield [USMC]	US
KÖNIGREICH HIMMEL	~~1~~	~~Tenzin Depon~~	~~Tibet~~
	2	Renzin Depon	Tibet
	~~3~~	~~The Gorkha~~	~~Nepal~~
	~~4~~	~~Capt. Jason Chen~~	~~Taiwan~~
KÖNIGREICH UNTERWELT	1	Zaitan DeSaxe	France
	2	Capt. Sachin Singh [MARCOS]	India
	~~3~~	~~Lt. Wasim Nasiruzzin [MARCOS]~~	~~India MING~~
	~~4~~	~~Lt. Ravi Mano [LRRP]~~	~~Sri Lanka MING~~

Die Kämpfer. Die Namen der Gefallenen waren durchgestrichen. Den Namen ihres Vaters entdeckte Lily in dem Feld mit den vier Vertretern des Königreichs Land: Capt. Jack West jr. USA/Aus. Plötzlich trat ein Mann in den roten Roben eines katholischen Kardinals vor sie hin und versperrte ihr die Sicht auf den Fernseher. Er hatte einen dünnen Schnurrbart, gehetzt wirkende Augen und lächelte freudestrahlend.

Lily musterte ihn. Sie hätte schwören können, dass sie ihm schon mal irgendwo begegnet war.

»Junge Dame, es ist mir eine große Ehre, das Orakel von Siwa kennenzulernen«, sagte er überschwänglich, ergriff Lilys Hand und verbeugte sich tief.

Natürlich fühlte er sich geehrt, dachte Lily. Sie wusste schon seit einiger Zeit, dass die katholische Kirche die moderne Inkarnation eines altägyptischen Sonnenkults darstellte, des Kults des Amon-Ra. Von Priestergewändern mit Darstellungen strahlender Sonnen bis hin zu den zahlreichen Obelisken, die Rom und den Vatikan zierten, widmete sich die Kirche der Anbetung der Sonne. Für einen Kardinal musste es daher in der Tat eine Ehre sein, jemandem zu begegnen, der in direkter Linie von einem altägyptischen Königsgeschlecht abstammte.

Iolanthe stellte vor: »Lily, das ist Kardinal Ricardo Mendoza. Kardinal, das ist Lily West, die wahre Tochter des letzten Orakels.«

Wie der Kardinal sie von oben bis unten musterte, gefiel Lily ganz und gar nicht. Er wirkte dabei wie ein Pferdekäufer beim Begutachten eines Stutfohlens.

»Wie alt bist du, Lily?«, fragte er.

»Ich bin 20.«

»Und bist du noch Jungfrau?«

Die Frage traf Lily unvorbereitet. Wer erkundigte sich denn nach so was? »Bei allem Respekt, Kardinal, das geht Sie einen Scheißdreck an.«

Kardinal Mendoza betrachtete unverhohlen ihre Brüste und ihren Bauch. Er schien sie gar nicht gehört zu haben. »Spielt keine Rolle. Du bist prachtvoll, wie du bist. Einfach prachtvoll …«

So unheimlich die Begegnung sein mochte, Lily wurde

das Gefühl nicht los, dass sie dem Mann schon einmal über den Weg gelaufen war.

Und dann fiel es ihr ein.

Sie war ihm zwar nicht persönlich begegnet, aber sie hatte ihn gesehen: vor langer Zeit in Pine Gap bei einer Lagebesprechung während der Mission zum Aufspüren der sechs Ramses-Steine.

Damals waren ihr das Foto und die biografischen Daten dieses Mannes auf einem Computerbildschirm aufgefallen.

Nach dem Tod des mörderischen Geistlichen Francisco del Piero im Zuge der Mission um die sieben Weltwunder der Antike hatte man Kardinal Ricardo Mendoza zum Leiter der mächtigsten Kuriengruppe der katholischen Kirche ernannt, der Kongregation für die Glaubenslehre. Früher hatte man die Abteilung unter einem anderen Namen gekannt: die Inquisition.

Mendoza war führender Experte der Kirche für alles im Zusammenhang mit der Antike und Berater der Deus Rex, der Gottkönige und somit des Königreichs Land.

Mendoza sah Lily mit einem widerlichen Lächeln an. »Du wirst eines Tages ein wunderbares Eheweib für einen glücklichen Mann sein, mein wunderschönes Orakel. Genieß die Spiele.«

Damit ging er und ließ Lily zurück, die sich besudelt fühlte.

»Das war unheimlich«, sagte sie.

Iolanthe zuckte mit den Schultern. »Die Kirche hat ihren Nutzen. Dass sie den Weg einer ausschließlich von Männern dominierten Institution eingeschlagen hat, ist eine Schande. Hat ihr nicht gutgetan. Das färbt auf ihr Denken ab und macht sie engstirnig. Aber egal, komm mit, ich möchte dir jemanden vorstellen.«

Iolanthe führte Lily zu zwei jüngeren Adligen, beide nicht viel älter als sie.

Bei einem handelte es sich um einen vollschlanken, rotgesichtigen, verschwitzten Perser, der ein Weinglas umklammerte und in großen Schlucken daraus trank. Der zweite junge Mann stand Lily abgewandt, war gut gebaut und besaß schwarzes Haar.

Schließlich drehte er sich ihr mit einem Lächeln zu.

Lily erstarrte. Schlagartig nistete sich tiefes Unbehagen in ihrer Magengrube ein.

Es war Dion. Dion DeSaxe aus Stanford.

»Hallo, Lily«, begrüßte er sie mit seinem perfekten, selbstbewussten Lächeln.

Lilys Gedanken überschlugen sich.

Wie etliche Frauen in ihrem Alter hatte auch sie sich in dunkleren Momenten gefragt, warum dieser charmante Bursche aus Stanford ausgerechnet sie um ein Date gebeten hatte, obwohl so viele andere zur Auswahl standen.

Sie hatte gehofft, dass es daran lag, dass er sich zu etwas an ihr besonders hingezogen fühlte, sei es ihr Verstand, ihr Aussehen oder auch nur ihr Lächeln.

Auf die Idee, irgendjemand in Stanford könnte von ihrer abenteuerlichen Vorgeschichte wissen oder sich gar deswegen mit ihr verabreden, wäre Lily nie im Leben gekommen.

Und doch schien genau das der Fall zu sein.

Dion wusste Bescheid.

Von Anfang an.

Lily fühlte sich verraten, betrogen, hintergangen. Und schlimmer noch: Sie kam sich wie eine Idiotin vor.

Iolanthe übernahm das gegenseitige Vorstellen.

Sie zeigte auf den dicken Prinzen: »Lily West, darf ich dir Prinz George Khalil vorstellen, Cousin des Hauses Hades?« Dann schwenkte sie die Hand auf den Attraktiveren der beiden. »Und Prinz Dionysius DeSaxe, erstgeborener Sohn unseres Gastgebers Lord Hades, Kronprinz und Erbe des Königreichs Unterwelt.«

Dion küsste förmlich Lilys Hand. »Wir kennen uns bereits. Ich habe nicht damit gerechnet, dass sie hier bei den Spielen sein würde, aber ich bin entzückt darüber.«

Seine tiefbraunen Augen blickten in die von Lily.

Der großspurige Ausdruck in seinem Gesicht besagte: *Ja, ich habe von Anfang an gewusst, wer du bist.*

Lily bemerkte zwei hübsche Prinzessinnen in teuren rosa Kleidern, die den Wortwechsel aufmerksam beobachteten und den gut aussehenden Sohn von Hades beäugten.

Dann platzte der Dicke namens George mit einer Wortmeldung dazwischen. »Und wie gefallen dir die Spiele bisher, Lily?«

Sie versteifte den Körper. »Ich lerne dabei eine ganze Menge.«

Prinz George lallte betrunken: »Also, ich finde sie schlichtweg brillant. Kämpfer, Minotauren, schwingende Schwerter, explodierende Schädel, Tod im Kampf. Brillant! Hast du gesehen, wie es der fünfte Krieger am Ende der letzten Herausforderung mit dem Gurkha aufgenommen hat? Das war mal ein Moment auf Leben und Tod. Gott, was für eine wunderbare Unterhaltung!«

Lily sah ihn schief an. »Unterhaltung? Du betrachtest das alles bloß als unterhaltsam?«

»Natürlich!«, bestätigte George. »Schon klar, einige von ihnen sterben. Aber es ist ja nicht so, als hätten sie königliches Blut in den Adern. Sie sollten es als Ehre betrachten, vor unseren Augen sterben zu dürfen.«

Lily starrte den fetten, betrunkenen Prinzen nur an.

Er senkte die Stimme und flüsterte verschwörerisch. »Und es kommt noch besser. Das Labyrinth für die vierte Herausforderung ist einfach unglaublich, das weiß ich aus zuverlässiger Quelle. Vacheron hat mir verraten, dass wir vielleicht auch zum ersten Mal den Hydra-Krieger sehen werden. Und dann erst die fünfte Herausforderung, meine Güte – offenbar hat es etwas wie sie bei den Spielen noch nie gegeben. Oh, es ist so herrlich, hier zu sein. Einfach herrlich!«

Zum Glück ertönte in dem Moment eine Glocke, die alle Gäste an die Tische rief.

Dion beugte sich dicht zu Lily. »Bitte verzeih ihm – und auch mir. Ich wusste ehrlich nicht, dass du hier sein würdest. Falls ich es mit meinem Vater arrangieren kann, würde ich mich freuen, wenn du bei einem späteren Essen neben mir sitzt, dann kann ich dir alles erklären. Lass mich dich vorerst mal zu deinem Tisch begleiten.«

Damit bot er Lily den Ellbogen an …

Lily ignorierte ihn. Die beiden hübschen jungen Frauen in der Nähe schnappten entsetzt nach Luft.

»Iolanthe kann mich hinbringen«, sagte Lily barsch und stapfte in Richtung der Esstische davon.

Lily aß neben Iolanthe an einem Tisch mit sechs weiteren Mitgliedern ihres königlichen Haushalts.

Insgesamt standen in dem riesigen Saal aus Stein fünf große Esstische. Vier für die königlichen Häuser und einer – höher als die anderen aufgestellt – für Hades und die drei anderen Könige.

Neben ihrem Tisch standen wie mächtige Statuen die beiden löwenköpfigen Krieger der zweiten Herausforderung mit der Wassergrube. Beide waren große Männer, wie Lily bemerkte, aber nicht so groß wie Hades' Leibwächter mit dem Hundehelm, der wie immer hinter seinem Herrn aufragte.

Neugierig beobachtete Lily die vier Könige.

Alle waren stattlich wirkende Männer um die 60 Jahre. Sie vermittelten einen scharfsichtigen, gesunden Eindruck. Es ließ sich nicht übersehen, dass sie auf sich achteten.

Bei genauerer Betrachtung beschlich Lily der Eindruck, dass sie eher modernen Führungskräften ähnelten als Vertretern uralten Hochadels.

An prominenter Stelle mitten zwischen den fünf Tischen stand ein Altar mit den beiden goldenen Kugeln darauf, um die es in der zweiten und dritten Herausforderung gegangen war.

Als Lily sie zum ersten Mal aus der Nähe sah, fühlte sie sich regelrecht geblendet.

Sie waren erlesen.

Jede der volleyballgroßen Kugeln schillerte mit einem übernatürlichen Glanz, der aus dem Inneren stammte.

Dann bemerkte Lily etwas an den Oberflächen und japste unwillkürlich.

Jede der goldenen Kugeln ließ eindeutig die Umrisse der Kontinente der Erde erkennen. Nur passten die Küstenlinien nicht ganz.

Sie schienen die Welt in einem anderen, früheren Zeitalter darzustellen.

Es handelte sich nicht bloß um goldene Kugeln, sondern um goldene Globen.

»Was genau sind diese Dinger?«, wandte sich Lily an Iolanthe.

»Sie sind uralt«, erwiderte Iolanthe. »Verwahrt werden sie von jeher in einem heiligen Gewölbe hier in der Unterwelt, das sich nur öffnet, wenn auch die Sternkammer aufgeht.«

»Woraus bestehen sie?«

»In früheren Zeiten dachte man schlicht, sie wären von der Macht der Götter besessen«, erklärte Iolanthe. »Aber je mehr der Mensch an Wissen und Weisheit erlangt hat, desto weniger muss Göttliches als Erklärung herhalten.

Der derzeitige Lord Hades ist ein weiser und wissbegieriger Mann. Als sich das Gewölbe vor etwas mehr als einem Monat geöffnet hat, ließ er Experimente mit den Kugeln durchführen. Dabei hat er festgestellt, dass sie aus einer auf der Erde nicht vorkommenden Art von Quarz bestehen.

Quarz ist ein äußerst eigenartiger Stoff. Er hat leitende Eigenschaften, kann Schwingungen und Resonanzen speichern wie eine natürliche Festplatte. Lord Hades hat mir erzählt, dass in jeder dieser goldenen Kugeln eine innere Energie mit Wellenlängen pulsiert, die man weder in der Natur noch in der modernen elektromagnetischen Wissenschaft kennt.«

»Eine innere Energie?«

»Was immer sie ist, das Schicksal der Menschheit hängt davon ab«, sagte Iolanthe. »Denn die Platzierung dieser Kugeln wird die nahende Hydra-Galaxie ablenken.«

An Lilys Tisch saß ein weiterer Gast: der Gewinner der dritten Herausforderung, SAS-Soldat Major Gregory Brigham.

Als Sieger des letzten Wettbewerbs nahm er als geschätzter Gast seines Königs am Bankett teil.

Und während Lily dort saß, umgeben von diesen mit Juwelen behangenen Frauen und mächtigen Männern, diesen Schattenherrschern der Welt, schüttelte sie nur den Kopf.

Ihr wäre jederzeit ein schlichter Hamburger mit Jack lieber gewesen.

Plötzlich ertönte Musik, und Hades' winziger Hofnarr hopste in Begleitung eines Minotaurus auf die Bühne. In seinem roten Teufelskostüm tanzte er ausgelassen und schnitt dazu Grimassen.

Das königliche Publikum lachte.

»Ach, Mephisto.« Jemand in Lilys Nähe seufzte.

Als Lily einen genaueren Blick auf den Narren erhaschte, erschrak sie unwillkürlich.

Das rote Gesicht hatte er sich nicht etwa mit Schminke verpasst. Nein, die Haut war rot tätowiert. Und zwei dreieckige, chirurgisch unter die Haut der Stirn implantierte Knochen erschufen den überaus realistischen Eindruck von Hörnern. Am erschreckendsten jedoch fand Lily die Zähne des kleinen Mannes: Alle waren zu scharfen Spitzen gefeilt.

Dieser Scherzbold eignete sich definitiv nicht für Kindergeburtstage. Alles an Mephisto mutete grausam, bösartig, vielleicht sogar dämonisch an.

Der rote Hofnarr begann, den Minotaurus mit seinem kleinen roten Dreizack zu piken und zu reizen.

Verspielt stach er auf den Minotaurus ein, hechtete mit einem schnellen Purzelbaum durch dessen Beine, sprang auf, drehte sich um und stach erneut zu.

Das Schauspiel ähnelte einer komödiantischen Version eines Stierkampfs. Einmal griff der Minotaurus den Hofnarren an, der ihm jedoch leichtfüßig auswich und dabei einen imaginären Umhang wie ein Torero schwenkte.

Das königliche Publikum lachte und applaudierte.

Dann zog der Narr vom Gürtel eine eigenartige Waffe mit einem Griff aus Holz, an dem zwei schwere Messingkugeln an kurzen Ketten hingen.

»Das ist ein Flegel«, flüsterte Iolanthe in Lilys Ohr. »Eine uralte Waffe, überaus schwierig zu meistern.«

Mit einer geschickten Drehung des Handgelenks wirbelte Mephisto den Flegel so herum, dass die beiden Kugeln rasant rotierten, bis sie wegen der schnellen Bewegung verschwammen.

Dann stieß er den Arm mit dem Flegel abrupt nach vorn, und die Messingkugeln wickelten sich um den Kopf des Minotaurus. Der Schwung der Kugeln endete an den Schläfen des armen Opfers, wo sie den Helm entsetzlich eindrückten.

Der Halbmensch mit der Stiermaske erstarrte schlagartig. Obwohl Blut unter der verbogenen Maske hervorsickerte, blieb er aufrecht stehen.

Lily fühlte sich wie vom Donner gerührt.

Neben ihr schmauste Iolanthe genüsslich weiter ihre Vorspeise. Sie zupfte sich ein verirrtes Stück Salat zwischen den Zähnen heraus.

Das Publikum schnappte nach Luft, bevor es begeisterten Beifall anstimmte.

Lilys Blick begegnete dem des kleinen roten Hofnarren, und sie sah die hämische Bösartigkeit in seinen Augen.

Noch während Mephisto zu Lily schaute, trat er gegen den hinter ihm stehenden Minotaurus.

Der Halbmensch mit der Stiermaske knallte mit einem dumpfen Aufschlag auf die Bühne. Regungslos blieb er liegen. Tot. Der Hofnarr brach den Blickkontakt mit Lily ab und verbeugte sich theatralisch vor dem Publikum.

Die Zuschauer jubelten frenetisch.

»Ich bin wahrhaftig in der Hölle«, flüsterte Lily bei sich.

Während Lily in Luxus und Prunk tafelte, saßen Jack, Alby und Sky Monster zusammen auf dem kalten Stahlboden ihres Geiselwagens und mampften aus Blechschüsseln.

Die Schüsseln konnte man zwar nicht als qualitativ hochwertig bezeichnen, dafür schmeckte das Essen darin überraschend gut: Nudeln, Reis, Huhn. Kraftnahrung für Männer, die jede Menge Energie brauchten.

Neben Jack hockten seine beiden Hündinnen, die große Labradorlady Ash und die kleine Pudeldame Roxy.

Vor ihnen allen befand sich mit abgenommenem Stierhelm und verbundenem Fuß der Minotaurus, den Jack am Ende der dritten Herausforderung gerettet hatte.

Beim Anblick des stark behaarten Halbmenschen mit der breiten Stirn, der platten Nase und der durchgehenden Augenbraue musste Jack daran denken, was Iolanthe darüber gesagt hatte, dass die Minotauren reinrassige Neandertaler waren.

Archäologen und Anthropologen hatten einst geglaubt, der Homo sapiens – der moderne Mensch – habe die kleineren Neandertaler ausgerottet.

Neuere Theorien jedoch gingen davon aus, dass die Neandertalerpopulation nicht völlig ausgerottet, sondern lediglich ausgedünnt worden war und sich in einigen Regionen mit Homo sapiens gekreuzt hatte. Es war daher durchaus möglich, dass in den Adern einer stärker behaarten, kleineren, gekrümmten Person, die man aus dem Büro kannte, ein wenig Neandertalerblut floss. Man konnte keineswegs ausschließen, dass eine Gesellschaft reinrassiger Neandertaler in einer abgelegenen, autonomen uralten

Zitadelle überlebt haben könnte. Durch die gebückte Haltung und den vorstehenden Unterkiefer hielt man Neandertaler auch nicht für sonderlich intelligent. Man traute ihnen gerade mal zu, dass sie Waffen und primitive Gebäude bauen, zählen und sprechen konnten.

Jacks Hunde reagierten unterschiedlich auf den stark behaarten Halbmenschen.

Ash zeigte sich unerschütterlich wie immer und ignorierte ihn einfach. Roxy nahm wie üblich die Rolle des Wachhunds ein, starrte ihn vernichtend an und knurrte misstrauisch.

»Hier.« Jack reichte dem Halbmenschen seine Schüssel mit Nudeln. »Iss etwas.«

Zögerlich nahm der Neandertaler die Schüssel entgegen.

»Kannst du sprechen?«, fragte Jack.

Der Halbmensch nickte. »Bisschen.«

»Wie heißt du?«

Der rückständige Mann deutete auf eine Tätowierung auf seiner linken Schulter. *E-147* stand da. Jack fiel ein, dass der Minotaurus, von dem er zu Beginn des Fiaskos in seiner Zelle angegriffen worden war, eine ähnliche Tätowierung gehabt hatte.

»Ich … Minotaurus E-147«, sagte der Neandertaler.

»Okay. Ich bin Jack.«

»Jack?«, wiederholte der Halbmensch. Sein Mund hatte sichtlich Mühe mit dem Wort. »Jack.«

Roxy bellte den Neandertaler an, der erschrocken zusammenzuckte.

Jack streichelte die kleine Pudeldame. »Beachte sie gar nicht. Sie hat einen Beschützerinstinkt.«

Der Behaarte sagte: »Jack hilft E-147, wenn andere Minotauren laufen weg. Warum?«

»Ich seh's nicht gern, wenn jemand zum Sterben zurückgelassen wird«, erwiderte Jack.

E-147 sah Jack direkt in die Augen. »E-147 tot wäre ohne Jacks Hilfe. E-147 dankt Jack. E-147 Freund ist Jack.«

»Gern geschehen«, sagte Jack. »Das sind Sky Monster und Alby …«

»Warum Jack hat Hunde?«, fiel E-147 ihm ins Wort. »Für essen später?«

»*Was?* Oh. Nein.« Jack schüttelte den Kopf. »Wir essen keine Hunde. Die Hunde sind meine Freunde. Gute Freunde.«

»Oh.« Darüber wirkte E-147 ein wenig traurig.

»Sag mir«, forderte Jack ihn auf, »wie viele Minotauren gibt es?«

»Viele«, antwortete E-147. »N-Minotauren, S-Minotauren, O-Minotauren und W-Minotauren.«

Jack erkannte das Muster: Norden, Süden, Osten, Westen. Wo auch immer diese Geschöpfe lebten, man hatte sie in geografische Gebiete aufgeteilt.

»Wo lebt ihr Minotauren?«, fragte er.

»In Stadt von Minotauren. Heißt Dis. Ist große unterirdische Stadt. Schützt einzige Zugang von Land zu Unterwelt.«

Alby ergriff das Wort: »Eine unterirdische Stadt?«

Jack wandte sich an ihn. »Iolanthe hat gesagt, Hades habe Tausende dieser Burschen. E-147, wie viele O-Minotauren gibt es?«

E-147 erwiderte: »Viel große Zahl ist E-900.«

Jack folgerte: »Vier Gruppen mit jeweils fast eintausend. Also reden wir in Summe von mehreren Tausend Minotauren.«

»Großer Gott«, entfuhr es Sky Monster.

Jack wandte sich wieder an E-147. »Ich hoffe, es macht dir nichts aus, aber ich muss einfach fragen: *Was* bist du?«

E-147 legte den Kopf mit gerunzelter Stirn schief. »Ich … E-147. Ich … bin ich.«

Jack lächelte bei sich. »Tut mir leid. Das hätte ich nicht fragen sollen. Du hast recht. Du bist du.«

In dem Moment ertönte eine andere Stimme – die eines jungen Mannes.

»Jack? Jack West jr.? Du bist es *wirklich* …«

Jack drehte sich um.

Durch die Gitterstäbe des Geiselwagens sichtete er zwei Zellen weiter einen jungen US-Marine in Kampfhose und olivfarbenem T-Shirt.

Einen Soldaten, den Jack gut kannte, aber lange nicht mehr gesehen hatte.

Es war Lieutenant Sean Miller, Rufname *Astro*.

Die Beziehung zwischen Jack und Astro reichte weit zurück, bis zur Mission um die sechs Ramses-Steine.

Dabei hatten sie keinen allzu guten Start erwischt: Zu Beginn jenes Einsatzes war Astro als Vertreter der Vereinigten Staaten in Jacks internationales Team aufgenommen worden. Nur wussten weder Astro noch Jack zu dem Zeitpunkt, dass Astros mysteriöser Vorgesetzter in der Heimat Jacks Vater war, ein skrupelloser Colonel mit Rufnamen *Wolf*. Und es hatte sich herausgestellt, dass dessen Pläne nicht so edel waren, wie Astro gedacht hatte.

Bei einem wilden Gefecht in einem gigantischen unterirdischen Tempelschrein in Japan hatte sich Astro im Glauben, das Richtige zu tun, auf Wolfs Seite geschlagen und Jack verraten. Kurze Zeit später jedoch wurde Astro angeschossen und von Wolf zum Sterben zurückgelassen.

Gerettet hatte ihn damals Jack. Seitdem waren sie befreundet.

»Astro?«, fragte Jack. »Wie bist du in die Kacke hier reingezogen worden?«

»Wohl genau wie du, vermute ich«, antwortete der junge Marine. »Sie sind auf meine Akte gestoßen, haben gesehen, dass ich eine Vorgeschichte mit dem antiken Kram habe, und haben sich an mich gewandt. Aber ich fühl mich entsetzlich – meinetwegen sind die anderen hier mit reingezogen worden.«

Jack stellte fest, dass sich Astro die Zelle mit drei anderen United States Marines teilte, zwei Männern und einer Frau. In dem Moment stand die Frau auf und sah Jack an.

Es handelte sich um eine wahrhaft imposante, riesige Soldatin, mindestens 1,88 Meter groß, mit kahl geschorenem Kopf und einem verkniffenen Lächeln.

Diese Frau hatte Jack bei der dritten Herausforderung als Begleiterin des anderen US-Marines mit der reflektierenden Brille gesehen. Die Geiselkammer zwischen ihnen war mittlerweile verwaist, halb gefüllt mit der tödlichen Steinmasse, der die Insassen nach der dritten Herausforderung zum Opfer gefallen waren. Bisher war Jack nicht aufgefallen, dass man die Marines und ihn so nahe beisammen untergebracht hatte.

Jack kannte die Frau, hatte sie jedoch schon lange nicht mehr gesehen. Nicht mehr seit streng geheimen gemeinsamen Operationen der US-amerikanischen und australischen Spezialeinheiten in den 1990er Jahren.

»Täuschen mich meine Augen oder ist das Jack West jr.?«, sagte die große Frau. »Der berühmte Huntsman, das größte Weichei des elitären australischen SAS?«

»Was macht 'ne nette junge Frau wie du an so 'nem Ort, Gena?«, gab Jack zurück.

Die Frau grinste ihn an. In all den Jahren hatte sie sich kein bisschen verändert.

Gena Newman vom United States Marine Corps, Rufname *Motherfucker* oder kurz *Mother*.

»Was ist mit dir passiert, Jack?«, fragte Mother. »Damals in den 1990ern warst du total angesagt. Unter den zehn Besten der Welt. Scheiße, deine Flucht aus dem Irak bei Operation Desert Storm in Saddam Husseins eigenem Flugzeug ist zur militärischen Legende geworden. Und dann bist du einfach verschwunden. Spurlos. Wo zum Teufel bist du hin?«

»Zu einer Mission, die mein Leben übernommen hat«, erwiderte Jack. »1996 hat man mich damit beauftragt, ein kleines Mädchen zu beschützen. Und der Einsatz hat erst 2008 geendet. Ich hab sie adoptiert. Hab geheiratet. Und rausgefunden, dass ich Bestandteil einer uralten Prophezeiung bin.«

»Prophezeiung?«, hakte Mother nach.

»Irgendwie gewöhnt man sich an die episch-historischen Aspekte«, merkte Jack trocken an.

Mother schnaubte. »Tja, so etwas Irres hab ich nicht mehr erlebt, seit ich den Cirque du Soleil in Las Vegas gesehen habe. Das ist echt gruselige französische Zirkusscheiße. Irgendwelche Ideen, wie wir aus dem Rudelfick hier rauskommen?«

»Noch nicht. Muss erst mal alles verarbeiten«, sagte Jack.

»Hey, hast du noch die Maschine, die du Saddam geklaut hast?«

»Die *Halicarnassus?* Nein, leider nicht. Die hab ich zerstört, als ich mir mit Gewalt einen Weg in 'nen riesigen unterirdischen Schrein bahnen musste. Jammerschade. Hab jetzt ein neues Flugzeug. Gestohlen von einem dieser königlichen Ärsche, nachdem ich ihn gekillt hatte. Russische Nachbildung der Concorde. Ziemlich schnell.«

Jack deutete mit dem Kinn auf ihre trostlose Umgebung. »Und wie seid ihr in das hier verwickelt worden? Das ist kein normaler Einsatz des Marine Corps.«

»Wie gesagt, es ist meine Schuld«, antwortete Astro. »Ich war auf Einsatz in Afghanistan, stationiert in Leatherneck in Kandahar. Da hat man mich in ein Zelt gerufen, in dem mich der Kommandant des Marine Corps erwartet hat. Umgeben von ein paar einflussreichen Typen in

Anzügen. Die haben 'ne ganze Menge gewusst. Haben mich über unsere Mission im Jahr 2008 ausgefragt, die sechs heiligen Steine, die Eckpunkte, die Prophezeiung der fünf großen Krieger und all das. Dann haben sie mich über Mother und unseren Befehlshaber ausgequetscht, den Captain hier. Die haben sich erkundigt, ob ich irgendwas über sie und 'ne Gruppe namens ›Majestic-12‹ weiß. Was nicht der Fall war. Ich hab nur gesagt, dass sie zwei der besten Marines sind, die ich je erlebt habe. Packt man noch Tomahawk dazu, hat man ein Spitzenteam.«

Er wandte sich an die beiden anderen Marines, die unter der hüfthohen Ummantelung ihrer Zelle saßen, für Jack nicht sichtbar. »Entschuldigen Sie, Sir, aber ich habe hier jemanden, den Sie kennenlernen sollten.«

Der ranghöchste Marine stand auf, und Jack bekam ihn zum ersten Mal richtig zu Gesicht. Der Mann erwies sich als schlank und durchtrainiert, mit harten, drahtigen Muskeln. Das dunkle Haar hatte man ihm rasiert, um ihm den Sprengstoff und den Edelstein in den Nacken implantieren zu können. Er besaß ein wettergegerbtes, recht attraktives Gesicht. Da er im Augenblick nicht seine verspiegelte Blendschutzbrille trug, konnte Jack die Augen sehen.

Die seine Aufmerksamkeit bannten.

Zwei hässliche Narben, eine an jedem Auge, verliefen lotrecht über sie hinweg.

Astro übernahm die Vorstellung. »Captain Jack West jr. vom australischen SAS, Rufname *Huntsman,* das ist Captain Shane Schofield vom United States Marine Corps, Rufname *Scarecrow.*«

Der Marine mit den Narben über den Augen starrte Jack einen Moment lang an, bevor er nickte.

»Captain«, sagte er zurückhaltend. »Was ist mit dem Arm passiert?«

Jack blickte auf seinen linken Arm aus Titan hinab. Er trug nicht zuletzt deshalb einen Handschuh an der Hand und ein langärmeliges T-Shirt, um den Arm zu verdecken und keine Aufmerksamkeit damit zu erregen. Trotzdem war er diesem Scarecrow auf Anhieb aufgefallen.

Jack hätte ihm erklären können, dass es sich um einen hochmodernen, voll beweglichen, motorgesteuerten Arm handelte, den sein verstorbener Mentor Wizard für ihn konstruiert hatte, nachdem sein echter Arm einem Vorhang glühender Lava in einem Vulkan in Uganda zum Opfer gefallen war. Stattdessen sagte er nur: »Den alten hab ich in einer blöden Situation verloren. Der ist besser.«

»Und was wissen Sie über den Ort hier und diese Spiele?«, wollte der Marine namens Scarecrow wissen.

»Nicht viel mehr als Sie«, gab Jack zurück. »Man hat mich betäubt und entführt. Ich bin in einer Zelle aufgewacht, wo mich ein Minotaurus mit einem Messer angegriffen hat. Was ist mit Ihnen?«

Scarecrow antwortete: »Uns hat man unter Vorspiegelung falscher Tatsachen hergelockt. Man hat mir ebenso wie Astro, Mother und Tomahawk« – er deutete mit dem Kopf auf den vierten Marine in der Zelle, einen jüngeren blonden Mann – »mitgeteilt, wir würden an einer gemeinsamen Operation mit vier Spezialisten der Delta Force im Süden Afghanistans teilnehmen. Wir sind zusammen mit den

Delta-Leuten in ein Flugzeug gestiegen. Kurzer Flug, vielleicht ’ne Stunde. Aber gelandet sind wir auf ’ner abgelegenen Piste in der Wüste in Küstennähe. In Afghanistan gibt’s keine Küste. Ist ein Binnenland. Also waren wir nicht mehr in Afghanistan.

Die Landebahn war kaum mehr als ein Streifen aus verdichtetem Sand. Keine Gebäude, weit und breit keine Zivilisation. Nur ein Kerl, dieser Vacheron, mit einem Pick-up und einem Käfig auf der Ladefläche. Unsere Begleiter von der Delta Force haben überhaupt nicht überrascht gewirkt. Sind einfach in den Käfig gestiegen.«

Er deutete mit dem Kopf auf vier Männer im nächsten vergitterten Geiselwagen.

»Das sind Major Jeff Edwards, Rufname *Ricochet*, und seine drei Saftsäcke von der Delta Force. Typische Delta-Arschlöcher. Halten sich für was Besseres und lassen es einen spüren. Ich vermute, sie haben eigens für das hier trainiert. Aber wir hatten keine Ahnung davon.

Na, jedenfalls sind wir in den Käfig auf dem Pick-up gestiegen und man hat uns schwarze Säcke über die Köpfe gestülpt. Als meiner entfernt wurde, war ich allein in einer Zelle. Und ein paar Minuten später hat mich einer dieser Minotauren angegriffen. Genau wie bei Ihnen.«

»Kennen Sie jemanden von den anderen Kämpfern?«, fragte Jack.

Wieder verstummte Scarecrow kurz und beäugte Jack misstrauisch und abwägend. Er wirkte auf Jack wie ein vorsichtiger Mann, der Überraschungen nicht mochte.

Schließlich sagte Scarecrow: »Der große Afroamerikaner da drüben mit den Tätowierungen an den Armen ist Warrant Officer DeShawn Monroe. Navy SEAL. Ausgebildeter Killer, knallharter Mistkerl. Bekannt als *The Finisher*, weil das seine Spezialität ist – Dinge zu Ende zu bringen. Er ist der Einzige, den ich kenne.«

Jack nickte. »Tja, wenn sich Astro für Sie verbürgt, hab ich kein Problem mit Ihnen. Ich würde ihm mein Leben und das meines kleinen Mädchens anvertrauen.«

»Sie müssen schon entschuldigen, wenn ich mir mein Urteil über Sie noch ein wenig aufspare«, erwiderte Scarecrow. »Vorerst vertraue ich hier niemandem.«

»Kann ich nachvollziehen«, sagte Jack. »In der Zwischenzeit eine Frage: Wie hat die Küste ausgesehen? Die neben der Piste, auf der Sie gelandet sind.«

Scarecrow zuckte mit den Schultern. »Nur eine kahle Wüstenküste. Keine Bäume, kein Leben. Tropisch blaues Wasser, aber mit einem rötlich-orangefarbenen Schimmer um die Ränder. Angesichts der kurzen Flugzeit aus Kandahar dachte ich mir, wir müssten irgendwo am Rand des Arabischen Meers sein. Allerdings kommt dafür praktisch alles in der Region infrage: Jemen, Oman, Iran, Pakistan, sogar Indien.«

»Wir sind in Indien«, erklärte Jack. »Hat man mir gesagt.«

»Indien«, spie Mother hervor. »Ich hasse das verfluchte Indien.«

»Wieso das?«, fragte Jack.

»Weil Indien die Welt mit Yoga gestraft hat. Wenn ich zu Starbucks gehe, um mir meinen Morgenkaffee zu holen, muss ich mich jedes Mal durch diese Scheißyuppies in ihren engen Yoga-Hosen drängen, die glauben, sie hätten 'ne himmlische Bewusstseinsebene erreicht, obwohl sie in Wirklichkeit bloß Arschlöcher sind, die sich auf jeden Trend stürzen.«

Jack gestattete sich ein Lächeln.

Scarecrow sah ihn mit ernster Miene an. »Captain West …«

»Bitte nennen Sie mich Jack.«

»Captain West. Ich hab schon einiges an merkwürdiger Scheiße erlebt. Zum Beispiel haben Astro, Mother und ich mal zusammen 'ne ziemlich ungewöhnliche Mission auf einer geheimen Basis namens Hell Island überstanden. Aber ich bin noch nie an 'nem Ort gewesen, der sich Unterwelt nennt und von einem Kerl namens Hades regiert wird, um dort gegen Typen mit Stier- und Löwenhelmen um mein Leben zu kämpfen. Meine Frage an Sie lautet: Wie kommen wir hier lebend raus?«

Jack sah Scarecrow einige Herzschläge lang an.

»Keine Ahnung«, gestand er schließlich. »Ich weiß es echt nicht.«

Wenig später dösten alle Kämpfer in der unheimlichen Dunkelheit um die Geiselwagen herum ein.

Nach den Strapazen der ersten drei Herausforderungen – die Minotauren in den Zellen, die Wassergrube, der Turm – schliefen alle tief und fest.

Alle außer Jack.

Er fand keine Ruhe.

An die Gitterstäbe seiner Zelle gelehnt ließ er den Blick über die dunkle Unterwelt, den Turm und den Abgrund der dritten Herausforderung wandern.

Dieser Ort gab ihm Rätsel auf. Die Unterwelt. Befanden sie sich in einer Höhle?

Es sah so aus, fühlte sich aber nicht so an. Dafür war die Luft zu frisch. Andererseits konnte er den Himmel nicht sehen. Hoch über ihm herrschte nur tiefe Schwärze. Keine Sterne, kein Mondlicht.

Jack war noch wach, als Major Brigham spätnachts vom Bankett in seine Zelle zurückkehrte. Er wurde kurz von seinen Begleitern begrüßt, bald jedoch schliefen sie alle.

Jack blieb weiter wach, saß an der hüfthohen Ummantelung seiner Zelle, den Kopf an die Gitterstäbe gelehnt, und dachte nach. Irgendwann übermannte ihn die Müdigkeit. Seine Augen fielen zu und er döste ein …

Bis ihn ein schlurfendes Geräusch weckte.

Eine Gestalt mit einer Kapuzenrobe schlich schnell und leichtfüßig an Jacks Zelle vorbei.

Jack rührte sich nicht. Er wusste nicht, wie lange er geschlafen hatte und wie spät es war, jedenfalls herrschte noch finsterste Nacht.

Er folgte dem Weg der Gestalt mit der Robe nur mit den Augen und stellte sich weiter schlafend.

Die Gestalt blieb vor einer Zelle ein paar Türen weiter stehen und flüsterte einem der Insassen etwas zu, bevor sie so schnell wieder verschwand, wie sie aufgetaucht war.

Jack schaute der Erscheinung nach.

Was war das denn?

Er schüttelte den Kopf, nicht sicher, ob er wachte oder träumte. Sein müdes Hirn versuchte, sich einen Reim darauf zu machen, aber er konnte sich den Kopf nicht weiter darüber zerbrechen, denn letztlich überwältigten ihn die Müdigkeit und der Stress des vergangenen Tags und er fiel in einen tiefen, traumlosen Schlaf.

Jack erwachte durch ein jähes Ruckeln und das Klirren von Metall auf Metall.

Sein Wagen bewegte sich. Der Zug mit den Geiselkammern tuckerte langsam die Gleise entlang.

Sonnenschein fiel in Jacks Zelle, und als sich der Zug von den Felszinnen der dritten Herausforderung entfernte, bekam er die Landschaft um sich herum zum ersten Mal bei nüchternem Tageslicht zu sehen.

Alby, Sky Monster und E-147 erwachten durch die Bewegung und schlossen sich Jack an den Gitterstäben an.

Auf der anderen Seite der Felszinnen erblickten sie eine kolossale Steinwand, die lotrecht und leicht gekrümmt verlief.

Alby meldete sich zu Wort: »Sieht so aus, als wären wir in einem Meteoritenkrater …«

Jack konnte noch nicht die gesamte bergähnliche Formation sehen, in der sich ihre mobile Zelle befand, doch mittlerweile wurde ihm zumindest klar, warum ihn so verwirrt hatte, ob sich die Unterwelt in einer großen Höhle befand oder nicht.

Als er durch die Gitterstäbe seiner Zelle nach oben schaute, entdeckte er ein Tarnnetz, das sich von irgendwo hoch über ihm bis zum Rand der gekrümmten Felswand ihm gegenüber erstreckte.

Durch das Netz beherrschten dichte Schatten die Landschaft im Inneren des Kraters. Nur vereinzelte Sonnenstrahlen drangen durch.

Nachts konnte man durch das Netz die Sterne am Himmel praktisch nicht erkennen.

Aber es ließ frische Luft durch – deshalb fühlte sich die Umgebung halb wie eine Höhle an, gleichzeitig jedoch nicht.

Als die Wagen um eine Kurve rollten, sah Jack plötzlich etwas anderes an der lotrechten Kraterwand ihm gegenüber.

Ein riesiges, komplexes, vertikales Labyrinth ragte aus der steilen Felswand. Davor lag ein großflächiger See mit einer dampfenden gelbstichigen Flüssigkeit.

»Was ist *das* denn?«, stieß Alby hervor.

»Wenn ich raten müsste«, erwiderte Jack, »würde ich vermuten, es ist die Arena für die nächste Herausforderung.«

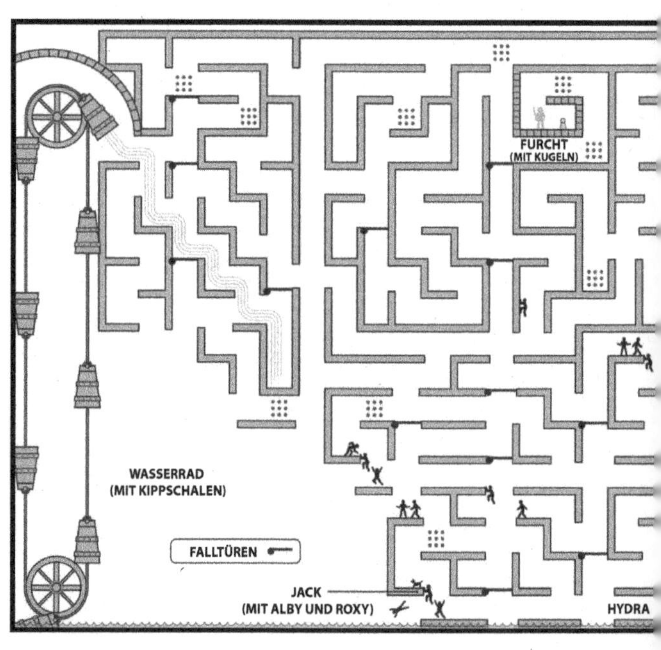
FURCHT
(MIT KUGELN)
WASSERRAD
(MIT KIPPSCHALEN)
FALLTÜREN
JACK
(MIT ALBY UND ROXY)
HYDRA

VIERTE HERAUSFORDERUNG

DAS VERTIKALE LABYRINTH

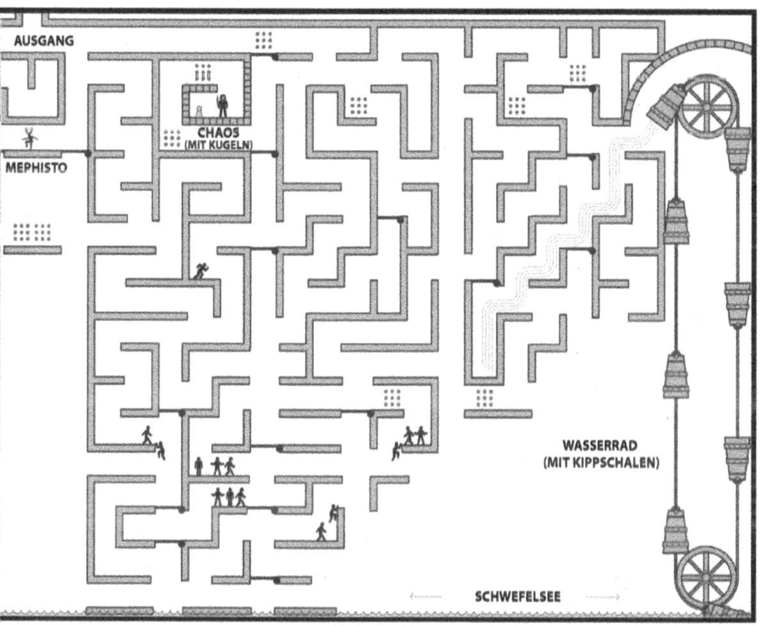

Warum verabscheuen wir Hades mehr als jeden anderen Gott, wenn nicht, weil er so resolut und unnachgiebig ist?

KÖNIG AGAMEMNON, DIE ILIAS, BUCH IX,

VON HOMER

KÄMPFERPROFIL

NAME: ZAITAN DESAXE
ALTER: 22
RANG IN SETZLISTE: 4
VERTRITT: UNTERWELT

PROFIL:

Zweiter Sohn von Lord Hades.
Ein begnadeter Krieger, Kämpfer und Student der Geschichte. Er wird am Ende noch da sein.
Setzlistenrang 4 von 16 Anwärtern auf den Sieg bei den Spielen.

VON SEINEM SCHIRMHERRN:

»Zaitan ist sowohl mein Sohn als auch mein Recke. Er hat alle früheren Großen Spiele studiert. Er besitzt Talent, Können und Skrupellosigkeit, alles, was für den Sieg nötig ist. Wenn er gewinnt, wird sein Name durch die Jahrhunderte widerhallen.«
Anthony DeSaxe, Hades,
König der Unterwelt

Jack stand auf einer niedrigen Steinbrücke vor dem schwindelerregenden vertikalen Labyrinth.

Immer noch barfuß.

Sky Monster trug Größe 47, entschieden zu groß für Jack. Ähnliches galt für die Stiefel von E.

Jacks nackte Zehen befanden sich nur wenige Zentimeter über einem weitläufigen See. Dem Geruch und dem aufsteigenden Dampf nach zu urteilen, wurde der See von einer schwefelhaltigen Thermalquelle gespeist.

Die Flüssigkeit schwappte gegen die Steinbrücke und hinterließ gelbliche Rückstände in der Nähe seiner Füße. Sie sah heiß und unangenehm aus. Die Dämpfe, die sie verströmte, rochen giftig, geradezu krebserregend.

Fall bloß nicht rein, ging es Jack durch den Kopf.

Jack stand zwar vor dem aufwendigen Felswandlabyrinth, allerdings mit dem Rücken dazu. Er schaute in die entgegengesetzte Richtung.

Nachdem er ein kurzes Stück auf die Brücke über dem schwefelhaltigen See getreten war, konnte er im hellen Tageslicht Hades' Bergpalast in voller Pracht betrachten.

Er befand sich in der Mitte eines riesigen, kreisförmigen Meteoritenkraters, und zusätzlich zu den verschiedenen Burgen und Festungen, die Jack bereits gesehen hatte, entdeckte er hoch oben an dieser Seite ein Bauwerk, das an ein Observatorium erinnerte.

Sein Blick wanderte tiefer zu den Geiselwagen. Die Schienen, auf denen sie standen, verliefen im Kreis unter mehreren königlichen Aussichtsbalkonen um den gesamten unteren Bereich des Bergs herum.

Durch das bessere Licht konnte Jack diesmal auch den Gipfel ausmachen. Dort ragte ein kunstvoller Kuppelbau auf, von dem sich das Tarngespinst wie ein riesiges Spinnennetz ausbreitete und den gesamten Krater überspannte.

»Hades' Königreich«, sagte Jack leise.

Seine Gedanken wurden von Monsieur Vacheron unterbrochen, der in sein Mikrofon sprach.

»Meine Damen und Herren, willkommen zur vierten Herausforderung! Es handelt sich um das berühmte vertikale Labyrinth. Zehn Recken werden es betreten, aber es gibt nur einen Ausgang. Sobald ihn sieben Recken benutzt haben, wird er geschlossen und versiegelt.

Wie Sie sehen, befinden sich zwei goldene Kugeln im Labyrinth. Die Kämpfer, die es mit den Kugeln verlassen, erhalten die üblichen Belohnungen.«

Jack begutachtete das Labyrinth.

Man hatte es in eine flache Steinplatte gehauen, die aus der gekrümmten Kraterwand ragte. Über etwa 20 Stockwerke erstreckte sich eine verwirrende Vielzahl von Gängen und Schächten, alle im rechten Winkel zueinander.

Bei der Betrachtung des unfassbar komplexen Irrgartens bemerkte Jack die beiden goldenen Kugeln in getrennten Sackgassen zu beiden Seiten der Mittelachse.

Jack versuchte, all die verschiedenen Ebenen des Labyrinths zu erfassen.

Dabei stellte er fest, dass nicht jeder horizontale Abschnitt der Wege aus dickem Stein bestand.

Einige waren dünner und schienen an Scharnieren befestigt zu sein.

Falltüren, dachte er.

Herrgott noch mal …

An beiden Enden des gigantischen Labyrinths drehten sich riesige Wasserräder, die das widerliche gelbe Wasser in großen Kippschalen aus Stahl aus dem See schöpften und nach oben beförderten.

Jack schätzte, dass jede Kippschale wahrscheinlich um die 1000 Liter fasste. Alle paar Minuten ergossen sie ihren Inhalt ins Labyrinth. Den Rest erledigten die Schwerkraft und ein Mechanismus, der die Falltüren öffnete. Die durch die Kippschalen zugeführten Ladungen stürzten als mächtige Wasserfälle durch das Gewirr der Gänge und würden Unachtsame verletzen oder gar in den Tod reißen.

Vacheron war noch nicht fertig.

Er setzte ein bösartiges Grinsen auf. »Nicht nur das Labyrinth selbst verteidigt die Kugeln.«

In dem Moment betraten Hades' löwenköpfige Krieger, der schwarz gekleidete Chaos und der weiß gekleidete Furcht, den Irrgarten durch den oberen Ausgang und kletterten rasch jeweils in eine der beiden Sackgassen hinab, in denen sich die Kugeln befanden.

»Um die Sphären zu erobern, müssen unsere Recken nicht nur das Labyrinth bewältigen, sondern auch Chaos oder Furcht besiegen.«

Vacheron grinste unverändert. »Aber es gilt, die Augen offen zu halten, denn es könnte sein, dass ein weiterer von Lord Hades' besten Kriegern eintrifft«, fügte er verheißungsvoll hinzu.

Das königliche Publikum murmelte ehrfürchtig und anerkennend.

Oben auf dem königlichen Balkon stand Lily neben Iolanthe und beobachtete bange das Geschehen. Die Nacht hatte sie in einem überaus komfortablen Gästezimmer in

Iolanthes Gemächern verbracht, obwohl sie viel lieber bei Jack und den anderen in ihrer Zelle geschlafen hätte.

Vacheron hob einen Finger.

»Wie wir alle wissen, hatte die Göttin Artemis immer eine Vorliebe für mutige Jäger. Deshalb gibt es für einen Kämpfer noch eine Möglichkeit, dem Labyrinth zu entkommen, auch nachdem der Ausgang bereits geschlossen ist. Gelingt es einem Recken, den Hirsch der Göttin zu fangen und zum Ausgang zu bringen, so darf er hinaus. Natürlich muss er es bewerkstelligen, während er selbst gejagt wird. Oh, ich höre schon die Frage, wer oder was der heilige Hirsch ist.«

Wie auf ein Stichwort erschien eine kleine, rot gekleidete Gestalt am oberen Ende des Labyrinths.

Lily schnappte nach Luft.

Es handelte sich um den Hofnarren vom Dinner des vergangenen Abends. Mephisto. Um den hinterhältigen Wicht, der den Minotaurus so beiläufig nur zur Unterhaltung der königlichen Gäste getötet hatte.

Der bösartige kleine Clown trug eine prächtige Geweihkrone auf dem Kopf. Er wirbelte seinen tödlichen Flegel und verbeugte sich vergnügt vor dem erlauchten Publikum.

Von unten am See aus konnte Jack den kleinen, rot gekleideten Burschen mit dem Geweih auf dem Kopf gerade noch ausmachen. Er wusste nicht, was er davon halten sollte.

Vacheron verkündete: »Und zu guter Letzt: Jeder Recke hat zwei Gefährten ausgewählt, die ihn bei dieser Herausforderung begleiten. Diesmal werden sie nicht an ihn gefesselt. Sie könnten ihm helfen, sie können ihn behindern. Jedenfalls müssen sie nicht überleben. Das muss nur der Recke selbst. Viel Glück an alle.«

Jack hatte davon erfahren, als Vacheron vorhin zu den Geiselwagen gekommen war. Und so stand er nun auf jener Plattform aus Stein mit seinen beiden auserwählten Begleitern:

Alby und Roxy, seine kleine schwarze Pudeldame.

DIE BRÜCKE ZUM LABYRINTH

Um genau zu sein, hatte Jack bei der Wahl seiner Partner keine große Wahl gehabt, sobald er das vertikale Labyrinth gesehen und festgestellt hatte, was nötig wäre, um es zu durchqueren.

Sky Monsters rechter Unterarm war noch von der dritten Herausforderung übel zugerichtet. Er konnte damit unmöglich klettern, geschweige denn über Klüfte springen oder sich an Kanten festhalten. Und Lily befand sich bei den königlichen Gästen.

Somit blieben nur Alby und die beiden Hunde.

Auf Alby konnte er zählen. Der mittlerweile 21-jährige Junge war zuverlässig und intelligent. Für ein Labyrinth hätte Jack ohnehin Alby ausgewählt.

Da Roxy kleiner und leichter war als Ash, konnte er sie tragen, wie er es gerade tat. Es schadete auch nicht, dass die Hündin einen ausgeprägten Beschützerinstinkt besaß. Vielleicht könnte sie drohende Gefahr früher als sie erschnüffeln.

Schließlich rief Vacheron: »Lasset die vierte Herausforderung beginnen!«

Und damit ging der Wahnsinn los.

Die anderen Kämpfer stürmten über die niedrige Steinbrücke davon, die über den stinkenden See zum Fuß des Labyrinths führte.

Alby wollte sich ebenfalls in Bewegung setzen, doch Jack hielt ihn mit der Hand zurück.

»Warte. Noch nicht.«

»Warum nicht?«, fragte der Junge.

Und dann geschah es.

Zwei der Kämpfer – ein gut aussehender junger Mann in der roten Uniform von Hades' Team und einer der brasilianischen Sondereinsatzspezialisten, auf die Iolanthe hingewiesen hatte – rannten vor den anderen und sprangen auf die unterste Ebene des Labyrinths.

Ihre jeweils zwei Begleiter ließen sie zurück. Sie nahmen Defensivposition ein, um den anderen Kämpfern den Weg zu versperren.

Die vier Verteidiger begannen, gegen die anderen Teilnehmer der Herausforderung zu kämpfen, die ins Labyrinth gelangen wollten.

Schläge wurden ausgeteilt. Körper flogen in alle Richtungen. Einer landete im dampfenden See und schrie beim Kontakt mit dem heißen gelben Wasser gellend auf.

»Großer Gott ...«, stieß Alby mit belegter Stimme hervor.

»Ein Schachzug, um Zeit zu gewinnen«, merkte Jack an. »Ich dachte mir schon, dass jemand darauf zurückgreifen könnte. Die vier Verteidiger da werden die anderen Kämpfer nicht lange aufhalten können. Sie werden buchstäblich geopfert.«

Er hatte recht.

Nur wenig später wurden die vier Verteidiger von den anstürmenden Kämpfern überwältigt und in den tödlichen See geworfen, allerdings erst, nachdem sie drei Männer – allesamt Begleiter – ausgeschaltet hatten. Mittlerweile hatten ihre beiden Kämpfer, Hades' Vertreter und der Brasilianer, bereits die zweite Ebene des Labyrinths erreicht.

Ein beträchtlicher Vorsprung.

Jack wandte sich an Alby. »Okay. Jetzt konzentrier dich. Ich möchte, dass du dir das Labyrinth genau ansiehst, einen Weg hindurch findest und ihn dir einprägst.«

Alby erbleichte. »Einen Weg *da* durch einprägen? Mir kommt es vor, als hätte ich einen Teller voller Spaghetti vor mir.«

»Wenn wir erst mal drin sind, können wir nichts mehr sehen, müssen also raten«, erklärte Jack. »Gib einfach dein Bestes. Such dir eine Seite aus, links oder rechts. Damit hast du es schon halbiert. Als Nächstes zählst du die Ebenen, damit wir immer wissen, wie weit wir noch von oben entfernt sind. Dann versuchst du, dir den Ausgang zu merken.«

»Okay, ich bin schon …«, begann Alby, bevor er abrupt verstummte.

Etwas über Jacks Schulter hatte seine Aufmerksamkeit erregt.

Jack wirbelte herum.

Hinter ihnen stapfte ein Hüne von einem Mann die Brücke entlang, nachdem er aus einem Durchgang im Fuß von Hades' Berg herausgekommen war.

Wie die beiden Krieger mit den Löwenhelmen oben im Labyrinth trug auch dieser Kerl einen kunstvoll gefertigten Helm, nur wies seiner die Form einer züngelnden Schlange auf. Seine moderne Körperpanzerung samt Unterarm- und Schienbeinschützern war dunkelgrau lackiert.

Am auffälligsten jedoch fand Jack die beiden verheerend aussehenden Peitschen in den mächtigen Pranken.

Jack kannte sie aus seinen Geschichtsbüchern.

Es handelte sich um eine besonders fiese Peitschenart, die man *Geißel* nannte. Diese ursprünglich von den alten Römern verwendete kurze Peitsche bestand aus vielleicht fünf Strängen aus Seil oder Leder an einem Griff aus Holz. Jeder Strang endete mit scharfen Klingen zum Zerfetzen der Haut des Opfers.

Die Klingen an den Enden der Peitschen dieses Kerls funkelten im Licht.

Auf der königlichen Bühne hob Vacheron freudig die Arme.

»Meine Damen und Herren, begrüßen Sie Hydra!«, rief er. »Somit gibt es keinen Rückzug mehr aus dieser Herausforderung!«

Die erlauchten Zuschauer stimmten Applaus an.

Lily starrte nur entsetzt hinunter zu Jack und Alby, die vor dem anrückenden Krieger mit dem Schlangenkopfhelm ins Labyrinth flohen.

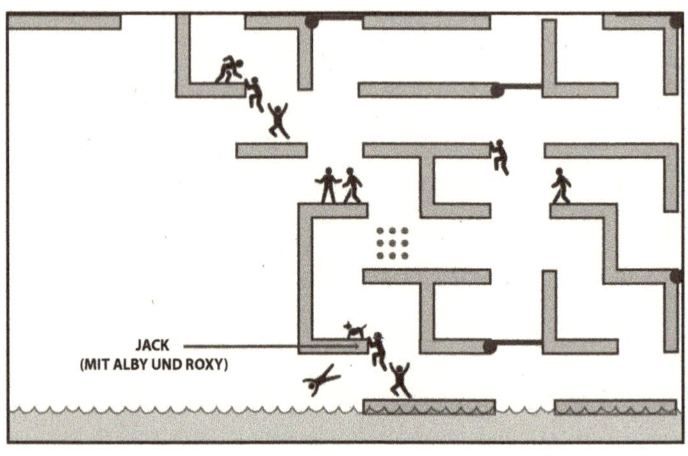

DIE UNTEREN BEREICHE DES LABYRINTHS

»Nach links!«, rief Alby zu Jack, und sie visierten jene Seite des Irrgartens an.

Über ihnen erstreckte sich das vertikale Labyrinth 18 Stockwerke nach oben, so hoch wie ein Bürogebäude.

Die schmalen Vorsprünge besaßen keine Geländer und wiesen Abstände von knapp zwei Metern zueinander auf.

Es gab mehrere Möglichkeiten, durch das Labyrinth vorzurücken.

Zum einen konnte man die Schächte mit leiterartigen Handgriffen in der Felswand an jedem Schacht erklimmen.

Zum anderen konnte man mit Anlauf in eine andere Ebene springen. Was schwieriger wäre, weil man sich schon kräftig abstoßen musste, um die Ellbogen über die Kante der nächsten Ebene zu bekommen und sich anschließend darauf hochzuziehen.

Und drittens wies das Labyrinth nach außen. Daher konnte man – wenn man sich traute – vorn an der Kante eines Vorsprungs entlang und nach oben klettern. Allerdings würde man dabei prekär über dem schwefelhaltigen See baumeln.

Jack steckte Roxy in sein T-Shirt, als er von der untersten zur nächsten Ebene sprang. Kaum lugte sein Kopf über die Kante, sah er, wie ein bulliger Navy SEAL – ein Kamerad des amerikanischen Kämpfers namens Monroe, zurückgelassen als Verteidiger – mit einem Messer auf ihn losging!

Bevor Jack reagieren konnte, sprang Roxy bellend und schnappend aus seinem T-Shirt, schlug die Kiefer um die Messerhand des SEAL und biss sich daran fest wie ein Terrier.

Erschrocken wich der SEAL zurück, was Jack die Gelegenheit bot, ihn am Arm zu packen und in den See zu schleudern. Blitzschnell riss er seinen Pudel von dem Fallenden zu sich.

Der Navy SEAL landete platschend in der stinkenden Brühe und schrie vor Schmerzen auf, bevor er unterging.

Jack setzte Roxy auf dem Felsvorsprung ab.

»Guter Hund«, lobte er, als er hochkletterte. Dann streckte er sich zurück nach unten, um auch Alby auf die erste Ebene zu helfen.

»Gott, ein Labyrinth ist so schon schwer genug«, stieß Jack schwer atmend hervor. »Aber sich durch eines zu kämpfen, in dem es vor solchen Arschlöchern strotzt, ist jenseits von Gut und Böse. Komm weiter.«

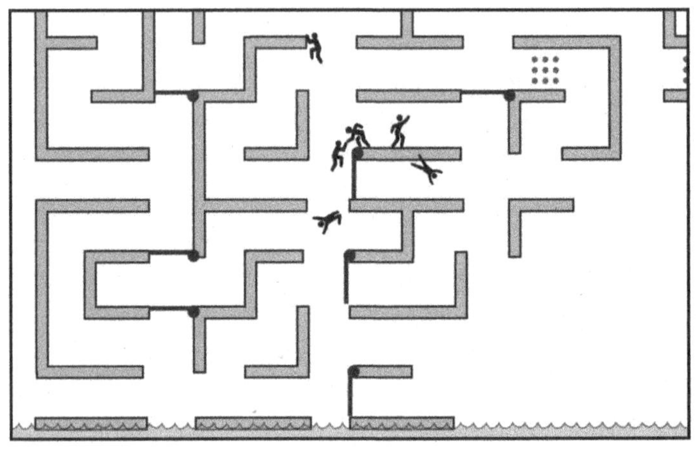

SCARECROW GEGEN DEN INDISCHEN MARCOS

Der US-Marine namens Scarecrow hatte die rechte Seite des Labyrinths gewählt.

Er rannte dort mit Astro und dem anderen männlichen Marine, einem untersetzten Lieutenant mit sandblondem Haar namens Tim Bowles, Rufname *Tomahawk*. Als Scarecrow das Labyrinth vom Geiselwagen aus gesehen und festgestellt hatte, wie agil man sein musste, um es zu erklimmen, hatte er entschieden, Mother bei dieser Herausforderung außen vor zu lassen.

Nach dem Aufstieg über die ersten fünf Ebenen traf seine Mannschaft auf das Team eines anderen Kämpfers, eines indischen Soldaten mit dem schwarzen Stirnband der elitären Indian Marine Commando Force, kurz MARCOS. Ein Handgemenge brach aus, dem der Inder entfloh, der seine Leute zurückließ, um gegen die von Scarecrow zu kämpfen und sie aufzuhalten. Scarecrow warf einen der Begleiter des Inders vom Felsvorsprung. Der Mann stürzte zehn Meter weit in den See hinunter.

Tomahawk rang mit dem anderen Begleiter. Sie gingen zusammen zu Boden und rollten darüber, bevor er sich abrupt unter ihnen auftat.

Eine Falltür.

Als beide Männer hindurchfielen, hechtete Astro vorwärts, packte Tomahawk am Handgelenk und bremste ihn.

Der Inder hatte weniger Glück. Er fiel den gesamten Schacht hinab und landete platschend im sengenden Wasser.

Auch Jack und Alby trafen auf weitere feindselige Wettstreiter.

Als sie sich vier Ebenen nach oben gekämpft hatten, wurden sie vom anderen dunkelhäutigen Begleiter des Navy SEALs namens DeShawn Monroe angegriffen. Auch er war zurückgeblieben, um seinem Teamleiter den Rücken freizuhalten.

Der SEAL ging mit einem Messer auf Jack los. Jack duckte sich, packte den Mann am Handgelenk, beförderte ihn mit einem Judo-Wurf auf den Boden des Felsvorsprungs …

… und stellte fest, dass es sich um keinen festen Abschnitt, sondern um eine Falltür handelte.

Kaum war der SEAL darauf gelandet, klappte ein Teil des Bodens unter ihm auf Scharnieren weg, und zu Jacks Überraschung verschwand der Mann schlagartig außer Sicht.

Lily beobachtete auf dem königlichen Balkon, wie der SEAL durch die Falltür in die Tiefe stürzte.

Dank eines teuflischen Mechanismus des Labyrinths öffneten sich alle Falltüren direkt darunter gleichzeitig: Der SEAL stürzte durch das gesamte Labyrinth ab, bis er mit einem gequälten Aufschrei in den stinkenden See stürzte, unterging und nie wieder auftauchte.

Lily schnappte nach Luft. »O mein Gott …«

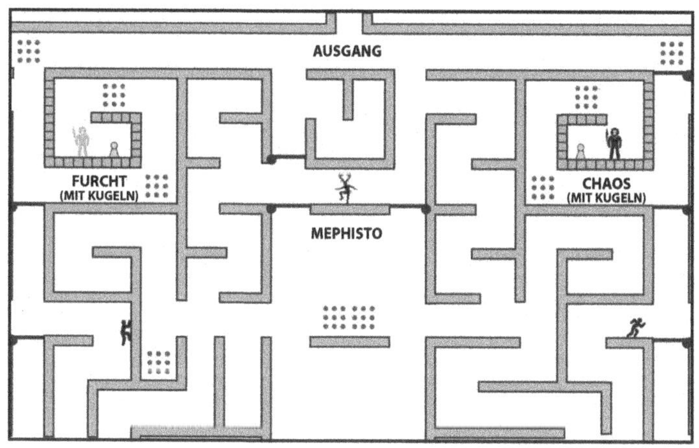

DIE GOLDENEN KUGELN

Vom königlichen Balkon aus betrachtet strotzte es im Labyrinth nur so vor Bewegung.

Mit zehn Kämpfern, die – zumindest anfangs – jeweils zwei Partner dabeihatten, rannten, kletterten, sprangen, suchten und schlichen fast 30 Personen kreuz und quer durch den vertikalen Irrgarten.

Für Lily erinnerte der Anblick an ein Ameisennest – eine verschachtelte Ansammlung von Felsvorsprüngen und Schächten, gefüllt mit sich bewegenden Menschen.

Dann erblickte sie die beiden führenden Kämpfer – jene, die ihre Partner auf der Brücke zurückgelassen hatten, um alle anderen aufzuhalten. Die zwei erreichten gerade die Sackgassen mit den goldenen Kugeln in den höheren Gefilden des Labyrinths.

Der erste Kämpfer war einer von Iolanthes beiden brasilianischen Wettstreitern.

Er hieß Sergeant Mauricio Corazon und hatte einst der elitären Spezialeinheit der brasilianischen Armee angehört, dem sogenannten *Comando de Operações Especiais*. Nachdem man ihn zusammen mit fünf anderen Soldaten der Gruppenvergewaltigung einer hübschen jungen Sekretärin auf ihrem Stützpunkt für schuldig befunden hatte, war er unehrenhaft entlassen und zu 20 Jahren Gefängnis verurteilt worden.

Nach einem Jahr in einem verdreckten Knast in São Paulo war eines Tages der örtliche Bischof aufgekreuzt und hatte Corazon und seinen fünf Kameraden die Freiheit angeboten, wenn sie dafür an einer heiligen Mission teilnähmen: den Großen Spielen.

Corazon war die rechte Seite des Labyrinths hinaufgeklettert und erreichte die 15. Ebene, eine Sackgasse, in der sich eine der goldenen Kugeln befand.

Vor dem schimmernden Preis stand die schwarze löwenbehelmte Gestalt von Chaos. In einer Hand hielt er ein gefährlich wirkendes Krummschwert.

Corazon verengte die Augen zu Schlitzen. Er wusste, wie man kämpfte. Wie alle Mitglieder der Spezialeinheiten seines Landes beherrschte er meisterlich die brasilianische Kampfsportart Capoeira. Mit diesem Kerl und seinem albernen Helm würde er fertigwerden.

Corazon zog sein Messer.

Oben auf dem königlichen Balkon stand Iolanthe bei Lily und beobachtete gebannt die Konfrontation.

Kardinal Ricardo Mendoza befand sich neben ihr und tat es ihr gleich.

»Jetzt erfahren wir, ob Ihre brasilianischen Psychopathen würdig sind«, meinte Iolanthe.

Mendoza nickte. »Das sind sie. Mehr als würdig.«

Corazon griff Chaos mit einer Reihe blitzschneller Messerbewegungen an.

Chaos parierte jeden Hieb mühelos, bevor er Corazon mit einem Ausfallschritt das Schwert über die Kehle zog und ihn damit beinahe enthauptete.

Der Krieger mit dem schwarzen Löwenkopf schleuderte den toten Brasilianer vom Felsvorsprung. Der schlaffe Körper segelte 15 Ebenen des Labyrinths hinab, bevor er mit einem lauten Platschen tief unten im See landete.

Iolanthe drehte sich mit hochgezogenen Augenbrauen Kardinal Mendoza zu.

Der Geistliche schluckte. »Oh.«

In der linken Sackgasse mit der anderen goldenen Kugel kam es zu einer anderen Konfrontation.

Der junge Mann in Karmesinrot von Lord Hades traf dort ein und stieß auf den weißen Löwen namens Furcht, der die Kugel ebenfalls mit einem Krummschwert bewachte und ihn bereits erwartete.

Wieder beobachteten die königlichen Zuschauer das Geschehen wie gebannt. Lily hörte, wie einige flüsterten: »Das ist Zaitan. Hades' zweiter Sohn …«

Lily sah, dass Hades selbst das Aufeinandertreffen mit Argusaugen beobachtete.

Und ihr fiel auf, dass auch Dion, sein erstgeborener Sohn und Erbe, extremes Interesse daran zeigte.

Zaitan zog das eigene Kurzschwert und starrte Furcht unverwandt an.

Dann griffen sie sich gegenseitig an.

Dieser Kampf verlief wesentlich ausgeglichener.

Furcht war zwar größer, aber Zaitan bewegte sich schneller. Statt zu versuchen, den Krieger mit dem Löwenhelm durch rohe Kraft zu überwältigen, setzte er auf seine Stärken, parierte Hiebe, huschte davon und zwang Furcht, ihm zu folgen.

Lily beobachtete den Kampf mit gerunzelter Stirn.

Irgendetwas daran stimmte nicht. Etwas Seltsames. Sie hatte den deutlichen Eindruck, dass sich Furcht nicht so ins Zeug legte, wie er sollte – eindeutig nicht so, wie Chaos zuvor gegen den brasilianischen Soldaten gekämpft hatte.

Und dann, als Furcht mit einem kraftvollen Schwung angriff, duckte sich Zaitan darunter hindurch, schnappte sich die Kugel, schlitterte damit über die vordere Kante des Felsvorsprungs und ließ sich geschickt mit seiner Beute auf die Ebene darunter fallen.

Die königlichen Zuschauer schnappten kollektiv nach Luft, bevor sie Jubel anstimmten.

Mit der kostbaren goldenen Kugel in seinem Besitz bewegte sich Zaitan noch schneller und zuversichtlicher. In vollem Lauf entfernte er sich von der Sackgasse, um nicht von Furcht verfolgt zu werden, bevor er die letzten drei Ebenen erklomm und das Labyrinth durch den Ausgang am oberen Ende verließ.

Kaum hatte er den tödlichen Irrgarten unversehrt hinter sich gelassen, schaute er zum königlichen Balkon hinüber und streckte die Kugel mit einem breiten Grinsen im Gesicht triumphierend über den Kopf.

Die erlauchten Zuschauer johlten begeistert.

Hades spendete anerkennenden Beifall.

Dion klatschte enthusiastisch und jubelte lauthals über die Leistung seines Bruders.

Weiter unten in der linken Hälfte des Labyrinths wirbelten Jack und Alby herum, als sie den Radau vom königlichen Balkon hörten.

Dann drehte Alby den Kopf Jack zu. »Irgendjemand hat schon eine Kugel.«

»Weiter«, gab Jack zurück. »Wir müssen in Bewegung bleiben.«

Im Labyrinth lauerte ein weiteres gefährliches Element.

Mephisto, der Hofnarr mit seinem prächtigen Geweih.

Er tänzelte munter über die mittleren Ebenen des Labyrinths, bewegte sich im Stil von Charlie Chaplin und wirbelte völlig unbekümmert mit seinem tödlichen Flegel.

Dann hielt er inne, weil er etwas zu hören schien. Mit geradezu beängstigender Geschwindigkeit stieg er plötzlich zwei Ebenen tiefer. Schier unglaublich flink und wendig rückte er über die vorderen Kanten der Felsvorsprünge vor, bis er lautlos unmittelbar hinter einem einsamen Kämpfer landete.

Es handelte sich um den indischen MARCOS, der Scarecrow seine Partner entgegengeschleudert hatte und selbst geflüchtet war.

Allerdings hatte sich der MARCOS-Soldat danach hoffnungslos verirrt.

Er war mitten im Labyrinth in eine Sackgasse geraten und musste wohl oder übel umkehren.

Allein, verängstigt und verzweifelt hatte er völlig die Orientierung verloren und wollte nur noch einen Weg nach oben finden.

Mit einer Hand umklammerte er ein langes Messer mit Wellenschliff und Schlagringgriff aus Stahl.

Mephisto schlich sich von hinten an ihn an, den teuflischen Flegel im Anschlag.

Der indische Soldat bemerkte ihn nicht.

Die königlichen Zuschauer bekamen natürlich alles mit, aber Mephisto drehte sich ihnen zu und legte einen Finger an die grinsenden Lippen: *Pssst!*

Dann näherte er sich dem arglosen indischen Elitesoldaten weiter und begann, dabei theatralisch die Füße zu heben, als schliche er auf Zehenspitzen.

Lily beobachtete die Szene voll blankem Entsetzen. Diese Spiele an sich stellten eine Abscheulichkeit dar, doch sie fand den scherzhaften Umgang des Hofnarren mit der brutalen Gewalt, die er gleich anwenden würde, irgendwie noch beängstigender.

Der kleine rote Narr schlich näher zu dem ahnungslosen Inder.

Das Publikum hielt den Atem an.

Dann tippte Mephisto dem Inder auf die Schulter.

Der Mann wirbelte herum und holte mit dem Messer aus. Doch als sich der Inder blitzschnell drehte, huschte Mephisto so um ihn herum, dass er hinter dem Rücken des Soldaten zum Stehen kam.

Mephisto zuckte lakonisch in Richtung des Zuschauerbalkons mit den Schultern.

Das erlauchte Publikum lachte.

Der indische Soldat drehte sich zurück. Diesmal hob Mephisto den Flegel an, schwenkte ihn, bis sich die beiden Kugeln daran wie Hubschrauberrotoren drehten, und schleuderte die Waffe. Die beiden schweren, durch die Kette miteinander verbundenen Messingkugeln wickelten sich um den Kopf des armen Inders.

Das Ergebnis trat prompt und verheerend ein.

Als die Kette den Inder an der Stirn traf, peitschten die Messingkugeln um seinen Kopf herum und nach vorn zurück. Dort schlugen sie mit voller Wucht in die Augen ein und zerschmetterten die Höhlen mit aufspritzendem Blut, bevor sie weiter ins Hirn des bemitleidenswerten Opfers pflügten.

Der Inder blieb noch einige Sekunden lang auf den Beinen, doch er hatte sein Leben bereits ausgehaucht.

Mephisto trat vor und löste den Flegel vom Gesicht des Toten, wodurch er die grauenhaft zertrümmerten Augenhöhlen offenbarte. Als er zurückwich, sackte der Körper zu einem schlaffen Haufen auf dem Felsvorsprung zusammen.

Der indische Elitesoldat, Mitglied von MARCOS, einer der besten Spezialeinheiten der Welt, war von dem Hofnarren innerhalb von Sekunden besiegt worden.

Mephisto verbeugte sich vor dem königlichen Publikum.

Die Zuschauer applaudierten anerkennend.

Mephisto stellte einen Stiefel auf den Leichnam des Gefallenen wie ein erfolgreicher Jäger und spannte die Arme in Schwarzenegger-Pose an.

Die Hochadligen auf dem Balkon lachten.

Lily nicht. Sie schluckte nur vor Angst.

Plötzlich hob Mephisto ruckartig den Kopf – er schien jemanden in der Nähe wahrgenommen zu haben. Und als Lily unter den Narren schaute, stellte sie fest, dass sich ein anderer Kämpfer mit seinen Partnern ahnungslos Mephisto näherte.

Jack, Alby und Roxy.

Mephisto huschte davon.

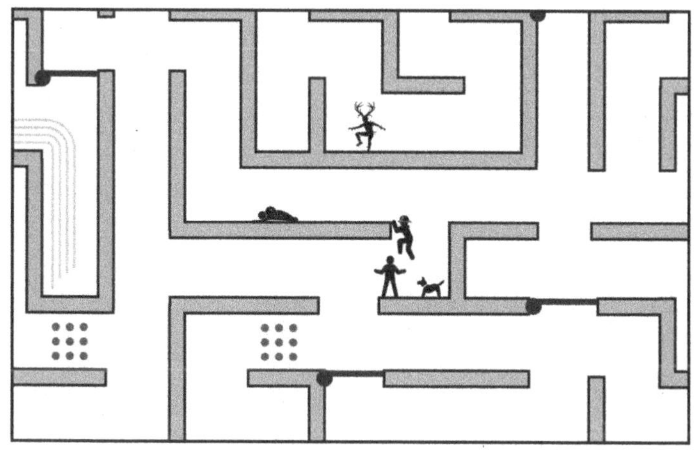

JACK GEGEN MEPHISTO

Jack zog sich auf eine neue Ebene hoch und erblickte auf Anhieb eine Leiche, die vor ihm auf dem schmalen Felsvorsprung lag. Es handelte sich um den indischen Soldaten. Sofort erstarrte Jack wachsam.

Der Mörder konnte noch in der Nähe sein.

Jack drehte sich zu Alby zurück, der unten wartete und Roxy in den Armen hielt. »Alby, warte kurz. Komm noch nicht hoch.«

Jack zog sein Messer und näherte sich langsam dem schlaffen Leichnam. Er lag mit dem Gesicht nach unten.

Jack streckte den nackten rechten Fuß aus und rollte ihn herum.

Das Gesicht des toten MARCOS starrte ihm mit eingedellten Augenhöhlen entgegen.

»Großer Gott«, entfuhr es Jack, der unwillkürlich zusammenzuckte.

Er beugte sich über den Toten und untersuchte ihn.

Der indische Elitesoldat war so plötzlich gestorben, dass er noch sein Messer mit dem Schlagringgriff in der Hand hielt.

Jack durchsuchte die Leiche nach weiteren Waffen.

»Also, *das* nenne ich mal nützlich«, sagte er laut, als er ein pistolenähnliches Gerät vom Gürtel des Toten löste.

Wie etliche Spezialeinheiten weltweit führten auch die indischen oft Übungen mit amerikanischen Elitetruppen durch, um von ihnen zu lernen. Dabei hatten sich die Inder vom US Marine Corps eine schier einzigartige Waffe abgeschaut: den Armalite MH-12 Maghook.

Dabei handelte es sich um eine Art Pistole, die gasbetrieben einen Enterhaken abfeuerte, der dank eines Hochleistungsmagneten auch an lotrechten Metalloberflächen haftete. Wegen des komplexen Antriebssystems und der aufwendigen Kabeleinholung hatte sich der Maghook als schwer kopierbar erwiesen, aber Indien hatte es trotzdem versucht.

Eine eigene Spezialwaffendivision namens ARDE hatte den Maghook nachgebaut und ihre Version davon ARDE-7 getauft. Zwar eine grobe Kopie, das ließ sich nicht übersehen, aber kompakt und funktionstauglich.

Und der arme Teufel wird das Ding ja nicht mehr brauchen, dachte Jack, als er den ARDE-7 des Toten an sich nahm.

Da Jack über den Leichnam des Soldaten gebeugt stand, bemerkte er nicht, wie sich eine kleine, rot gekleidete Gestalt langsam und lautlos von der Vorderkante des Vorsprungs über ihm herabließ.

Mephisto bewegte sich wie ein berechnender Affe, baumelte an einem Arm hoch über dem See, während er in der anderen Hand die Waffe mit den beiden Kugeln hielt.

Auf dem königlichen Balkon hielten sämtliche Zuschauer kollektiv den Atem an, während sie beobachteten, wie sich Mephisto hinter den ahnungslosen Jack herabsenkte.

Lily beugte sich vor und öffnete den Mund, um eine Warnung zu brüllen …

»Na, na, na«, tadelte Hades sie, der neben ihr stand. »Kein Wort. Wir dürfen unseren Recken nicht helfen.«

Lily biss sich auf die Unterlippe und fühlte sich völlig hilflos, als drüben im Labyrinth Mephistos Füße lautlos auf dem Felsvorsprung unmittelbar hinter Jack landeten.

Neben ihr auf dem Balkon nippten andere königliche Gäste, darunter eine alte, perlenbehangene Dame, an Champagner in Kristallgläsern, während sie die Szene aufmerksam verfolgten.

Lily schaute von der Alten über Jack zu Hades, bevor sie beiläufig den Arm der Frau rempelte. Dabei stieß sie ihr die Sektflöte aus der Hand, die prompt über das Geländer des Balkons segelte.

»Ach du liebes bisschen, tut mir wahnsinnig leid«, entschuldigte sich Lily.

Eine Sekunde später zerschellte das Kristallglas fünf Meter tiefer am Felshang in tausend Scherben. Das Geräusch dabei peitschte wie ein Gewehrschuss durch die Luft.

Jack hatte gerade die Enterhakenpistole des toten Inders an seinem Gürtel befestigt und wollte sich aufrichten, als er von der anderen Seite des Sees hörte, wie das Sektglas zerbrach. Bei dem Geräusch wirbelte er herum – und sah die bizarre, kleine rote Gestalt des tödlichen Mephisto direkt hinter sich stehen.

»Was zum …«, brachte er gerade noch hervor, ehe Mephisto den Flegel schwang und wie eine Peitsche knallen ließ.

Jack duckte sich jäh. Die beiden Messingkugeln prallten laut klirrend genau dort aufeinander, wo sich eben noch sein Kopf befunden hatte.

Dann stürzte sich Mephisto auf Jack, der alle Hände voll damit zu tun hatte, die wilden Schläge des dämonischen kleinen Narren abzuwehren.

Wieder schwang Mephisto den Flegel. Jack rollte sich weg, und die schweren Messingkugeln droschen tiefe Dellen in den Felsvorsprung.

Mephisto ließ krallenartige Fingernägel vorschnellen. Einer zog eine blutige Spur über Jacks linke Wange.

Als Jack mit dem Messer ausholte, sah er, dass Mephisto erneut den Flegel zum Einsatz brachte. Eine der schweren Kugeln traf Jacks Messerhand. Die Klinge flog ihm in hohem Bogen aus den Fingern und stürzte in den See hinunter.

Jack gelang es, Mephisto einen kräftigen Schlag zu verpassen, der den Narren zu einem nahen Schacht zurückstieß … aber der kleine Mann rammte irgendeine pneumatische Klettervorrichtung in die Steinwand und benutzte sie als Halt, um seinen Fall zu bremsen.

Prompt stürmte Mephisto wieder an und schwang den Flegel. Diesmal streifte eine der Messingkugeln Jack seitlich am Kopf. Explosionsartig sah er Sternchen und fiel auf die Knie. Jacks Sicht wurde verschwommen. Er stand kurz davor, das Bewusstsein zu verlieren. Als er sich von dem Felsvorsprung rollen und sich auf die darunterliegende

Ebene schwingen wollte, gehorchten ihm seine Muskeln nicht.

Aus dem Augenwinkel nahm er wahr, wie der dämonische rote Zwerg über ihm in Stellung ging und mit dem Flegel ausholte, um ihm den Rest zu geben.

Zack.

Alby traf Mephisto wuchtig mit dem Messer des toten Inders am Hinterkopf, mit dem Schlagringgriff voraus.

Sofort sackte Mephisto bewusstlos zusammen.

Alby eilte schlitternd an Jacks Seite und begann, sein Gesicht zu tätscheln. »Komm schon, Jack! Bleib wach! Bleib wach!«

Jack schüttelte den Kopf, sah wieder etwas klarer und stemmte sich auf einen Ellbogen hoch.

Er schaute von Alby – der Roxy in seiner geschlossenen Jacke bei sich trug – zu dem bewusstlosen Hofnarren und wieder zurück zu Alby. »Danke.«

Dann starrte Jack auf Mephisto, auf das rot tätowierte Gesicht, die unter die Haut implantierten Hörner, die angespitzten Zähne. »Was ist das denn eigentlich?«

Plötzlich stöhnte Mephisto.

Alby erwiderte: »Keine Ahnung, aber ich will auf keinen Fall mehr hier sein, wenn es aufwacht. Lass uns zusehen, dass wir im Labyrinth weiterkommen.«

Damit sprangen sie über den erschlafften Körper des Hofnarren hinweg und eilten ins Labyrinth davon.

Auf dem königlichen Balkon erhielt Lily von Hades nach dem zerbrochenen Sektglas einen bedeutungsvollen Blick.

Lily erwiderte ihn und zuckte mit den Schultern. »Alkohol macht Menschen so tollpatschig. Ihre Gäste sollten wirklich auf ihren Alkoholkonsum achten.«

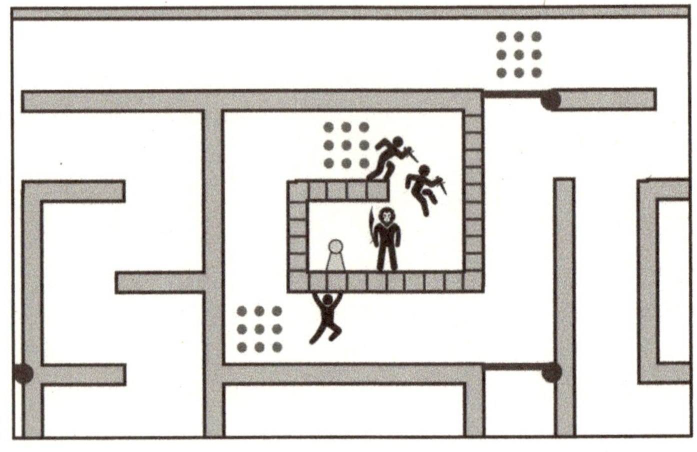

DIE ZWEITE GOLDENE KUGEL – VARGAS GEGEN CHAOS

Während Jack auf der linken Seite des Labyrinths gegen Mephisto kämpfte, unternahm ein anderer Kämpfer hoch oben auf der rechten Seite einen Anlauf, sich die zweite goldene Kugel zu holen, die der schwarze Löwe namens Chaos bewachte.

Bei dem Kämpfer handelte es sich um den zweiten Brasilianer. Sergeant Victor Vargas von der gleichen in Ungnade gefallenen Spezialeinheit wie Sergeant Mauricio Corazon.

Im Gegensatz zu Corazon war Vargas nicht allein und kopflos durch das Labyrinth gestürmt. Stattdessen hatte er seine beiden Partner bei sich behalten. Nun näherten sie sich zusammen der Sackgasse, in der sich Chaos und die zweite Kugel befanden.

Nachdem Vargas gesehen hatte, wie Corazons Leiche in die Tiefe gestürzt war, hatte er sich einen anderen Plan ausgedacht, um die Kugel zu bekommen.

Er schickte seine beiden Partner in die Sackgasse voraus, während er auf der Ebene darunter blieb.

Die beiden anderen preschten in die Sackgasse und griffen Chaos mit Messern an.

Chaos reagierte mit vernichtenden Hieben seines mächtigen Schwerts. Aber die beiden Brasilianer erwiesen sich als schnell und wendig. Dadurch gelang es ihnen, seinen Hieben zumindest für kurze Zeit auszuweichen …

Jedenfalls lange genug für Vargas, um klammheimlich von der unteren Ebene außen über die Kante des Vorsprungs in die Sackgasse zu klettern und sich die goldene Kugel zu schnappen.

Als er wieder hinuntersprang, bemerkte ihn Chaos, der nach wie vor gegen die beiden anderen kämpfte, aus dem Augenwinkel.

Vargas flüchtete, ohne sich um das Schicksal seiner beiden Partner zu scheren.

Er hatte ihnen nicht verraten, dass ihr wahrscheinlicher Tod zu seinem Plan gehörte. Und der Tod ereilte sie. Der Anblick, wie Vargas mit der Kugel davonrannte, ließ Chaos in Raserei verfallen, und in seiner Wut erschlug er die beiden Brasilianer in der Sackgasse bei ihm. Einem hieb er den Kopf ab, dem anderen stieß er das Schwert in den Bauch, bevor er beide kurzerhand aus dem Labyrinth schleuderte und Vargas verfolgte.

Aber der brasilianische Kämpfer hatte sich einen zu großen Vorsprung erarbeitet. Rasch kletterte er die letzten Ebenen des Labyrinths hinauf, und als sich Chaos hinter ihm auf die oberste hievte, schlängelte sich Vargas mit der so wichtigen goldenen Kugel in seinem Besitz durch den Ausgang hinaus.

Wieder jubelten die Zuschauer auf dem königlichen Balkon.

Am lautesten Kardinal Mendoza. Er bedachte Iolanthe mit einem selbstgefälligen, wissenden Lächeln, während er herzhaft klatschte.

Auf der linken Seite des Labyrinths hörte Jack erneut die Jubelrufe vom königlichen Balkon.

»Verdammt«, fluchte er. »Jemand muss sich die zweite Kugel geholt haben. Jetzt müssen wir zumindest unter den sieben sein, die es durch den Ausgang schaffen. Kannst du dich an den Weg nach oben erinnern?«

Alby schluckte. »Bin mir nicht sicher, aber ich kann's versuchen.«

»Alby, es gibt auf der Welt keinen Menschen, dem ich lieber durch ein Labyrinth folgen würde als dir«, sagte Jack. »Geh voraus.«

Der Jubel vom königlichen Balkon drang nicht nur an Jacks Ohren. Auch alle anderen Kämpfer hatten ihn gehört und wussten, was er bedeutete.

Und sie hatten bereits begonnen, die oberste Ebene des Labyrinths anzusteuern – einige mit ihren Begleitern, andere ohne. Einer nach dem anderen stiegen sie durch die Ausgangsluke hinaus.

Zwei Ebenen darunter befanden sich Scarecrow und sein Team.

»Schadensbegrenzung, Marines«, sagte er zu Astro und Tomahawk. »Lasst uns aus dieser Todesfalle verschwinden.«

Die drei gelangten zu einer Kluft, die zur zweithöchsten Ebene des Labyrinths führte. Astro ging voraus, gefolgt von Tomahawk. Scarecrow bildete das Schlusslicht.

»Die Ebene ist frei«, meldete Astro, nachdem er sich umgesehen hatte. Tomahawk streckte sich zurück nach unten, um Scarecrow hochzuhelfen …

In dem Moment schloss sich eine riesige Faust um Scarecrows linkes Fußgelenk und zog ihn mit einem Ruck zurück auf die untere Ebene.

Scarecrow landete hart auf dem Rücken, schaute auf und sah die blitzenden Klingen einer der Geißeln von Hydra auf sein Gesicht zurasen.

Scarecrow rollte sich weg. Die Klingen schlugen Funken sprühend in den Steinboden neben seinem Kopf ein. Die andere Geißel sauste herab. Wieder rollte sich Scarecrow weg, wieder entging er knapp einem Treffer.

Vom Boden aus entfesselte Scarecrow einen kräftigen Tritt nach oben gegen Hydras Leistengegend.

Zack!

Aber Hydra stand nur da und starrte ihn unbeeindruckt an. Der Gliedschirm seiner Rüstung war zu stark.

»Okay …«, brummte Scarecrow.

Dann jedoch entdeckte er eine Schwachstelle in der Körperpanzerung des großen Kriegers: Unter der Kieferpartie des Schlangenhelms lugte etwas nackte Haut hervor. Sonst sah man am gesamten Körper keine.

Ansatzlos sprang Scarecrow vom Boden auf und ließ darauf einen blitzschnellen Faustschlag folgen. Er traf Hydras ungeschützte Kehle, und der Hüne krümmte sich röchelnd vornüber. Scarecrow hielt sich nicht damit auf, ihm den Rest zu geben. Stattdessen sprang er wie ein Hürdenläufer auf den Rücken des vorgebeugten Hydra und nutzte ihn als menschliches Sprungbrett, um Tomahawks wartenden Händen entgegenzuhechten.

Sofort brachen die drei Marines auf und fanden eine Öffnung zur obersten Ebene. Wenig später huschten sie zu ihrer großen Erleichterung durch den Ausstieg aus dem Labyrinth.

Auf dem königlichen Balkon hielt Vacheron die Zuschauer auf dem Laufenden.

»Zehn Kämpfer haben das Labyrinth betreten! Zwei sind umgekommen – ein brasilianischer Recke vom Königreich Land durch Chaos beim Versuch, sich eine Kugel zu holen. Und ein indischer Elitesoldat, der für unseren erhabenen Gastgeber, den Herrscher der Unterwelt, angetreten ist. Ihn hat sein Schicksal durch die Hände des kleinen Schurken Mephisto ereilt.«

Vacheron grinste. »Von den acht noch Lebenden haben mittlerweile sechs das Labyrinth verlassen. Zwei sind noch übrig: der fünfte Krieger, der das Königreich Land vertritt, und Warrant Officer Monroe vom Königreich Meer. Sobald der nächste Kämpfer das Labyrinth verlässt, wird der Ausgang versiegelt. Der andere, der im Labyrinth zurückbleibt, wird von Chaos, Furcht und Hydra gejagt, bis er tot ist. Oder – wenn er es wagt – bis er Mephisto in dessen Eigenschaft als heiliger Hirsch gefangen und zum Ausgang gebracht hat. Manch einer würde sagen, es wäre besser, durch Hades' Krieger zu sterben, als sich an einer solchen Aufgabe zu versuchen.«

Jack und Alby eilten durch das Labyrinth und wechselten sich dabei ab, Roxy zu tragen.

Unter Albys Führung kletterten sie über die horizontalen Vorsprünge, sprangen über Klüfte und Falltüren, erklommen Schächte.

Die von Alby eingeschlagene Route hatte sie beinahe bis an den linken Rand des Labyrinths geführt, wo sich das riesige Wasserrad drehte. Immer noch beförderte es Hunderte Liter des heißen, schwefeligen Wassers in den Irrgarten. In regelmäßigen Abständen stürzte die widerlich gelbliche Flüssigkeit über mehrere Schächte hinab, bevor sie sich in spektakulären Wasserfällen zurück in den See ergoss.

Schließlich kamen Alby, Jack und Roxy oben an und sichteten den Ausgang. Er befand sich genau in der Mitte der 18. Ebene, eine erhellte quadratische Luke, die etwa 20 Meter entfernt in der Steindecke prangte.

»Gute Arbeit, Alby«, lobte Jack.

Auf der obersten Ebene fühlte es sich an, als stünde man auf dem Dach eines 18-stöckigen Gebäudes. Das Labyrinth fiel steil unter ihnen ab. Der dampfende See unten wirkte weit entfernt.

»Nicht trödeln«, fuhr Jack fort. »Wir wissen nicht, wie viele andere Kämpfer das Labyrinth bereits verlassen haben …«

In dem Moment tauchte ein anderer Wettstreiter aus einem Schacht ein Stück vor ihnen auf – zwischen ihnen und dem Ausgang. Blutverschmiert und allein kroch er auf Händen und Knien …

… denn unmittelbar hinter ihm folgte der weiße Löwenkrieger namens Furcht.

Der Kämpfer krabbelte von Jack, Alby und Roxy weg in Richtung des Ausgangs. Furcht stapfte mit dem Rücken zu Jack hinter ihm her.

Jack erkannte den Kämpfer.

Es handelte sich um den dunkelhäutigen Navy SEAL mit den tätowierten Armen: DeShawn Monroe, der Finisher, der seine Kameraden zuvor zurückgelassen hatte, damit sie für ihn kämpften.

Und im Augenblick erging es dem Mann nicht gut.

Blut verschmierte sein Gesicht und seinen Hals. Er rappelte sich auf und schleppte sich halb rennend, halb kriechend den Felsvorsprung entlang, wobei er mit dem rechten Bein deutlich hinkte.

Furcht hingegen wirkte unversehrt und voll beweglich. Gemächlich marschierte er hinter dem verwundeten SEAL her. Schließlich versetzte er Monroe von hinten einen Tritt, der den Verwundeten nach vorn schleuderte.

Dann wischte Furcht seelenruhig die blutige Klinge seines Schwerts am Hosenbein ab, wohl eine Vorbereitung darauf, dem Finisher den Garaus zu machen.

Jack knirschte mit den Zähnen.

Ob es Loyalität zu einem Soldatenkameraden entsprang oder einem übersteigerten Gerechtigkeitssinn, weil er sah, wie ein Verwundeter kaltblütig getötet werden sollte, der Anblick erfüllte Jack mit rasender Wut. Und bevor er wusste, was er tat, stürmte er los.

Da er sein Messer im Kampf gegen Mephisto verloren hatte, nahm er zehn schnelle Schritte Anlauf, sprang Furcht von hinten an und prallte mit vollem Schwung gegen den Rücken des riesigen Kriegers.

Furcht grunzte, als er auf die Knie fiel und Jack ausgestreckt auf ihm landete.

Der Navy SEAL, Monroe, drehte sich überrascht um. Offenbar war er überzeugt davon gewesen, erledigt zu sein, und hatte nicht mit einer Rettung in letzter Sekunde gerechnet.

Furcht trat Jack von sich und schleuderte ihn dabei fast von der Kante des Felsvorsprungs. Aber Jack landete auf den Füßen und entfesselte seinerseits einen mächtigen Tritt gegen den Gesichtsschutz des knienden Kriegers mit dem Löwenhelm.

Der Treffer schleuderte Furchts Schädel nach hinten, wo er hart gegen die Felswand knallte. Durch den Aufprall erschienen Risse im Visier von Furchts Helm, und als der Krieger den Kopf in Jacks Richtung drehte, erhaschte Jack einen flüchtigen Blick auf die Augen.

Zornige braune Augen.

Jack rief: »Finisher! Hilf mir! Zusammen können wir ihn besiegen!«

Der Finisher lag immer noch fassungslos auf Furchts anderer Seite auf dem Boden, konnte die Wendung der Ereignisse nicht verarbeiten.

Furcht begann, sich aufzurappeln.

»Allein werd ich nicht mit ihm fertig«, drängte Jack. »Hilf mir!«

Der Finisher atmete tief ein, sammelte seine Kräfte, stemmte sich hoch … und humpelte so schnell wie möglich den Vorsprung entlang in Richtung des Ausgangs.

Jacks Mund klappte auf. »Mistkerl …«

Furcht richtete sich zu voller Größe auf.

Und stand zwischen Jack und dem Ausgang des Labyrinths.

Jack beobachtete, wie DeShawn Monroe durch die Luke nach oben kletterte. Kaum war er draußen, schloss sich die Luke widerhallend, und das einfallende Licht erlosch.

»O nein«, stieß Alby hervor. »Er muss es als siebter Kämpfer nach draußen geschafft haben. Das Labyrinth ist versiegelt. Wir sitzen hier fest. Es sei denn, wir …«

Jack wich vor Furchts vorrückender Gestalt zurück. »Es sei denn, wir finden diesen als Hirsch verkleideten Hofnarren und schaffen ihn zum Ausgang. Schnell! Geh wieder runter. Sofort!«

Alby sprang mit Roxy in seiner Jacke den nächsten Schacht hinab. Jack folgte ihnen, als Furcht auf dem obersten Felsvorsprung hinter ihnen her in Laufschritt verfiel.

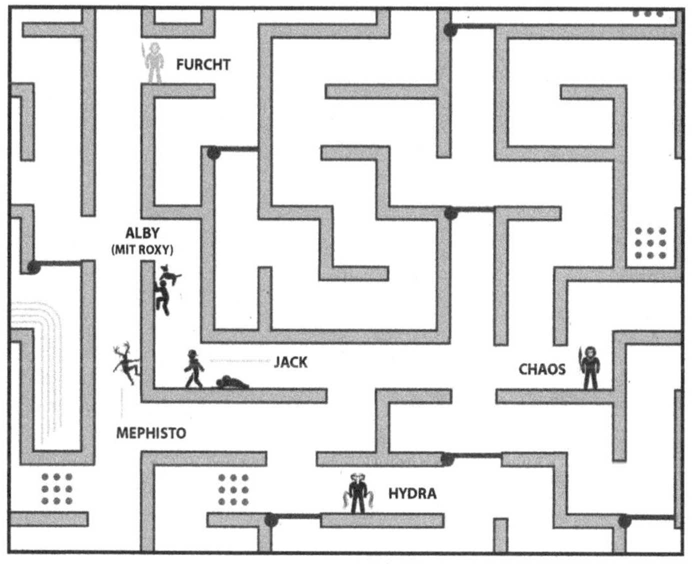

DIE JAGD NACH DEM HEILIGEN HIRSCH

Die vierte Herausforderung trat in eine neue Phase ein.

Im Labyrinth war Ruhe eingekehrt. Die Geräusche von rennenden, brüllenden Männern und klirrenden Schwertern waren verstummt.

Man hörte nur noch das Knarren der Wasserrader zu beiden Seiten und das Plätschern der Kippschalen, die das Wasser aus dem See schöpften.

Mittlerweile war eine doppelte Jagd entfacht: Während Jack und Alby den mit einem Geweih umherlaufenden Mephisto jagten, wurden sie selbst von Chaos, Furcht und Hydra gejagt.

Die Zuschauer auf dem königlichen Balkon verfolgten gebannt, wie Jack, Alby und Roxy durch die linke Seite des Labyrinths zu der Stelle hinabstiegen, an der sie den bewusstlosen Mephisto zurückgelassen hatten.

Was Jack dabei nicht sehen konnte, das Publikum jedoch schon: Hades' drei Krieger näherten sich ihm von drei Seiten. Der weiße Furcht von oben, der schwarze Chaos von rechts, Hydra in seiner grauen Körperpanzerung von unten.

Gefolgt von Alby und Roxy erreichte Jack den Felsvorsprung, auf dem er Mephisto zuletzt gesehen hatte.

Als er sich aus dem Schacht darauf hinabließ, erblickte er den toten indischen MARCOS genau an derselben Stelle wie zuletzt.

Jack flüsterte Alby zu: »Der gruselige kleine rote Kerl sollte gleich hinter der Leiche sein …«

Seine Füße landeten auf dem Vorsprung.

Der Hofnarr war verschwunden.

Mephisto lag nicht mehr bewusstlos neben den Überresten des indischen Soldaten.

Jack wirbelte herum. »Scheiße, er ist aufgewacht …«

Irgendwo in der Nähe ertönte ein schrilles, gackerndes Lachen.

»Suchst du *miiiiiiiich?*«, sang eine hohe Stimme.

Die königlichen Zuschauer zeigten sich begeistert.

Mephisto befand sich kaum anderthalb Meter von Jack entfernt auf der anderen Seite der Steinwand, die sie trennte.

»Was für ein wunderbares Schauspiel …«, meinte der Prinz namens George.

Lily umklammerte das Geländer des Balkons so fest, dass ihre Knöchel weiß hervortraten, und schleuderte dem Mann einen vernichtenden Blick zu.

Jack hatte Mephisto vorher noch nie sprechen gehört. Nun wünschte er, es wäre so geblieben. Die schrille Stimme des Hofnarren fühlte sich an wie Fingernägel auf einer Kreidetafel.

»Denn ich kann dich *seeeeeeeeeehen!*«, rief er.

Jack wirbelte herum und erblickte den kleinen Mann über und hinter sich – gleich darauf huschte Mephistos Kopf aus seinem Blickfeld.

Er spielt mit mir.

»Sei vorsichtig, wenn du den heiligen Hirsch jagst!«, verhöhnte ihn Mephistos Stimme. »Wir wollen doch nicht, dass der Jäger zum Gejagten wird.«

Bei einem unverhofften dumpfen Laut drehte sich Jack abermals um. Diesmal erblickte er die hoch aufragende schwarze Gestalt von Chaos keine 20 Meter entfernt auf seiner Ebene. Und der Krieger näherte sich schnell.

Jack wandte sich an Alby. »Los! Wir müssen dem Hofnarren folgen!«

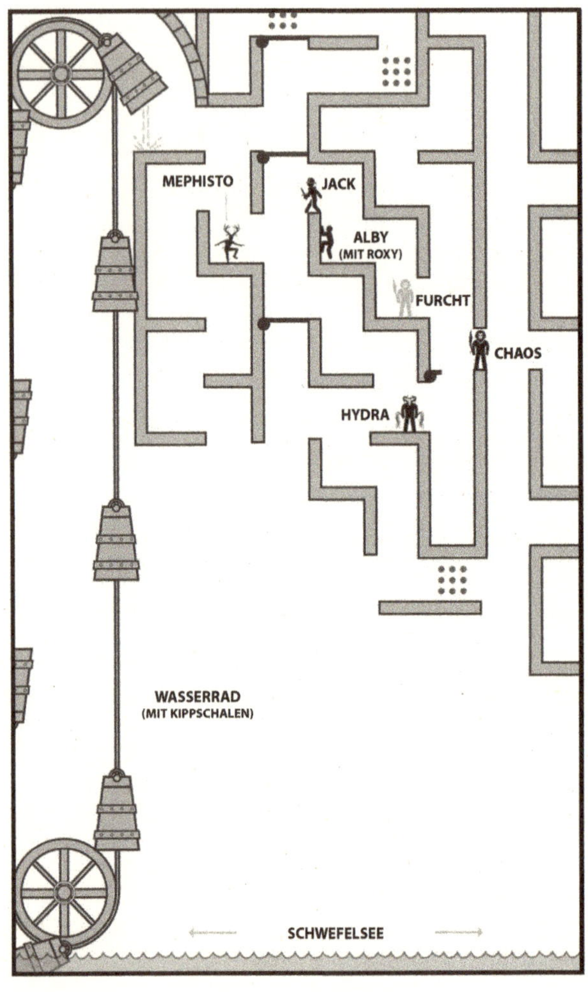

Mephisto tänzelte in die äußeren linken Gefilde des Labyrinths davon und steuerte auf das Wasserrad zu, das sich dort langsam drehte.

Jack und Alby nahmen die Verfolgung auf, überquerten einen Schacht und bewegten sich einen stufenförmigen Abschnitt aus Vorsprüngen und weiteren Schächten hinauf.

Unterwegs schaute Jack in regelmäßigen Abständen zurück.

Ihre Verfolger holten auf: Furcht, Hydra und Chaos.

Jack hastete weiter. Obwohl er es nicht sehen konnte, vermutete er, dass sich seine drei Verfolger verteilen würden, um alle verfügbaren Fluchtwege in diesem Teil des Labyrinths zu besetzen.

Lily beobachtete das tödliche Schauspiel, das sich vor ihren Augen entfaltete.

»Sie schwärmen aus«, erklärte der Prinz namens George der Frau neben ihm. »Furcht, Chaos und Hydra schneiden sämtliche Fluchtwege ab. Der fünfte Krieger sitzt wie eine Ratte in der Falle. Es wird nicht mehr lange dauern.«

»Irgendwelche Ideen?«, fragte Alby atemlos, während er hinter Jack eine Wand erklomm. Roxys pelziger schwarzer Kopf lugte zwischen dem offenen Teil des Reißverschlusses seiner Jacke heraus.

»Ich erinnere mich an diesen Teil des Labyrinths«, sagte Jack. »Es gibt nur einen vertikalen und zwei horizontale Ausstiege. Ich vermute, der kleine rote Freak blockiert den oberen Ausgang. Er hat uns hergelockt, und inzwischen versperren bestimmt diese anderen Mistkerle die horizontalen Ausgänge hinter uns.«

»Er hat uns hergelockt?«, hakte Alby nach und ließ den Blick über die Felsvorsprünge um sie herum wandern.

»Ich könnte mir denken, dass die Arschlöcher vor den Spielen etliche Male in dem Labyrinth hier trainiert haben«, erwiderte Jack. »Wahrscheinlich haben sie dabei arme Minotauren gejagt. Um jemanden zu erledigen, lockt man ihn in einen überschaubaren Teil des Labyrinths mit wenigen Ausgängen und zieht dann die Schlinge langsam zu.«

»Und hast du einen Plan, wie wir der Schlinge entgehen?«, fragte Alby bange.

Furcht befand sich nur noch wenige Felsvorsprünge schräg unter ihnen und näherte sich. Ein plötzlicher Schwall des stinkenden gelben Wassers vom sich drehenden Rad rauschte nicht weit von ihnen über die Ebenen.

Jack spähte nach außen und um ihren Felsvorsprung herum. Sein Blick fiel auf das sich langsam drehende Wasserrad am Rand des Labyrinths, wo die Kippschalen aus Eisen auf und ab befördert wurden. Die Kippschalen erinnerten beinahe an robuste Grubenwagen.

»Vielleicht …«, murmelte er gedankenverloren.

Dann drehte er sich wieder Alby zu. »Wenn wir überleben wollen, muss ich mir diesen schlüpfrigen kleinen roten Kerl schnappen, und er wird sich nicht kampflos ergeben. Eine direkte Konfrontation kann ich nicht gewinnen. Ich werd auf schmutzige Tricks zurückgreifen müssen.«

Dann erreichte Jack die höchste Stelle ihres ansteigenden, diagonalen Wegs, spähte darüber hinweg …

… und erblickte Mephisto, der auf der anderen Seite einer schmalen Kluft auf einem Felsvorsprung stand, müßig seinen Flegel schwenkte, Jack bösartig entgegengrinste und ihn erwartete.

Jack wandte sich an Alby und flüsterte: »Okay, hör zu. Sobald es mit dem Kämpfen losgeht, hast du die Chance, durch den oberen Ausstieg zu entkommen. Nimm ihn und schlag dich zur obersten Ebene durch. Ich komme nach … falls ich überlebe.«

»Falls du überlebst«, wiederholte Alby leise.

»Alby Calvin.« Jack nahm Alby das Schlagringmesser des Inders ab und sah dem Jungen in die Augen. »Wenn ich das hier nicht überlebe, dann du auch nicht. Die werden dich jagen und umbringen. Also lass mich dir etwas sagen: Ich hab dich lieb, Junge. Du bist Lily und mir immer ein loyaler Freund gewesen. Du bist zu einem tollen jungen Mann herangewachsen und für mich wie ein Sohn. Es geht um alles, also machen wir ihnen die Hölle heiß.«

Er streckte die Hand aus, und sie schlugen kräftig ein.

»Egal was passiert, wir sehen uns wieder«, versprach Jack. Und damit sprang er mit dem Messer in der Hand über die schmale Kluft zum Kampf gegen den Hofnarren.

Jack landete vor Mephisto.

Der Vorsprung erwies sich als klein. Auf einer Seite befand sich eine Wand. Auf der anderen Seite ging es ein kurzes Stück durch einen Schacht nach unten zu einer Falltür. Und unter der Falltür wartete, wie Jack wusste, ein tiefer Sturz hinab in den tödlichen See.

»Sei gegrüßt, fünfter Krieger«, sagte der Hofnarr mit seiner gruseligen Stimme. »Bist du bereit zu sterben?«

»Lass uns tanzen«, gab Jack nüchtern zurück.

Der Narr bleckte die angespitzten Zähne. »Tun wir es.«

Mit erschreckender Geschwindigkeit stürmte Mephisto an und schwenkte seinen verschwimmenden Flegel.

Jack reagierte darauf völlig unerwartet.

Er hielt sein Messer mit vertikal ausgerichteter Klinge vor sich.

Der tödliche Flegel wickelte sich um die Klinge. Die rasenden Messingkugeln klirrten laut und harmlos einen halben Meter vor Jacks Gesicht gegeneinander.

Mephisto runzelte verdattert die Stirn. Nur so ließ sich der kraftvolle Schwung eines Flegels entschärfen: Man musste ihm etwas anderes als den eigenen Kopf geben, um den er sich wickeln konnte.

Als der Narr innehielt, nutzte Jack die Gelegenheit für etwas, das Mephisto beim Training im Labyrinth wohl nie erlebt hatte.

Er packte den Hofnarren am Revers, hechtete rückwärts mit ihm vom Felsvorsprung und ließ sich mit dem Rücken voraus durch den nahen Schacht zur Falltür eine Ebene tiefer fallen.

Als Jack auf die Falltür knallte, erfüllte sie ihren vorgesehenen Zweck, indem sie aufschwang …

… und Jack und Mephisto fielen aus dem Labyrinth und stürzten zusammen in Richtung des Sees.

Die königlichen Zuschauer schnappten kollektiv nach Luft, als sie die beiden winzigen Gestalten von Jack und Mephisto aus der linken Seite des Irrgartens fallen sahen.

Mephisto kreischte im Fallen vor Panik. Damit hatte er eindeutig nicht gerechnet.

Jack hingegen hatte es sehr wohl durchdacht.

Mitten im Flug zog er die Enterhakenpistole vom Gürtel, die er zuvor dem toten indischen Soldaten abgenommen hatte, und feuerte sie nach links oben ab.

Mit einem dumpfen *Fupp* schoss der Enterhaken aufwärts, zog das Kabel hinter sich her und fand Halt an einem der Vorsprünge außen links im Labyrinth.

Das Kabel spannte sich mit einem schnappenden Laut, und Jack, der Mephisto immer noch grob umklammerte, schwang abrupt nach links zum langsam rotierenden Wasserrad.

Ihre Flugbahn verlief nach oben, und Jack landete perfekt auf einer der großen eisernen Kippschalen, die das Wasser aus dem See schöpften. Seine Füße kamen auf dem gut zehn Zentimeter breiten, rostbedeckten Rand zum Stehen.

Kaum befanden sie sich auf der Kippschale, drosch Jack den Schädel des kleinen Narren brutal gegen die Eisenkante. Der Kopf prallte davon zurück, und der Wicht erschlaffte, zum zweiten Mal innerhalb einer Stunde bewusstlos.

Während Jack den Enterhaken einholte, ließ er sich zum Erstaunen des königlichen Publikums vom Wasserrad nach oben befördern.

Als Jack am oberen Ende des Labyrinths vom Wasserrad sprang, erwartete Alby ihn bereits.

Mit dem schlaffen, geweihgehörnten Körper von Mephisto über der Schulter landete Jack neben ihm.

»Guter Plan«, lobte Alby.

»Wie gesagt, zum Gewinnen waren schmutzige Tricks nötig. Gehen wir«, erwiderte Jack.

Chaos, Furcht und Hydra kletterten immer noch durch die Ebenen unter ihnen nach oben. Jack und Alby eilten zum Ausgang. Sie erreichten die verschlossene Ausstiegsluke in dem Moment, als ihre drei Verfolger auf der obersten Ebene erschienen und losrannten.

Jack hämmerte gegen die Luke und brüllte: »Wir haben den Hirsch! Wir haben den Hirsch!«

Die Luke wurde von oben geöffnet.

Jack schob Alby durch den Ausstieg nach oben, reichte ihm Mephisto hinterher und sprang dann selbst hoch und aus dem tödlichen Labyrinth, nur Sekunden bevor Chaos hinter ihm eintraf.

Jack und Alby lagen auf dem Dach des riesigen Labyrinths 19 Ebenen über dem See japsend auf dem Rücken.

»Ich weiß nicht … wie viel mehr davon … ich noch aushalte«, stieß Jack keuchend zwischen schweren Atemzügen hervor.

»Ich auch nicht«, gab Alby zurück.

Roxy kroch aus Albys Jacke, tapste zu Jack und leckte ihn an der Nase. Neben ihnen stöhnte Mephisto. Langsam und gequält öffnete der Hofnarr die Augen.

Nach wie vor auf dem Rücken schaute Jack zu dem tödlichen Zwerg hinüber.

»Hab dich erwischt, du Penner«, sagte er.

GEHEIME GESCHICHTE III

DAS OMEGA-EREIGNIS

DAS ÄGYPTISCHE SYMBOL »ANKH«

Wissen muss durch unablässige Bemühungen ständig erneuert werden, wenn es nicht verloren gehen soll.

ALBERT EINSTEIN

MAE MERRIWEATHERS ZUHAUSE
BROOME, AUSTRALIEN

»Okay, was haben wir?«, sagte Mae.

Sie saß mit Stretch und Pooh Bear in ihrem Wohnzimmer, umgeben von einem Durcheinander aus Büchern, Schriftrollen, drei Laptops, zwei iPads und sogar einigen Statuen.

Zu dritt hatten sie die Nacht hindurch gearbeitet und nach jedem noch so kleinen Hinweis auf die Hydra-Galaxie gestöbert – und auf das Tetragammadion, das seit Jahrtausenden zur Darstellung der Galaxie benutzt wurde.

»Dieses Bild der Hydra ist überall in der antiken Welt aufgetaucht«, so Stretch. »Es gibt Aufzeichnungen darüber, dass es in Tempeln und Schreinen an so unterschiedlichen Orten wie Indien, Pakistan, Irland, England, Belize, Guatemala, Australien, Kambodscha und sogar auf der Osterinsel entdeckt wurde.«

Er warf einen Blick zu Pooh Bear. »Wir sind selbst nie dort gewesen, aber auf der Osterinsel hat Jack …«

Er bremste sich und sah Mae verlegen an.

»Schon in Ordnung, Benjamin«, sagte sie. »Auf der Osterinsel hat sich mein Sohn seinem Vater, meinem Ex-Mann, gestellt und ihn getötet. Passt schon. Jack hat mir alles darüber erzählt. Und nur um das klarzustellen, sein Vater war ein Arsch und hat bekommen, was er verdient hat. Wichtiger ist: Wo auf der Osterinsel wurde das Symbol gefunden?«

Stretch sah in seinen Notizen nach. »Auf einer kleinen Felsinsel namens Motu Nui vor der Südküste der Osterinsel.«

»Motu Nui …« Mae überlegte. »Schon mal von Motu Nui gehört, Benjamin?«

Stretch schüttelte den Kopf. »Hätte ich sollen?«

»Die Osterinsel ist berühmt für ihre Steinstatuen mit den langen Gesichtern, die *Moai.* Aber nur die wenigsten wissen von Motu Nui. Aus geografischer Sicht ist sie nichts Besonderes, nur ein kleiner Felshaufen knapp einen Kilometer vor der Südspitze der Hauptinsel. Aber sie spielte eine Schlüsselrolle im wichtigsten Ritual der Osterinsel. Motu Nui wurde von den Osterinsulanern für die Austragung ihres berühmten rituellen Wettkampfs verwendet, das Vogelmannrennen.«

»Was war das?«, fragte Pooh Bear.

Stretch ergriff das Wort. »Jack hat es mal erwähnt, als wir auf der Suche nach den sechs Ramses-Steinen waren. Es war ein Wettrennen zwischen Kriegern. Sie mussten durch die haifischverseuchte Meerenge zwischen der Osterinsel und dem kleinen Eiland schwimmen, ein Vogelei aus der Nähe des Gipfels holen und dann mit dem Ei zurückkehren. Wer das Rennen gewinnen konnte, wurde für das nächste Jahr der Häuptling der Osterinsel. Oder so ungefähr.«

»Fast«, sagte Mae, »aber nicht ganz. Es war in der Tat ein Wettstreit zwischen Kriegern, aber nicht der siegreiche *Krieger* wurde zum Häuptling der Osterinsel, sondern sein *Schirmherr.* Dieser Mann wurde zum Häuptling der Häuptlinge, zum Obersten unter den verschiedenen Häuptlingen der Osterinsel, ein König anderer Könige sozusagen …«

Sie verstummte.

»Was ist?«, fragte Pooh Bear.

Mae runzelte nachdenklich die Stirn. »Der König der Könige«, sagte sie abwesend.

Plötzlich schaute sie auf.

»Vier Könige herrschen über die vier mystischen Königreiche. Aber wer ist der Oberste unter ihnen, der König der Könige? Bei solchen Dingen steht immer einer an der Spitze. Wie wird er ausgewählt?«

Sie klappte ihren Laptop auf und scrollte durch etliche Fotos, bis sie ein bestimmtes Bild fand: das einer imposanten griechischen Urne.

»Das ist eine antike griechische Urne, die Jack in der verlorenen Bibliothek von Alexandria entdeckt hat«, sagte sie. »Wie ihr seht, ist sie mit einer wunderschönen künstlerischen Darstellung der zwölf Aufgaben des Herkules bemalt. Und seht ihr die griechischen Worte um den Rand? Übersetzt bedeuten sie:

> DIESE URNE GEDENKT DER ZUSAMMENKUNFT DER VIER KÖNIGE ZUR FEIER DER GROSSEN SPIELE. JEDER BRACHTE RECKEN ALS VERTRETER MIT, UM ZU BESTIMMEN, WER DER KÖNIG DER KÖNIGE WÜRDE.«

»Der König der Könige …«, murmelte Pooh Bear.

»Sie haben Kämpfer mitgebracht, die sie vertreten haben«, sagte Mae. »Genau wie bei den Osterinsulanern. Wie die *Moai* ist auch das Vogelmannrennen eine einzigartige Besonderheit der Osterinsel. Es gibt keinerlei Aufzeichnungen darüber, dass etwas Vergleichbares irgendwo sonst auf der Welt veranstaltet wurde.

Woher stammt dieses Rennen? Warum haben gerade die Bewohner der Osterinseln ein solches Ritual durchgeführt? Und da wir die Verbindung zwischen der Osterinsel und der fortschrittlichen Zivilisation kennen, von der die Maschine stammt, stellt sich für unsere Zwecke die Frage, ob sich das Vogelmannrennen von jener Zivilisation herleitet.«

»Und was sind diese tollen Großen Spiele?«, fragte Stretch und deutete mit dem Kopf auf die Urne.

Mae antwortete: »Soweit wir wissen, sind sie ein Mythos. Der Begriff ›Spiele‹ konnte in der Antike alles Mögliche bedeuten: Gladiatorenkämpfe, Wagenrennen oder sogar eine Reihe sportlicher Wettkämpfe, wie die alten Griechen sie als Vorläufer der Olympischen Spiele veranstaltet haben.

Auf *Große* Spiele bin ich bei meiner Forschung nur ein Mal gestoßen, und das war eine Erwähnung bei Platon. Ihm zufolge waren die Großen Spiele eine mythische Reihe tödlicher Herausforderungen, die in der Unterwelt stattfanden und angeblich von Hades höchstpersönlich ausgerichtet wurden. Natürlich habe ich das mit Vorsicht aufgenommen, immerhin ist Platon auch die Quelle der Legende um Atlantis.«

»Interessant«, meinte Pooh Bear. »Nachdem du uns die Seite aus Isaac Newtons Buch gezeigt hast, auf der die Hydra-Galaxie erwähnt ist, hatte ich so ein Bauchgefühl. Ich dachte mir, wenn Newton als Mitglied des Invisible College Berater eines der vier mystischen Königreiche oder aller war und alles über deren astronomische Kenntnisse wie die Hydra-Galaxie wusste, dann könnten die heutigen Mitglieder dieser Reiche vielleicht versuchen, Newtons Schriften zu erwerben. Also hab ich mir nicht allzu lang zurückliegende Auktionen von newtonschen Werken angesehen.«

»Und?«, hakte Mae nach.

»Eine überaus wohlhabende französische Familie namens DeSaxe hat im letzten Jahrzehnt mehrere Originalwerke von Isaac Newton gekauft. Darunter die einzige Zeichnung von Newton in seinem berühmtesten Buch *Principia*. Diese hier.«

Pooh Bear drehte seinen Laptop so um, dass die anderen den Monitor sehen konnten:

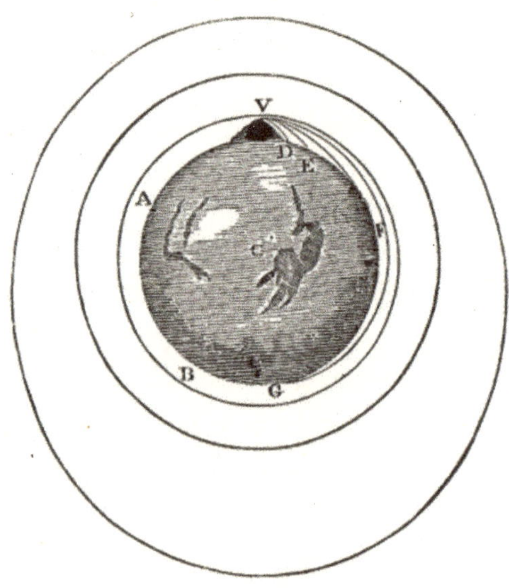

Das Bild zeigte einen Planeten, vermutlich die Erde, mit einem aus dem Nordpol ragenden Berg. Eine Reihe von Bogen, Kreisen und Ellipsen umgab den Planeten.

»Es nennt sich Newtons Berg«, erklärte Pooh Bear. »Ein Gedankenexperiment über Schwerkraft und Umlaufbahnen. Wenn man eine Kanonenkugel vom Gipfel des Bergs mit unterschiedlichen Geschwindigkeiten abfeuert, verhält sie sich aufgrund der Erdanziehungskraft unterschiedlich.

Feuert man sie langsam ab, fällt sie auf die Erde. Feuert man sie schneller ab, fliegt sie in einer Umlaufbahn um die Welt. Und feuert man sie noch schneller ab, überwindet sie die Erdanziehungskraft und schießt in den Weltraum davon.

Letztes Jahr hat das Oberhaupt der Familie DeSaxe, Monsieur Anthony DeSaxe, Newtons Originalzeichnung bei einer Privatauktion für schlappe 22 Millionen Dollar erworben.«

»22 Millionen?« Stretch stieß einen leisen Pfiff aus. »Muss ja 'ne irre Zeichnung sein.«

Pooh Bear drehte sich Mae zu …

… und stutzte.

Sie sah ihn mit offenem Mund und großen Augen an.

»Was ist?«, fragte Pooh. »Was hab ich gesagt?«

»Die Familie DeSaxe«, erwiderte Mae langsam. »Den Namen hab ich seit Jahren nicht mehr gehört. In meiner frühen Forschung ist er mir mehrfach untergekommen. Das ist eine sehr alte Familie, in der französischen Gesellschaft ausgesprochen angesehen und äußerst geheimnisvoll.

Ihr Stammbaum reicht weit zurück. Mehrere der DeSaxe-Männer waren Marschälle von Frankreich. Der Patriarch der Familie, Anthony ›Tony‹ DeSaxe, hat in den 1990er-Jahren an mehreren königlichen Hochzeiten in Europa teilgenommen. Was für mich die Frage aufgeworfen hat, ob er den Deus Rex angehört, dem Königreich Land. Ob es so ist, weiß ich immer noch nicht, aber damals dachte ich mir, dass er zumindest von ihnen wissen muss. Allerdings hatte ich keine Ahnung vom Kauf der Newton-Zeichnung.«

»Darüber wurde in den Medien nicht berichtet«, sagte Pooh Bear. »Ich bin in französischen Steueraufzeichnungen darauf gestoßen. Mr. DeSaxe hat den Kauf sehr diskret abgewickelt.«

»Er ist ein geheimnisvoller Mann«, meinte Mae.

»Ist er tatsächlich, deshalb habe ich über ihn recherchiert«, erwiderte Pooh Bear. »Anthony Michael Dominic DeSaxe IV. 56 Jahre alt. Geschätztes Vermögen: zwölf Milliarden Dollar. Zwei Milliarden hat er von seinem Vater geerbt. Zwölf hat er durch zwei Hauptgeschäftsbereiche daraus gemacht: Bergbau und Schifffahrt.

Seinem privaten Familienunternehmen gehören über 40 Minen überall auf der Welt, von Kohle über Gold bis hin zu seltenen Mineralen. Ein paar davon liegen in Brasilien und Südafrika, aber die meisten befinden sich in Indien, in der Wüste Thar und um sie herum. Außerdem baut und zerlegt die DeSaxe Shipping Corporation sowohl Containerschiffe als auch Öltanker. Gebaut werden sie in einer Werft in Toulouse, demontiert an einem 50 Kilometer langen Privatstrand im entlegenen Nordwesten Indiens in der Provinz Gujarat, wo die Wüste Thar auf das Arabische Meer trifft.«

»Den Schiffsfriedhof hab ich mal in den Nachrichten gesehen«, sagte Stretch. »Ist ein unglaublicher Anblick – eine lange Reihe riesiger, rostiger Schiffe, die an der Küste gestrandet sind und langsam zerlegt werden. Der Bericht hat irgendeine Umweltkontroverse behandelt, weil irgendetwas ausgetreten ist.«

»Richtig«, bestätigte Pooh Bear. »DeSaxe Shipping beschäftigt arme indische Arbeiter, um stillgelegte Schiffe an dem Abschnitt der indischen Küste zu demontieren. Beim Abwracken treten aus den Schiffen oft Öl, Arsen und alle möglichen anderen Giftstoffe ins Meer aus. Vergangenen Dezember hat es einen solchen Vorfall gegeben. Greenpeace hat dagegen protestiert und versucht, die Unterstützung der Medien zu erlangen. Aber die Familie DeSaxe mag keine Publicity und hat die Angelegenheit durch einen Anruf beim indischen Premierminister schnell unter den Teppich kehren lassen.«

Mae rief ein Bild auf ihrem Laptop auf.

»Mr. DeSaxe weist auch eine Verbindung zu unserem Hydra-Symbol auf. Vor zehn Jahren hat er eine 3000 Jahre alte assyrische Löwenstatue gekauft. An sich ist die Statue eher unspektakulär – die Assyrer haben haufenweise Löwenstatuen angefertigt. Aber einer meiner Suchalgorithmen ist im Sockel auf das Hydra-Symbol gestoßen. Und so sieht es aus.«

Stretch und Pooh Bear betrachteten das Bild.

»Scheint ein Wappen zu sein«, bemerkte Stretch.

»Was ist das für ein eigenartiger Berg, der das Hydra-Symbol verdeckt?«, fragte Pooh Bear.

»Das weiß niemand«, antwortete Mae.

Pooh Bear drehte sich ihr zu. »Sagen Sie, was war der Zweck der Löwenstatue? Solche antiken Statuen hatten doch immer irgendeinen Zweck, irgendeine Bedeutung. Was war es bei dieser Statue?«

»Du hast völlig recht, Zahir«, bestätigte Mae. »Die Statue ist Teil eines Paars, aber die zweite gilt seit Langem als verschollen. Auf dem Sockel steht in altem Urdu: ›ICH BIN CHAOS, EINER DER ZWEI WÄCHTER DER UNTERWELT.‹ Assyrischen Legenden zufolge werden die Tore zur Hölle von zwei Löwen bewacht. Der andere Löwe heißt Furcht.«

Pooh Bear holte sein Handy heraus. »Ich will mehr Informationen über diesen mysteriösen Mr. DeSaxe. Ich werd ein paar Gefallen einfordern. Mal sehen, ob der Geheimdienst meines Vaters irgendwas über ihn hat: Erwähnungen in Regierungskreisen, verdächtige Spenden, abgehörte Telefonate, irgendetwas.«

Nachdem Pooh Bear den Raum für seinen Anruf verlassen hatte, ergriff Stretch das Wort. »Da wir uns mit der Hydra-Galaxie befassen, hab ich nach Orten gesucht, die der Hydra gewidmet sind. Zwei davon stechen hervor – zwei Städte in Zentralasien, die beide *Hyderabad* heißen, eine in Indien, eine andere in Pakistan. In beiden wurden Darstellungen des Symbols unserer Hydra-Galaxie gefunden.«

»Interessant«, befand Mae.

Nach einer Weile kehrte Pooh Bear aus dem Nebenraum zurück. »Ich hatte gerade den Geheimdienst der VAE an der Strippe. Ich habe darum ersucht, dass sie sich ins amerikanische ECHELON-System einklinken, das jedes Telefongespräch weltweit überwacht. Sie haben darin einen Suchlauf aus mehreren Wörtern durchgeführt: DeSaxe, Spiele, Hydra, Königreich, Unterwelt, Iolanthe Compton-Jones. Dabei sind auf Anhieb zwei Treffer herausgekommen.«

Er las aus seinen Notizen vor: »Der erste Anruf, in dem Suchbegriffe vorgekommen sind, wurde vor zwei Monaten abgefangen. Darin sagt eine männliche Stimme mit indischem Akzent, identifiziert als Sunil Malik: ›Das ist ein wunderbares Exemplar, Mr. DeSaxe, eines der besten, die ich je gesehen habe. Die Tafel stammt aus dem 14. Jahrhundert vor Christus und ist vollständig erhalten, womit sie äußerst selten ist. Der Traum eines jeden Sammlers.‹«

Mae verengte die Augen zu Schlitzen. »Sunny Malik …«

»Sie kennen ihn?«, fragte Stretch.

»O ja. Man könnte sagen, dass Sunny und ich auf demselben Gebiet tätig sind – der Welt der antiken Geschichte. Nur zieht er seine Kreise in einer recht düsteren Ecke davon«, erklärte Mae. »Sunny Malik ist einer der weltweit führenden Händler für Blutantiquitäten. Außerdem ein überaus gefährliches Individuum. Bandenchef und Waffenschieber. Er operiert aus Karatschi in Pakistan.«

»Blutantiquitäten?«, hakte Pooh Bear nach.

»Schon mal von Konfliktdiamanten oder Blutdiamanten gehört?«

»Sicher.«

»Ist dasselbe. Wenn militante Gruppen wie die Taliban und der IS eine antike Stadt angreifen, plündern sie sämtliche Museen und reichen Häuser und greifen dort alles an Artefakten und Antiquitäten ab, was sie finden können. Dann verkaufen sie die Ware – die ›Blutantiquitäten‹ – an Leute wie Sunny Malik, die sie auf dem Schwarzmarkt an Sammler weiterverkaufen. Könnte sich lohnen, dem nachzugehen. Und der zweite Anruf, Zahir?«

Pooh Bear antwortete: »Der zweite Anruf wurde erst vor acht Tagen abgefangen. Darin sagt eine erwachsene Männerstimme: ›Iolanthe, hier Anthony DeSaxe. Natürlich kannst du einen neuen Kämpfer für die Spiele nachnominieren. Es wird bezaubernd, dich nächste Woche wiederzusehen.‹«

Einen Moment lang schwiegen alle.

Schließlich ergriff Mae das Wort. »Und du sagst, das war vor acht Tagen? Iolanthe Compton-Jones und Anthony DeSaxe haben darüber gesprochen, einen Ersatzkämpfer für die Großen Spiele zu benennen? Das würde bedeuten, dass die Spiele *jetzt* stattfinden …«

Stretch sagte: »Sie glauben, die Großen Spiele der Hydra

finden in diesem Augenblick statt … im Königreich Unterwelt … und Iolanthe hat sich Jack geschnappt, damit er daran teilnimmt?«

»Ganz genau das denke ich«, bestätigte Mae. »Zahir, Benjamin. Wir sind womöglich gerade auf die größte Zusammenkunft der vier Königreiche der letzten 3000 Jahre gestoßen, und mein Sohn könnte mitten hineingeworfen worden sein. Wir müssen herausfinden, wo sich das abspielt.«

»Wie stellen wir das an?«, fragte Stretch.

Mae stand auf. »Wir reisen nach Karatschi und statten Sunny Malik einen Besuch ab. Und wir finden raus, was genau er an Mr. DeSaxe verkauft hat.«

DIE UNTERWELT

IRGENDWO IN INDIEN

Nachdem Jack, Alby und Roxy das vertikale Labyrinth überlebt hatten, wurden sie von bewaffneten Minotauren zurück zu ihrem Geiselwagen eskortiert. Aus irgendeinem Grund, den niemand Jack verraten wollte, erhielten die beiden Gewinner des Felswandlabyrinths – Zaitan und der Brasilianer Vargas – ihre Belohnungen nicht sofort. Erst später.

Scarecrow und seine beiden Marines – Astro und Tomahawk – wurden ebenfalls zurück zum Geiselzug gebracht.

»Ich muss es einfach loswerden«, sagte Scarecrow zu Jack, während sie nebeneinander gingen. »Sie sind schon ein echt durchtriebener Teufelskerl. War verflucht mutig, Jagd auf den Hofnarren zu machen.«

Jack nickte. »Man tut, was man muss.«

Astro lachte verkniffen. »Davon versteht Scarecrow was. Bei seinen verrückten Einsätzen hat sein Herz schon zweimal aufgehört zu schlagen, und er ist immer noch quicklebendig.«

Scarecrow warf ein: »Ich wollte es jetzt gleich sagen, weil ich das Gefühl hab, dass es nur noch schlimmer wird. Falls man uns beide in eine Grube steckt und auffordert, bis zum Tod gegeneinander zu kämpfen, na ja …«

»Hoffen wir, dass es dazu nicht kommt«, gab Jack zurück.

Schließlich trafen sie bei Scarecrows Wagen an, wo Mother wartete.

»Ihr habt beide überlebt«, stellte sie fest. »Juhu! Hashtag: Meine Jungs haben 'nen weiteren Todeswettkampf aus der Antike überstanden.«

Jack verabschiedete sich und ging weiter.

Scarecrow und Mother schauten ihm nach.

Als sich Jack außer Hörweite befand, meinte Scarecrow: »Das kann nicht gut enden. Diese ganze Sache hier ist ein einziger großer Ausscheidungswettbewerb. Die 16 Kämpfer werden nach und nach auf einen reduziert. Irgendwann kommt's dazu, dass ich's ausfechten muss. Was mach ich dann?«

Beide beobachteten, wie sich Jack mit vor Müdigkeit schweren Schritten entfernte. Mother antwortete: »Du weißt ja, was ich von dir halte, Boss. Aus meiner Sicht bist du der Mann, der's voll draufhat. Du wirst bis zum letzten Atemzug weiterkämpfen. Und der Typ« – sie deutete mit dem Kinn in Jacks Richtung – »ist genau wie du. Er ist vielleicht nicht mehr der Soldat, der du noch bist, aber er war mal einer der besten. Und er ist entschlossen. Er kann tief graben. Meine offizielle Meinung? Falls es auf 'nen Zweikampf zwischen euch beiden rausläuft, kannst du's mit ihm aufnehmen … aber einfach wird's nicht.«

Scarecrow betrachtete Jack eindringlich von hinten.

Die verbliebenen Kämpfer kehrten alle zu ihren Geiselwagen zurück, wo sie wieder eingesperrt wurden.

Kaum befanden sie sich in ihren Zellen, schossen aus der Decke des Zugtunnels zwei dicke Strahlen verflüssigten Steins und begruben die Geiseln der beiden im Wettkampf gefallenen Kämpfer unter sich, also die des Brasilianers Corazon und des indischen MARCOS.

Nachdem der abscheuliche Vorgang abgeschlossen war, setzten sich die Wagen auf den Schienen in Bewegung und fuhren wieder um den Fuß des Bergs herum.

Jack wandte sich vom Anblick der soeben gefluteten Geiselkammern ab. Daran wollte er nicht denken. Um sich davon abzulenken, schaute er durch die Gitterstäbe seiner mobilen Zelle nach draußen.

Alby trat neben ihn. »Jack, ich weiß nicht, ob es dir auch auffällt, aber ich erkenne allmählich bei diesen Herausforderungen ein Muster.«

»Es sind Rituale«, sagte Jack leise, ohne den Blick von draußen abzuwenden.

»Ja«, bestätigte Alby. »Aufwendige Rituale. Ein in deine Zelle stürmender Minotaurus. Spezielle Killer mit Löwen-, Hunde- und Schlangenhelmen. Der als Hirsch verkleidete Hofnarr. Da steckt mehr dahinter, als wir derzeit wissen. Es könnte alles ein großes Ritual sein. Wenn wir herausfinden, welches, könnten wir unsere Überlebenschancen verbessern.«

In dem Moment bog der Geiselzug um eine Kurve und verlangsamte klackend die Fahrt.

Jack beugte sich vor, als unter ihnen eine neue Arena in Sicht geriet.

»O mein Gott …«, hauchte er.

Die kolossale Arena war mit Abstand die größte bisher.

Alby schnappte nach Luft. »Das sieht aus wie der Circus Maximus.«

Stimmt, ging es Jack durch den Kopf.

Unter ihnen erstreckte sich eine riesige Rennstrecke. Hohe Steinmauern säumten den Erdboden.

Allerdings verlief die Strecke nicht in einem Kreis oder Oval. Vielmehr bestand sie aus drei Geraden, die sich *s*-förmig hin und her schlängelten, bevor die letzte Gerade in einen großen, klaffenden, in die Kraterwand gebohrten Tunnel mündete.

Jack wechselte einen Blick mit Scarecrow in dessen Zelle.

»Was denken Sie?«, fragte Scarecrow.

»Ich denke«, antwortete Jack, »dass die nächste Herausforderung ziemlich groß wird.«

Wenig später kam der Zug zischend und röchelnd zum Stehen.

Vacheron trat davor hin und wandte sich an die acht verbliebenen Kämpfer in ihren Käfigen.

»Hallo, Maden! Freut euch, denn heute wird euch allen eine große und seltene Ehre zuteil. Bevor heute Nachmittag die fünfte Herausforderung beginnt, seid ihr alle zu einem von Lord Hades höchstpersönlich ausgerichteten Essen eingeladen. Dabei werden die Belohnungen für die letzte Herausforderung verteilt. Aber wir können nicht zulassen, dass ihr verschmiert von Blut und Schweiß, stinkend wie Tiere mit Königen diniert. Macht euch sauber.«

Eimer mit Wasser und Schwämme wurden zu jedem Wagen gebracht.

Vacheron selbst trug einen Eimer zu Jacks Geiselwagen.

Höhnisch betrachtete er Jack von oben herab. »Aus irgendeinem Grund kriegst du eine besondere Audienz vor dem Essen.«

»Bei wem?«, fragte Jack.

»Ein König hat darum ersucht, dich persönlich kennenzulernen«, antwortete Vacheron. »Um sich aus nächster Nähe ein Bild von dir zu machen.«

»Welcher König?«

»Seiner.« Vacheron deutete mit dem Kinn auf E-147. »Er hat um ein Treffen mit dir und dem Minotaurus ersucht.«

»Ein Minotaurenkönig?«, fragte Jack nachdenklich. Dann schaute er abrupt auf. »Ich will jemanden von meinen Leuten mitnehmen«, sagte er mit einem Blick zu Alby.

»Für diese Audienz kannst du mitnehmen, wen du willst. Ist mir egal.« Vacheron schwenkte wegwerfend die Hand. »Aber zum Essen mit Hades gehst du allein.«

Zehn Minuten später holten sie Jack ab – acht Minotauren, die rot-goldene Schärpen über den Schultern trugen.

Jack hatte sich zwar rasch mit Wasser und dem Schwamm gewaschen, trug jedoch immer noch sein Homer-Simpson-T-Shirt und seine Jeans. Und da er nach wie vor keine Schuhe hatte, lief er barfuß.

Alby und E-147 begleiteten ihn.

Jack wollte Alby aus zwei Gründen dabeihaben: Erstens weil zwei Köpfe besser dachten als einer, und falls er weitere Merkwürdigkeiten zu sehen bekäme, sollte Alby sie auch mitbekommen. Zweitens weil er mit Alby reden wollte und die Gelegenheit witterte, es allein und abseits neugieriger Ohren zu tun.

Man führte sie ein Stück vom Wagen weg und eine äußerst lange, äußerst hohe Treppe hinab, die an der Westflanke von Hades' Berg in die Tiefe verlief.

Auf dem Weg die gewaltige Treppe hinunter sagte Jack: »Alby, du musst mir bei etwas helfen.«

»Sicher.«

»Diese Sprengladung in meinem Nacken«, fuhr Jack fort. »Solange die in mir steckt, bin ich deren Gefangener. Ich kann nicht weg. Bei den anderen hat dieser Arsch Vacheron eine Fernbedienung benutzt, um die Sprengsätze zu zünden. Also muss ein Funksignal im Spiel sein. Du musst irgendwie eine Möglichkeit finden, das Signal zu blockieren.«

Alby warf einen Blick auf die hässliche Narbe an Jacks Genick und auf den gelb funkelnden, darin eingebetteten Edelstein. »Hmmm. Mit einem Störsender könnten wir das Signal entweder in der Nähe der Sprengladung oder in der Nähe der Quelle blockieren.«

»Der Quelle?«, hakte Jack nach.

Alby schaute auf dem Weg die Stufen hinab zurück und nach oben zu dem kolossalen Bergpalast.

Sein suchender Blick landete auf der zweithöchsten Festung des an den Eiffelturm erinnernden Massivs.

»Da«, sagte er und zeigte hin.

Jack folgte seinem Blick …

… und sah die Festung, die Alby betrachtete.

Von einem der Türme ragte eine Ansammlung moderner Antennen empor – Funk-, Satelliten- und Mobilfunkantennen.

»Ich vermute, die Antennen da sind die Quelle«, sagte Alby. »Andere sehe ich nirgendwo. Meiner Meinung nach gibt's drei Möglichkeiten: erstens die Vorrichtung in deinem Nacken blockieren oder entfernen, zweitens diese Antennen blockieren oder zerstören und drittens …«

»Ja?«

Alby zuckte mit den Schultern. »Vacherons Fernbedienung klauen. Wahrscheinlich hat er irgendwo noch eine, aber es könnte dir Zeit verschaffen, zumindest eine Weile.«

Jack drehte sich Alby zu und lächelte. »Mir hat schon immer gefallen, wie du denkst, Junge.«

Schließlich erreichten sie das untere Ende der gigantischen Treppe. Eine breite, flache Ebene erstreckte sich über etwa 200 Meter vor ihnen und endete an einem äußerst imposanten, einschüchternden Bauwerk, einer düsteren Burg in der westlichen Kraterwand.

Die Burg sah schier uneinnehmbar aus – zwei extrem hohe Wälle mit Zinnen umrahmten ein kolossales Tor.

Das riesige Fallgitter aus Eisen war hochgezogen. Dahinter verlief ein gepflasterter Weg in tiefe Dunkelheit.

An der Öffnung des riesigen Tors stand eine einsame Gestalt, die sich unter dem gewaltigen, uralten Bauwerk wie eine Ameise ausnahm.

Es handelte sich um einen Minotaurus mit breiten Schultern und bulligem Hals.

Schon aus der Ferne erkannte Jack, dass der Stierhelm mit Hörnern kunstvoller gestaltet war als jene der gewöhnlichen Minotauren. Außerdem trug die Gestalt ein wallendes violettes Gewand mit golden schimmernden Rändern.

E-147 zögerte und drehte sich Jack zu. »Großes Moment für Jack und für E-147. Das ist Minotaurenkönig.«

Jacks Audienz beim Minotaurenkönig fand im gähnenden Schlund des Tors der düsteren Burg statt.

Er blieb vor dem Herrscher der Halbmenschen stehen.

Aus der Nähe stellte er fest, wie unglaublich reich der Helm des Minotaurenkönigs verziert war. Er strotzte vor Rubinen und Saphiren.

Der König nahm den Helm ab, und Jack bekam ein breites, behaartes Neandertalergesicht zu sehen.

Die Augen jedoch wirkten stechend wie Laserstrahlen. Intelligenz funkelte darin.

»Sei gegrüßt, Recke«, begann der König. »Mein Name ist Minotus. Ich bin König der Minotauren.«

»Ich bin Jack West. Das ist mein Freund Alby Calvin. Und das ist …«

»E-147«, sagte König Minotus. »Ich weiß. Er ist Grund, warum ich will treffen Jack West.«

Jack warf einen Blick zu E, der den Kopf senkte.

Minotus fuhr fort. »Jack West rettet E-147 bei Herausforderung Leben. Ist sehr ungewöhnlich. Warum Jack West das getan?«

Überrascht legte Jack den Kopf schief. Er hatte sich schon gefragt, warum der Anführer von Hades' Minotaurenarmee ihn treffen wollte, doch mit der Frage hatte er nicht gerechnet.

»Ich wollte nicht, dass er stirbt«, erklärte er schlicht.

Diesmal legte Minotus den Kopf schief.

»Warum Minotaurus kümmert Jack West? Minotaurus niederer Abschaum. Minotaurus dreckiger Sklave. Leben von Minotaurus ist so viel wert wie Dreck an Jack Wests Stiefel.«

Bei den Worten runzelte Jack die Stirn.

»E-147 wollte nicht sterben. Ich hatte Mitleid mit ihm. Und er ist kein niederer Abschaum. Niemand ist niederer Abschaum, nicht mal ein Minotaurus.«

Minotus' Augen wurden groß, als hätte Jack etwas Frevelhaftes von sich gegeben.

Kurz schaute er weg, bevor er sich ihm abrupt wieder zudrehte.

»Minotauren seit 12.000 Jahren leben in Dienst von König der Unterwelt. 12.000 Jahre Minotauren dienen viele verschiedene Könige der Unterwelt. Manche Könige gute, gerechte Herrscher. Andere gemein, grausam.

Minotaurenkönig sein ist schwierige Aufgabe. Muss ausgleichen Wünsche von Lord Hades mit Bedürfnisse von Minotauren. Viel hängt ab von Art von König der Unterwelt.

Dieser König, dieser Hades, ist anständige Mensch. Hart, aber gerecht. Gut für Minotauren. Behandelt Minotauren wie treue Diener, nicht wie Sklaven. Hat gesagt mir sogar, nach Spielen er lässt Minotauren frei hier in Unterwelt leben.

Aber seine Söhne nicht gerecht. Söhne grausam. Erster Sohn und Erbe, Prinz Dionysius, ist sehr bösartiger Mann. Tötet Minotauren für Spaß. Tötet Minotauren, wenn betrunken. Manchmal Dionysius jagt Minotauren mit Vacheron und jüngere Bruder Zaitan. Wenn Hades stirbt und Dionysius wird König der Unterwelt, wird sein dunkle Zeit für Minotauren.«

Der Minotaurenkönig neigte das Haupt und blickte zu Boden, während er an diese düstere Zukunft dachte.

Jack beobachtete ihn aufmerksam.

»Warum hast du mich wirklich herbestellt?«, fragte er. »Warum wolltest du mich treffen?«

Der Minotaurenkönig schaute wieder auf und sah Jack tief in die Augen.

»In 12.000 Jahren, bei alle Großen Spielen, was gewesen, nie hat Kämpfer gerettet Leben von Minotaurus. Nie.«

Minotus straffte die Schultern, und plötzlich erkannte Jack etwas in ihm, diesem Neandertaler, diesem Halbmenschen oder was auch immer er sein mochte, das selbst der niederste Mensch besaß.

Stolz.

»Aber Jack West tut das«, fuhr der König fort. »Als König von Minotauren ich will kennen diesen Mann, diesen Jack West, und ihm für alle Minotauren danken, dass er rettet E-147.«

Damit streckte er eine behaarte Hand aus.

Jack ergriff sie.

»Ich wünsche Jack West viel Glück bei restliche Herausforderungen«, sagte Minotus. »Bitte du verzeih meine Minotauren, was sie werden machen in nächste Herausforderung.

Müssen tun, was sie werden ausgebildet. Aber sollst du wissen, dass anderen Sklaven in Unterwelt für dich jubeln.«

Nach der Audienz wurden Jack, Alby und E-147 von ihrer Minotaureneskorte zurück zum Bergpalast geführt.

Jack erklomm die gewaltige Treppe tief in Gedanken versunken.

»Was geht dir durch den Kopf?«, fragte Alby.

Mit zusammengekniffenen Augen schaute Jack zum Palast über ihnen hinauf.

»Mir geht durch den Kopf, dass sich alles hier – diese Spiele, dieser Berg – um kolossale Themen dreht. Antike Rituale, uralte Königshäuser, ferne Galaxien.« Er sah Alby an. »Wäre es nicht seltsam, wenn sich daran durch einen kleinen Akt der Freundlichkeit gegenüber einem niederen Minotaurus etwas ändern würde?«

Wenige Minuten später gelangten sie zu der Stelle, an der die lange Treppe über die Gleise des Geiselzugs verlief.

Dort trennten sich Jacks Wege von Alby und E-147. Die beiden wurden zu ihrem Wagen zurückgebracht, während er die Treppe weiter hinaufstieg, um dem Essen mit Lord Hades beizuwohnen.

Flankiert von Minotaurenwächtern und immer noch in seinem schmutzigen T-Shirt und barfuß wurde Jack in den königlichen Speisesaal des Herrschers der Unterwelt geführt.

Jack betrachtete die prunkvolle Halle mit der hohen Decke und den Marmorböden. Er ließ die zahlreichen Gemälde und Statuen und natürlich die Wappen der vier mystischen Königreiche auf sich wirken.

Die Wappen nahm er besonders gründlich in Augenschein. In jenem des Königreichs Land sah er Pyramiden, in jenem des Königreichs Meer eine Stadt auf dem Wasser.

Berge standen für das Königreich Himmel, und Hades' Wappen wies das Symbol der Hydra und den Bergpalast auf, in dem sich Jack gerade befand.

Dann erregte die riesige Statue in der Mitte des Saals seine Aufmerksamkeit – Herkules im Kampf mit dem kretischen Stier.

Eine gewöhnliche Statue, wie man sie in öffentlichen Parks überall auf der Welt fand, von den Tuilerien in Paris bis hin zum Hyde Park in Sydney. Jack hatte schon etliche verschiedene Versionen davon gesehen. Diesmal jedoch betrachtete er sie aus einer anderen Perspektive. Nach seinen jüngsten Begegnungen mit stierköpfigen Halbmenschen empfand er eine ungewisse Verbundenheit mit Herkules.

Neben dem Eingang stand die Büste eines alten Königs. Der Mann mit dem strengen Gesicht, den das Bildnis aus Stein darstellte, trug dieselbe Krone wie Hades.

Ein früherer König der Unterwelt, dachte Jack.

Im Sockel der Büste prangten die Worte:

EVRYSTHEVS
DIS PATER

»Ich wette, du warst auch ein Arschloch«, flüsterte Jack der Büste zu.

»Garantiert«, meinte Scarecrow, der an Jacks Seite erschien, begleitet von zwei Minotaurenwächtern. »Was heißt ›Dis Pater‹?«

»›Dis‹ ist ein anderer Name für die Hölle oder die Unterwelt. Es heißt so viel wie Vater der Unterwelt. Herr der Hölle.«

Während sie an der Tür zum Speisesaal standen, schlossen sich ihnen bald Gregory Brigham und die anderen

Kämpfer an. Brigham hatte sich für den Anlass in voller Paradeuniform herausgeputzt. Genau wie der brasilianische Soldat Sergeant Vargas, der zusammen mit Zaitan die vierte Herausforderung gewonnen hatte.

Jack nicht.

Selbst wenn er frische Sachen zum Anziehen gehabt hätte, er hätte sie nicht getragen. Diese Leute hatten ihn entführt, damit er für sie kämpfte. Er würde sich für niemanden hier aufbrezeln. Tatsächlich gefiel ihm, dass er nicht mal Schuhe trug.

Ihm fiel auf, dass Scarecrow es ihm gleichgetan hatte. Auch er kam nur in seiner schmutzigen Kampfmontur.

Das königliche Publikum saß bereits an den Tischen. Als die Kämpfer den Speisesaal betraten, standen alle auf und applaudierten.

Hades saß an einem hohen Tisch. Auch er erhob sich und klatschte beim Auftritt der Wettstreiter. Hinter Hades stand sein riesiger, allzeit wachsamer Leibwächter mit dem Hundehelm.

Scarecrow raunte: »Einer der anderen Kämpfer hat mir gesteckt, dass der Hund da der beste von Hades' Kriegern ist. Er heißt Zerberus. Wie Hades' Hund in den griechischen Mythen.«

Jack warf Scarecrow einen Seitenblick zu. »Ein Offizier der Marines, der griechische Mythen kennt? Also kein durchschnittlicher Marine, was?«

»Sie haben ja keine Ahnung.«

Jack bemerkte, dass auch Mephisto in Hades' Nähe stand.

Der kleine rote Hofnarr starrte Jack mit hasserfüllten Augen an. Ihm hatte gar nicht gefallen, dass er in dem vertikalen Labyrinth überlistet und gefangen worden war.

Da hab ich mir wohl einen Feind gemacht, dachte Jack. *Einen der schlimmsten Sorte. Einen, der echt gut töten kann und einen Groll gegen mich hegt.*

Die Kämpfer wurden in den Saal geführt.

Unterwegs fiel Jack ein Großbildfernseher auf, der eine Liste zeigte:

DIE KÄMPFER

Königreich	Nr.	Name	Land
KÖNIGREICH LAND	1	Maj. Gregory Brigham	UK
	2	Sgt. Victor Vargas	Brazil
	~~3~~	~~Sgt. Mauricio Corazon~~	~~Brazil~~
	4	Capt. Jack West Jr	US/Aus
KÖNIGREICH MEER	1	Maj. Jeffrey Edwards [Delta]	US
	~~2~~	~~Lt. Barrett Johnson [Army]~~	~~US~~
	3	W.O. DeShawn Monroe [Navy]	US
	4	Capt. Shane Schofield [USMC]	US
KÖNIGREICH HIMMEL	~~1~~	~~Tenzin Depon~~	~~Tibet~~
	2	Renzin Depon	Tibet
	~~3~~	~~The Gorkha~~	~~Nepal~~
	~~4~~	~~Capt. Jason Chen~~	~~Taiwan~~
KÖNIGREICH UNTERWELT	1	Zaltan DeSaxe	France
	~~2~~	~~Capt. Sachin Singh [MARCOS]~~	~~India~~
	~~3~~	~~Lt. Wasim Nasiruzzin [MARCOS]~~	~~India MINO~~
	~~4~~	~~Lt. Ravi Mano [LRRP]~~	~~Sri Lanka MINO~~

Zum ersten Mal bekam Jack die Namen aller 16 Kämpfer zu Gesicht.

Wie er feststellte, hatte man acht Namen durchgestrichen.

Die Toten, ging ihm durch den Kopf.

Neben zwei Namen ganz unten stand »MINO«. Jack vermutete, dass es sich um die beiden Kämpfer handelte, die schon bei der ersten Herausforderung umgekommen und von den goldenen Minotauren ersetzt worden waren. Da die beiden goldenen Minotauren mittlerweile ebenfalls tot waren, hatte man auch diese Ergänzungen durchgestrichen.

Scarecrow ging nach wie vor neben Jack und meinte: »Die eliminieren uns einen nach dem anderen.«

»Zu ihrem Vergnügen und ihrer Unterhaltung«, pflichtete Jack ihm bei.

»Bleib auf der Hut, Huntsman«, wechselte Scarecrow unverhofft zum informelleren Duzen. »Noch sind wir nicht tot.« Dann wurde er von Jack weggeführt und neben seinen Schirmherrn gesetzt, einen distinguierten grauhaarigen Mann in einem maßgeschneiderten Anzug.

Jack, Major Brigham und den Brasilianer namens Vargas brachte man zu einem Tisch, an dem Iolanthe und der katholische Kardinal Mendoza mit einem weiteren Mann saßen, einem attraktiven Blonden Ende 40, der Iolanthe sehr ähnlich sah.

Jack schenkte ihnen keine Beachtung, als die letzte Person am Tisch von ihrem Platz aufsprang und sich ihm in die Arme warf.

»Dad!«, rief Lily.

Sie trug ein wunderschönes geblümtes Tageskleid, schlichte Stöckelschuhe und dezente Schminke – ein krasser Gegensatz zu Jack mit seinem schmuddeligen T-Shirt und den nackten Füßen. Ja, sie sah prunkvoll aus, zugleich jedoch aufpoliert, als sollte sie für diese Hochadligen zur Schau gestellt werden.

Während sie sich umarmten, flüsterten sie einander leise zu.

»Geht's dir gut, Kleines?«

»Vorerst schon. Sieh mal, wer bei Hades sitzt.«

Jacks Blick wanderte zum Tisch des Mannes … wo er Dion DeSaxe neben Hades und Zaitan sitzen sah.

Jack dachte daran zurück, wie der Minotaurenkönig

Hades' grausamen erstgeborenen Sohn und Erben als Prinz Dionysius beschrieben hatte.

»Dionysius … Dion …« Jacks Züge verfinsterten sich. »Der feine Pinkel aus Stanford? Mit dem du ausgegangen bist?«

»Ja«, bestätigte Lily verbittert. »Er ist Hades' Sohn. Und er hat von Anfang an gewusst, wer ich bin.«

Sie lösten sich voneinander und nahmen Platz.

Iolanthe übernahm die Vorstellung.

»Major Gregory Brigham, Captain Jack West jr. und Sergeant Victor Vargas, das ist euer Schirmherr.« Sie deutete auf den blonden Mann. »Mein Bruder Orlando, Herzog von Avalon, Patriarch der Deus Rex und Herrscher des edlen und uralten Königreichs Land.«

Der Brasilianer Vargas verbeugte sich und schüttelte Orlando geradezu ehrfürchtig die Hand.

Nachdem er Brigham vertraut auf die Schulter geklopft hatte, streckte der Herrscher des Königreichs Land auch Jack die Hand entgegen. »Der berühmte Captain West. Der fünfte große Krieger. Es ist mir in der Tat ein Vergnügen.«

Jack ergriff die Hand nicht, sondern ignorierte sie. »Hab deinen Vorgänger kennengelernt, einen Russen namens Wladimir Karnow. Nachfahre der Romanows und damaliges Oberhaupt eurer Familie. Ich hab ihn als Carnivore gekannt. Hab um die 100 Schuss schwere Flugabwehrmunition in ihn reingepumpt. Danach hat er wie Brei ausgesehen. Freut mich auch, dich kennenzulernen.«

Damit setzte sich Jack an den Tisch und ließ Orlando mit ausgestreckter Hand stehen.

Jack griff sich ein Brötchen und verschlang es.

»Okay …« Orlando warf Iolanthe einen bedeutungsvollen Blick zu.

Sie zuckte nur mit den Schultern. »Vergiss nicht, wir haben ihn entführt, Bruderherz.«

Während Jack aß, fiel ihm auf, dass der Brasilianer, Sergeant Vargas, eine angeregte, geflüsterte Unterhaltung mit Kardinal Mendoza führte.

Dann klirrte ein Glas, was die Aufmerksamkeit aller erregte.

Am Haupttisch erhob sich Hades.

»Meine lieben Königskollegen, Lords, Ladys und Recken, willkommen. 16 tapfere Streiter haben diese Spiele in Angriff genommen, nur noch acht sind übrig. Die fünfte Herausforderung steht an und ist immer die längste und schwierigste der Großen Spiele gewesen. Diesmal wird es nicht anders sein. Unsere fünfte Herausforderung ist zweifellos die tödlichste und anspruchsvollste, mit der unsere unerschrockenen Helden konfrontiert werden. Es geziemt sich daher, nun mit ihnen zu feiern und ihnen die Bäuche mit einer anständigen Mahlzeit zu füllen. Außerdem ist es an der Zeit, dass die Gewinner der vierten Herausforderung ihre Belohnung einfordern.«

Jack spürte, wie ihm das Blut in den Adern gefror.

Den Teil hatte er völlig vergessen.

Dabei konnte einer der anderen Kämpfer seinen Tod verlangen, und er könnte nicht das Geringste dagegen unternehmen.

Die beiden Gewinner der Herausforderung im vertikalen Labyrinth standen auf: Vargas und Zaitan, Hades' zweiter Sohn.

Der Herrscher der Unterwelt sagte zu ihnen: »Ihr habt euch beide eine goldene Kugel bei der vierten Herausforderung gesichert. Daher steht euch alles zu, was zu gewähren in meiner Macht steht. Ihr müsst es lediglich benennen.«

Er sah Zaitan an.

Sein Sohn verneigte sich tief. »Herr, ich möchte bitte von der nächsten Herausforderung befreit werden.«

Die Schar der königlichen Gäste nickte. Eine kluge Entscheidung.

Hades verkündete: »So sei es. Du bist von der fünften Herausforderung befreit.« Er wandte sich an Vargas. »Und du, Recke? Was soll deine Belohnung sein?«

Sergeant Vargas schien zu überlegen. Einen langen Moment starrte er Jack an, sah ihm tief in die Augen, und Jack ahnte, dass er erledigt war.

Mittlerweile flog er nicht mehr unter dem Radar. Durch seine Handlungen bei den letzten beiden Herausforderungen hatte er gezeigt, dass er eine Bedrohung darstellte. Und genau so sah der Brasilianer ihn gerade an – wie einen Rivalen, den es zu eliminieren galt.

Vermutlich hatte sich die intensive Unterhaltung zwischen Vargas und Kardinal Mendoza darum gedreht.

Ohne den Blick von Jack abzuwenden, ergriff der Brasilianer das Wort.

»Lord Hades«, sagte er, »auch ich möchte von der fünften Herausforderung befreit werden.«

Jack stieß den unbewusst angehaltenen Atem aus.

Gleich darauf jedoch ertappte er sich bei einem neuen Gedanken. Worum mochte es bei dieser fünften Herausforderung nur gehen, wenn diese beiden gut informierten Kämpfer ihre kostbaren Belohnungen dafür benutzten, ihr zu entgehen?

»Sehr weise Entscheidungen.« Hades nickte Zaitan und Vargas zu. »Ihr zeigt damit ein ausgeprägtes, klassisches Verständnis für die Geschichte der Spiele. Das Wettrennen der fünften Herausforderung strotzt vor Gefahren. Schon in der Vergangenheit haben zwei Kämpfer diese Belohnung genutzt, um es auszulassen und ihre Energie für die entscheidenden späteren Herausforderungen aufzusparen. Ich selbst habe immer die Ansicht vertreten, dass nur ein Streiter mit klassischer Ausbildung bei den Spielen bestehen kann.«

Er verlagerte die Haltung. »Nach Abschluss der fünften Herausforderung platzieren wir die ersten goldenen Kugeln im Kleintempel auf diesem Berg. Nach der Zeremonie treten die Spiele in eine zweite Phase mit Herausforderungen anderer Art ein.

Acht Recken sitzen im Augenblick unter uns. Die nächste Herausforderung wird darüber entscheiden, wie viele es in die zweite Phase schaffen.« Er sah nacheinander jedem Kämpfer in die Augen. »Ihr solltet mich nicht dafür hassen, dass ich euch so gründlich auf die Probe stelle. Ich versuche nicht, die größten Helden der Welt zu vernichten. Ich versuche, sie zu finden. Genießt diese Mahlzeit, zumal sie eure letzte sein könnte.«

Als sich Hades setzte, begann das Essen.

Jack betrachtete die Szene irgendwie fassungslos. Ungläubig beobachtete er, wie ungerührt geplaudert wurde, als hätte all das Blutvergießen nie stattgefunden, das sich offensichtlich noch eine ganze Weile fortsetzen würde.

Der katholische Kardinal, der neben Iolanthe saß, wandte sich an Jack. »Captain West, verzeihen Sie, aber es fühlt sich ungemein seltsam an, hier bei Ihnen zu sitzen.«

»Wieso das?«

»Weil ich das Gefühl habe, Sie zu kennen, obwohl wir uns noch nie begegnet sind. Ich verfolge Ihre Karriere schon lange. Ich habe so viele vertrauliche Akten über Sie gelesen. Angefangen in der Zeit, als Sie mit der Tochter des Orakels von Siwa aus der Versenkung aufgetaucht sind, bis dahin, als Sie die sieben Weltwunder der Antike gefunden und meinen Kollegen Francisco del Piero getötet haben.«

»Er war ein gigantisches Arschloch und ...«, sagte Jack.

»... wurde von Ihnen in ein Düsentriebwerk geworfen.«

»... hat bekommen, was er verdient hat.«

»Pater del Piero war engagiert«, sagte Mendoza. »Er war gläubig. Genau wie ich.«

»Engagiert wofür?«, fragte Jack. »Das hier? Reiche Arschlöcher, die über die Welt herrschen?«

»Die herrschenden Eliten regieren nicht, weil sie es wollen«, lehrmeisterte Mendoza. »Sie herrschen aus einem Gefühl der Verpflichtung heraus.«

Jack deutete mit einer ausladenden Armbewegung auf die versammelten Gäste. »Allzu sehr scheinen sie unter dieser Verpflichtung ja nicht zu leiden.«

Er beugte sich bedrohlich dem Kardinal zu. »Ich habe auch Akten über Sie gelesen, Mendoza. Ich weiß, wer Sie sind. Den Akten zufolge sind Sie Mitglied der ›Omega-Gruppe‹ der katholischen Kirche und Experte für die ›Trismagi‹. Verraten Sie mir, was die sind?«

Mendoza nickte langsam. »Wie Sie bereits herausgefunden haben, ist die katholische Kirche lediglich der aktuelle Name eines Priesterkults, der seit über 5000 Jahren überlebt hat, seit der Zeit der Ägypter. Dieser Kult widmet sich der Anbetung der Sonne, der Sterne und der Weisheit einer uralten Zivilisation, die einst auf der Erde aufgeblüht ist. Jene Zivilisation hat die Sphinx und die Pyramiden errichtet, die Steinkreise in England und die drei geheimen

Städte Thule, Atlas und Ra. Jene Zivilisation hat uns die zwei heiligen Bäume und den Lebensstein geschenkt.

Die Omega-Gruppe ist eine kleine Elite innerhalb der Kirche, die seit über 5000 Jahren durch Kriege, Hungersnöte und das finstere Mittelalter hindurch das bedeutendste Wissen jener unglaublichen Zivilisation bewahrt hat.«

»Und was genau ist das bedeutendste Wissen dieser Zivilisation?«, fragte Jack.

»Das Wissen über das Omega-Ereignis. Das Ende aller Dinge.«

»Sie meinen das Ende der Welt?«

»Ich meine das Ende aller Dinge«, betonte Mendoza mit Nachdruck. »Unsere Welt ist nur ein Außenposten in einem wesentlich größeren Kosmos, Captain. Gewiss, ein wichtiger Außenposten, trotzdem nur ein Teil eines größeren Ganzen. Die Omega-Gruppe besteht aus den Hütern des Wissens der Altvorderen über das Ende des gesamten Universums.«

Jack lehnte sich auf dem Stuhl zurück. »Das Ende des Universums.«

Er warf Iolanthe einen Blick zu.

»Wir leben in bedeutsamen Zeiten, Jack«, meinte sie. »Zeiten, in denen die Menschheit ihren Wert beweisen muss. Die Tartarus-Rotation, der dunkle Stern – das waren nur Vorprüfungen. Wer immer irgendwo da draußen sein mag, damit sollte ihnen angezeigt werden, dass noch intelligentes Leben auf der Erde existiert.«

»Hat sich für mich nicht nach bloßen Vorprüfungen angefühlt«, sagte Jack.

»Eigentlich hätten sie nicht so schwer sein sollen, Jack«, erklärte Iolanthe. »Das waren sie nur, weil das alte Wissen über den goldenen Schlussstein und die Maschine verloren gegangen war und wiedergefunden werden musste. Das Wissen um die Großen Spiele ist nie verloren gegangen. Deshalb ist es diesmal anders.«

Kardinal Mendoza gab seinen Senf dazu. »Auch die drei früheren Vorbeiflüge der Hydra-Galaxie waren lediglich Erkundungsbesuche, um unseren Wert zu testen. Die drei Spiele, die zu Ehren dieser Vorbeiflüge stattgefunden haben, waren daher lediglich kleinere Prüfungen für die Menschheit. Sie haben sich 10.000 vor Christus, 2700 vor Christus und 1250 vor Christus ereignet und wurden jeweils von Osiris, Gilgamesch und Herkules gewonnen. Diesmal ist es anders, denn diesmal läutet die Ankunft der Hydra-Galaxie das Omega-Ereignis ein.«

»Wovon die Omega-Gruppe weiß?«, hakte Jack nach.

»Ja.« Kardinal Mendoza beugte sich vor. »Captain, hören Sie mir gut zu. Wir alle wissen, dass sich das Universum ausdehnt. Newton wusste es. Einstein wusste es. Moderne Teleskope haben es bewiesen. Was nur wenige wissen, ist: Wenn sich das Universum an seine Grenzen ausgedehnt hat, beginnt es, sich wieder zusammenzuziehen. Dieser Vorgang endet mit der ultimativen Singularität – der gigantischen Implosion aller Materie im Universum in ein einziges Schwarzes Loch. Was Wissenschaftler ziemlich derb den ›Big Crunch‹ oder ›Endknall‹ getauft haben.

Seit Anbeginn der Zeit durchläuft das Universum ständig den Zyklus von Urknall, Ausdehnung, Kontraktion und Endknall. Jeder Endknall gleicht dem Kern einer implodierenden Atomwaffe. In einem einzigen Augenblick löscht er das Universum aus. Gleich darauf verursacht er den nächsten Urknall, und der Kreislauf setzt sich fort.

Wie auch immer man es nennen mag – ultimative

Singularität, universelle Implosion, Big Crunch: Das ist das Omega-Ereignis. Jene großen alten Zivilisationen wussten nicht nur über dieses katastrophale Ereignis Bescheid, sondern auch darüber, wie man es verhindern kann.«

»Und die ›Trismagi‹?«, stocherte Jack. »Was bedeutet das? Drei Magier?«

Mendoza antwortete: »Ja, das ist die wörtliche Übersetzung. *Drei Magier*. Aber in früheren Zeiten hat jeder mit fortschrittlichen Kenntnissen als Magier gegolten. Sie können sie sich als die drei ranghöchsten Eingeweihten der Altvorderen vorstellen. Drei Personen, die mit der kostbarsten Weisheit jener Zivilisation vertraut sind.«

»Sind sie hier bei den Spielen?« Jack ließ den Blick durch den Saal wandern.

»Nein«, erwiderte Mendoza. »Sie sind die Hüter der drei geheimen Städte, die Wächter dieser außergewöhnlichen Orte. Gelegentlich kommen die drei zusammen, um ihr Wissen weiterzugeben. Die drei Weisen, die vom Licht eines Sterns geführt zur Geburt Christi gekommen sind, waren die Trismagi jener Zeit. Nach Abschluss der Spiele hier werden uns die Trismagi unserer Zeit – hoffentlich – durch das gefürchtete Omega-Ereignis geleiten.«

In dem Moment ergriff Iolanthes Bruder Orlando das Wort, der Herrscher des Königreichs Land. »Kardinal, Sie verbreiten wie immer zu trübselige Stimmung.«

Dabei knallte er sein Glas so wuchtig auf den Tisch, dass ein Teil des Weins herausschwappte. Er war eindeutig betrunken.

»Werfen Sie keinen dunklen Schatten auf die Spiele. Sie sind eine Zeit zum Feiern, nicht zum Unken. Die Spiele werden erfolgreich abgeschlossen, die goldenen Äpfel werden in den beiden Tempeln auf dem Berg platziert, die Mysterien werden dem siegreichen König übergeben und die Welt wird gerettet. Und was den Teil mit dem Tod und den Verstümmelungen angeht: Tja, ich kenne kein größeres Vergnügen als dabei zuzusehen, wie kompetente Männer in Scheibchen geschnitten werden.«

Er leerte den Rest seines Weins in einem schlabbrigen Zug, bevor er abrupt aufstand.

Prompt erhoben sich Iolanthe, der Kardinal, Major Brigham und Vargas respektvoll. Jack und Lily nicht.

Orlando verkündete: »Aber Scheiße, jetzt muss ich erst mal pissen.«

Da stand auch Jack auf. »Vielleicht könnten Sie mir die Richtung zeigen, ich muss nämlich auch.«

»Ich zeige Ihnen sogar den reizvolleren Weg«, bot Orlando an, als er und Jack sich vom Tisch entfernten.

Leicht schwankend führte der Mann Jack auf den Balkon vor dem Speisesaal. Der Balkon erstreckte sich die Felswände entlang nach links und rechts, und Jack beschlich der Eindruck, man könnte darauf um den gesamten Berg herumgehen.

Orlando zündete sich eine Zigarette an, während Jack den riesigen Krater der Unterwelt betrachtete.

Als er aufschaute, sah er das riesige Tarnnetz, das sich über den gesamten Krater spannte. Es verlief vom Gipfel des Bergs zu den Rändern des Kraters hinab. Fleckiges Sonnenlicht kämpfte sich hindurch. Das Licht einer Sonne, die noch hoch am Himmel stand, wie Jack feststellte.

Unten erstreckte sich der breite, runde Krater.

Rechts sah er ein Labyrinth aus Mauern, direkt geradeaus die dem Circus Maximus ähnelnde Konstruktion. Links, ebenfalls am Fuß des Kraters, schmiegte sich die düster wirkende Burg der Minotauren an den Felshang.

»Was ist diese Burg?«, fragte er Orlando und heuchelte Ahnungslosigkeit.

»Dort leben die Minotauren«, antwortete der König. »Elende Kreaturen. Leben dort im Dreck. Hinter dem Tor liegt eine ganze Stadt. Aber sie sind gute Arbeiter, das muss ich ihnen lassen.«

In seinem Rausch wurde Orlando überaus gesprächig. Wenn es Jack gelänge, ihn am Reden zu halten, würde er vielleicht die eine oder andere nützliche Information aus ihm herausbekommen.

»Haben sie diesen Berg gebaut?«, fragte Jack und betrachtete den hoch aufragenden Palast um sie herum.

»Du meine Güte, nein«, antwortete Orlando. »Dafür sind sie nicht schlau genug. Sie sind dämliche Rohlinge. Neandertaler. Den Ort hier hat vor langer Zeit eine viel fortschrittlichere Zivilisation als unsere erbaut. Die Minotauren sind Hades' Sklaven, seine untermenschliche Armee, die Quelle aller Mythen über Satans Höllendiener.«

Orlando nahm einen ausgiebigen Zug von seiner Zigarette. »Sie erledigen hier die ganze Knochenarbeit und sind zufrieden damit. Vacheron hat die Arenen und Labyrinthe für die Herausforderungen entworfen, die Minotauren haben sie unter seiner Anleitung errichtet.«

»Das ist eine enorme logistische Leistung«, befand Jack. »Woher beziehen sie das ganze Material?«

»Die Lebensmittel, Fahrzeuge und Baumaterialien werden alle vom westlichen Dock hergebracht.«

Jack behielt die Aussicht auf den Krater im Auge und bemühte sich, ungezwungen zu wirken und sich seine Konzentration nicht anmerken zu lassen.

Ein westliches Dock …

Ihm fiel etwas ein, das E-147 gesagt hatte – dass sich der einzige Landzugang zu diesem Ort irgendwo in der Stadt der Minotauren verbarg. Damit musste er das von Orlando erwähnte Dock gemeint haben.

»Wie sind die ganzen Adligen eigentlich hergekommen?«, fragte er leichthin. »Eingeflogen?«

Nachdem sie den Balkon teilweise umrundet hatten, öffnete Orlando eine Tür, die wieder ins Innere führte.

»Wie sollten wir sonst in dieses gottverlassene Drecksloch kommen? Wir fliegen mit Hubschraubern von einem von Hades' Bergwerken ein. Auf einer der Festungen in der Nähe des Gipfels gibt's eine Hubschrauberlandeplattform und einen Hangar.

Die vier Könige sitzen alle im Vorstand von Hades' Bergbaugesellschaft. Deshalb geht eine Reise nach Indien wie diese als ›Inspektionsbesuch‹ der Minen durch. In aller Öffentlichkeit versteckt, wie man so schön sagt. Sie hoffen wohl 'nen Ausweg zu finden, was? Das schminken Sie sich mal lieber ab, Captain. Die Wahrscheinlichkeit, dass Sie diesen Ort lebend verlassen, ist verschwindend gering. Mein Rat an Sie: Kämpfen Sie gut und sterben Sie anständig.«

Damit führte er Jack hinein und einen kurzen Korridor entlang zur Herrentoilette.

Im Speisesaal saß Shane »Scarecrow« Schofield bei seinem Schirmherrn, dem Herrscher des Königreichs Meer, einem Mann namens Garrett Caldwell.

Der Mann schien Mitte 60 zu sein, hatte volles, silbriges Haar, die Bräune eines leidenschaftlichen Tennisspielers und erwies sich als umgänglicher, kultivierter Gastgeber.

Zwei andere amerikanische Kämpfer saßen mit Scarecrow am Tisch: der Navy SEAL namens DeShawn Monroe und Jeff Edwards, Elitesoldat der Delta Force.

Als sich das Essen zu Ende neigte, stand ihr Schirmherr auf, um sich zu verabschieden, und schüttelte nacheinander jedem die Hand.

Scarecrow beachtete das Ritual nicht groß, bis er an die Reihe kam und Caldwell unauffällig etwas in seiner Handfläche hinterließ: eine kleine Spritze, die eine seltsame rote Flüssigkeit enthielt. Auf dem Etikett stand »HYPOX-G4-62«.

Scarecrow wusste, worum es sich handelte. Jeder Elitesoldat wusste das. Es war ein hyperoxygenierter Blutzusatz, der durch Erhöhung des Sauerstoffgehalts im Blut für mehr Ausdauer auf dem Schlachtfeld sorgen sollte. Das militärische Pendant von Anabolika.

Scarecrow selbst hatte nie darauf zurückgegriffen, kannte aber Leute, die es schon benutzt hatten. Erschöpfung gehörte im Einsatz zu den schlimmsten Feinden, und »Hypox«, wie Soldaten das Zeug nannten, hielt einen etliche Stunden lang bei Kräften und wach.

Caldwell lächelte Scarecrow an. »Ein kleiner Muntermacher, falls Sie ihn brauchen. Könnte den Unterschied zwischen Leben und Tod bewirken. Viel Glück.«

In einer Kabine der Herrentoilette klappte Jack den Deckel der Kloschüssel runter, ließ sich darauf nieder und war dankbar für einen Moment der Einsamkeit, in dem er seine Gedanken sammeln konnte.

Tausend Dinge gingen ihm durch den Kopf.

Hades. Die Großen Spiele. Der Berg im Krater, vollständig von einem Tarnnetz verhüllt. Die Minotauren und ihre Stadt mit dem Tor. Die Killer namens Chaos und Furcht mit ihren Löwenhelmen. Der tödliche Hofnarr Mephisto.

Gesprächsfetzen seiner letzten Unterhaltungen:

Mendoza beim Referieren über das Ende des Universums.

Orlandos Äußerungen über die Ankunft per Helikopter von einer Mine in Indien.

Und eine merkwürdige Aussage: Hades, der gemeint hatte, nur ein Streiter mit klassischer Ausbildung könne die Spiele gewinnen.

Das Geräusch einer sich öffnenden Tür ließ ihn aufschauen.

Zwei Männer hatten die Herrentoilette betreten und unterhielten sich.

Der erste sagte: »Die letzte Herausforderung war einfach genial! Dein Bruder Zaitan war der Hammer. Und Mephisto war fuchsteufelswild, dass der fünfte Krieger ihn erwischt hat. Der Hofnarr ist gerissen. Kommt nicht oft vor, dass ihn jemand überlistet. In der zweiten Phase wird er es auf West abgesehen haben.«

»*Falls* West die fünfte Herausforderung überlebt, George«, gab der andere zurück. Jack erkannte die Stimme als die von

Dion DeSaxe, Hades' Sohn. Das Arschloch, das sich in Stanford an Lily herangemacht hatte. Die Männer standen an den Pissoirs.

Der namens George meinte: »Du hast ja keine Ahnung, Dion. Im Ernst, die nächste Herausforderung ist gewaltig. Ich hab Vacheron vor einem Monat bei einem Probelauf zugesehen. Die Arena, die Strecke, die Verfolgergruppe. Das wird ein gottverdammtes Chaos. Geradezu brillant.«

Dion erwiderte: »Vacheron hat bei den Herausforderungen gute Arbeit geleistet. Ich hab irgendjemanden sagen gehört, dass Orlando ihm bei erfolgreichem Abschluss der Spiele zum Dank seine Schwester Iolanthe zur Frau gibt.«

»Vacheron will schon lange in ein Königshaus rein«, sagte George. »Ist sein größter Wunsch. Für ihn hängt viel von den Spielen ab.«

Eine Pause entstand, während sie pinkelten.

»Aber schon Pech für die Geiseln, was?«, meinte George.

Bei den Worten legte Jack die Stirn in Falten.

Dion gab zurück: »Was soll man machen? Nach der fünften Herausforderung werden sie nicht mehr gebraucht. In der zweiten Phase kämpfen die Teilnehmer allein. Ist also nur sinnvoll, sämtliche Geiseln abzuschlachten.«

»Schon, aber …«

»Ehrlich, George, du darfst die Geiseln nicht als Menschen betrachten. Im großen Gefüge ist ihr Leben völlig bedeutungslos. Sie sollten sich geehrt fühlen, dass sie für etwas Bedeutsames sterben.«

Die beiden Männer zogen die Hosenställe zu und verließen die Herrentoilette.

Jack blieb noch einige Minuten in der Kabine, um ihnen einen Vorsprung zu lassen.

Als er selbst hinausging, hatte er eine entschlossene Miene aufgesetzt.

Es ging nicht mehr nur darum, Herausforderungen zu überstehen, um seine Freunde zu schützen.

Nun musste er sich auch überlegen, was er nach der nächsten Herausforderung tun wollte. Denn ganz gleich wie er dabei abschneiden würde, im Anschluss daran würden Alby und Sky Monster umgebracht werden – ganz zu schweigen von Scarecrows Begleitern Astro, Mother und Tomahawk.

Jack flüsterte bei sich: »Was zum Teufel soll ich nur tun?«

Ein paar Minuten später kehrte er in den Speisesaal zurück.

Als er ihn durch den Haupteingang betreten wollte, versperrte ihm eine Gestalt den Weg.

Major Gregory Brigham.

»Sie sind gefährlich«, sagte Brigham mit hartem Blick.

»Tatsächlich?«, gab Jack zurück.

»Als alles angefangen hat, da hatten Sie nicht den blassesten Schimmer, was abgeht. Sie haben gewirkt wie ein Reh im Scheinwerferlicht eines Lasters. Aber Sie lernen schnell. Was bedeutet, dass Sie jetzt gefährlich sind. Nichts für ungut, aber wenn ich die nächste Herausforderung gewinne, nutze ich meine Belohnung, um Ihnen den Scheißschädel wegpusten zu lassen.«

Brigham stapfte an Jack vorbei und rempelte ihn an der Schulter.

»Schon in Ordnung«, rief Jack hinter ihm her.

Jack kehrte zu seinem Tisch zurück und setzte sich neben Lily.

Tief in Gedanken versunken, beinahe wie in Trance, starrte er geradeaus.

»Dad?«, fragte Lily besorgt. »Alles in Ordnung?«

Abrupt schüttelte er die Gedankenverlorenheit ab.

Dann beugte er sich dicht zu ihr heran und flüsterte: »Sie wollen alle Geiseln nach der nächsten Herausforderung umbringen. Kannst du während des Wettkampfs was für mich tun?«

Lily drehte sich ihm zu, und zum ersten Mal seit zwei Tagen wagte sie zu hoffen. Das war der Jack West jr., den sie kannte.

»Natürlich. Wenn es mir möglich ist.«

»Gut. Ist höchste Zeit, unsere Leute hier rauszupauken.« Jack teilte ihr mit, was er von ihr brauchte, und sie nickte entschlossen.

»Wird zwar schwierig, aber ich werd's versuchen«, versprach sie.

Wenige Augenblicke später kehrten die Wachen zurück und nahmen Jack mit, um ihn zur fünften Herausforderung zu bringen.

Nach dem Aufbruch der Kämpfer leerte sich der Speisesaal schnell. Die verschiedenen königlichen Haushalte begaben sich für die fünfte Herausforderung auf den Aussichtsbalkon.

Iolanthe wollte Lily gerade hinführen, als drei junge Männer vor ihnen auftauchten.

Dion, sein Freund George und Dions Bruder, der Kämpfer aus der Unterwelt namens Zaitan.

»Prinzessin Iolanthe«, sagte Dion. »Wenn du nichts dagegen hast, würden wir Miss Lily gern einen der bemerkenswertesten Orte im Palast zeigen, bevor die nächste Herausforderung beginnt.«

Iolanthe beäugte die drei Prinzen misstrauisch. Lily merkte ihr an, dass sie darüber nicht erfreut war, doch Dion stand als Hades' Erbe eindeutig über ihr.

»Aber natürlich, Dion«, erwiderte sie.

Nachdem sie den Speisesaal verlassen hatten, wurde Lily von Dion zu einem inneren Aufzug geführt, der in der Mitte des Bergs nach unten fuhr.

»Lily, das ist mein jüngerer Bruder Zaitan«, stellte Dion vor. Zaitan war eine kleinere, muskulösere Version von Dion: kantig, gut aussehend. Und wie Dion wusste er es.

Zaitan musterte Lily mit einem lasziven Blick von oben bis unten. »Sie ist genau, wie du sie beschrieben hast, Bruder. Reif.«

»Und ob«, bestätigte Dion.

Der Aufzug hielt an, und die drei Prinzen führten Lily durch gewundene, grob behauene Tunnel.

»Wohin gehen wir?«, fragte Lily.

»Mein Vater und seine Gäste sind so *alt*«, sagte Dion. »Sowohl buchstäblich als auch bei ihrer Einstellung. Wir gehen dorthin, wo die jungen Leute sind.«

Sie traten auf die Bahngleise hinter dem Geiselzug hinaus. Lily versuchte, einen Blick auf ihre Leute im Wagen dort zu erhaschen, konnte jedoch aus diesem Winkel nicht hineinsehen. Dafür konnte sie durch den offenen Tunnel die seltsam anmutende Rennstrecke für die bevorstehende fünfte Herausforderung erkennen.

Dion ging vom Geiselzug weg und bog in einen schmalen Gang mit Wänden aus Stein, der in die Innenwand des Tunnels verlief.

Nachdem sie dem Gang ein kurzes Stück gefolgt waren, betraten sie eine große Kammer, in der Lily abrupt stehen blieb.

Sie befand sich in einem riesigen uralten Verlies.

Gewölbte Nischen säumten die Wände, einige von zerschlissenen Vorhängen verhüllt, andere mit Eisenstangen verschlossen. Überall befanden sich Foltergeräte: in den Nischen, an den Wänden, von der Decke hängend.

Verschiedenste Arten. Streckbänke, Käfige über glühenden Kohlen, Brandeisen, Sarkophage mit Stacheln. Erhellt wurde der Ort von Feuergruben, die der Umgebung ein wahrhaft höllisches Aussehen verliehen.

Dion grinste. »Es hat schon seinen Grund, dass die Unterwelt den Ruf von Bestrafung und Verdammnis hat. Willkommen im sagenumwobenen Verlies des Hades.«

Einige der Prinzessinnen vom Essen waren da, saßen auf Streckbänken und tranken unbekümmert Wein.

In dem Moment bemerkte Lily die Minotauren.

Drei der Kreaturen standen wimmernd an eine lange Wand gekettet, die Arme hoch über die Köpfe gestreckt.

Rot glühende Brandeisen hingen an Seilen keinen Zentimeter vor ihren bangen Gesichtern. Wenn sie sich auch nur leicht bewegten, würden ihre Nasen verbrannt.

Dion stellte sich vor sie, schien sie jedoch gar nicht zu bemerken.

»Ich hab nachgedacht, Lily«, sagte er. »Über die Zukunft. Unsere gemeinsame Zukunft.«

»Das soll wohl ein Scherz sein«, gab Lily zurück.

Dion lächelte matt.

Beiläufig schob er ein herabhängendes, glühendes Brandeisen ins Gesicht des nächstbesten Minotaurus.

Der Halbmensch heulte vor Höllenqualen auf, als das sengend heiße Metall seine Gesichtshaut verbrannte.

Dion ließ das Eisen wegschwingen. Der Minotaurus hyperventilierte.

Dion musterte Lily eingehend. »Du weißt es zwar nicht, aber du bist ein guter Fang. In meiner Welt gibt es keinen edleren Preis als das wunderschöne Orakel von Siwa.«

Lily war entsetzt, ließ sich aber nicht einschüchtern. »Und in meiner Welt gibt es keinen größeren Feigling als einen Arsch, der eine wehrlose, an eine Wand gefesselte Kreatur foltert. Du bist ein Psychopath.«

Dion griff sich ein in der Nähe liegendes, rostiges Schwert und wog es in der Hand …

… bevor er die Klinge ungerührt in den Bauch des wehrlosen Minotaurus stieß und ihn tötete.

Lily knirschte mit den Zähnen. Rasende Wut überstieg ihr Entsetzen.

Dion zog das Schwert aus dem erschlafften Minotaurus und betrachtete nachdenklich das Blut auf der Klinge.

»Ich habe meinen Vater um deine Hand gebeten. Und ich denke, er wird dich mir geben.«

»Mich dir geben? Bist du wahnsinnig?«

Dion lachte schnaubend. »Es ist Brauch, dass Lord Hades zur Halbzeit der Großen Spiele den Adligen Geschenke macht: Titel, Landbesitz, Bräute. Ich weiß, es ist üblich, dass ein junger Mann beim Vater einer jungen Frau um ihre Hand anhält. Aber mal ehrlich, für jemanden meines Standes würde es sich nicht geziemen, deinen Vater um irgendwas zu bitten.«

Lily schüttelte den Kopf. »Wie kommst du darauf, dass ich dich heiraten würde?«

»Oh, ich denke, das hier könnte ein Anreiz sein«, erwiderte Dion und zog einen Vorhang beiseite.

Zum Vorschein kam eine in die Wand eingelassene bogenförmige Nische.

Darin befand sich, flankiert von den Prinzen Zaitan und George und genauso angekettet wie die Minotauren … Alby.

Lily wollte vorstürmen, doch Dion packte sie am Arm und hielt sie zurück.

Alby hing zitternd an der Wand und versuchte verzweifelt, sich nicht zu bewegen, damit er nicht das glühende Brandeisen direkt vor seiner Nase berührte.

Dion ergriff wieder das Wort: »Uns stehen große Zeiten bevor, Lily. In den nächsten Jahren werden sich monumentale Dinge ereignen, und die vier Könige werden dabei eine zentrale Rolle spielen. Ich werde einer dieser Könige sein, und zwar wesentlich früher, als es die Natur vielleicht vorgesehen hat.«

Lily schaute ungläubig zwischen Dion und Zaitan hin und her. »Ihr habt vor, euren Vater umzubringen? Hades? Ihr beide?«

»Mein Bruder und ich sind in der Sache einer Meinung«, erwiderte Dion. »Mein Vater – so unnachgiebig er sein mag – fühlt sich zu sehr an Vorstellungen von Pflicht und Fairness gebunden. Über Tausende von Jahren hat man den Herrscher der Unterwelt gefürchtet. Heute jedoch wird er nur noch dafür respektiert, dass er an den alten Riten festhält.

Nein. Hades sollte gefürchtet werden. Die bloße Erwähnung seines Namens sollte eiskalte Furcht auslösen. Wenn ich den Titel mit meinem Bruder an der Seite übernehme, werden mich alle fürchten – Könige, Gemeine, meine versklavten Minotauren und vor allem das Eheweib, das mir viele Kinder gebären wird. Zum richtigen Zeitpunkt am Ende dieser Spiele wird meinen lieben Vater ein bedauerlicher Unfall ereilen. Ich werde Anspruch auf seinen Thron erheben und anschließend dieses Königreich mit eiserner Faust regieren.«

Dion trat vor den schwitzenden, zitternden Alby hin. Er hob eine Hand zu dem heißen Brandeisen, das so nahe vor Albys Nase baumelte.

»Lily. Schätzchen. Du wirst meine Frau werden. Du wirst meine Frau werden, und du wirst mein Geheimnis bewahren, weil du weißt, dass ich mir deine Freunde und Lieben von überall auf der Welt holen kann, um sie hierherzubringen und nach Lust und Laune zu foltern.«

Dann löste Dion mit einer plötzlichen, unerwarteten Bewegung Albys Ketten, der prompt nach Luft schnappend auf den Steinboden fiel.

Lily beobachtete, wie Dion vor Alby in die Hocke ging. »Und was dich angeht, Albert: Auch bei dir ist mein Geheimnis sicher, weil du unabhängig davon, was passiert, nach der nächsten Herausforderung liquidiert wirst.«

Dion nickte George zu. »Bringt ihn zurück zu seinem Wagen.« Er streckte den Arm nach Lily aus. »Wollen wir zur Aussichtsplattform gehen?«

Diesmal hängte sich Lily trotz der rasenden Wut, die sie dabei empfand, nach einem letzten verzweifelten Blick zu Alby bei Dion ein.

FÜNFTE HERAUSFORDERUNG

DAS KAMPFRENNEN

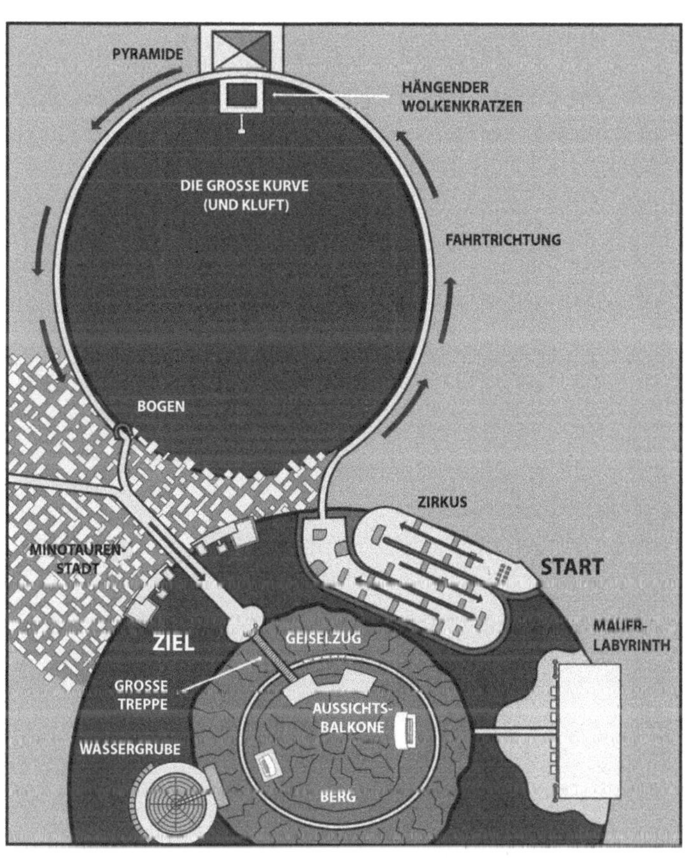

KÄMPFERPROFIL

NAME: SCHOFIELD, SHANE MICHAEL
ALTER: 42
RANG FÜR SIEG: UNTER 10
VERTRITT: MEER

PROFIL:

Gefangener Teilnehmer.
Captain Schofield kann auf eine herausragende Karriere beim United States Marine Corps zurückblicken. Obwohl er es nicht weiß, hatte er schon Berührung mit unserer Welt: Er hat gegen die Majestic-12-Gruppe gekämpft – und sie besiegt –, eine unserer mit der Aufrechterhaltung der globalen Ordnung beauftragten Institutionen.
Setzlistenrang über 10 von 16 Anwärtern auf den Sieg bei den Spielen.

VON SEINEM SCHIRMHERRN:

»Ich habe volles Vertrauen in Captain Schofield. Er dient mir vielleicht nicht bereitwillig, aber er steht im Ruf, bis zum letzten Atemzug zu kämpfen. Mir gefällt, dass mich ein solcher Mann vertritt.«
Garrett Caldwell,
König des Meers

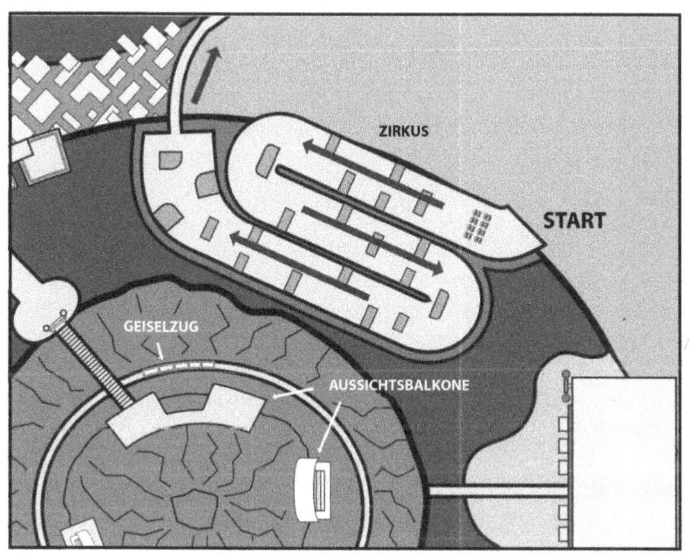

DER ZIRKUS

30 Minuten nach dem Verlassen des Speisesaals saß Jack in einem aufs Wesentliche reduzierten motorisierten Fahrzeug und trug seinen charakteristischen Feuerwehrhelm.

Bei dem Fahrzeug handelte es sich um ein sogenanntes »Light Strike Vehicle«, kurz LSV – ein kleiner Dünenbuggy, wie er von verschiedenen Armeen in Wüstenumgebungen eingesetzt wurde. Als Auto machte es nicht viel her: ein schwarzer Rahmen auf vier Rädern mit zwei Schalensitzen vorn und nur einem Rücksitz, dazu ein Lenkrad und ein am Heck montierter Motor. Keine Fenster, keine Türen, kein überflüssiges Gewicht – alles auf leicht und schnell getrimmt.

Bei Jack im Wagen saßen Sky Monster und E-147, da man ihm für diese Herausforderung zwei Begleiter zugestanden hatte. Eigentlich wollte Jack lieber Alby dazu mitnehmen, aber bei seiner Rückkehr zu ihrer Zelle war der Junge aus irgendeinem Grund verschwunden gewesen. Jack hatte ihn, kurz nachdem er mit den anderen aufgebrochen war, zurückkommen sehen.

Mittlerweile saß Sky Monster mit dem rechten Arm fest bandagiert auf dem Fahrersitz, während E hinten Platz genommen hatte.

Ihr Fahrzeug stand – zusammen mit den fünf identischen LSV der anderen Kämpfer – am Ende einer langen, geraden Schotterpiste, dem ersten Abschnitt einer gigantischen Rennstrecke. Da sich Zaitan und Vargas gewünscht hatten, von der Herausforderung befreit zu werden, traten nur sechs Teilnehmer an.

Es handelte sich um eine antike Rennbahn, eine alte Arena für Wagenrennen, bekannt als Zirkus. Daneben ragten hohe Steintribünen auf, von denen man auf die Strecke hinabblicken konnte. Im Augenblick waren sie gespenstisch verwaist.

Über den Tribünen thronte Hades' dunkler Bergpalast. Die königlichen Zuschauer verfolgten das Geschehen von einem erhöhten Balkon, der vom Felshang nach außen ragte. Tief darunter stand der Geiselzug so auf den Gleisen, dass die Insassen ungehindert die Arena überblicken konnten.

Bevor man Jack in sein LSV gesetzt hatte, durfte er einen kurzen Blick auf das Areal werfen.

Normalerweise wies ein römischer Zirkus eine ovale Form mit zwei langen Geraden und zwei Kurven auf. Diesen jedoch hatte man modifiziert.

Es gab drei Geraden, die in einer flachen S-Form verliefen, bevor die Strecke in den in die Außenwand des Kraters gehauenen Tunnel einbog. Allerdings wartete jede Gerade mit besonderen Hindernissen auf, breiten, quadratischen, mit Wasser gefüllten Gruben.

»Recken!«, rief Vacheron von einem Podium über der Rennstrecke. »Willkommen zur fünften Herausforderung, dem berühmten Vogelmannrennen! In früheren Jahren wurde es mit Streitwagen ausgetragen. Heute verwenden wir zwar modernere Fahrzeuge dafür, aber das Rennen selbst bleibt seinem Erbe treu.

Die Strecke besteht aus drei Abschnitten: dem Zirkus, der großen Kurve und der Zielgeraden durch die Minotaurenstadt Dis.

Eine goldene Kugel liegt in einer Höhle auf der gegenüberliegenden Seite der Strecke in einem Denkmal, gewidmet den vom Kriegsgott Ares geliebten Vögeln. Die Belohnung geht an den Kämpfer, der diese Kugel zum königlichen Balkon bringt. Bei dieser Herausforderung gibt es keine Bestrafung des Letzten. Alle überlebenden Teilnehmer rücken in die nächste Phase der Spiele vor.

Nach Abschluss dieser Herausforderung findet die erste Zeremonie der Kugelplatzierung statt. Danach beginnt die zweite Phase. Viel Glück euch allen. Startet die Motoren!«

Jack erstarrte.

Nicht wegen der letzten Worte Vacherons, sondern wegen etwas anderem, das er gesagt hatte.

… in einem Denkmal, gewidmet den vom Kriegsgott Ares geliebten Vögeln …

»Die von Ares geliebten Vögel«, sagte er laut. »Die Stymphaliden.«

Sky Monster sah ihn stirnrunzelnd an. »Wovon redest du?«

Jack erwiderte nichts.

Plötzlich wurde ihm einiges klar.

Die erste Herausforderung: ein als *Stier* verkleideter Mann, der ihn angegriffen hatte.

Die zweite Herausforderung: als *Löwen* verkleidete Männer, die ihn durch das Wasserlabyrinth gejagt hatten.

Die dritte Herausforderung: tödliche Eisenkugeln mit vorstehenden Klingen, geformt wie die Hauer von *Wildschweinen.*

Die vierte Herausforderung: ein als *Hirsch* verkleideter Hofnarr.

Und alles zu Ehren einer *Hydra.*

Jack rief sich die riesige Statue von Herkules im Kampf mit dem kretischen Stier aus dem Speisesaal ins Gedächtnis.

»Es hat mir die ganze Zeit ins Gesicht gestarrt«, sagte er.

Er erinnerte sich sogar an die Büste des streng dreinschauenden Königs der Unterwelt, auf der stand: EVRYSTHEVS.

»Eurystheus …«, murmelte Jack. »Hol mich der Teufel.«

»Wärst du so freundlich, uns auf den billigen Plätzen deine Erkenntnis zu erklären?«, meldete sich Sky Monster zu Wort.

Jack drehte sich ihm zu. »Sky Monster, diese ganze Veranstaltung hier, das sind nicht bloß irgendwelche Spiele. Sie ist eine Reihe von Herausforderungen, Prüfungen, *Aufgaben.* Die größten, berühmtesten Aufgaben der aufgezeichneten Geschichte. Diese Spiele sind die zwölf Aufgaben des Herkules.«

Jack zählte an den Fingern ab.

»Herkules' erste Aufgabe war es, den Nemeischen Löwen zu besiegen, ein Tier mit einer Haut, die weder Pfeile noch Schwerter durchdringen konnten. Hier haben wir stattdessen Hades' Brutalos namens Chaos und Furcht mit ihren Löwenhelmen und modernen Körperpanzerungen.

Herkules' zweite Aufgabe hat darin bestanden, die neunköpfige Hydra zu besiegen. Hier dreht sich alles darum, die Hydra-Galaxie abzuwehren.

Als dritte Aufgabe musste Herkules die Kerynitische Hirschkuh fangen – was mir bei der Herausforderung im Wandlabyrinth gelungen ist. Viertens musste Herkules den erymanthischen Eber fangen – erinnerst du dich an die Eisenkugeln der dritten Herausforderung?

Die siebte Aufgabe war der Kampf gegen den kretischen Stier, was ich bei der ersten Herausforderung bewältigen musste.

Und die elfte Aufgabe hat darin bestanden, die goldenen Äpfel der Hesperiden zu finden und zu pflücken. Wonach suchen wir bei all diesen Herausforderungen? Nach goldenen Kugeln. Orlando hat sie sogar mal als ›Äpfel‹ bezeichnet.

Und wer hat Herkules seine Aufgaben gestellt? Ein berühmter König namens Eurystheus, von dem eine Büste in Hades' Speisesaal steht. Eine Büste mit der Aufschrift *Dis Pater* – Herr der Unterwelt.

Klassische Historiker haben sich oft gefragt, wie ein unbedeutender, feiger König namens Eurystheus einen so starken Krieger wie Herkules herumkommandieren konnte. Und die Antwort: Eurystheus war Herrscher der Unterwelt, und die antike Gestalt, die wir als Herkules kennen, war ein Kämpfer bei diesen Spielen.

Die zwölf Aufgaben oder Arbeiten des Herkules gelten seit Langem als Metaphern. Und das sind sie auch. Es waren rituelle Herausforderungen mit Tiermotiven wie Wildschweinen, Löwen, Stieren und Vögeln.«

Sky Monster starrte Jack an. »Das ist ja schön und gut, Jack, aber wie soll uns das weiterhelfen?«

»Hades hat es selbst gesagt«, erwiderte Jack. »Nur ein Kämpfer mit klassischer Ausbildung kann bei diesen Spielen erfolgreich sein. Ich glaube, einige der anderen Kämpfer haben davon gewusst, als sie hergekommen sind, ich hingegen nicht. Aber jetzt, Sky Monster, hab ich aufgeholt.«

In dem Moment öffneten sich rumpelnd und laut scheppernd mehrere große Garagentore in der Wand hinter den sechs kleinen LSV.

Jack drehte sich um und erblickte acht ziemlich große Fahrzeuge, die herausfuhren.

Bei sechs davon handelte es sich um riesige schwarze Trucks. Jack erkannte sie – brandneue, sechsrädrige Taifun Kampffahrzeuge.

Gebaut in Russland von KAMAZ. Grobschlächtig, robust, dafür konstruiert, Minen, Raketen und so ziemlich allem anderen standzuhalten, was explodieren konnte. Auf sechs mächtigen Reifen konnten sie in ihren kastenförmigen hinteren Aufbauten je 16 Mann befördern.

Wie Jack feststellte, wiesen die Transportkabinen bei diesen Modellen offene Seiten auf, durch die er ungehindert hineinsehen konnte.

Und ihm gefiel nicht, was er sah.

In jedem riesigen schwarzen Truck befanden sich zwölf mit Schwertern bewaffnete Minotauren.

»Allmählich wird mir klar, was alles zu dieser Herausforderung gehört«, meinte Sky Monster. »Während wir das Wettrennen fahren, jagen sie uns.«

»Mhm«, brummte Jack und schluckte. »Hey, E. Irgendeine Chance auf Vorzugsbehandlung durch die Minotauren, weil wir dich an Bord haben?«

E-147 schüttelte den Kopf. »Diese Minotauren, sie aus andere Regionen von Reich als wie E-147. Sind aus Region in Süden. Sie lange trainieren für Herausforderung. Ist große Ehre für sie Kämpfer töten oder beseitigen. Macht nix Unterschied für sie, dass E-147 hier bei Jack.«

Zwei andere Verfolgungsfahrzeuge waren kleiner als der Taifun, aber immer noch größer als die LSV.

Bei ihnen handelte es sich um gepanzerte Mannschaftstransporter von Spartan – stahlbewehrte Allradfahrzeuge, beliebt bei SWAT-Teams.

Und noch etwas fiel Jack daran auf. Während der Taifun von Minotauren gefahren wurde, saßen bei den beiden Spartan Menschen hinter dem Steuer: Furcht und Hydra.

Er betrachtete den dünnen Rahmen seines LSV. Es mochte schnell und wendig sein, doch im Vergleich zu den Verfolgungsfahrzeugen wirkte es geradezu mickrig.

Lieber Gott …

Im LSV neben Jack betrachteten auch Scarecrow, Mother und Astro die feindlichen Fahrzeuge, die hinter ihnen aufragten.

»Irgendwie hab ich das Gefühl, dass die Chancen nicht gut für uns stehen«, meinte Scarecrow.

»Scheiße, klingt verdammt richtig«, bestätigte Mother. »So 'nen heftigen Schlag hat mir zuletzt verpasst, dass Zayn bei One Direction ausgestiegen ist.«

Während Jack einen der Spartan betrachtete, sprang Mephistos kleine rote Gestalt auf das Trittbrett, flüsterte dem Fahrer – Furcht mit seinem weißen Helm – etwas zu und zeigte dann direkt auf Jack.

»Schätze, uns steht 'ne Sonderbehandlung bevor«, warnte er Sky Monster. »Mann, wie ich diesen kleinen roten Scheißer hasse.«

Als irgendwo ein Horn ertönte, wieselte Mephisto von der Rennstrecke und stellte sich zu Vacheron auf ein Podium, das die Startlinie überblickte.

Vacheron rief: »Recken! Macht euch bereit für das Rennen eures Lebens! Beginnt!«

Damit streckte er die Arme hoch. Die sechs LSV schossen los, und die fünfte Herausforderung war eröffnet.

Blankes Chaos folgte.

Die sechs LSV der Kämpfer rasten mit phänomenaler Geschwindigkeit die erste Gerade hinab und wirbelten Staubwolken auf, als sie den großen quadratischen Gruben im Boden auswichen.

Hinter ihnen donnerte die Gruppe der schwarzen Taifun Trucks die Strecke entlang. Motoren heulten, Minotauren sprangen aus den offenen Truppenkabinen und landeten auf den fliehenden LSV, wo sie mit den Kämpfern rangen.

Die Minotauren in den beiden Spartan hatten sogar Feuerkraft: Sie schossen mit Panzerfäusten raketenbetriebene Granaten auf die Fahrzeuge der Wettstreiter ab.

Kurzum, die Rennstrecke wurde zu einem hektischen Schlachtfeld rasender Autos, Trucks, aufspritzender Erde und durch die Luft sausender Geschosse.

Sky Monster fuhr konzentriert. Jack drehte sich auf dem Sitz um und hielt Ausschau nach sie verfolgenden feindlichen Fahrzeugen …

»Monster! Links bremsen!«, rief er, als eines der anderen LSV auf sie zusteuerte und versuchte, sie in eine der tiefen, mit Wasser gefüllten Gruben zu stoßen.

Es war das Auto von Gregory Brigham, der selbst hinter dem Steuer saß. Brigham salutierte zynisch in Jacks Richtung, als er an ihnen vorbeizog.

Dann ging ein heftiger Ruck durch ihr kleines Gefährt, als es von hinten von Furchts Spartan getroffen wurde. Der Truck holperte direkt hinter ihnen her. Ein Armbrustbolzen pfiff an Jacks Ohr vorbei – abgefeuert von Furcht, der einen Arm aus dem Fenster gestreckt hatte.

»Schaff uns weg, Monster!«, drängte Jack.

Sky Monster gab Gas, und ihr LSV umkurvte die nächste Grube, bevor er ausscherte und einer weiteren auswich. Der Spartan wurde dadurch gezwungen, den Abstand zu vergrößern.

Lily beobachtete das Geschehen vom königlichen Balkon.

Von oben konnte sie sehen, dass die Anordnung der Gruben entlang der Strecke kein längeres Geradeausfahren zuließ. Daher schwenkten die sechs kleinen Autos der Kämpfer ständig hin und her, während sie von den sechs Taifun Trucks voller Minotauren und den beiden Spartan mit Furcht und Hydra verfolgt wurden.

Und mit wachsender Wut beobachtete sie, wie einer der großen Spartan unablässig Jacks kleines LSV bedrängte.

Jacks und Sky Monsters Fahrzeug schlitterte rasant um die erste Kurve im Zirkus und ließ Sand aufspritzen.

Staubwolken wirbelten um sie herum. Motoren dröhnten. Die Wände flogen verschwommen vorbei.

Sie befanden sich im Mittelfeld der LSV im Windschatten von Scarecrows Gefährt. In Führung lagen der Navy SEAL DeShawn Monroe, der Elitesoldat der Delta Force namens Jeff Edwards und der Brite Gregory Brigham.

Gegen Ende der zweiten Geraden schnitt Brigham plötzlich vor die Front von Edwards' Wagen und drängte ihn zu einer der mit Wasser gefüllten Gruben.

Edwards raste geradewegs darauf zu, erwies sich aber als kompetenter Fahrer. Es gelang ihm, rechtzeitig abzubremsen …

… wodurch er direkt vor Jacks und Sky Monsters Auto zum Stehen kam.

Sky Monster riss das Lenkrad nach links und schlitterte mit einer vollen 360-Grad-Drehung an dem Hindernis vorbei. Es war ein erstaunliches Ausweichmanöver, kostete sie jedoch wertvolle Geschwindigkeit. Und als sie in weitem Bogen auf die dritte und letzte Gerade im Zirkus schwenkten, wurden sie plötzlich zu beiden Seiten von feindlichen Fahrzeugen bedrängt: von Furchts Truck rechts, von einem riesigen Taifun voller Minotauren links.

Die Minotauren sprangen nacheinander vom Taifun auf die Streben ihres LSV.

Einer, zwei, drei …

Während Sky Monster steuerte, schlugen und traten Jack und E sie runter.

Jack wurde schnell klar, wie aussichtslos das Unterfangen war. Kaum hatten sie zwei Minotauren beseitigt, folgten zwei weitere nach.

Als er zu Furcht mit dessen weißem Helm hinüberspähte, kam ihm eine Idee für einen Ausweg. Aus *allem* …

»Sky Monster!«, brüllte er, um den Fahrtwind zu übertönen. »Was auch immer passiert, fahr weiter! Immer weiter!«

»Was hast du vor?«, brüllte Sky Monster zurück.

»Ich nutze meine klassische Ausbildung, um uns hier rauszuholen!«

Damit sprang Jack von ihrem LSV aufs Trittbrett von Furchts Spartan, schnappte sich mit einer schnellen Bewegung die an Furchts Unterarmschutz befestigte Armbrust, feuerte sie quer über die Motorhaube des LSV hinweg ab … und traf den Fahrer des mit Minotauren gefüllten Taifun auf der anderen Seite mitten in den Augenschlitz seines Helms!

Der Taifun mit dem nunmehr Toten am Steuer scherte nach links aus. Die Räder streiften die Außenwand im Zirkus, und der gesamte riesige Truck geriet ins Kippen. Minotauren wurden in alle Richtungen herausgeschleudert, als sich das Fahrzeug überschlug, bevor es letztlich zum Stillstand kam, eingehüllt in eine Wolke aus Staub und Dreck.

Befreit aus der feindlichen Umklammerung brauste Sky Monster mit dem LSV weiter.

Jack blieb auf dem Trittbrett des Spartan. Mit einer Hand klammerte er sich am Seitenspiegel fest, während er mit der anderen mit Furcht rang.

Zwei Dinge fielen Jack an seinem Gegner auf: Erstens erwies sich der große Krieger mit dem Löwenhelm als verdammt stark. Zweitens hatte er den besseren Hebel. Jack würde nicht gewinnen können.

Dann unternimm mal besser was, brüllte sein Verstand ihn an.

Er schaute nach vorn und stellte fest, dass die Gerade demnächst in eine Rechtskurve zu dem Tunnel in der Kraterwand überging. Eine letzte, fast bis zum Rand mit Wasser gefüllte Grube klaffte vor ihnen.

Jack beugte sich näher zu Furcht. »Du willst tanzen, Arschloch? Dann lass uns tanzen.«

Damit löste er den Griff um den Krieger, fasste tiefer in die Kabine und riss am Lenkrad.

Der große schwarze Truppentransporter scherte aus und pflügte samt Jack mit einem gewaltigen Aufspritzen mitten hinein in die heranrasende Grube.

Die königlichen Zuschauer japsten, als der Spartan mit Jack seitlich daran in die Grube stürzte.

»Verdammt genial!«, entfuhr es dem Prinzen namens George.

Neben ihm beobachtete Lily voll Grauen, wie der große gepanzerte Truck im pechschwarzen Wasser versank und die kämpfenden Gestalten von Jack und Furcht mitriss, die langsam außer Sicht verschwanden.

Während der Spartan sank, lieferten sich Jack und Furcht einen erbitterten Kampf.

Furcht versuchte, den anderen Unterarm mit der zweiten Armbrust in Position für einen Schuss zu bringen, während Jack, der unbeholfen halb durch das Fahrerfenster hing, den Arm zurückhielt.

Wasser flutete über Jack hinweg und strömte durchs Fenster in den Wagen – aber er konnte Furchts Arm nicht loslassen. Sonst drohte ihm der Tod.

Dann neigte sich der Spartan beängstigend schnell in die Vertikale und tauchte mit einem Rauschen vollständig unter.

Über der Grube rasten die anderen Autos und Trucks aus dem Zirkus und verschwanden im Tunnel, der zum nächsten Abschnitt der Strecke führte.

Die Aufmerksamkeit des königlichen Publikums jedoch blieb auf die Wassergrube geheftet. Alle warteten gebannt, wer aus dem schwappenden Wasser auftauchen würde: Furcht oder Jack.

Eine Minute verging.

Das Wasser beruhigte sich.

Keiner der beiden kam zum Vorschein.

Lily starrte verzweifelt hinab. »Komm schon, Dad …«

Eine weitere Minute verstrich.

Mittlerweile lag das Wasser der Grube spiegelglatt da.

Lily ließ allmählich alle Hoffnung fahren. Niemand konnte so lange die Luft anhalten, nicht mal Jack.

»Seht nur!«, rief Prinz George plötzlich. »Drüben in der hinteren Ecke! Da taucht jemand auf!«

Hoffnung durchströmte Lily, als sie die Augen zusammenkniff, um zu erkennen, um wen es sich handelte. Sie beobachtete, wie auf der anderen Seite ein Mann durch die Wasseroberfläche brach und aus der Grube kletterte.

Das Gesicht konnte sie nicht sehen.

Allerdings besagte der weiße Löwenhelm alles … genau wie der ramponierte Feuerwehrhelm, den der Mann in der rechten Hand hielt.

Tränen traten ihr in die Augen.

Prinz George streckte die Faust in die Luft. »Verdammt, ja! Der fünfte große Krieger ist erledigt.«

Die königlichen Zuschauer stimmten Jubel und Applaus an, als sich auf der leeren Rennstrecke tief unten Furchts vertraute Gestalt – mit Löwenhelm, weißer Körperpanzerung und Kampfstiefeln – zu ihnen umdrehte.

Dann nahm der Mann den Helm ab.

Und schlagartig verstummten alle.

Nur Lily lächelte mit tränenfeuchten Augen.

Es war nicht Furcht.

Sondern Jack.

Der Kampf zwischen Jack und Furcht in der Kabine des Spartan war genauso brutal wie verzweifelt verlaufen.

Während des Ringens um die Armbrust hatte Furcht einen Knopf an der Seite seines Helms gedrückt.

Jack wusste, was er vorhatte.

Er erinnerte sich an die zweite Herausforderung im Wasserlabyrinth, wo ihm aufgefallen war, dass in Furchts Helm ein Atemgerät eingebaut sein musste. Zu dem Zeitpunkt hatte der Krieger es benutzt, um den goldenen Minotaurus unter Wasser zu halten und ihn zu ertränken.

Nun schaltete Furcht das Atemgerät im Helm erneut ein.

Allerdings offenbarte er Jack dabei seine Schwachstelle – eine klassische Schwäche: nackte Haut zwischen dem Helm und der Kehle.

Jack rief sich ins Gedächtnis, wie Herkules der Legende nach den Nemeischen Löwen erlegt hatte. Nachdem die Pfeile des Helden harmlos von der undurchdringlichen Haut des Tiers abgeprallt waren, hatte Herkules einen Pfeil auf die einzige Schwachstelle abgefeuert: das Maul.

Eine Schwachstelle, die auch Furcht aufwies.

Vermutlich hatte es sich beim Nemeischen Löwen in der Legende in Wirklichkeit um einen Krieger wie Furcht in einer ähnlichen Rüstung gehandelt.

Mit der Erkenntnis drängte Jack vorwärts und verdrehte Furchts Unterarmschutz mit der Armbrust so, dass die Waffe nach oben wies. Dann feuerte Jack sie in den Spalt zwischen dem Helm und der Kehle des Kriegers auf die ungeschützte Haut unter dem Mundbereich ab.

Der Pfeil bohrte sich tief ins Gehirn von Furcht, der auf der Stelle tot erschlaffte.

Während das Wasser den sinkenden Truck füllte, griff sich Jack den Helm des Toten, setzte ihn auf und biss auf das innenliegende Mundstück, als ihn das hereinströmende Wasser vollständig verschlang.

Dann wartete er, bis die Feinde oben ihn für tot hielten und den Zirkus verlassen hatten. In der Zwischenzeit entledigte er Furchts Leiche der Körperpanzerung und Stiefel und zog sie selbst an.

Auch dazu inspirierte ihn seine klassische Bildung.

Nachdem Herkules den Nemeischen Löwen erschlagen hatte, benutzte er dessen Krallen, um ihm das Fell und den Kopf abzutrennen. Danach hatte er die undurchdringliche Haut als eigene Körperpanzerung bei den weiteren Aufgaben verwendet.

Jack durchschaute die Symbolik der Spiele immer mehr. Er musste nicht nur vollbringen, was Herkules vollbracht hatte, er musste es auch auf dieselbe Weise wie der Held der Antike schaffen.

Nachdem einige Minuten verstrichen waren, entschied er, dass es sicher genug war, aufzutauchen, und er schwamm nach oben.

Jack stand auf der verlassenen Rennstrecke und trug mittlerweile Furchts weiße Kampfmontur über der Jeans und dem T-Shirt.

An einem Unterarm hatte er Furchts Armbrust, mit der anderen Hand hielt er einen Raketenwerfer und mehrere Geschosse.

Er warf den weißen Löwenhelm zu Boden und setzte den eigenen Feuerwehrhelm wieder auf.

Mit einem finsteren Blick zum königlichen Balkon hinauf brüllte er: »Hades! Ich weiß Bescheid! Über die Aufgaben! Deshalb weiß ich jetzt, was ich zu tun habe!«

Die versammelten königlichen Zuschauer flüsterten fassungslos. Kämpfer wagten es nicht, Hades auf diese Weise anzusprechen. Alle hatten noch frisch in Erinnerung, was mit dem taiwanesischen Soldaten passiert war, der sich zu Beginn der Spiele aufgelehnt hatte.

Vacheron, mittlerweile auf den Balkon zurückgekehrt, wandte sich an Hades und hielt die Fernbedienung hoch. »Soll ich diese Unverschämtheit bestrafen, Herr?«

Hades schüttelte den Kopf. »Himmel, nein. Das ist keine Unverschämtheit. Das ist Mut.«

Er rief zu Jack zurück. »Freut mich zu hören, dass du weißt, was du zu tun hast, Recke! Erweise uns Ehre und tu es auch!«

Unten auf der Rennstrecke wirbelte Jack herum und hielt Ausschau nach einem Auto oder Truck, dessen er sich bemächtigen könnte.

Alle Fahrzeuge waren verschwunden, bis auf eines: der verunfallte Taifun, der sich vorhin überschlagen und seine gesamte Mannschaft aus Minotauren von sich geschleudert hatte.

Verbeult und staubig stand er etwa 50 Meter von Jack entfernt. Er eilte hinüber, sprang auf den Fahrersitz und betätigte die Zündung.

Nichts geschah.

Als er es erneut versuchte, nahm er nur ein mattes Röcheln aus dem Motorraum wahr.

Trotz der Entfernung hörte er, wie auf dem Zuschauerbalkon über ihn gelacht wurde.

Dann bretterte ein LSV aus dem Tunnel in der Kraterwand. Jack hob kampfbereit die Waffen und versteifte den Körper.

Erst dann erkannte er den Fahrer des LSV.

Sky Monster.

Der große Neuseeländer brachte den kleinen Wagen schlitternd neben Jack zum Stehen. E hatte auf dem Rücksitz ein albernes Neandertalergrinsen aufgesetzt.

»Mitfahrgelegenheit gefällig?«, fragte Sky Monster. »Wir waren schon ein Stück im Tunnel, da ist mir aufgegangen, dass es nichts bringt, wenn wir das Rennen beenden. Es zählt nur dann, wenn *du* es beendest.«

Jack sprang in das LSV.

»Danke, Kumpel. Lass uns ordentlich Schaden anrichten.«

Die Hinterräder des LSV spritzten Dreck auf, als das kleine Auto aus der Arena in den Tunnel raste, der zum nächsten Streckenabschnitt führte.

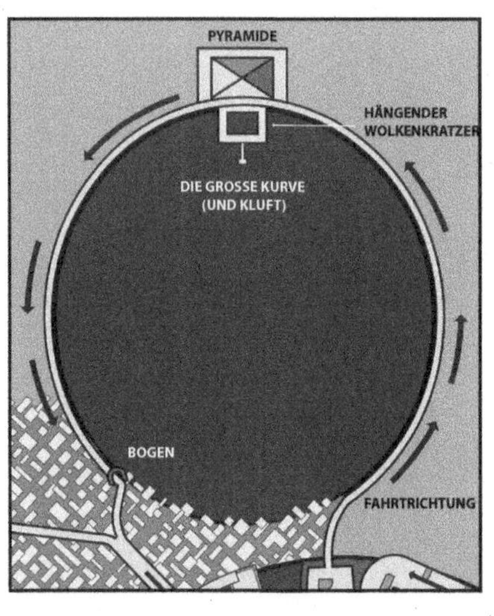

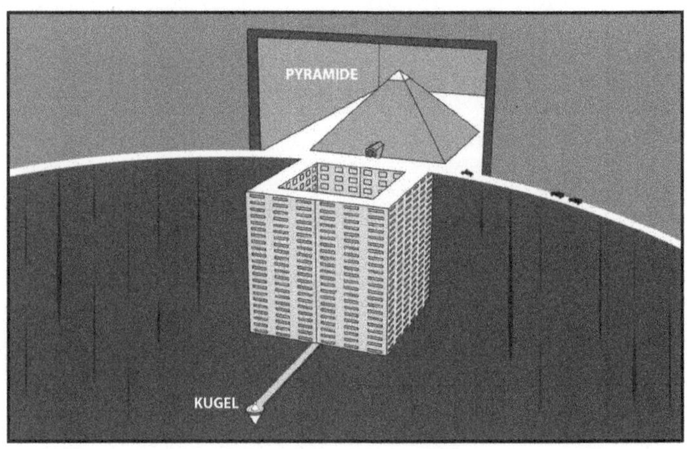

DIE GROSSE KURVE

DIE GROSSE KURVE

Bei der Vorstellung dieser Herausforderung hatte Vacheron etwas erwähnt, das er »große Kurve« genannt hatte. Mittlerweile wusste Jack, warum sie die Bezeichnung »groß« verdiente.

Nach dem Verlassen der Arena schossen Sky Monster und er durch einen kurzen Tunnel mit Steinmauern.

Die rechteckige Form erinnerte an einen Bergwerksstollen, gerade breit genug für zwei Fahrzeuge nebeneinander. Die Wände, der Boden und die Decke bestanden aus massivem Stein. Ohne Spalten oder Vertiefungen darin.

Dann verschwand abrupt die linke Wand des dunklen Tunnels, der sich mit nur noch drei Begrenzungen fortsetzte: Boden, Decke und rechte Wand.

Zu ihrer Linken klaffte ein gewaltiger Abgrund.

Auf der Seite gab es weder eine Leitplanke noch einen Zaun. Die Fahrbahn endete einfach an einer scharfen Kante. Der Abgrund schien ewig tief zu reichen.

Flutlichter erhellten den riesigen unterirdischen Raum.

Und was für ein Raum es war.

Jack erkannte, dass die einem Felsvorsprung ähnelnde Straße in einer langen Kurve den gigantischen Abgrund umrundete. Im Wesentlichen eine extrem lange Biegung – die große Kurve.

Weit vorn sichtete er die fünf Autos der anderen Kämpfer, die fünf Taifun und den verbliebenen Spartan, die einander bekriegend über die Strecke rasten und vor der kolossalen Landschaft winzig wirkten.

Verglich man die große, runde Kurve mit einem Ziffernblatt, war Jack etwa auf fünf Uhr in sie gelangt. Auf der gegenüberliegenden Seite des Abgrunds auf ungefähr sieben Uhr sah er eine Ausfahrt. Die anderen Kämpfer befanden sich auf ein Uhr. Zur Ausfahrt musste man gegen den Uhrzeigersinn um den Abgrund und dabei das auf zwölf Uhr befindliche Herzstück der Höhle passieren.

Und das Herzstück konnte man nur schlicht und ergreifend als überwältigend bezeichnen.

Eine riesige, locker 60 Meter hohe Pyramide ragte in einer kastenförmigen Ausnehmung der Höhlenwand auf.

Davor hing in den schwindelerregenden Abgrund eine gebäudegroße Steinkonstruktion.

Der Anblick erinnerte an einen an die Wand des Abgrunds gepappten Wolkenkratzer aus New York, nur statt nach oben erstreckte sich das Bauwerk über vielleicht 20 bis 30 Etagen in die Tiefe. An den Flanken des hängenden Gebäudes zeichneten sich etliche horizontale Vertiefungen ab, jede so groß wie ein geräumiger Sarg. Durch die Mitte der Konstruktion schien ein Schacht zu verlaufen, dessen Wände ebenfalls vor Nischen strotzten.

Vom tiefsten Punkt des nach unten ragenden Wolkenkratzers erstreckte sich eine durch die Entfernung winzige Halbbrücke über den Abgrund. An ihrer Spitze ruhte auf einem Podest eine goldene Kugel.

»Vollgas, Monster!«, rief Jack.

Vor Jack und Sky Monster kämpfte Scarecrow konzentriert darum, vor einem mit Minotauren beladenen Taifun zu bleiben, ohne dabei über den Fahrbahnrand zu kippen.

Plötzlich sprang ein Minotaurus auf die Motorhaube des unmittelbar hinter ihm rasenden Taifun, nahm drei hüpfende Schritte Anlauf und hechtete wie ein Wahnsinniger zum Heck von Scarecrows LSV.

Mother packte den Mistkerl an den Hörnern seines Helms und schleuderte ihn von ihrem dahinbretternden Fahrzeug in den Abgrund. Die kleine Gestalt stürzte eine gefühlte Ewigkeit in die Dunkelheit und stieß während des gesamten Wegs nach unten einen schrillen Schrei aus.

Weiter vorn lag der Navy SEAL DeShawn Monroe in Führung. Sein LSV raste gerade von der auf drei Seiten begrenzten Fahrbahn in den Bereich, der die Pyramide und den hängenden Wolkenkratzer beherbergte.

Er schwenkte das Auto auf das Dach des Gebäudes, sprang hinaus und überließ seinem SEAL-Kameraden das Steuer.

Monroe selbst kletterte an sprossenähnlichen Griffen in der Fassade des Wolkenkratzers hinunter. Die Griffe verliefen in einer vertikalen Linie zwischen den unzähligen sarggroßen Vertiefungen und führten hinunter zur Plattform mit der Kugel.

Monroe konzentrierte sich so sehr auf seine Aufgabe, dass er nicht in die regalartigen horizontalen Nischen schaute.

Unten angekommen rannte er prompt auf die lange Halbbrücke hinaus, schnappte sich die Kugel, kehrte um und kletterte wieder hoch.

Er erreichte die Oberkante des Wolkenkratzers, rannte zurück zu seinem Partner im LSV …

… und ein Armbrustbolzen schlug in Monroes Stirn ein, abgefeuert von Gregory Brigham aus seinem gerade eintreffenden Auto. Die für den Schuss benutzte Armbrust hatte er einem Minotaurus abgenommen.

Monroe sackte tot zu Boden, die Kugel noch in der Hand.

Sein Partner wirbelte herum und hielt Ausschau nach der Quelle des Pfeils. Sein Lohn bestand in einem eigenen Geschoss mitten ins Gesicht, abgefeuert von einem von Brighams Partnern. Die Wucht des Treffers riss den Navy SEAL auf dem Sitz zurück, während Blut aus seinem Gesicht spritzte.

Brighams LSV kam schlitternd neben Monroes Leiche zum Stehen. Der Brite bückte sich und hob die Kugel auf.

Dann bretterte er weg von der Pyramide und dem in die Tiefe ragenden Wolkenkratzer und trat die Rückfahrt auf der anderen Seite der großen Kurve an.

Jack beobachtete das Geschehen aus seinem eigenen, weit zurückliegenden Auto.

Ihm fielen Brighams Worte beim Essen ein. Falls der Brite die Herausforderung gewänne, wollte er seine Belohnung dafür verwenden, Jack töten zu lassen.

»Monster«, sagte er. »Wir müssen uns den Arsch schnappen. Zeit, die Straße zu räumen.«

Jack raste mit halsbrecherischer Geschwindigkeit die erste Hälfte der großen Kurve entlang und holte zum letzten Taifun auf.

Als Sky Monster sie näher heranbrachte, stand Jack auf, hievte sich den gestohlenen Raketenwerfer auf die Schulter und feuerte ihn ab.

Die Panzerfaust raste mit einer schnurgeraden Rauchfahne davon, bevor sie in die Hinterachse des Taifun einschlug und detonierte.

Das Heck des Trucks hob von der Fahrbahn ab, bevor es ausbrach und schlingerte … bis einer der äußeren Reifen über den Rand kippte und der gesamte Truck in den Abgrund stürzte. Das Fahrzeug fiel in die Leere und nahm seine Besatzung aus Minotauren mit in die Tiefe.

Auf dem königlichen Balkon verfolgte das Publikum das Wettrennen indes auf großen Plasmabildschirmen.

Alle starrten wie gebannt auf die Monitore.

Niemand bemerkte, wie Lily neben Vacheron trat, dessen Aufmerksamkeit ebenfalls den Bildschirmen galt.

Ebenso wenig bekam jemand mit, wie sie die Hand in eine der Taschen seines Gewands steckte und die Fernbedienung herausfischte.

Mittlerweile fanden praktisch zwei Rennen statt.

Eine Gruppe von Wettstreitern befand sich vorn. Angeführt wurde sie von Gregory Brigham, der mit der Kugel in seinem Besitz die Fahrbahn auf der anderen Seite des Abgrunds entlangraste.

Dicht hinter ihm folgten der Mann von der Delta Force namens Jeff Edwards und Scarecrow. Ihnen wiederum saßen Hydra in seinem Spartan und zwei Taifun voller Minotauren im Nacken.

Die zweite Fahrzeuggruppe passierte gerade die Pyramide und den hängenden Wolkenkratzer.

In ihr befand sich neben zwei weiteren Taifun ein anderer Kämpfer, ein tibetischer Prinz namens Renzin Depon, Bruder des toten Wettstreiters Tenzin. Und das abgeschlagene Schlusslicht bildeten Jack, Sky Monster und E-147.

Als sie auf Höhe der Pyramide gelangten, heftete Jack den Blick auf den hintersten Taifun.

Mehrere Minotauren im offenen Truppenraum feuerten mit langläufigen Scharfschützengewehren auf die flüchtenden LSV vor ihnen.

»Genau das brauche ich«, sagte Jack, lud den Raketenwerfer nach, hob ihn sich auf die Schulter und feuerte ihn auf den Taifun ab.

Der Schuss traf den rechten Hinterreifen des Trucks und schleuderte ihn die schräge Flanke der Pyramide hinauf, wo er auf die Seite kippte, die Minotauren ausspie und qualmend zum Fuß des Bauwerks zurückschlitterte.

Sky Monster brachte ihr LSV neben dem gecrashten Fahrzeug zum Stehen. Jack und E-147 sprangen hinaus und schnappten sich zwei der aus dem Wrack gefallenen

Scharfschützengewehre. Mehrere benommene Minotauren griffen sie an, die Jack jedoch kurzerhand durch schnelle Hiebe mit dem Kolben seines eben erworbenen Gewehrs außer Gefecht setzte.

Kaum waren E-147 und er wieder ins LSV gesprungen, bretterte Sky Monster erneut los. Jack schaute zurück und betrachtete den imposanten hängenden Wolkenkratzer.

Dabei bemerkte er die unzähligen regalartigen Vertiefungen sowohl an den Außenflanken als auch entlang des hohlen Kerns.

Er kniff die Augen zusammen.

In jeder der Vertiefungen befanden sich Gegenstände.

Jede rechteckige Nische enthielt einen Sarkophag. Alle schienen aus glänzendem Silber zu bestehen. Die Oberflächen wiesen Darstellungen von Männern mit den Köpfen langschnäbliger Vögel auf. Die krummen Schnäbel erinnerten an die von Ibissen.

Halb Mensch, halb Ibis, ging es Jack durch den Kopf. *Ein Vogelmann. Gleichzeitig die verbreitete Darstellung des altägyptischen Gottes der Weisheit namens Thot.*

Und er wusste alles über Thot.

Das Wort des Thot war die alte Sprache, die nur Orakel von Siwa wie Lily lesen konnten. Diese Sprache hatte im Mittelpunkt seiner Abenteuer der letzten 20 Jahre gestanden, vom goldenen Schlussstein der großen Pyramide von Giseh bis hin zu den sechs heiligen Steinen und der Prophezeiung über die fünf großen Krieger.

Am vielleicht wichtigsten dabei war der Umstand, dass die alten Ägypter behaupteten, Thot selbst sei ein geheimnisvoller Besucher gewesen, der ihnen fortschrittliches Wissen und Weisheit gebracht habe.

Der Kreis schließt sich, dachte Jack.

Eindringlich betrachtete er die unzähligen Särge in ihren rechteckigen Nischen.

Es mussten Hunderte sein.

Aber was enthielten sie?

Jack blieb keine Zeit, darüber zu grübeln. Er musste Brigham einholen, bevor der Brite die Herausforderung gewinnen und Jack zum Tod verurteilen konnte. Wenn er die Spiele überlebte, konnte er später zurückkommen, dachte er sich.

Jack schaute über den breiten Abgrund und sah, wie Brighams LSV in der Gegenkurve mit großem Vorsprung den anderen Wagen auf und davon fuhr. Der britische Major stand kurz davor, einen Torbogen zu erreichen, der das Ende der rückläufigen Kurve kennzeichnete: die Ausfahrt.

»E!«, rief Jack. »Wohin führt der Tunnel?«

»Zu Minotaurenstadt«, antwortete E-147. »Minotaurenstadt ist letzte Abschnitt von Strecke.«

»Sky Monster!«, brüllte Jack. »Wenn der britische Arsch die Herausforderung gewinnt, sind wir alle tot. Wir müssen ihn aufhalten. Bleib stehen.«

Sky Monster bremste den Wagen am Anfang der Gegenkurve ab.

Jack legte mit dem Scharfschützengewehr an und stützte dessen Lauf auf einer der Streben des LSV.

Er bekam Brighams dahinrasendes Auto ins Fadenkreuz des Zielfernrohrs.

In wenigen Sekunden würde der Brite den Torbogen erreichen und im Tunnel dahinter verschwinden.

Mit zusammengekniffenem Auge spähte Jack durch die Visiervorrichtung und drückte behutsam den Abzug.

Peng!

Funken sprühten hinter Brighams rasendem LSV vom Boden auf. Daneben.

Jack lud eine weitere Patrone ins Lager. Wieder zielte er. Und kurz bevor Brighams Auto den Torbogen am anderen Ende der Kurve erreichte, schoss er.

Brighams LSV raste auf den Torbogen zu … das Scharfschützengeschoss zerfetzte den linken Hinterreifen … und das Fahrzeug brach wild aus, prallte gegen den Bogen, schlitterte hindurch und kam kreischend um 180 Grad gedreht zum Stehen.

Jack klopfte Sky Monster auf den Rücken. »Das dürfte ihn kurz aufhalten. Los! Los! Los!«

Sky Monster jagte das LSV mit Vollgas um die lang gezogene Gegenkurve. Immer noch war die Fahrbahn aus Stein schmal und der tiefe Abgrund links befand sich nur allzu nahe.

Mittlerweile hatten sie unmittelbar vor sich einen Taifun und das Auto von Renzin Depon. Scarecrow, Edwards, Hydra und die beiden anderen Taifun hatten deutlichen Vorsprung und würden demnächst durch den Torbogen brettern.

»Schwenk direkt hinter den Truck«, sagte Jack.

Sky Monster kam der Aufforderung nach und steuerte ihr dahinrasendes Fahrzeug dicht zur hinteren Stoßstange des Taifun.

Die drei Minotauren im Truppenraum konzentrierten sich so auf die Verfolgungsjagd vor ihnen, dass keiner bemerkte, wie Jack auf die Motorhaube seines LSV kroch und nach vorn auf die Heckklappe ihres Taifun sprang.

Von dort hangelte er sich die linke Seite entlang und baumelte dabei hoch über dem unergründlichen Abgrund.

Schließlich zog er sich hoch, überrumpelte zwei der Minotauren im Truppenraum und schleuderte sie in den Abgrund.

Ein dritter geschockter Minotaurus hielt einen Raketenwerfer. Bevor er reagieren konnte, packte Jack die Waffe am Lauf und benutzte sie, um auch diesen Minotaurus aus dem Truppenraum zu befördern. Dann kletterte er vollständig hinein, schlich nach vorn zur Fahrerkabine und feuerte den Raketenwerfer durch die Windschutzscheibe ab.

Nachdem das Geschoss das Glas zertrümmert hatte, schoss es knapp über Renzins LSV hinweg, traf den Taifun vor ihm und sprengte dessen hintere Hälfte in Stücke.

Der große Truck brach nach links aus, stürzte mit der Front voraus über die Kante und verschwand im tiefen Nichts.

Jack stieg in die Kabine seines Taifun zu dem völlig perplexen Minotaurus, der das Fahrzeug steuerte. Mit einem Tritt beförderte Jack ihn zur Tür hinaus und in den Tod, bevor er sich selbst hinters Steuer klemmte.

Er hielt an und wartete, bis Sky Monster und E zu ihm aufgeschlossen hatten und eingestiegen waren.

»Das gefällt mir schon besser«, meinte Sky Monster, löste Jack am Steuer ab und gab Gas.

Der große Lastwagen schoss hinter den anderen Fahrzeugen her.

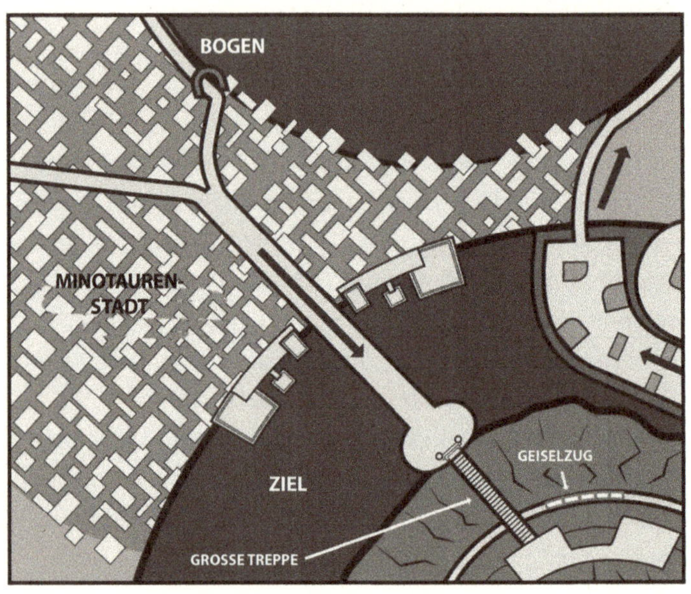

Weiter vorn steckte Scarecrow mitten in seinem eigenen Drama.

Jacks Fernschuss auf Brighams LSV hatte nicht nur den britischen Major aufgehalten.

Er hatte eine Kettenreaktion ausgelöst, die fast alle Fahrzeuge des Konvois betraf.

Als der Schuss Brighams Hinterreifen zerfetzt hatte, war sein Auto durch den Torbogen geschlittert und verkehrt herum zum Stehen gekommen.

Der Wagen unmittelbar hinter Brigham – der von Edwards – vollführte einen Schlenker, um dem plötzlichen Hindernis auszuweichen. Allerdings streifte er dabei Brighams Räder, prallte nach rechts ab, überschlug sich und kam schlitternd auf dem Dach zum Stillstand.

Als Nächster folgte Scarecrow.

Auch er schwenkte bei der Einfahrt durch den Torbogen nach rechts, schaffte es knapp an sowohl Brighams als auch Edwards' Wagen vorbei und bolzte hinaus in einen größeren Raum.

Als er flüchtig zurückspähte, sah er, wie Brigham mit der goldenen Kugel in einer Hand heraussprang und seine beiden Partner im stehenden Auto zurückließ – den Bruchteil einer Sekunde bevor Hydras allradgetriebener Spartan über das stehende LSV hinwegpflügte und sowohl das kleine Fahrzeug als auch die Männer darin zermalmte!

Eine Sekunde später krachte ein Taifun in die Überreste von Brighams LSV. Die beiden Fahrzeuge verkeilten sich ineinander und schlitterten wie eine Einheit am verdatterten Gregory Brigham vorbei, bevor sie gegen eine Wand prallten.

Als die restlichen Wagen die Unfallstelle passierten, nahm Scarecrow die neue Umgebung um sich herum in Augenschein.

Vor ihm erstreckte sich eine heruntergekommene Stadt in einer gewaltigen Höhle mit hoher Decke. Es sah aus wie in einem riesigen Elendsviertel, ein weitläufiges Gewirr potthässlicher Hütten und Verschläge verschiedenster Formen und Größen, alle aus rostigem Metall oder Wellblech.

Die Stadt der Minotauren, erkannte Scarecrow.

Sie erinnerte ihn an die Townships von Johannesburg oder Flüchtlingsslums in Kenia. Eine Metropole für Kreaturen, die von ihren Herren als der Annehmlichkeiten des Lebens unwürdig betrachtet wurden, eine verwahrloste Zuflucht für die verdammten Fronarbeiter der Hölle.

Tausende Minotauren saßen auf Dächern, Balkonen

und jedem sonstigen hohen Aussichtspunkt und warteten gespannt darauf, dass die Wettstreiter von der großen Kurve auftauchten.

Scarecrow stellte fest, dass sie ihre Helme nicht trugen und man ihre behaarten Neandertalergesichter sehen konnte. Er hatte vergessen, dass sie eigentlich – gewissermaßen – Menschen verkörperten, mit Gesichtern, Freunden und sogar Momenten der Freude. Dieses Rennen schien einen Höhepunkt in ihrem sonst so harten, tristen Dasein darzustellen.

Die Straße, auf der sich Scarecrow und die anderen befanden, setzte sich über der Stadt als autobahnähnliche Betonbrücke fort und verlief kurvig zwischen den höheren Gebäuden der unterirdischen Metropole.

Am anderen Ende der erhöhten Fahrbahn ragte eine riesige, dickwandige Burg mit einem mächtigen mittelalterlichen Tor in der Mitte auf. Dahinter konnte Scarecrow den Fuß von Hades' Bergpalast ausmachen.

Weitere Autos schossen durch den Torbogen: das LSV des Tibeters Renzin Depon und … zuletzt ein schwarzer Taifun.

Brigham stand noch auf der Fahrbahn, schaute hin und her und schien zu überlegen, wie er weiter vorgehen sollte, ohne umgebracht zu werden.

Der Taifun bretterte gefährlich nahe an ihm vorbei. Scarecrows Augen weiteten sich vor Überraschung, als er beobachtete, wie sich eine Gestalt auf der Beifahrerseite aus dem Fahrzeug lehnte und Brigham geschickt die goldene Kugel aus den Händen riss.

Jack West!

»Ich hab dir ja gesagt, dass er ein entschlossener Teufelskerl ist«, merkte Mother an.

Dann jedoch bremste Jacks Taifun zu Scarecrows noch größerer Überraschung unmittelbar neben seinem Auto ab.

»Scarecrow!«, rief Jack. »Fang.«

Er warf Scarecrow die goldene Kugel zu, der sie wie einen Fußball auffing. Ungläubig schaute er zu Jack auf.

»Was soll das werden?«, fragte Scarecrow.

»Wir haben nicht viel Zeit, deshalb die Kurzfassung. Hades wird nach dieser Herausforderung alle Geiseln hinrichten lassen. Aber es gibt einen Ausgang von hier durch die Minotaurenstadt, so was wie 'nen Versorgungstunnel zu einem Dock im Westen. So wie ich das sehe, ist das unsere einzige Chance, unsere Freunde und Geiseln hier rauszuschaffen. Wenn du willst, dass deine Leute das hier überleben, dann schick sie jetzt rüber zu meinem Truck. Und du musst für mich diese Herausforderung und die Spiele gewinnen, während ich unsere anderen Geiseln rauspauke.«

»Die werden dich umbringen«, argumentierte Scarecrow. »Sobald sie dich flüchten sehen, jagen sie die Sprengladung in deinem Nacken hoch.«

»Dafür hab ich – hoffentlich – vorgesorgt, zumindest vorübergehend«, erwiderte Jack. »Vorerst will ich nur unsere Geiseln befreien.«

Scarecrow drehte sich Mother und Astro zu. Nachdenklich biss er sich auf die Unterlippe.

»Geht«, sagte er zu ihnen. »Geh mit ihm.«

Mother setzte zu einem Protest an. »Jetzt warte doch mal kurz …«

»Nein«, schnitt Scarecrow ihr das Wort ab. »Er hat recht. Wenn ich ohnehin allein weitermachen muss, will ich nicht zusehen müssen, wie ihr hingerichtet werdet. Da ist mir lieber, ihr bekommt wenigstens eine Chance, zu überleben. Geht und helft ihm.«

Mit mürrischer Miene sprang Mother aus dem LSV und stieg mit Astro an der Seite in Jacks Taifun.

»Ich hoffe, du hast recht, Huntsman«, raunte sie Jack zu. »Okay. Wohin?«

Jacks Blick wurde konzentriert und entschlossen. »Zurück zu Hades' Berg. Wir eskortieren euren Mann ins Ziel, danach holen wir unsere Leute raus.«

Zwei Fahrzeuge schossen über die erhöhte Straße, die über der weitläufigen Minotaurenstadt verlief: Scarecrows LSV und der von Jack erbeutete Taifun.

Nicht weit dahinter rasten die Verfolgungsfahrzeuge und das LSV des zutiefst verwirrten Renzin Depon. Sowohl Brigham als auch Edwards waren mit verunfallten, umgekippten Autos ausgeschieden.

Die Straße verlief etwa neun Meter über dem Boden, ungefähr auf Höhe der Oberkanten der Behausungen der Stadt. Die auf den Dächern versammelten Neandertaler jubelten, als die Fahrzeuge an ihnen vorbeibolzten.

Unter ihnen befand sich der König der Minotauren, der das Geschehen nachdenklich beobachtete.

Jack spähte auf dem Beifahrersitz seines Taifun nach vorn.

Im Zentrum der Stadt gabelte sich die erhöhte Straße: Eine Verzweigung führte nach links zurück zum Hauptkrater und zu Hades' Bergpalast, die andere verlief nach rechts in Richtung Westen.

Als sie die Stelle passierten und die Route zurück zum Palast einschlugen, starrte Jack die westliche Straße entlang. Sie verschwand in einem modern wirkenden Tunnel in der Felswand der Höhle.

»E, führt die Straße zum Dock im Westen?«

»Ja«, bestätigte E-147. »Zu Versorgungsdock.«

Jack drehte sich zu Mother um, die hinten in der Fahrerkabine des Trucks saß. »Da fahren wir hin, sobald wir die Geiseln geholt haben.«

Nachdem sie sich an der Gabelung links gehalten hatten, rasten sie den Zielabschnitt entlang und Jack bot sich ein imposanter Anblick: Das letzte Stück erstreckte sich kerzengerade vor ihm und endete an Hades' mächtigem Bergpalast.

Natürlich wusste er, dass man die Straße so gebaut hatte, damit Hades und seine königlichen Gäste die letzten Kilometer vom Palast aus beobachten konnten, aber er dachte nicht weiter darüber nach.

Die Straße spannte sich durch die Minotaurenstadt, bevor sie durch das Burgtor in den Hauptkrater und zu einer gewaltigen Treppe führte. Die Stufen verbanden den Fuß des Bergs mit einem Aussichtsbalkon, auf dem Hades und die Könige warteten.

»Schneller, Monster!«, brüllte Jack.

Die beiden Fahrzeuge rasten das letzte Stück hinunter und setzten sich von ihren Verfolgern ab.

Sie bretterten durch das Tor in den offenen Bereich des Hauptkraters und erreichten einen breiten Bereich zum Wenden am Fuß der kolossalen Treppe, die den Berg hinaufführte.

»Los!«, rief Jack zu Scarecrow, als die beiden Fahrzeuge gleichzeitig schlitternd am Beginn der Stufen zum Stehen kamen.

Mit einem Nicken und der goldenen Kugel in der Armbeuge setzte sich Scarecrow die Treppe hinauf in Bewegung.

Hades beobachtete das Geschehen vom Balkon am Kopf der mächtigen Treppe mit verwirrter Miene.

Er sah, wie Scarecrow mit der Kugel die Stufen herauflief. Das war zu erwarten gewesen.

Aber der fünfte Krieger, West, folgte ihm nicht. Stattdessen blieb er in der Fahrerkabine des Trucks, was seltsam anmutete.

»Monsieur Vacheron«, sagte Hades. »Was macht der fünfte Krieger da?«

Vacheron blickte zu Jack hinab und runzelte ebenfalls die Stirn.

Auch Alby beobachtete Jack von seinem Geiselwagen aus.

»Was hast du vor, Jack?«, flüsterte er.

Am Fuße der riesigen Treppe wartete Jack darauf, dass Scarecrow eine bestimmte Stelle der Stufen erreichte.

»Komm schon, Scarecrow, beeil dich …«, murmelte er vor sich hin.

Die Treppe querte die Bahngleise, auf denen die Geiselwagen standen. Jack konnte erst tun, was er musste, wenn Scarecrow daran vorbei wäre.

Um ihn herum trafen Fahrzeuge ein: erst das Auto des letzten verbliebenen Kämpfers, dann die verbeulten, beschädigten Verfolgerwagen von Hydra und den Minotauren.

Dann passierte Scarecrow auf der großen Treppe endlich die Geiselwagen, und Jack schritt zur Tat.

Mit dem Raketenwerfer bereits auf der Schulter sprang er aus der Fahrerkabine des Taifun, zielte auf den Bergpalast …

… und schoss.

Oben auf dem königlichen Balkon wurden Hades' Augen groß. Neben ihm klappte vor Entsetzen Vacherons Mund auf.

Als er nach seiner tödlichen Fernbedienung tastete, fand er seine Tasche leer vor. »Was zum …«, stieß er hervor.

Die Panzerfaust schoss aus Jacks Raketenwerfer nach oben und zog dabei eine Rauchfahne hinter sich her.

Allerdings steuerte sie nicht wie von Hades und Vacheron befürchtet den Aussichtsbalkon an, sondern die Bahngleise direkt unter dem ersten Geiselwagen.

Das Geschoss traf sein Ziel und explodierte.

Steine und Geröll prasselten den Berg herab …

… und plötzlich gab es die Schienen unter dem ersten Geiselwagen nicht mehr. An der Stelle klaffte eine Leere.

Und der kleine Zug begann hineinzurollen.

Als sich Albys Geiselwagen langsam in Bewegung setzte, sah er die Zukunft vor sich und fand sie gar nicht gut.

»O Gott«, entfuhr es ihm.

Mit einem Arm nahm er die beiden Hunde hoch, mit dem anderen klammerte er sich an den Gitterstäben des träge rollenden Wagens fest.

Es würde gleich sehr ungemütlich werden.

Als der Geiselzug vorwärts in das neu entstandene Loch rollte, gab es für ihn nur einen Weg: nach unten.

Der erste Wagen kippte in das Loch, fiel von den Gleisen … und riss den restlichen Zug mit!

Der gesamte vierteilige Tross verließ die Schienen und holperte in schrägem Winkel den felsigen Abhang hinab.

Die Wagen rumpelte über Felsvorsprünge und prallten von Gesteinsbrocken ab, während sie den Hang mit entsetzlichem Lärm hinunterdonnerten – eine Mischung aus ächzendem Eisen und knirschendem Stein.

Im Zug wurden Alby und die Hunde wie Stoffpuppen herumgeschleudert.

Die schweren, mit Eisenstäben vergitterten Wagen rasten in Schrägfahrt volle 100 Meter in die Tiefe, bevor sie wuchtig gegen die Treppe knallten, die Scarecrow hochgelaufen war.

Der Zug riss einen Brocken aus den breiten Stufen, als er davon zurückprallte. Durch die Ablenkung geriet er auf eine geradere Linie und donnerte in rasender Fahrt die unteren Gefilde des Bergs hinab.

Krachend und knirschend pflügte er durch Ausbisse und zersprengte sie zu Staub, bevor er am Fuß der Treppe auf den ebenen Wendebereich bretterte. Auf den flachen Beton dort prallte er so heftig, dass er einen tiefen Graben hineinriss, bevor er unter Quietschen und Kreischen von misshandeltem Metall in einer wild wallenden Staubwolke zum Stehen kam.

Der völlig verbeulte, halb auf die Seite gekippte Zug mutete wie etwas aus einem Katastrophenfilm an.

»Leck mich am Arsch«, entfuhr es Mother. Sie wandte sich an Jack. »Ich glaub, wir zwei werden prima miteinander auskommen.«

»Holt euren Mann«, gab Jack zurück und rannte selbst los zu Albys Wagen. »Ich hole meinen.«

»Was ist mit den Geiseln der anderen Kämpfer?«, fragte Mother.

Jack verzog gequält das Gesicht. »Wir können nicht alle retten. Außerdem haben sie gewusst, worauf sie sich einlassen, als sie hergekommen sind. Unsere Leute nicht. Beeil dich, wir müssen hier weg!«

Alby lag eingerollt auf dem Rücken in seinem umgekippten Wagen und hielt die beiden Hunde immer noch schützend fest. Steinstaub bedeckte alle drei. Roxy leckte winselnd Albys Gesicht.

Die mit Eisenstäben vergitterte Tür ihres Käfigs war durch den heftigen Aufprall aufgesprungen. Dahinter konnte Alby nichts sehen.

Die Staubwolke wirkte wie ein grauer, undurchdringlicher Nebel um den gesamten verunglückten Zug herum.

Plötzlich tauchte daraus eine Gestalt auf, beugte sich zu Alby herab und zog ihn auf die Beine.

Jack.

»Komm mit, Junge. Höchste Zeit, Land zu gewinnen.«

Andere reagierten unterschiedlich.

Vom königlichen Balkon aus konnte man am Fuß der Stufen nur eine gewaltige, wirbelnde Staubwolke sehen. Sie hatte die gesamte untere Hälfte der Treppe sowie sämtliche Fahrzeuge dort unten erfasst.

Niemand konnte etwas erkennen.

Lily beobachtete die Ereignisse von einer Ecke des Balkons. Während die Aufmerksamkeit aller der verheerenden Szene unten galt, entnahm sie heimlich die Batterie aus Vacherons Fernbedienung und warf das Gerät vom Balkon.

Die königlichen Zuschauer tuschelten gedämpft, einige aufgeregt, andere erschrocken. Viele warfen bange Blicke zu Hades.

Der Herrscher der Unterwelt starrte nur teilnahmslos auf die Staubwolke hinab.

»Monsieur Vacheron, ich gehe davon aus, dass Sie eine Antwort dafür haben«, sagte er schließlich.

Vacheron sprach schnell, aber mit fester Stimme in ein Funkgerät. Er nickte seinem Herrn zu. »Ja, Herr. Gewiss, Herr. Ich bitte um Entschuldigung. Das ist höchst bedauerlich. Ich kann mir nicht vorstellen, was er vorhat.«

Hades löste den Blick nicht von der Staubwolke.

»Ich schon. Er versucht, seine Freunde zu retten.«

Jack verfrachtete Alby und die beiden Hunde hinten in den Taifun. Gleichzeitig kehrten Mother und Astro mit Tomahawk zurück, dem vierten Marine.

Jack kletterte in die Fahrerkabine des Trucks. »Sky Monster, los! Schaff uns hier weg!«

Der Neuseeländer gab Gas, und der Taifun brauste los, weg vom Bergpalast und zurück in Richtung der Minotaurenstadt.

Von der Staubwolke verwirrt und mit Vacherons Stimme in seinem Helm nahm Hydra in seinem Spartan die Verfolgung auf, allerdings hatte Jack einen Vorsprung von etwa 100 Metern.

Beobachtet von den verdatterten Neandertalern auf ihren Dächern schoss Jacks Taifun die erhöhte Straße der Minotaurenstadt entlang in die vermeintlich falsche Richtung. Als der Truck die Gabelung erreichte, bog er nach links in Richtung Westen ab.

Er bretterte in den Tunnel am Ende der Straße. Plötzlich raste er durch Dunkelheit, erhellt einzig von den Strahlen seiner Scheinwerfer.

Der Tunnel ließ sich überhaupt nicht mit den gepflegten, reich verzierten Straßen der fünften Herausforderung vergleichen.

Er erwies sich als schlicht und zweckmäßig, bestand ausschließlich aus Beton und grob behauenen Steinmauern. Ein Versorgungstunnel.

Mehrere Hundert Meter hinter Jacks fliehendem Truck strahlten die Scheinwerfer von acht Fahrzeugen. Vorneweg fuhr Hydras Spartan. Ihm folgten sieben neue LSV, gesteuert von bewaffneten Minotauren, die man hastig für diesen Notfall zusammengetrommelt hatte.

Eine Verfolgergruppe.

Nachdem Jacks Taifun etwa sechs Kilometer durch den finsteren Tunnel gerast war, schoss er in einen größeren Raum. Jack erblickte zehn an Laderampen geparkte Containerfahrzeuge. Die Hecks wiesen zu vier großen Garagentoren in der entfernten Felswand.

Durch Lücken in den Toren fiel Sonnenlicht herein. Schwaches, schwindendes Sonnenlicht. Das Licht der Spätnachmittagssonne.

Aus Westen.

»Das westliche Dock«, stieß Jack hervor. »Wir haben's geschafft.«

Eine Gruppe von Minotauren in der Nähe der Lastwagen schaute bei der unverhofften Ankunft des Taifun auf. Sie waren mit AK-47 Sturmgewehren bewaffnet. Offenbar hatte man sie über Funk verständigt, dass Jack kommen werde, und sie damit beauftragt, die Garagentore zu bewachen. Allerdings hielten sie die Waffen linkisch und wirkten nicht vertraut damit.

Das sind keine Kampfminotauren, erkannte Jack. *Es sind Arbeiter. Nur ein Team für die Warenannahme und zum Verladen.*

Jack lehnte sich durch die Beifahrertür hinaus und hievte sich den Raketenwerfer auf die Schulter.

»Nicht langsamer werden«, sagte er zu Sky Monster.

Die Minotauren eröffneten das Feuer …

… und Jack feuerte den Raketenwerfer ab.

Das Geschoss raste zwischen den Halbmenschen hindurch, bevor es in das linke Garagentor einschlug und explodierte.

Als sich der Rauch lichtete, klaffte ein großes, zerklüftetes Loch im Garagentor, und ein dicker Strahl orangefarbenen Sonnenlichts erhellte die große Wareneingangshöhle.

Sky Monster steuerte mit dem rasenden Truck auf das Loch zu. Die kleine Gruppe der Minotauren hechtete aus dem Weg, als der Taifun an ihnen vorbeidonnerte, durch das Loch im Tor pflügte und hinaus ins Licht bretterte.

Als der Taifun in voller Fahrt ins Sonnenlicht gelangte, bot sich Jack auf dem Beifahrersitz in der Kabine ein spektakulärer Anblick.

Vor ihm erstreckte sich ein breiter, flacher Sandstrand. Er fiel sanft zum Ufer hin ab, wo er auf das ruhige Wasser des Arabischen Meers traf.

Die untergehende Sonne stand tief am Horizont und spiegelte sich in der Dünung. Jack schätzte, dass vielleicht noch 30 Minuten Tageslicht verblieben.

Auf der landwärtigen Seite des Strands ragte eine hohe Klippe aus verdichtetem Sand auf. Da sie mindestens 30 Meter maß, verhinderte sie den Zugang zum Strand von der Wüste. Sie waren aus einer gedrungenen, in die Felswand gebauten Betonkonstruktion herausgekommen.

Es herrschte Totenstille. Kein Vogelgezwitscher. Keine Insektengeräusche. Kein gedämpfter Hintergrundlärm einer Stadt.

Hades' Königreich lag irgendwo an der abgelegenen Westküste Indiens und eindeutig weit vom Schuss.

Jack ließ den Blick über den weitläufigen Strand wandern.

Die Umgebung wäre wunderschön gewesen, abgesehen von einer Kleinigkeit: den zahlreichen vor sich hin rostenden Wracks riesiger Fracht- und Containerschiffe, die entlang der Küste verstreut lagen.

Sie boten einen hässlichen, unheimlichen Anblick. Verrostet und ausgeschlachtet erinnerten sie an die abgenagten Skelette einst stolzer Ozeanriesen.

Jack hatte über Strände wie diesen gelesen. Es handelte

sich um einen Schiffsfriedhof. Ausgemusterte Frachtschiffe wurden an solche Orte gebracht, um sie auszuschlachten und wiederverwertbare Teile zu erbeuten, wofür man sich billiger, verarmter Tagelöhner bediente.

Die Arbeit galt als berüchtigt und gefährlich. Oft überwältigten die Dämpfe der Treibstoffreste die Arbeiter. Brände waren keine Seltenheit. Das zum Entfernen von Farbe und Rost verwendete Arsen sorgte für Vergiftungen. Und manchmal brachen ganze Teile der Schiffe einfach in sich zusammen und erschlugen Männer.

Die abgewrackten Boote erstreckten sich von Jack weg nach Norden und Süden.

20 davon zählte er, aber es waren viel mehr. Ein nahes Schiffsskelett ragte um die 20 Stockwerke hoch über den Taifun auf, aber weiter entfernt entlang des sanft gekrümmt verlaufenden Strands wirkten die Schiffe immer kleiner und verschwanden im Dunst.

»Welche Richtung?«, fragte Mother.

»Norden«, antwortete Jack. »Wenn wir wirklich in Indien sind, hilft uns der Süden nicht weiter. In die Richtung liegt nur das Meer. Der Norden bietet Optionen. Keine guten zwar, aber wenigstens Möglichkeiten: Pakistan, Afghanistan, Grenzen.«

Rechts von Jack verlief eine gepflasterte Versorgungsstraße die Klippe hinauf in die Wüste.

Sky Monster fragte: »Nehmen wir die Straße?«

Nachdenklich biss sich Jack auf die Unterlippe. »Nein. Wenn sie Verstärkung haben, wird sie aus der Richtung kommen. Fahr direkt am Strand entlang nach Norden.«

»Alles klar.« Sky Monster bretterte mit dem Truck über den Strand und spritzte einen Geysir aus Sand auf, als er nach Norden schwenkte.

Eine Sekunde bevor die Verfolgergruppe, angeführt von Hydras Spartan, durch das zerstörte Tor des Versorgungsdocks pflügte und aus allen Rohren das Feuer eröffnete.

Ein Kugelhagel schlug in den Rumpf eines gestrandeten Containerschiffs ein, als Jacks Taifun nahe daran vorbeischoss, hindurch unter den riesigen Stahlstreben, die das gigantische Schiff am Strand stützten.

Sie rasten die Seite des kolossalen Gefährts entlang in Richtung des Meers.

Mother, Astro, Tomahawk und Alby schnappten sich an Waffen, was immer sie im Taifun finden konnten, und erwiderten das Feuer auf die Verfolgungsfahrzeuge.

»Es sind zu viele!«, rief Mother zu Jack.

»Schon dabei!«, gab Jack zurück, hievte sich den Raketenwerfer auf die Schulter und feuerte – nicht auf die Verfolgungsfahrzeuge, sondern auf die Streben, die das gestrandete Schiff stützten.

Das Geschoss traf sein Ziel. Sand spritzte hoch auf, als drei der Stützstreben einknickten und sich mit einem lauten, lang gezogenen Ächzen von überfordertem Metall verbogen …

… und das Containerschiff begann, seitwärts zu kippen!

Der großflächige Schatten des langsam fallenden Schiffs verhüllte die Fahrerkabine von Jacks Taifun.

»Fahr schneller, Monster!«

»Mein Fuß schleift schon auf dem Bodenblech!«, brüllte Sky Monster.

»Dann tritt es durch!«

Mit einem lauten Ächzen neigte sich das riesige Schiff zur Seite und sank näher und näher auf sie und die

Verfolgergruppe herab. Hydra sah, was sich anbahnte, und lenkte den Spartan nach außen, weg von der Gefahr. Die meisten seiner Mitstreiter folgten seinem Beispiel, ausgenommen drei der von Minotauren gefahrenen LSV. Sie rasten unbeirrt und versuchten, dem kippenden Schiff davonzufahren und Jacks fliehenden Truck einzuholen.

Jacks Taifun schlitterte in dem Moment um das Heck herum, als der einstige Ozeanriese zu Boden ging.

Das Geräusch beim Aufschlag auf dem Sand war gewaltig. Ein enormer ohrenbetäubender, dröhnender Knall.

Den drei LSV, die hinter Jacks Truck fuhren, fehlten wenige Meter zur Sicherheit. Das Schiff löschte sie restlos aus. Es zermalmte sie, als es auf ihnen landete.

Unter Jacks Anleitung bolzte Sky Monster wie ein Dämon den von Schiffen übersäten Strand in Richtung Norden entlang.

Der Taifun wich schleudernd einem zweiten gestrandeten Schiff aus, bevor er geradewegs durch ein tunnelartiges Loch in einen weiteren bretterte.

Die Verfolger waren ihnen dicht auf den Fersen, feuerten auf sie, ließen nicht locker, holten auf.

Dann tauchte plötzlich mit Gebrüll ein schwarz lackierter Kampfhubschrauber über der Klippe auf der Landseite des Strands auf und entfesselte vernichtendes Sperrfeuer aus 30-Millimeter-Projektilen auf Jacks Taifun.

Als Sky Monster vor dem Beschuss davonraste, schaute Jack jäh zu dem Helikopter auf.

Es handelte sich um einen Kamow Ka-52 Alligator Kampfhubschrauber. Der vielleicht schnittigste Kampfhubschrauber, den die Russen je gebaut hatten, dank gegenläufiger Koaxialrotoren unglaublich wendig.

Ein hochmodernes Einsatzgerät, ausgelegt vor allem auf eins: Feuerkraft. Es verfügte über zwei seitlich montierte 30-Millimeter-Kanonen, zwölf Vichr-M Panzerabwehrraketen und zwei tödliche Rohrstartbehälter für Raketen. Die Piloten saßen nebeneinander und hatten Schleudersitze – eine Seltenheit bei Helikoptern.

In einem entfernten Winkel seines Verstands bemerkte Jack, dass der Ka-52 Alligator brandneu zu sein schien. Nur das russische Militär setzte diese Maschinen ein. Er fragte sich, ob Iolanthes königliche Verwandte aus Russland in der Branche für militärische Hubschrauber mitmischten und Hades ein paar zur Verfügung gestellt hatten.

Der Alligator donnerte über sie hinweg. Zwei Raketen schossen aus den Startbehältern.

»Da lang!«, rief Jack zu Sky Monster. »Rein in das Schiff!«

Sky Monster befolgte die Anweisung, schwenkte hart nach rechts und lenkte ihren Taifun direkt hinein in das nächste gestrandete Containerschiff.

Der große Truck hob vom Boden ab, als er in den verrosteten, ausgeweideten Rumpf pflügte. Er bolzte der Länge nach durch einen riesigen leeren Laderaum, gedacht für die Unterbringung von Hunderten Transportcontainern. Durch Lücken in den Seiten einfallende Sonnenstrahlen erhellten die Gebeine des großen Schiffs, ein komplexes Geflecht von Trägern und Stegen.

Die beiden Raketen sausten heulend hinter dem rasenden Truck her. Überfordert von der verwirrenden Vielzahl von Zielen vor ihnen detonierten sie weit hinter dem Taifun an zwei Streben.

»Huntsman!«, rief Mother. »Der Heli hat zu viel Knallzeug an Bord!«

»Ich weiß, ich weiß!«, brüllte Jack.

Sie hatte recht. Ihr Taifun war ein überaus robustes Gerät, dennoch im Vergleich zum Alligator ein Leichtgewicht. Es war nur eine Frage der Zeit, bis er sie erwischte.

Jack musste etwas gegen den Helikopter unternehmen.

In dem Moment schwenkte Hydras allradgetriebener Spartan hinter ihnen in das Schiff hinein und fuhr die Länge des Laderaums entlang.

»Sky Monster, bleib in dem Schiff, hier im Laderaum! Dreh Runden, bis mein Signal zum Rausfahren kommt.«

»Dein Signal?«

»Du wirst es merken, wenn du's siehst. Alby, komm her!«

Alby erschien an der Tür zwischen der Fahrerkabine und dem Truppenraum des Taifun.

Jack sagte: »Okay, hergehört. Ganz gleich was mit mir passiert, ihr müsst alle von hier verschwinden. Alby, du weißt mehr über die Antike und unsere Feinde als irgendjemand sonst hier. Ich übertrage dir die Leitung. Sucht ein Funkgerät oder ein Telefon. Ruf Zoe, Stretch und Pooh Bear an. Aber niemanden bei der Regierung – wir wissen nicht, wer alles kompromittiert ist. Irgendjemanden, dem wir vertrauen können. Und dann holt ihr die Kavallerie her, um Lily zu retten.«

»Was ist mit dir?«, fragte Alby.

»Egal was weiter passiert, ich bin so gut wie tot«, erwiderte Jack. »Sobald die eine Möglichkeit gefunden haben, jagen sie meinen Schädel mit der Sprengladung in meinem Nacken hoch. Das Beste, was ich noch tun kann, ist euch von hier wegzuschaffen. Hast du verstanden?«

»Ja, Sir.« Alby nickte traurig.

»Mother?«, sagte Jack. »In Ordnung für dich?«

»Ich habe mir schon Popel aus der Nase gepult, die größer waren als der Junge. Aber wenn du sagst, er hat was in der Birne, reicht mir das«, erwiderte Mother.

Jack wollte aufstehen, aber Alby hielt ihn am Arm zurück.

»Jack. Danke. Für alles.«

Jack lächelte verkniffen. »Gern geschehen. Jetzt muss ich los und ein bisschen Chaos stiften. Sky Monster, mach ein bisschen langsamer. Lass den Arsch Hydra näher an uns ran.«

»Näher?«

»Ja.« Jack erhob sich aus dem Sitz und eilte nach hinten in den Truppenraum des Taifun.

Dann öffnete er die Hecktür und erblickte Hydras Spartan direkt hinter ihnen.

Ohne zu zögern, sprang Jack aus dem Truck auf die Motorhaube des rasenden Spartan, lief zwei Schritte darüber und sprang zu Hydras Verblüffung aufs Dach des Wagens.

Dort riss er eine Luke auf und sprang hinein. Kaum war er in der Kabine gelandet, trat er ansatzlos und kräftig gegen das Lenkrad und löste den Airbag aus, der mit voller Wucht mitten in Hydras Gesicht knallte!

Jack nutzte die Benommenheit des Kriegers durch den heftigen Schlag, stieß ihn mit einem Fuß aus dem rasenden Fahrzeug, und plötzlich gehörte es ihm.

Und als Sky Monsters Taifun im Schutz des riesigen Frachtraums Runden zu drehen begann, lenkte Jack den Spartan auf eine spiralförmige Rampe, die nach oben führte.

Gleichzeitig flogen die beiden Piloten des Alligator außen am Containerschiff entlang und hielten Ausschau nach dem Taifun.

Als sie ihn durch Lücken im Rumpf sichteten, wie er durch den Laderaum brauste, schwenkten sie den Hubschrauber im Schwebeflug neben dem gestrandeten Schiff so, dass sie ihn ins Visier nehmen konnten.

Der Pilot umklammerte den Steuerknüppel, legte den Finger an den Abzug und wartete darauf, dass der Taifun wiederauftauchte …

… was er bald tat.

Der Finger drückte den Abzug.

Mündungsfeuer blitzte an den seitlich montierten Kanonen des Alligator auf.

Allerdings nur einen Augenblick lang.

Denn genau in dem Moment kam ein gepanzerter Truppentransporter vom Typ Spartan mit Allradantrieb vom Vorderdeck des Containerschiffs aus dem Himmel gesegelt – und landete mit voller Wucht auf den Doppelrotoren des Alligator.

Der Spartan, den Jack von Hydra erobert und auf das Vorderdeck des Schiffs gesteuert hatte.

Nur befand sich Jack nicht mehr im Fahrzeug. Er war damit auf die Kante des Vorderdecks zugerast und im letzten Moment abgesprungen. Der Spartan schoss allein über den Rand auf das schwer bewaffnete Fluggerät zu.

Ein acht Tonnen schwerer gepanzerter Mannschaftstransporter, der von oben auf den Helikopter stürzte.

Schlagartig vernichtete er die Doppelrotoren der Maschine und stürzte zusammen mit ihnen neben dem Containerschiff in den Sand, wo das verhedderte Gewirr in einer riesigen Flammenexplosion aufging.

Im Taifun sah Mother, wie das lodernde Wrack auf dem Strand aufschlug.

»Ich scheiß mich an, der verrückte Mistkerl hat tatsächlich den Hubschrauber ausgeschaltet.«

»Ich glaube, das war sein Signal«, sagte Sky Monster.

»Verdammt richtig«, sagte Mother. »Das ist die beste Chance, die wir kriegen, hier rauszukommen. Gib Stoff!«

Mit einem traurigen Blick zurück zum Spartan – ohne Möglichkeit, herauszufinden, ob sich Jack in dem Wrack befand oder nicht – tat Sky Monster, wie ihm geheißen.

Durch sein Opfer und die Beseitigung der beiden

größten Bedrohungen des Verfolgerrudels – des Kampfhubschraubers und des Spartan – hatte Jack ihnen die Chance verschafft zu entkommen, und die mussten sie nutzen.

Alby klopfte Sky Monster auf die Schulter. »Nach Norden«, sagte er. »So schnell du kannst nach Norden.«

Erlöst vom Spartan und vom Alligator raste Sky Monsters Taifun in nördlicher Richtung den Schiffsfriedhof entlang, brauste an den rostenden Rümpfen vorbei und unter hoch aufragenden Bugen und Hecks hindurch.

Die vier verbliebenen, von Minotauren gesteuerten LSV setzten die Verfolgung noch eine kurze Weile fort. Dann jedoch mussten sie über Funk die Anweisung erhalten haben, die Jagd abzubrechen, denn plötzlich drehten sie alle ab. Sie wendeten und fuhren den Strand hinunter zurück in Richtung des betonierten Versorgungsdocks von Hades' Königreich.

Mother stand an der Hecktür des Taifun und schaute ihnen nach.

»Was geht dir grade durch den Kopf?«, sagte Astro neben ihr.

»Ich glaub kaum, dass sie uns einfach so davonkommen lassen. Aber wenn sie so nett sind, uns einen Vorsprung zu geben, sollten wir uns so weit wie möglich absetzen«, erwiderte Mother.

Der Taifun schoss im schwindenden Licht der Sonne den Strand entlang nach Norden.

Da Jack kein Fahrzeug zur Verfügung stand, setzte er sich einfach auf das Vordeck des gestrandeten Schiffs, beobachtete, wie die Sonne hinter den Horizont sank, und wartete darauf, dass man ihn abholte.

Es dauerte nicht lange.

Nur etwa 20 Minuten später kehrten die Minotauren mit den vier verbliebenen LSV zurück und umringten Jack auf dem Deck, angeführt von Hydra, dessen Körperpanzerung vom Sturz aus dem Spartan etliche Kratzer und Dellen aufwies.

Jack leistete keinen Widerstand, als sie ihm Handschellen anlegten und ihn in einen der LSV verfrachteten.

Dann fuhren sie mit ihm zurück in Richtung des westlichen Versorgungsdocks, zurück in die Unterwelt, wo Jack zweifellos Vergeltung erwartete.

Die vier LSV hielten am Fuß von Hades' Bergpalast.

Das zuvor so elegante, hohe und imposante Bauwerk wirkte nun grausam verstümmelt, weil die von Jack West jr. verursachten Schäden die symmetrischen Linien zerstört hatten.

Die Gleise, auf denen die Geiselwagen gestanden hatten, lagen schief und verbogen da, zersprengt von Jacks Angriff mit dem Raketenwerfer. Schutt und Geröll waren auf den unteren Teil des Bergs herabgekullert und hatten eine hässliche Halde gebildet.

Und darauf lief es hinaus: Etwas zuvor Uraltes und Elegantes war verunstaltet und deformiert worden.

Die versammelten königlichen Gäste standen entsetzt und schweigend da, als Jack am Fuß der großen Treppe von Hydra aus dem LSV gestoßen wurde.

Natürlich wirkte auch die Treppe selbst nicht mehr annähernd so prächtig wie zuvor.

Auf halber Länge klaffte eine Delle, wo der den Hang herabrasende Geiselzug die Stufen gerammt hatte.

Hades, Vacheron und Lily standen am Kopf der Treppe weit über den zerstörten Gleisen.

Hades blickte gebieterisch auf Jack herab.

Vacheron starrte ihn wutentbrannt an. Die Adern auf der Stirn des Mannes pulsierten.

Die übrigen Kämpfer standen etwas abseits und beobachteten das Geschehen aufmerksam.

Hydra führte Jack die Treppe hoch. Am Rand der Delle auf halber Höhe der Treppe blieben sie stehen, etwa 30 Meter unter Hades, Vacheron und Lily.

Hades nickte seinem Spielleiter zu.

Vacheron ergriff das Wort. »Meine Herren und Damen, ich möchte mich aufrichtig entschuldigen. Noch nie haben diese Spiele etwas so Abscheuliches, so Verwerfliches erlebt. Recken fliehen nicht vor den Spielen. Recken befreien keine Geiseln. Dieser törichte Kämpfer hat beides versucht und damit Schande sowohl über sich selbst als auch seinen Schirmherrn gebracht.«

Als Vacheron etwas hinter dem Rücken hervorzog, sank Jacks Mut.

Es handelte sich um eine andere Fernbedienung. Eine zweite zum Auslösen der Sprengladung in Jacks Nacken.

»Hast du gedacht, ich hätte keine Reserve?« Vacheron schwenkte die Fernbedienung vor ihm. »Du kannst von Glück reden, dass ich sie erst geholt habe, nachdem du gefasst worden bist. Aber jetzt können sich alle an deinem Tod erfreuen.«

Vacheron hielt die Fernbedienung hoch.

»Für diesen Frevel kann es nur eine Strafe geben, und das ist der Tod. Der *sofortige* Tod.«

Damit richtete er die Fernbedienung auf Jack, der die Augen zusammenkniff und auf das Ende wartete …

»Halt!«, rief eine Stimme. »Noch nicht!«

Eine Gestalt trat aus der Gruppe der Kämpfer hervor und schaute zu Hades und Vacheron auf.

Jack öffnete die Augen wieder und schaute verdattert hin.

Es war Scarecrow.

Scarecrow hielt die goldene Kugel vom Wettrennen hoch und sagte: »Ich habe die fünfte Herausforderung gewonnen und meine Belohnung noch nicht eingefordert. Jetzt will ich es tun. Ich will, dass Captain West verschont wird.«

Vacheron fehlten die Worte.

Die königlichen Zuschauer blickten entgeistert drein.

Lilys Augen leuchteten.

Hades' Gesicht glich einer Maske. Seine Miene verriet gar nichts. Er starrte Scarecrow lange und eindringlich an.

Der Amerikaner erwiderte seinen Blick gelassen, ohne zu blinzeln. »Meine Belohnung ist doch alles, was in Ihrer Macht steht, oder? Und Sie können sein Leben mit einem einzigen Befehl verschonen.«

Sämtliche Blicke hatten sich auf den Herrscher der Unterwelt geheftet.

Hades starrte weiter Scarecrow an.

Jack stand wie vom Donner gerührt da. Nicht mal er hatte damit gerechnet. Scarecrow war clever: Er hatte Hades in die Enge getrieben, indem er die Entscheidung zu einem Test seiner Autorität im eigenen Königreich gemacht hatte.

Schließlich ergriff Hades das Wort.

»Recke«, sagte er. »Noch nie in der Geschichte der Großen Spiele hat ein Recke darum ersucht, einen anderen zu verschonen. Bist du sicher, dass dies dein Wunsch ist? Dieser Mann könnte dich bei einer späteren Herausforderung töten.«

Scarecrow erwiderte: »Ja, es ist mein Wunsch.«

Hades zuckte mit den Schultern. »Die Belohnungen für gewonnene Herausforderungen sind uralt. Es obliegt mir weder sie auszuwählen noch sie zu verweigern, wenn es in meiner Macht steht, sie zu gewähren. Deine Belohnung wird dir zugestanden, Recke. Das Leben des fünften Kriegers wird verschont. Somit kann er weiter an den Spielen teilnehmen.«

Auf dem königlichen Balkon wurde hörbar nach Luft geschnappt. Dann setzte aufgeregtes Getuschel ein.

Lily grinste vor Erleichterung.

Jack atmete aus.

Er nickte Scarecrow dankbar zu, und der Amerikaner erwiderte die Geste.

Vacheron schaute finster drein, der Kopf hochrot vor Wut.

Hades wandte sich um. »Monsieur Vacheron, seien Sie so gut und bereiten Sie den Kleintempel für die erste Zeremonie vor. Sobald sie abgeschlossen ist, beginnen wir mit der zweiten und letzten Phase der Spiele.«

KARATSCHI, PAKISTAN

Während Jack über die ersten Geraden der fünften Herausforderung gebrettert war, bretterte ein alter Leihwagen ungewöhnlich schnell durch die Straßen von Karatschi.

Ungewöhnlich, weil man in Karatschi, der größten Stadt Pakistans, einer großflächigen, verdreckten Metropole mit 24 Millionen Einwohnern, selten schnell fahren konnte. Für gewöhnlich glich der Verkehr einem Albtraum. Nur handelte es sich um keinen gewöhnlichen Tag. Es fand nämlich im Nationalstadion ein großes Kricketspiel statt – ein Twenty20-Freundschaftsspiel zwischen der beliebten pakistanischen Nationalmannschaft und einem speziell ausgewählten World XI-Team. Anscheinend wollte es die ganze Stadt sehen.

Die Straßen lagen herrlich verwaist da, deshalb kamen Mae und Pooh Bear flott voran.

Mae fuhr, während Pooh mit dem heilen Auge die riesige Stadt betrachtete. Stretch befand sich nicht bei ihnen.

»Karatschi«, sagte Pooh Bear. »Was für ein Drecksloch.«

»Die höchste Mordrate der Welt«, bemerkte Mae. »Warlords, Slumlords, Crimelords, Ganglords. Eine Schlangengrube voller Terroristen aus Afghanistan und aller möglichen ethnischen Verbrecherbanden, die sich gegenseitig hassen. Karatschi ist die Geburtsstätte der sogenannten gezielten Tötung. Dabei fahren maskierte Killer auf Motorrädern neben ein Auto und knallen die Zielpersonen darin ab.«

»Wer ist noch mal dieser Typ, zu dem wir wollen?«

»Sunny Malik, Händler mit illegalen Antiquitäten. Laut deinem abgefangenen Telefonat hat er vor zwei Monaten irgendein Artefakt an Anthony DeSaxe verkauft. Ich will wissen, welches.«

»Hat er die nötigen Kenntnisse, um Bescheid zu wissen?«, fragte Pooh Bear.

»Nicht jede Kapazität auf einem Gebiet ist an einer Universität, Zahir«, gab Mae zurück, während sie den Wagen steuerte. »Sunny hat sich seine Fachkenntnisse im härtesten aller Umfelder geholt: auf dem Schwarzmarkt. Als Händler mit Blutantiquitäten kennt er die Geschichte besser als ein ordentlicher Professor in Yale.«

»Können wir ihm vertrauen?«

»Keine Sekunde lang«, sagte Mae. »Sunny Malik handelt nicht nur international mit historischen Artefakten, er ist auch ein örtlicher Gangster in Karatschi, der nicht zögern würde, uns auf der Stelle abzuknallen. Sobald wir an Informationen haben, was wir brauchen, müssen wir bereit sein zu fliehen.«

Der geliehene Van hielt vor einem ummauerten Herrenhaus an der Ghosia Road, etwa anderthalb Kilometer vom Nationalstadion entfernt, an. Die gediegene Villa bildete eine Insel der Sauberkeit in einem Meer von Staub und Dreck. Das Gebrüll der Zuschauer aus dem Stadion hörte man selbst aus dieser Entfernung.

Pooh Bear und Mae stiegen aus.

Nach einer kurzen Diskussion mit den beiden bewaffneten Torwächtern – wobei ein Anruf getätigt wurde, bevor man sowohl Mae als auch Pooh nach Waffen abtastete – ließ man sie hinein.

Mae und Pooh Bear betraten einen großen Raum mit Marmorboden, in dem vier pakistanische Männer um einen riesigen Fernseher saßen.

Natürlich lief das Kricketspiel, das sich Sunny Malik mit drei seiner Handlanger ansah.

Sunny lümmelte auf einem riesigen Lehnsessel. Er schwenkte ihn zu seinen Besuchern herum.

Der enorm dicke Mann war um die 60 Jahre, hatte einen mächtigen Wanst, einen buschigen grauen Schnurrbart und ein Mehrfachkinn. Er trug ein am Kragen offenes, knalliges Hawaiihemd und funkelte praktisch vor Gold: drei protzige Ketten um den Hals, vier Armbänder an den Handgelenken, dazu eine schrille Elvis-Sonnenbrille aus den 1970ern über den Augen.

Sunny blies gemächlich Zigarettenrauch in die Luft, während er sprach.

»Mrs. Mabel West. Mutter von Jack West jr., Ex-Frau des verstorbenen Jack West sr. alias Wolf. Ist mir eine Ehre, Sie endlich kennenzulernen. Ich war ein Bewunderer Ihrer Artikel in Geschichtszeitschriften, bevor Sie nach Ihrer Scheidung in der Versenkung verschwunden sind. Es freut mich, dass Ihre Arbeit nach Wolfs vorzeitigem Tod wiederaufgetaucht ist. Ist mir immer ein Vergnügen, jemanden zu treffen, der sich genauso sehr für die Antike interessiert wie ich.« Er grinste verschmitzt. »Was führt Sie an diesem schönen Tag in meine bescheidene Behausung?«

»Informationen«, erwiderte Mae. Sie hielt ein Bündel 100-Dollar-Scheine hoch, das Pooh ihr zur Verfügung gestellt hatte. »Und ich bin bereit, dafür zu bezahlen.«

Fünf Minuten später standen Mae und Pooh Bear mit Sunny in einem an den Fernsehraum angrenzenden Büro und schauten auf Sunnys Computermonitor. Er zeigte ein Foto einer wunderschönen antiken Keilschrifttafel.

»Das habe ich DeSaxe verkauft«, sagte Sunny. »Eine vor einem Jahr in Mossul entdeckte Tontafel. Aus dem 14. Jahrhundert vor Christus. Die neunte Tafel des Gilgamesch-Epos.«

»Die neunte Tafel, sagen Sie?«, hakte Mae nach. Sie warf einen Blick zu Pooh Bear. »Das Gilgamesch-Epos gehört zu den ältesten und größten Gedichten der Geschichte. Gilgamesch war ein Herkules nicht unähnlicher Held – ein großer König und Krieger, der sich auf gefahrvolle Abenteuer begeben hat. Das Gilgamesch-Epos besteht aus zwölf Tafeln. Die neunte Tafel beschreibt Gilgameschs Reise in eine ›Unterwelt‹ am Ende der Erde.«

Ihr Blick begann über die Keilschrift zu wandern.

»Und der Käufer war Anthony DeSaxe?«, fragte Pooh Bear.

»Nein, sein Sohn Dion. Er hat gesagt, es sei ein Geschenk für seinen Vater zu einem besonderen Anlass. Ich mag Anthony DeSaxe. Im Verlauf der Jahre hat er so manch qualitativ hochwertige Ware bei mir gekauft. Diskret, versteht sich. Von Dion halte ich weniger. Er ist ein eingebildeter, verwöhnter Balg.«

Mae schaute von der Tafel auf. »Es ist tatsächlich die neunte Tafel. Obwohl sie einige zusätzliche Zeilen enthält, die ich noch nie gesehen habe. Scheint eine Wegbeschreibung zu sein.« Sie übersetzte: »Gilgamesch begann seine Reise in der nördlichen Stadt der Hydra und ging in Richtung ihres südlichen Zwillings, bis er nach drei Vierzehnteln der Strecke auf einen von zwei behaarten Männern bewachten Tunnel stieß, den Zugang zum Reich des Herrschers der Unterwelt …«

Mae verstummte kurz. »Drei Vierzehntel der Strecke …«

Blinzelnd schaute sie zu Sunny auf und versuchte, sich ihre Aufregung nicht anmerken zu lassen. »Sie sagen, die Tafel wurde in Mossul gefunden? Islamischer Staat?«

»Die besten Plünderer seit den Nazis«, erwiderte Sunny lächelnd.

Dann nahm er die schrille Sonnenbrille ab und enthüllte harte, blutunterlaufene Augen, die sie direkt anstarrten. Er hatte ihre Aufregung bemerkt.

»Mrs. West, nichts auf der Welt schmerzt mich mehr als etwas unter dem Marktwert zu verkaufen. Dion DeSaxe hat mir 600.000 US-Dollar für diese Tafel gezahlt. Aber allmählich beschleicht mich das Gefühl, ich hätte von ihm mehr verlangen sollen. Viel mehr.«

»Nein, nein …«, stammelte Mae. »Es ist nichts, wodurch die Tafel wertvoller für Sie wird …«

»Aber etwas, wodurch sie sehr wertvoll für Sie wird«, sagte Sunny. »Die Leute denken, ich handle mit Artefakten, Waffen und Drogen, aber das stimmt nicht. Ich handle mit *Werten*. Mit allem, was die Menschen wollen.«

»Wir sollten gehen …«, begann Mae.

»Erst nachdem Sie mir verraten haben, was es mit alldem auf sich hat«, gab Sunny zurück. »Oder vielleicht sollte ich Anthony DeSaxe anrufen und ihn fragen, warum Mabel West beim Lesen der Tafel, die ich neulich an seinen Sohn verkauft habe, aschfahl geworden ist. Jungs …«

Die drei Gorillas, die sich nebenan das Spiel ansahen, standen auf und zogen ihre Pistolen. Sie betraten das Büro …

… Da ergriff Pooh Bear den juwelenbesetzten Messingring, der seinen langen Bart bändigte, entfernte ihn mit einer schnellen Bewegung und warf ihn vor die Füße der Neuankömmlinge.

Die kleine Ladung C2-Plastiksprengstoff, die er immer in dem Ring versteckt bei sich trug, explodierte wie eine Blendgranate und schleuderte sowohl Sunny als auch seine Handlanger von den Beinen.

Pooh Bear nahm Mae an der Hand, und zusammen hasteten sie zur Tür hinaus.

Sie stürmten ins Sonnenlicht, sprangen in den gemieteten Van und brausten in dem Moment los, als Sunnys Gorillas mit gezogenen Waffen auf die Straße gerannt kamen.

Sunny erschien hinter seinen Männern. »Tötet den Araber! Bringt die Frau zu mir zurück!«

Die Männer fürs Grobe stiegen auf in der Nähe geparkte Motorräder und rasten hinter dem Van her.

Pooh Bear steuerte mit hoher Geschwindigkeit auf die Ghosia Road, verfolgt von den drei Motorrädern. Dank des Kricketspiels erwies sich der Verkehr auf der breiten, geraden Straße nach wie vor als recht fließend, und Pooh Bear schlängelte sich geschickt zwischen den anderen Fahrzeugen hindurch.

Als er einen Blick in den Seitenspiegel warf, sah er, wie einer der Biker hinter ihm ein AK-47 in Anschlag brachte. Die Mündung blitzte auf, und der Seitenspiegel explodierte.

»Motorradkiller!«, brüllte Mae über dem Lärm.

Der erste motorisierte Attentäter schlängelte sich auf seiner wendigen Maschine durch den Verkehr und zog mühelos neben ihren schrottreifen kleinen Van. Kaum hatte er sein Gewehr auf sie angelegt, fegte ihn ein Schuss, den niemand hörte, vom Motorrad. Als wäre er von einem unsichtbaren Seil zurückgerissen worden. Im einen

Moment war er noch da, im nächsten nicht mehr. Sein fahrerloses Motorrad rollte noch etwa 20 Meter weiter, bevor es auf die Fahrbahn krachte.

»Nächstes Mal musst du nicht unbedingt bis zur letzten Sekunde warten«, sagte Pooh Bear.

»Tut mir leid, da war ein Lastwagen im Schussfeld«, gab Stretch in Pooh Bears Ohr zurück.

Stretch kauerte auf einem Dach am entfernten Ende der Ghosia Road neben einer riesigen Pepsi-Werbetafel in perfekter Scharfschützenposition. Er hatte die gesamte schnurgerade Straße im Blick. Durch das Zielfernrohr seines Barrett Scharfschützengewehrs sah er Poohs und Maes Van auf sich zukommen, verfolgt von den Killern, während sie sich vorbei an den langsameren Fahrzeugen die staubige Straße entlangschlängelten.

Plötzlich rasten die beiden verbliebenen Killer auf ihren Bikes zu beiden Seiten neben Poohs Van und eröffneten das Feuer.

»Den rechts von euch hab ich!«, rief Stretch. *»Übernimm du den Linken!«*

Pooh Bear riss das Lenkrad nach links und rammte den bewaffneten Motorradfahrer auf dieser Seite gegen einen Lastwagen auf der nächsten Fahrspur. Einen Moment lang wurde der Biker gequetscht, bevor er außer Sicht fiel und samt seiner Maschine unter die Räder des Lkw geriet.

Im selben Moment traf den Killer rechts des Vans ein Scharfschützengeschoss mitten ins Herz und schleuderte ihn nach hinten. Erlöst von ihren Verfolgern bog Pooh Bear nach links von der Hauptstraße ab und fuhr in ein Gewirr von Seitengassen.

Zwei Stunden später sollte Sunny Malik den Wagen in einer Gasse am Fuß eines Gebäudes mit einer riesigen Pepsi-Werbetafel auf dem Dach verlassen vorfinden.

Auf dem Boden des Laderaums entdeckte er die schmutzigen Reifenspuren von zwei Enduros. Mae und der Araber waren vorbereitet gekommen. Wenn sie mittlerweile auf Bikes durch das Labyrinth von Karatschi bretterten, würden Sunnys Leute sie nie erwischen.

Mit zusammengekniffenen Augen starrte Sunny auf den leeren Lieferwagen und begann zu überlegen.

In Pooh Bears Jet, der auf einem Privatflughafen westlich von Karatschi parkte, setzten sich Mae, Stretch und Pooh vor einen Laptop.

»Benjamin, bitte ruf Indien und Pakistan auf Google Earth auf«, sagte Mae.

Stretch kam der Aufforderung nach.

»Jetzt such die zwei Städte Hyderabad in Indien und Pakistan und zeichne eine Linie dazwischen.«

Nach wenigen Mausklicks von Stretch ergab sich folgendes Bild:

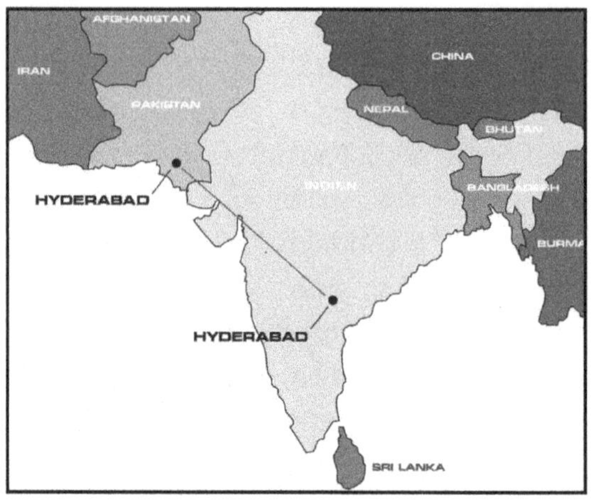

»Okay. Jetzt zeichne von Norden aus nach drei Vierzehnteln der Strecke zwischen den beiden Hyderabads einen Punkt ein«, sagte Mae. Sie sah Pooh Bear an. »Wenn es bei Gilgamesch funktioniert hat, dann vielleicht auch bei uns.«

Nach ein paar weiteren Mausklicks erschien ein Punkt auf der Linie.

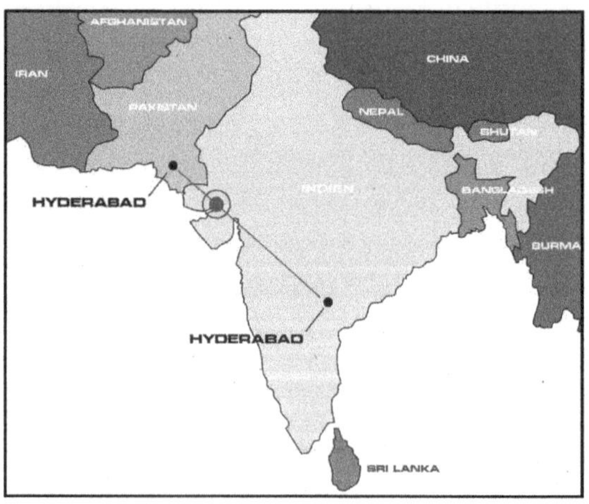

Der Punkt zwischen den beiden Hyderabads lag im Nordwesten Indiens, wo die Wüste Thar auf das Arabische Meer traf.

»Wenn das stimmt, liegt die Unterwelt in der indischen Provinz Gujarat«, erklärte Mae, »nah der Küste des Arabischen Meers. Das ist echt abgelegen, weit weg vom Schuss … und doch verdächtig nahe an dem Ort, wo unser reicher Freund Anthony DeSaxe mehrere Bergwerke und einen 50 Kilometer langen Privatstrand mit einem Schiffsfriedhof besitzt«, sagte Stretch. »Ein modernes Bergwerk wäre eine großartige Tarnung für ein uraltes unterirdisches Königreich.«

Pooh warf ein: »Meinen Sie, DeSaxe könnte der moderne Lord Hades sein?«

Mae erwiderte: »Er hat das dafür nötige Vermögen, die königlichen Verbindungen und die Herkunft. Sein Blut ist so blau, wie es nur sein kann. Er wäre jedenfalls ein hervorragender Kandidat.«

Sie tippte mit dem Finger auf den Computerbildschirm. »Zahir. Benjamin. In Ermangelung vernünftiger Alternativen müssen wir als Nächstes dorthin.«

GEHEIME GESCHICHTE IV

DIE ERSTE ZEREMONIE

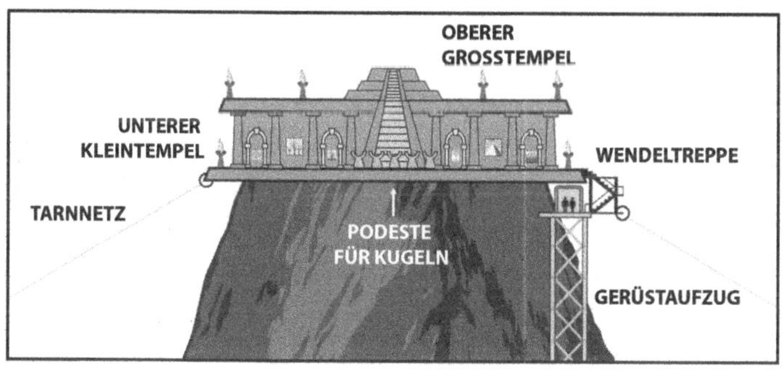

DIE TEMPEL AUF DEM GIPFEL
(VOR DER ZEREMONIE)

Jack West schoss in gespenstischer Stille gen Himmel.

Er stand in einem modernen Gerüstaufzug an der Seite von Hades' gigantischem Bergpalast. Der Lift gab nur ein leises Surren von sich, während er in seinem stahlverkleideten, an der Flanke des Bergs montierten Schacht nach oben fuhr.

Jack stand bei den anderen verbliebenen Kämpfern, bewacht von bewaffneten Minotauren und dem schwarzen Löwen Chaos. Er sah, wie der Krieger Jacks neue Körperpanzerung begutachtete, die weiße, die er Chaos' Waffenbruder Furcht abgenommen hatte. Das Outfit hätte schon über der Jeans und dem T-Shirt merkwürdig ausgesehen, doch durch die Kombination mit dem Feuerwehrhelm wirkte es noch seltsamer.

Nur noch sieben Kämpfer waren übrig: Jack, Scarecrow, Major Brigham, Sergeant Vargas, Edwards von der Delta Force, der tibetische Mönch Renzin Depon und natürlich Hades' Sohn Zaitan.

Sie alle sahen unterschiedlich schmutzig und müde, geschlagen und zerschunden aus – mit Ausnahme von Vargas und Zaitan, die sich ja wohlweislich von der fünften Herausforderung hatten befreien lassen. Sie wirkten frisch und ausgeruht.

Beim Betreten des Aufzugs hatte Jack jemanden sagen hören, dass alle anderen Geiseln soeben hingerichtet worden waren.

Der Aufzug fuhr höher und höher. Jack bemerkte, wie Zaitan ihn süffisant anglotzte.

»Kann ich dir helfen?«, sagte Jack.

Zaitan schmunzelte. »Nein.«

»Dann vielleicht du mir«, gab Jack zurück. »Was ist das für eine Zeremonie, zu der wir fahren? Worum geht's dabei?«

»Darum, dem Universum mitzuteilen, dass hier auf der Erde noch jemand ist«, erwiderte Zaitan.

»Scheint dir nichts auszumachen, dass deine Geiseln gerade umgebracht worden sind«, merkte Jack an.

Zaitan zuckte mit den Schultern. »Sie haben ihren Zweck erfüllt.«

Gleich darauf hielt der Aufzug an. Die Türen öffneten sich und die Kämpfer wurden herausgeführt.

Jack betrat einen schmalen Steg aus Stahl hoch über der Welt. Sie befanden sich ganz in der Nähe des Gipfels von Hades' Berg.

Weit unten konnte er die verschiedenen Arenen erkennen, die er bisher überstanden hatte: das runde Wasserlabyrinth der zweiten Herausforderung, den Abgrund und die Brücken der dritten Herausforderung, das Wandlabyrinth der vierten und den Zirkus der fünften. Er befand sich so hoch oben, dass sie sich winzig ausnahmen.

Das Tarnnetz, das Hades' Krater überdeckte, erstreckte sich fächerförmig an Dutzenden stabil aussehenden Halterungen direkt über Jacks Kopf.

Seitlich neben dem Aufzug schloss eine Wendeltreppe aus Metall an, die über den Abgrund ragte und nach oben führte … über das Tarnnetz.

Die Kämpfer wurden zu jener Treppe gescheucht und stiegen im Gänsemarsch hinauf.

Oben angekommen betrat Jack eine Plattform über dem Tarnnetz. Und bei dem Anblick, der sich ihm bot, stockte ihm der Atem.

Die Nacht war hereingebrochen. Jack stand auf einer extrem hohen Plattform unter dem Sternenhimmel.

Hades, Vacheron und das versammelte königliche Publikum waren bereits da. Iolanthe und Lily standen beisammen. Jack nickte Lily zu. Sie winkte zaghaft zurück.

Eine riesige Wüstenebene erstreckte sich unten in alle Richtungen. Mehrere Kilometer westlich konnte er das Glitzern des Meers im Mondlicht ausmachen. Irgendwo dort lag der Strand mit dem Schiffsfriedhof, den er zuvor erreicht hatte.

Ohne den störenden Schein von Lichtern einer Stadt schimmerte der Nachthimmel hell und tünchte die verwaiste Landschaft in ein schwaches bläuliches Licht. Eine kühle Brise wehte.

Die Plattform befand sich hoch über der Ebene am Gipfel von Hades' Berg, und auf ihr stand stolz ein kunstvolles, tempelartiges Bauwerk.

Jack ließ es auf sich wirken.

Während der Aufzug, der Steg und die Metalltreppe eindeutig moderne Ergänzungen darstellten, schien der Tempel unvorstellbar alt zu sein.

Mit scharfen, spitzen Ecken und ausdrucksstarkem Gesamteindruck wirkte das Bauwerk auf düstere Weise mächtig, als wäre es zu Ehren einer grausamen Schattenmacht errichtet worden. Jede Fläche glänzte schwarz poliert.

Der Tempel wies zwei Geschosse auf, ein gedrungenes, solides unteres und ein kleineres oberes, das man über eine breite Zeremonientreppe erreichte. Eine Säulenreihe stützte die obere Ebene.

Ein breiter Balkon ohne Geländer umgab die Gesamtkonstruktion. Auch er bestand aus poliertem schwarzem

Stein. Von Rand zu Rand maß die Gesamtheit vielleicht 30 Meter.

Jack begutachtete die Einzelheiten des antiken Tempels.

Ins Auge stachen die zahlreichen Säulen und Bogen, doch als er genau hinsah, stellte er fest, dass die gesamte komplexe Konstruktion verblüffenderweise aus einem einzigen Block schwarzen Gesteins gehauen war – dem Gestein des Berggipfels.

Die Kunstfertigkeit des Felsbaus, mit der dieser Ort erschaffen worden war, konnte man nur als außergewöhnlich bezeichnen. Schlichtweg exquisit in seiner Präzision. Viel zu fortschrittlich, um von primitiven Menschen zu stammen.

Die untere Ebene des Tempels wies etliche kunstvoll in die schwarzen Steinwände gemeißelte Bildnisse auf: von Pyramiden und Sonnen, Sternen und Planeten, fantastischen Städten und prächtigen Bäumen sowie mehrere Reliefs, die Jack schon einmal gesehen hatte.

Auf einer Darstellung wurde die große Pyramide von einem Sonnenstrahl getroffen.

Die Tartarus-Rotation.

Ein anderes Bild zeigte fünf hinter vier sitzenden Königen stehende Krieger.

Die fünf großen Krieger und die vier mystischen Könige.

Jack schüttelte den Kopf. Es fühlte sich an, als sahe er die Geschichte seines Lebens der letzten 20 Jahre vor sich – als wäre alles vorhergesagt worden.

Das letzte Merkmal, das seine Aufmerksamkeit erregte, waren fünf um die Zeremonientreppe herum angeordnete Podeste, vermutlich vorgesehen für …

»Monsieur Vacheron!«, sagte Hades. »Würden Sie bitte die ersten fünf goldenen Kugeln an ihren rechtmäßigen Platz legen?«

Vacheron verneigte sich feierlich.

Hinter ihm hielten fünf Minotauren die fünf goldenen, von den Kämpfern bei den bisherigen Herausforderungen errungenen Kugeln. Mit ritueller Präzision traten sie vor und platzierten die Kugeln auf den Podesten.

Kaum lagen die leuchtenden Kugeln an Ort und Stelle, erstrahlten sie in einem noch intensiveren, übernatürlichen Licht.

Jack spürte ein tiefes Grollen unter den Füßen.

Er sah sich nach der Ursache um – und entdeckte sie. Etwas stieg aus dem oberen Tempel auf.

»Großer Gott …«, stieß Scarecrow neben ihm hervor.

Aus dem oberen Tempel erhob sich ein aus dem Inneren des Bergs hoch aufragendes Objekt, das an einen Obelisken erinnerte.

Mit einem lauten Grollen stieg es höher und höher, bis es letztlich zum Stillstand kam und den ohnehin bereits hohen Berg um etwa 60 Meter ergänzte.

Jack musste dabei an einen gigantischen schwarzen Obelisken aus Stein denken, allerdings nicht mit vier flachen Seiten, sondern zylindrisch mit konischer Spitze.

Auf Hades' Berg erweckte der Anblick für Jack den Eindruck einer antiken Version des Blitzableiters auf dem Empire State Building. Unten musste der riesige schwarze Obelisk mindestens zweieinhalb Meter dick sein. Er stach regelrecht in den Himmel empor.

Hades strahlte vor Stolz, als sich die große antike Antenne in Position gebracht hatte.

Vacheron trat vor.

»Die erste Zeremonie ist abgeschlossen! Der heilige Obelisk hat sich erhoben. Erst jetzt können wir mit der zweiten Phase der Spiele beginnen. Danach platzieren wir die letzten vier goldenen Kugeln auf dem oberen Altar, werden unseren Wert als Spezies bewiesen haben und der siegreiche König wird die Mysterien der Altvorderen empfangen!«

Der versammelte Hochadel stimmte Jubel an.

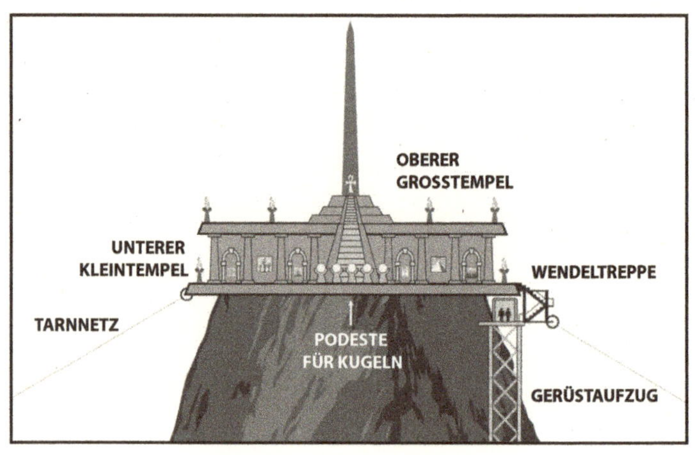

DIE TEMPEL AUF DEM GIPFEL
(NACH DER ERSTEN ZEREMONIE)

Vacheron hob die Hand und ließ Stille einkehren.

»Meine Damen und Herren. Es ist Tradition, dass unser Gastgeber, der erlauchte Lord Hades, an diesem Punkt der Großen Spiele nach Rücksprache mit den anderen Königen bestimmte Untertanen mit Geschenken bedenkt. Dabei kann es sich um das Erheben in einen neuen Rang oder um die Gewährung von Landbesitz oder Titeln handeln. Es ist allein sein Vorrecht, darüber zu entscheiden. Herr? Möchten Sie die Gelegenheit für eine solche Ankündigung nutzen?«

Hades trat vor. »Das will ich.«

Jack sah sich um und stellte fest, dass die versammelten Adligen leicht die Körper versteiften und sich vorbeugten, während sie gespannt lauschten. Einige schwitzten sichtlich oder schluckten erwartungsvoll.

Offenbar begehrten Adlige weltweit nichts sehnlicher als das: einen Aufstieg. Ein Vorrücken in der Hackordnung.

Hades ergriff das Wort. »Nach Rücksprache mit meinem Kollegen, dem geschätzten König des Meers, wurde entschieden, dass sein langjähriger Schatzmeister, Mr. John Marren aus San Francisco, in den Rang eines Herzogs erhoben wird. Fortan soll er als Duke of the Western Shore bekannt sein.«

Höflicher Applaus setzte ein, als ein breit lächelnder Mann Mitte 50, der einen Anzug trug – vermutlich Mr. Marren –, dem Meereskönig dankbar die Hand schüttelte.

»Entsprechend befördert der König des Himmels seinen guten Freund, Mr. Geoffrey Yang aus Schanghai, zum Lord des Großen Bergs.«

Diese Ankündigung wurde mit beeindruckten Lauten quittiert.

Hades fuhr fort. »Nach Beratschlagung mit meinem hochgeschätzten Kollegen, dem König des Lands, haben wir beschlossen, dass eine Liebespaarung unsere Reiche einander näher bringen wird. So soll mein edler Spielleiter, Monsieur Vacheron, die Schwester des Landkönigs, die wunderschöne Prinzessin Iolanthe, zur Ehefrau erhalten.«

Bei der Ankündigung beobachtete Jack dreierlei Reaktionen.

Die Versammelten jubelten freudig.

Vacheron strahlte förmlich vor Glück.

Und dann war da noch Iolanthes Reaktion. Sie blitzte nur für den Bruchteil einer Sekunde in ihrem Gesicht auf. Dennoch entging er Jack nicht, der Ausdruck tiefster Abscheu, den sie schnell mit einem gekünstelten Lächeln überspielte.

»Lord Hades« – Vacheron verbeugte sich tief – »ich fühle mich über alle Maßen geehrt. Ich kann Ihnen gar nicht genug danken.«

Hades nickte, dann jedoch hob er die Hand. Er war noch nicht fertig.

»Bei diesen Spielen sind wir mit der Anwesenheit einer weiteren ausgesprochen schönen jungen Dame beehrt worden. Zudem einer bedeutenden jungen Dame, deren Abstammung die vielleicht reinste von allen ist.«

Jack spürte, wie sich sein Herz zusammenzog.

Hades zeigte auf Lily, die neben Iolanthe stand. »Natürlich spreche ich vom Orakel von Siwa, das ich als Lily kennengelernt habe. Wie viele von euch wissen, hat mein Sohn und Erbe Dionysius noch keine Ehefrau auserkoren. Aber jeder König braucht eine Königin – wie ich selbst seit dem Tod meiner geliebten Königin vor fünf Jahren erfahren musste. Und gestern Abend hat Dion mich gefragt: ›Gäbe es einen besseren Platz für das Orakel von Siwa als den Thron der Königin der Unterwelt?‹ Und so habe ich entschieden, dass Dionysius nach dem Abschluss der Spiele die junge Lily zur Braut nehmen wird.«

Die königlichen Umstehenden brachen in frenetischen Beifall aus.

Jack wirbelte herum und sah Lily an.

Mit großen, entsetzten Augen starrte sie ihn an.

Neben ihr ergriff Iolanthe sanft ihre Hand.

Hades grinste sein Publikum an. »Aber solche Freuden müssen warten. Vorerst müssen wir die zweite Phase der Herausforderungen bestehen. Begeben wir uns für die sechste Herausforderung auf die Ebene des Observatoriums!«

Zur gleichen Zeit raste der von Sky Monster gesteuerte Taifun Truppentransporter mit Mother, Astro, Tomahawk, Alby und den Hunden am Strand westlich von Hades' Reich verzweifelt nach Norden.

Mittlerweile herrschte Dunkelheit.

Die Sonne war hinter den Horizont getaucht, am Strand hatte sich pechschwarze Finsternis ausgebreitet. Da es weit und breit keine Stadt gab, zeichnete sich auf der Landseite nicht mal der schwache Schein von elektrischem Licht ab. Die einzige spärliche Helligkeit spendete nach und nach der langsam aufgehende Mond.

Sky Monster spähte während der Fahrt mit zusammengekniffenen Augen in die Nacht. Er wollte die Scheinwerfer des Taifun nicht einschalten, weil er fürchtete, sie könnten immer noch von Hades' Handlangern verfolgt werden.

Seit Jack den Alligator Helikopter zerstört hatte, waren sie etwa eine Stunde unterwegs und kamen auf dem nassen Sand gut voran.

Vor etwa 20 Minuten hatten sie das letzte gestrandete Frachtschiff passiert.

Seither bretterte der Taifun über einen leeren, offenen Strand.

Zu ihrer Linken erstreckte sich das ruhige, glatte Wasser des Arabischen Meers, während zu ihrer Rechten nach wie vor Klippen aus Sand aufragten.

Mother wandte sich an Alby. »Okay, du kleines Genie. Huntsman sagt, du hast was im Hirn. Wie sieht der Plan aus? Fahren wir einfach weiter, bis uns der Sprit ausgeht? Oder bis der Strand endet?«

Alby antwortete: »Wir fahren weiter, bis wir auf Zivilisation in irgendeiner Form stoßen. Wenn uns vorher der Sprit ausgeht, steigen wir aus und gehen zu Fuß …«

Abrupt verstummte er, als er etwas hörte.

Ein tiefes, rhythmisches Wummern, das von irgendwo hinter ihnen stammte.

Erschreckend plötzlich schoss ein zweiter Alligator Kampfhubschrauber mit gleißenden Suchscheinwerfern über die Klippen hinauf.

Die Lichtstrahlen entdeckten den fliehenden Taifun rasch, und der Helikopter entfesselte eine Salve der mächtigen 30-Millimeter-Kanonen, die vor dem Truck in den Sand einschlug.

»Die haben nur drauf gewartet, dass wir aus der Deckung der Schiffe auftauchen!«, brüllte Mother, um den Lärm zu übertönen. »Das Ding hat viel zu viel Feuerkraft! Wir sind am Arsch!«

Sky Monster bremste, und der Taifun schlitterte über den Sand.

Der große Truppentransporter kam vor dem Kampfhubschrauber zum Stehen, erfasst von dessen grellem Scheinwerferlicht. Es gab keine Möglichkeit mehr, zu fliehen oder sich zu verstecken.

»Verdammt …«, fluchte Mother und ließ resignierend den Kopf hängen.

Ihre Flucht war zu Ende.

SECHSTE HERAUSFORDERUNG

UNSTERBLICHENKAMPF I

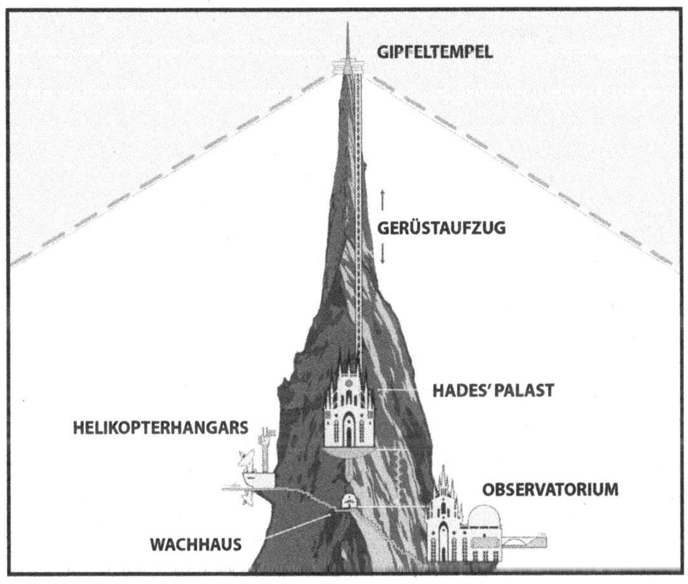

DIE HOHEN BURGEN DES HADES

Wenn du durch die Hölle gehst, geh weiter.

WINSTON CHURCHILL

Bewacht von Minotauren wurden Jack und die übrigen Kämpfer in den Gerüstaufzug gescheucht. Sie sollten vor den königlichen Zuschauern zum Austragungsort der nächsten Herausforderung hinuntergebracht werden.

Während der Aufzug abwärtsraste, stand Jack neben Scarecrow, Major Gregory Brigham und Zaitan.

»Die letzte Phase beginnt«, sagte Zaitan zu Jack. »Keine Labyrinthe mehr. Keine Verfolgungsjagden mehr. Keine Plätze zum Verstecken mehr.«

Brigham musste den verwirrten Ausdruck in Jacks Gesicht bemerkt haben. »Er meint damit, dass es von jetzt an nur noch Einzelkämpfe gibt.«

»Und wir alle hoffen, gegen dich anzutreten, West«, fügte Zaitan gehässig hinzu.

Jack schaute zu Brigham. Der britische Soldat nickte.

»Warum?«, fragte Jack.

»Nur ein Mann kann die Spiele gewinnen«, antwortete Brigham. »Aber selbst wenn ich es nicht schaffe, würde ich glücklich sterben, wenn ich wüsste, dass ich als der in die Geschichte eingehen werde, der den fünften großen Krieger besiegt hat. Ich werde umso härter kämpfen, wenn die Aussicht darauf besteht, so zu einem Zweikampf gegen dich zu kommen.«

»Amen«, gab Zaitan seinen Senf dazu.

Jack wechselte einen Blick mit Scarecrow.

Der amerikanische Marine schwieg.

Kurze Zeit später fuhr Lily mit Iolanthe und einigen anderen königlichen Gästen in demselben Gerüstaufzug nach unten. Während die Hochadligen um sie herum plauderten und tratschten, stand sie still da, starrte ins Leere und grübelte.

Sie versuchte, alles zu verarbeiten, was sich ereignet hatte. Dion hatte bekommen, was er wollte: sie zum Heiraten. Bei dem Gedanken lief ihr ein Schauder über den Rücken. Die Vorstellung an ein Leben an diesem Ort als Frau eines Monsters widerte sie an.

Dann hörte sie in der Enge des Fahrstuhls, wie der flegelhafte Prinz namens George einem seiner jungen Freunde etwas zuflüsterte: »Vacheron hat mir gerade mitgeteilt, dass ein Verfolgungshubschrauber die flüchtenden Geiseln eingeholt hat. Idioten. Die dachten wohl wirklich, sie könnten entkommen.«

Lily schloss die Augen und biss sich frustriert auf die Unterlippe.

Ganz gleich wie sie es betrachtete, sie sah keinen Ausweg. Jack hatte sich bisher so gut geschlagen, doch sie merkte ihm an, dass er hart am Rand der Erschöpfung wandelte. Sollte er die letzten Herausforderungen überhaupt überleben, würde er keine Energie mehr haben, um sie vor ihrem Schicksal zu bewahren.

Selbst wenn er die Spiele gewönne, Lily wäre nicht überrascht, wenn Jack im Anschluss daran auf Dions Befehl hin einem »Unfall« zum Opfer fiele. Schlimmer konnte es nicht mehr werden.

Eine Hand legte sich sanft auf ihre Schulter.

Die von Iolanthe.

»Lily, ich weiß, was du von mir hältst. Aber ich weiß auch, wie du dich gerade fühlst. Ich will Vacheron ungefähr so sehr heiraten wie du Dion. Die Verlobung mit einem niederträchtigen Mann aus den strategischen

Gründen meines Bruders widert mich an. Orlando hat mir erklärt, dass es nun mal mein Schicksal als Königliche ist.«

Iolanthe drückte Lilys Hand. »Bleib stark, Lily. Gib noch nicht auf.«

Lily sah sie mit trotzigen Augen an. »Ich habe nicht aufgegeben. Ich gebe nie auf. Hab ich von meinem Vater gelernt.«

Nach einem Drittel des Wegs Hades' Berg hinunter kam der Aufzug zum Stehen.

In den oberen Bereichen des Bergpalasts hingen mehrere Festungen an den Flanken des sich verjüngenden Gipfels. An einer davon hatte der Aufzug angehalten.

Als sie die Kabine verließen, sagte Iolanthe: »Diese Festungen nennt man die Hohen Burgen des Hades.«

Es gab sie in verschiedenen Formen und Größen – einige wiesen mehrere Wachtürme mit spitzen Dächern auf, andere Balkone mit Zinnen. Wieder andere stellten gedrungene Kuppelbauten dar. Auf einer Burg erkannte man sogar eine Ansammlung von Antennen.

Sie alle verband ein Geflecht von Treppen und schmalen, in den Berg gehauenen Wegen.

Das unterste dieser Bauwerke umringte gleichsam die Taille des Bergs und beherbergte sowohl den Speisesaal als auch die Gemächer von Hades' erlauchten Gästen.

Während sie Stufen an der Außenseite der höchsten Burg hinuntergingen, sagte Iolanthe: »Das ist Hades' eigener Palast, seine Privatresidenz. Wie nicht anders zu erwarten, ist das Gebäude prunkvoll ausgestattet, wie es sich für den Herrscher der Unterwelt gehört.«

Es war die mit Abstand prächtigste und komplexeste aller Hohen Burgen. Außen strotzte das Bauwerk vor

Balkonen und Türmen. Den Pomp im Inneren konnte Lily nur erahnen.

Sie stieg weiter hinab und bekam etwa 60 Meter unter Hades' Residenz die am seltsamsten von allen aussehende Burg zu Gesicht.

An der Ostflanke des Bergs prangte ein sehr altes, wunderschönes kuppelförmiges Gebäude aus schwarzen Ziegelsteinen. Es erinnerte Lily an die Maya-Ruinen in Chichén Itzá.

»Das bezeichnen wir als das Observatorium«, erklärte Iolanthe. »Es ist ein uralter astronomischer Apparat, der die Hydra-Galaxie im Auge behält.«

Von der Kuppel ragten drei runde Bühnen über den 300 Meter tiefen Abgrund. Diese befanden sich auf drei Seiten des Observatoriums – im Süden, Osten und Norden – und verliefen stufenförmig um die alte Kuppel herum nach oben.

Jede Plattform war anders. Die unterste wies in der Mitte ein Loch auf wie ein Donut. Die mittlere beherbergte irgendwelche Statuen. Über die dritte und höchste, auf der sich ebenfalls Statuen befanden, verlief zudem ein Wasserfall. Keine der drei Bühnen besaß Geländer. Dafür standen auf allen drei kleine hüfthohe Podeste, jeweils mit einer golden leuchtenden Kugel darauf.

»Was ist das?«, fragte Lily.

»Wie das Observatorium haben auch diese Plattformen eine Bezeichnung«, erwiderte Iolanthe. »Das sind die Kampfbühnen. Auf ihnen finden die letzten vier Herausforderungen statt.«

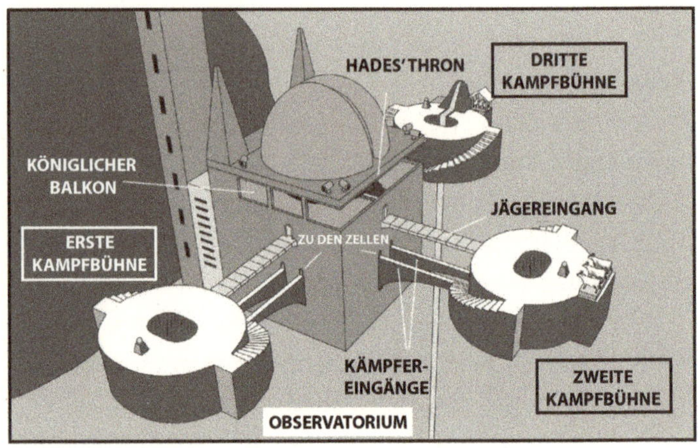

Angeführt von Hades und Vacheron begaben sich die königlichen Zuschauer auf dem oberen Deck des Observatoriums zu ihren Plätzen auf einem Balkon mit Blick auf die drei Kampfbühnen. Hades setzte sich auf einen großen, erhabenen Thron aus altem schwarzem Stein.

Mittlerweile herrschte Nacht, und die Unterwelt lag dunkel unter ihrem riesigen Baldachin in Form des Tarnnetzes. Auf dem Dach des Observatoriums montierte Flutlichter erhellten die Kampfplattformen.

Vacheron trat auf die erste Bühne hinaus. Er stellte sich neben das Podest, auf dem die goldene Kugel in einem Klemmmechanismus ruhte.

»Meine Damen und Herren, wir treten nun in die populärste Phase unserer Spiele ein. Dabei tragen unsere Recken entweder ihren Namen in die Annalen der Geschichte ein oder sie sterben.

Von hier an schreiten wir rasch voran. Die Herausforderungen sechs bis acht sind Varianten derselben Prüfung: des Todeskampfs. Mann gegen Mann. Unbewaffnet. Ohne Hilfsmittel. Auf Leben und Tod.

Nach der sechsten Herausforderung auf der ersten Kampfbühne wird die Zahl unserer Recken auf vier schwinden. Die siebte lichtet die Ränge weiter auf zwei. Am Ende jeder dieser beiden Herausforderungen wird die goldene Kugel der Kampfbühne auf Lord Hades' Thron platziert.«

Hades deutete auf vier schalenförmige Vertiefungen in den Armlehnen seines mächtigen schwarzen Throns.

Vacheron fuhr fort. »Am Ende der achten Herausforderung verbleibt nur noch ein Kämpfer. Nachdem die achte Kugel zu Lord Hades gebracht wurde, wird sich jener Recke allein der neunten und letzten Herausforderung stellen und das Schicksal der Welt wird auf seinen Schultern ruhen.

Die ersten drei Herausforderungen der zweiten Phase werden so sehr geschätzt, dass der siegreiche Kämpfer zudem einen besonderen Preis für seinen König erringt: den berühmten goldenen Gürtel der Amazonen.«

Vacheron hielt einen glitzernden Gürtel hoch.

Er bestand aus dickem schwarzem Leder mit Goldplättchen, besetzt mit allerlei Edelsteinen: Smaragden, Diamanten, Rubinen.

Lily dachte daran, was Jack während der fünften Herausforderung gerufen hatte, nämlich dass es sich bei den Spielen um die sagenumwobenen Aufgaben des Herkules handelte.

»Die Aufgaben«, hauchte sie. »Der Gürtel der Amazonenkönigin Hippolyte.«

»Richtig«, bestätigte Iolanthe. »Bei seiner neunten Aufgabe musste Herkules ihren Gürtel beschaffen. Dafür musste er viele Männer im Einzelkampf besiegen. Dieser Gürtel ist der Ursprung der Meisterschaftsgürtel bei Kampfsportarten wie Boxen.«

Vacheron fuhr fort. »Die sechste Herausforderung findet auf der ersten und niedrigsten Kampfbühne statt. Immer zwei Kämpfer treten darauf gegeneinander an. Nur einer wird sie verlassen.« Vacheron setzte ein bösartiges Grinsen auf. »Aber bei den Kämpfen kommt noch ein weiteres Element zum Tragen.«

Die riesige Gestalt von Chaos betrat die unterste Kampfbühne. In seiner schwarzen Körperpanzerung aus Kevlar und den schweren Stiefeln sah er imposant und Furcht einflößend aus. In einer Hand hielt er ein verheerend anmutendes Schwert.

»Die beiden Recken kämpfen, während Chaos sie verfolgt«, erklärte Vacheron. »Gegen einen Mann bis zum Tod zu kämpfen ist eine Sache. Es wird jedoch zu einer völlig anderen, wenn dabei gleichzeitig im Hintergrund eine weitere Bedrohung lauert. Nur die würdigsten Recken werden diese Herausforderung überstehen.«

Vacheron zeigte auf einen Computer auf dem Zuschauerbalkon. Sieben Bildschirme waren daran angeschlossen.

Sie erinnerten an EKG-Monitore in Krankenhäusern: Jeder zeigte den Namen eines Kämpfers über einer piependen, pulsierenden Linie, die für den Herzschlag des jeweiligen Mannes stand.

»Wie Sie wissen, wurde jedem unserer Kämpfer eine Sprengladung mit einem Chip in den Nacken implantiert. Dieses Gerät liefert uns auch biometrische Messwerte, unter anderem die Herzfrequenz des Recken. Sobald der

Herzschlag eines Kämpfers endet, wird der Überlebende zum Sieger erklärt und Chaos stellt seine Einmischung ins Kampfgeschehen unverzüglich ein.«

Vacheron verstummte kurz. »Eigentlich war zu hoffen, dass in dieser Phase des Ablaufs noch acht Recken am Leben sein würden, was vier Kämpfe bedeutet hätte. Leider haben sich die Herausforderungen als zu schwierig erwiesen, daher sind nur sieben verblieben.

Lord Hades hat in seiner Weisheit entschieden, dass der Kämpfer mit den bisher meisten Siegen bei dieser Herausforderung ein Freilos erhält. Dieser Recke ist Major Brigham, der das Königreich Land vertritt. Bestimmt ist sein Schirmherr hocherfreut über diese Neuigkeit.«

Vacheron deutete zum Balkon in König Orlandos Richtung. Orlando nickte zustimmend.

Vacheron fuhr fort. »Die anderen Kämpfer wurden ohne Manipulation oder Ränke zusammengelost. Und nun möge die Herausforderung ohne weitere Umschweife beginnen! Ich hole sofort das erste Kämpferpaar.«

Jack saß allein in einer Zelle unterhalb des Observatoriums.

Der Raum wies keine Fenster auf. Die Tür bestand aus massivem Stahl.

Er trug immer noch seine schmutzigen Jeans und sein T-Shirt unter der weißen Körperpanzerung aus Kevlar, die er von Furcht erbeutet hatte. Mit dem Brustpanzer, den Unterarmschützern und den Beinschienen, alles in Weiß, fühlte er sich wie in der Schutzausrüstung eines Polizisten.

Und er fühlte sich erschöpft.

Seit Beginn der fünften Herausforderung war er ständig in Aktion gewesen, hatte gekämpft, war geflohen, hatte einen Truck auf einen Hubschrauber gesteuert. Und zuletzt hatte er der ersten Zeremonie auf dem Gipfel beigewohnt …

Mit dem Quietschen rostiger Scharniere schwang die Zellentür auf. Vacheron schlenderte herein, begleitet von vier bewaffneten Minotauren, die Jack schnell umringten.

»Keine Zeit zum Ausruhen, fünfter Krieger«, sagte Vacheron. »Du bist dran. Deine nächste Herausforderung ist genauso rein wie uralt: Einzelkampf gegen einen anderen Recken. Entweder überlebst du oder du stirbst. Wobei ich gestehen muss: Ich persönlich hoffe, du stirbst bald. Allmählich kann ich dein Gesicht nicht mehr sehen.«

»Die Aufgaben des Herkules«, sagte Jack. »Dreht sich das alles hier darum? Ums Nachspielen uralter Mythen?«

Vacheron schwieg einen Moment, während er Jack von oben bis unten musterte.

»Nachspielen?« Der Mann spie das Wort regelrecht hervor. »West, gerade du solltest wissen, dass Geschichte eine höchst ungenaue Wissenschaft ist. Sogar bei dem Kinderspiel mit dem Weiterflüstern verfälscht sich ein simpler Satz innerhalb von Minuten. Ähnlich verhält es sich bei historischen Ereignissen, wenn sie über Jahrhunderte hinweg nacherzählt werden.

Nimm nur Herkules. Der Mann, den du unter dem Namen kennst, war kein Halbgott aus einer uralten Legende. Er war der berühmteste Kämpfer dieser Spiele. Sein Name hat die Zeit aus dem einfachen Grund überdauert, weil er allein jede einzelne Herausforderung der Großen Spiele gewonnen hat.

Vom Sieg über den Minotaurus in der ersten Zelle über die Eroberung einer Kugel im Wandlabyrinth bei der vierten Herausforderung bis hin zu diesen Kampfritualen – Herkules hat alles für sich entschieden. Es war eine einzigartige, schier unglaubliche Leistung, die ihm zu Recht ewigen Ruhm eingebracht hat.

Aber Geschichtsschreiber sind schlampig.

Im Verlauf von drei Jahrtausenden haben sie irrtümlich den Namen des damaligen Herrn der Unterwelt – eines grausamen Herrschers namens Eurystheus – herangezogen und ihn als kleinkarierten König dargestellt, der die Aufgaben für Herkules ersonnen hat. Ohne Ahnung von der Natur der neun Herausforderungen oder der darin enthaltenen metaphorischen Elemente – Stiere, Hirsche, Keiler und sogar Gürtel – haben die Historiker sie zu ausschließlich auf Herkules bezogenen ›Aufgaben‹ gemacht.

Die königlichen Familien, die gerade die Spiele mitverfolgen, kennen die Wahrheit. Jetzt kennst du sie auch. Komm, es ist an der Zeit für deinen Kampf.«

Vacheron nickte den Wachen zu, die Jack in einen dunklen Gang aus Stein stießen, erhellt von brennenden Fackeln und gesäumt von weiteren Zellen.

Nach etwa 20 Metern endete der Korridor an einer Gabelung.

Die Minotauren schoben Jack in die rechte Abzweigung und schlossen eine Stahltür hinter ihm.

Eine pfeifende Brise umwehte ihn.

Jack drehte sich um und stellte fest, dass er auf einer schmalen Steinbrücke hoch über der Unterwelt stand. Vielleicht 300 Meter unter sich konnte er das vertikale Wandlabyrinth der vierten Herausforderung ausmachen.

Eine Reihe von Steinstufen führte von der Brücke gewunden nach oben und verlief außer Sicht.

Als Jack zu der Treppe ging, hörte er, wie Vacheron und die Minotauren den Gang hinunter umkehrten und eine andere Zelle öffneten. Weitere Schritte. Dann wurde die Tür der linken Abzweigung geschlossen.

Einzelkampf, dachte Jack.

Aber meinen Gegner bekomme ich erst zu Gesicht, wenn ich die Plattform erreiche …

Mit einem langen, tiefen Atemzug schritt Jack die geschwungene Treppe hinauf seinem Schicksal entgegen.

Nach 15 Stufen geriet die Kampfbühne in Sicht, und Jack steuerte darauf zu.

Eine Gestalt erschien auf der gegenüberliegenden Seite von einer anderen Treppe, und eine Schrecksekunde lang dachte Jack, es wäre Scarecrow, sein neuer Verbündeter und Freund …

Aber er war es nicht.

Es handelte sich um Sergeant Victor Vargas, gläubiger Katholik und brutales Ex-Mitglied der brasilianischen Spezialeinheiten. Und Jacks Kollege als Vertreter des Königreichs Land. Mit etwa 1,90 Metern war Vargas größer als Jack und auch schwerer, geschätzt um die 15 Kilo. Mit schwarzen Augen, dunklem Teint und unrasiertem Kinn starrte er Jack mit der Intensität eines Psychopathen an, der wusste, dass er nur weiterleben konnte, indem er tötete.

Auf der Plattform wartete bereits neben einem großen Loch in der Mitte die hochgewachsene Gestalt von Chaos mit dem schwarzen Löwenhelm. Während Jack und Vargas keine Waffen hatten, hielt Chaos ein Schwert zu Boden gerichtet.

Am hinteren Ende der Bühne stand ein kleines Podest mit einer goldenen Kugel darauf.

Vacheron nahm seinen Platz auf dem Aussichtsbalkon ein.

»Zu unserem ersten Kampf treten an: Sergeant Victor Vargas, der das Königreich Land vertritt, und Captain Jack West, der ebenfalls das Königreich Land vertritt!«

Er nickte Hades zu.

Der Herrscher der Unterwelt sagte: »Lasst den Kampf beginnen. Bis zum Tod.«

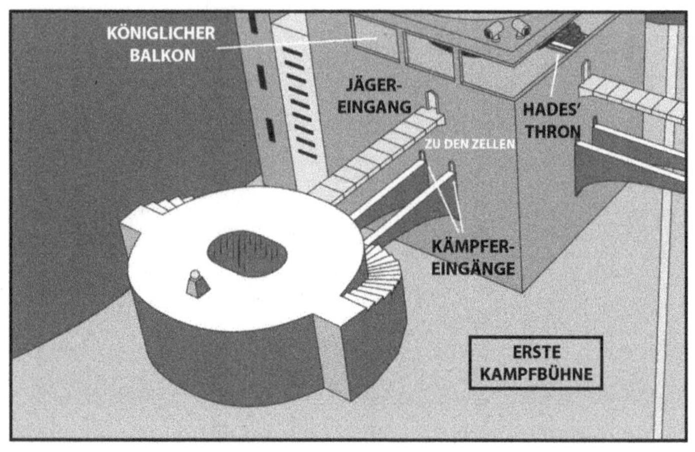

KAMPF 1: JACK GEGEN VARGAS (UND CHAOS)

Vargas nahm sofort eine seltsame, tief geduckte Haltung ein und begann, Jack wie eine Dschungelkatze zu umkreisen. Dabei bewegte er sich für einen so großen Kerl ungewöhnlich schnell.

Jack erkannte die Technik auf Anhieb. Erschien ihm nur logisch, dass ein brasilianischer Soldat wie Vargas sie einsetzen würde. Es handelte sich um die brasilianische Kampfsportart Capoeira. Aus einer Vielzahl bekannter Kampfkünste stach Capoeira vor allem durch einen Faktor heraus: Schnelligkeit.

Die Verteidigungstechniken umfassten rasante Ausweichbewegungen, die Angriffe erfolgten flink, hart und entschlossen. Wenn einem der erste Schlag nicht die Besinnung raubte, dann der zweite.

Scheiße, dachte Jack.

Lily sah vom königlichen Balkon aus zu.

Neben ihr standen Iolanthe und Kardinal Mendoza.

Der Geistliche seufzte. »Das ist so bedauerlich. Drei Vertreter unseres Königreichs haben es in diese Phase der Spiele geschafft, und zwei von ihnen müssen kämpfen. Ein Jammer.«

Iolanthe wandte den Blick nicht von der Kampfbühne ab. »Wer wird gewinnen?«

»Oh, Vargas«, erwiderte Mendoza. »Der fünfte Krieger besitzt Mut, daran besteht kein Zweifel, aber Sergeant Vargas ist *Mestre* in Capoeira, ein Meister. Ausgebildeter Nahkämpfer. Abgesehen davon, sehen Sie sich den fünften Krieger nur an. Er ist ausgelaugt. Sein törichter Fluchtversuch hat ihn erschöpft. Diesmal gibt es für ihn kein Entrinnen. Wenn er Glück hat, beendet Vargas es kurz und schmerzlos.«

Auf der Bühne umkreisten Jack und Vargas einander vorsichtig, wogen sich gegenseitig ab.

Abgesehen von ihnen selbst barg die Bühne drei weitere Gefahren, die sie beide tunlichst mieden: den äußeren Rand, das kreisförmige Loch in der Mitte – und Chaos.

Vargas murmelte etwas vor sich hin, während er sich bewegte.

Er flüsterte in schneller Folge auf Portugiesisch: »... *ave Maria, cheia de graça, o Senhor é convosco ...*«

Jack brauchte einen Moment, um zu erkennen, worum es sich handelte.

»... *gegrüßet seist du, Maria, voll der Gnade, der Herr ist mit dir ...*«

Der Mann betete.

Und dann griff Vargas an.

Die Bewegung erfolgte so schnell, dass Jack sie beinahe nicht mitbekam. Es war, als hätte Vargas ihn mit seinem Mantra eingelullt, um dann explosiv loszuschlagen.

Ein hoher Tritt raste wie ein Geschoss auf Jacks Kopf zu, und Jack duckte sich nach rechts. Vargas' Stiefel zischte so dicht an seiner Wange vorbei, dass Jack den Luftzug spürte.

Chaos rührte sich nicht.

Er beobachtete das Geschehen nur vom Bühnenrand, das Schwert locker in der Hand.

Vargas setzte mit einer Salve rasanter Bewegungen nach – er griff Jack mit einer Mischung aus Tritten, Schlägen und Ellbogenstößen an.

Jack tänzelte rückwärts, wich aus und parierte die Hiebe.

Dann landete Vargas einen wuchtigen Treffer an Jacks Kieferpartie.

Jack stürzte und knallte hart auf den Boden. Sein Kopf hing über den Schacht in der Mitte. Als er durch das Loch auf den Kraterboden tief unten hinabblickte, stand die Zeit plötzlich still.

Seine Sicht verschwamm um die Ränder.

Sämtliche Geräusche verstummten, abgesehen von einem Klingeln in den Ohren.

Jack kannte das Gefühl. Alle Boxer und Mixed-Martial-Arts-Kämpfer kannten es, denn es handelte sich um die erschreckende Reaktion auf einen harten Treffer. Man hatte eine Gehirnerschütterung, war benommen, und wenn man dem nächsten Schlag nicht ausweichen konnte, war man erledigt.

Als Jack den Kopf hob, tropfte Blut aus seinem Mund.

Vargas setzte wild mit einem Abwärtshaken nach.

Jack rollte sich weg, und Vargas verfehlte ihn.

Rasch rappelte sich Jack auf, drehte sich um …

… und sah sich Chaos' leidenschaftslosen Zügen unmittelbar gegenüber.

Chaos schlug ihm ins Gesicht.

Diesmal wurde Jacks Nase getroffen. Blut spritzte überallhin.

Die königlichen Zuschauer beobachteten gespannt, wie die kleine, wankende Gestalt von Jack West jr. von Chaos und Vargas in die Mangel genommen wurde.

Er wirkte wie ein gefangenes Tier, das zwischen zwei Raubtieren hin- und herschaut.

Lily schäumte vor Wut. »Das ist nicht fair. Der Löwentyp versucht nicht mal, gegen Vargas zu kämpfen. Die beiden tun sich gegen meinen Vater zusammen.«

Auch Iolanthe beobachtete das Kampfgeschehen mit zusammengekniffenen Lippen. »Jack hat Chaos beleidigt, indem er Furcht umgebracht und ihm seine Körperpanzerung abgenommen hat. Und er hat alle hier beleidigt, als er versucht hat, die Geiseln zu befreien. Jetzt wird er dafür bestraft, bevor er stirbt.«

Jack taumelte rückwärts. Blut strömte aus seiner Nase. Er atmete abgehackt durch den Mund, gefangen zwischen den beiden tödlichen Männern.

Vorsichtig achtete er auf gleichen Abstand zu Vargas und Chaos. Sein Verstand kämpfte verzweifelt gegen den Dunst an, der ihn zu überwältigen drohte. Ihm blieben vielleicht vier Sekunden, um einen Ausweg zu finden, bevor er das Bewusstsein verlieren würde.

Denk nach!

Mit Muskelkraft allein kannst du diesen Kampf nicht gewinnen. Du musst dein Hirn einsetzen, die beiden irgendwie überlisten.

Jeder ist besiegbar.

Okay. Was sind ihre Stärken? Was sind ihre Schwächen?

Das ist es, erkannte Jack.

Beides ist dasselbe. Ihre Überzeugung, dass sie bessere Kämpfer sind als ich, ist sowohl ihre größte Stärke als auch ihre größte Schwäche.

Ich muss sie glauben lassen, sie hätten gewonnen …

Jack drehte Vargas den Rücken zu und griff Chaos mit einem schwachen Verzweiflungsschlag an.

Chaos schlug ihn locker mit einer Hand weg. Die königlichen Gäste auf dem Balkon lachten.

Und Vargas schritt zur Tat.

Er packte Jack von hinten und schlang ihm einen dicken Unterarm um den Hals.

Genau damit hatte Jack gerechnet, weil es sich um eines der effektivsten Manöver im Nahkampf handelte: den Würgegriff.

Durch Abdrücken der Halsschlagader des Opfers unterbrach man die Blutzufuhr zum Gehirn. Bewusstlosigkeit folgte, und behielt man den Griff weiter bei, trat bald darauf der Tod ein.

Jack kratzte an dem dicken, behaarten Unterarm, der seine Kehle quetschte.

Vargas' Gesicht befand sich unmittelbar hinter Jacks Kopf, der den widerlichen Atem des Brasilianers riechen konnte, während Vargas wieder und wieder seinen religiösen Sprechgesang murmelte:

»*… ave Maria, cheia de graça, o Senhor é convosco …*«

Und als der Würgegriff allmählich zu wirken begann, erschlaffte Jack nach und nach.

»Es ist vorbei«, sagte Mendoza. Er bekreuzigte sich und wandte sich ab.

Lily löste den Blick nicht von Jack. Sein Körper erschlaffte, wurde nur noch von dem großen Brasilianer hinter ihm aufrecht gehalten.

Chaos trat einen Schritt zurück und ließ den Dingen ihren Lauf.

Eine Träne kullerte Lily über die Wange. »Nein …«

Jack erschlaffte vollständig in Vargas' Griff.

Und eine flüchtige Sekunde lang – in dem Moment, als Vargas erkannte, dass er Jack überwältigt hatte – verringerte der Brasilianer kurzzeitig grinsend den Druck.

Womit er seine Schwäche offenbarte – die Überzeugung, dass er wie erwartet gewonnen hatte.

Jenen Sekundenbruchteil machte sich Jack zunutze.

Es war *nicht* vorbei. Jack hatte das Bewusstsein nicht verloren. Stattdessen hatte er sich absichtlich hängen lassen, damit Vargas dachte, er hätte gesiegt. Ansatzlos riss er den Kopf wuchtig zurück, rammte den Schädel auf Vargas' Nase, brach sie und lockerte den Griff des Brasilianers weiter.

Jack rechnete nicht damit, dass Vargas ihn vollständig loslassen würde. Dafür war der Mann ein zu guter Kämpfer.

Deshalb setzte Jack auf einen Schachzug, mit dem niemand rechnen würde.

Er streckte sich nach vorn, packte Chaos am Brustpanzer, stieß sich mit aller verbliebenen Kraft mit den Beinen ab und beförderte sie zu dritt in den Schacht in der Mitte der Kampfbühne.

Beim Anblick der drei in das Loch stürzenden und außer Sicht verschwindenden Kämpfer stürmten alle königlichen Zuschauer nach vorn.

Lily umklammerte krampfhaft das Geländer des Balkons.

Sie hielt den Atem an, als sie sah, wie eine Gestalt aus dem Schacht und unablässig schreiend bis hinunter zum Fuß des Bergs fiel.

Als der Mann mit einem Übelkeit erregenden Laut, einer Mischung aus Platschen und Knirschen, auf dem Boden aufschlug, stimmte einer der Herzfrequenzmonitore einen schrillen Ton an, und die angezeigte Linie verflachte.

Pieeeeeeeeeeeeeeep!

Alle wirbelten herum, wollten sehen, welcher Kämpfer gestorben war, Vargas oder West.

Auf dem Bildschirm stand ein Wort: VARGAS.

Gleich darauf kletterte Jack aus dem Schacht und kroch auf Händen und Knien langsam und mühsam davon weg.

Ein Stück davon entfernt platschte er völlig verausgabt aufs Gesicht.

Einen Moment später hievte sich auch Chaos aus der Öffnung in der Mitte der Plattform. Jack lag völlig wehrlos mit dem Gesicht nach unten vor ihm auf dem Boden. Aber da Vargas tot war, durfte der große Krieger Jack nicht anrühren.

Chaos stand nur über der ausgestreckt liegenden Gestalt von Jack und wirkte verwirrt.

Schließlich stemmte sich Jack hoch und kam leicht schwankend auf die Beine, das Gesicht blutverschmiert.

Er schaute hoch zum königlichen Publikum, zu Hades und Vacheron …

… und zeigte ihnen allen sehr, sehr langsam den Stinkefinger.

Als die drei Männer in den Schacht gestürzt waren, ereignete sich zweierlei, worauf Jack gebaut hatte.

Zum einen hatte Vargas ihn in der Hoffnung, irgendwo Halt zu finden, losgelassen.

Allerdings erwiesen sich die Wände des Schachts als glatt und poliert. Sie boten keinerlei Halt. Vargas stürzte einfach hindurch und schrie den gesamten Weg in die Tiefe bis in den Tod.

Zweitens hatte sich Chaos, um sich zu retten, am Rand des Schachts festgeklammert.

Auch darauf hatte sich Jack verlassen. Deshalb hatte er Chaos gepackt und festgehalten, als er sie alle in das Loch befördert hatte. Am Ende hatte Chaos an der Kante gehangen und Jack an Chaos.

Sobald Jack zu Atem gekommen war, musste er nur noch am Körper des großen Kriegers zurück hinauf zur Kampfbühne klettern.

Einen Moment lang zeigte sich Vacheron sprachlos.

Dann sammelte er sich. »So sei es. Vorbereiten für den zweiten Kampf!«

KAMPF 2: ZAITAN GEGEN DEPON (UND CHAOS)

»Unseren zweiten Kampf bestreiten Zaitan DeSaxe, Vertreter des Königreichs Unterwelt, und Bruder Renzin Depon, Vertreter des Königreichs Himmel!«, kündigte Vacheron an.

Genauso förmlich sagte Hades erneut: »Lasst den Kampf beginnen. Bis zum Tod.«

Das zweite Duell endete erheblich schneller als das erste.

Der tibetische Kriegsmönch Depon mochte ein geschickter Nahkämpfer sein, doch nach wenigen Schlagabtauschen gelang es dem nicht minder geschickten Zaitan, das erste Blut zu vergießen.

Chaos lauerte am Rand des Geschehens und trat nur vor, wenn sich Depon in seine Nähe verirrte – allerdings hielt er sich bei Zaitan zurück. Er bevorzugte Hades' Sohn eindeutig.

Dann entfesselte Zaitan zwei schnelle Schläge, die Blut aus Depons Mund schießen ließen, und der Tibeter fiel benommen auf die Knie.

Kaum befand er sich in der Position, war alles vorbei.

Zaitan sprang hinter ihn, schlang die Arme um die Kehle des Kriegermönchs und brach ihm das Genick.

Der Monitor mit Depons biometrischer Anzeige erfüllte den königlichen Balkon mit einem durchdringenden Piepton.

Auf der Kampfbühne trat Zaitan den erschlafften Körper seines Gegners von sich.

Das Publikum jubelte.

Besonders enthusiastisch klatschte Dion.

Zwei Minotauren huschten auf die Kampfbühne und schleiften Depons Leiche an den Beinen weg, zurück hinunter in die Zellen.

Auch Chaos verließ nach getaner Arbeit die Bühne.

Zaitan blieb allein auf der großen runden Plattform zurück, verschränkte förmlich die Hände auf dem Rücken und verneigte sich ehrfürchtig vor seinem Vater und den königlichen Zuschauern.

Durch seine Haltung konnte niemand sehen, was seine Hände hinter dem Rücken taten. Mit schnellen Fingerbewegungen schob er zwei rasiermesserscharfe hautfarbene Keramikklingen unter die Falten seiner Knöchel zurück – Klingen, mit denen er Depon im entscheidenden Moment des Kampfs das Gesicht aufgeschlitzt hatte.

Und gleichzeitig lächelte Zaitan zur jubelnden, ihn bewundernden Menge hinauf.

KAMPF 3: SCARECROW GEGEN EDWARDS (UND CHAOS)

Shane »Scarecrow« Schofield marschierte die geschwungenen äußeren Stufen der Kampfbühne hinauf und erblickte seinen Gegner.

»Du …«, flüsterte er, als er ihn auf der gegenüberliegenden Seite der Plattform stehen sah.

»Ich hatte schon im Gefühl, dass es so kommen könnte«, meinte sein Rivale mit dem Grinsen eines Raubtiers.

Es handelte sich um Jeffrey Edwards von der Delta Force. Ebenfalls Amerikaner. Und so wie Scarecrow vertrat auch er das Königreich Meer. Zugleich war er derjenige, der Scarecrow und seine Marines vor wenigen Tagen in Afghanistan dazu überlistet hatte herzukommen.

Unterschiedlicher hätten die beiden Männer kaum sein können. Scarecrow war schlank und glatt rasiert. Edwards hatte, wie bei Soldaten der Delta Force verbreitet, einen ungepflegten Bart und eine muskelbepackte Statur.

Scarecrow starrte den Kerl nur finster an.

Edwards hatte von Anfang an gewusst, wofür er nach Indien kommen würde. Er hatte für die Spiele trainiert. Hatte sich darauf vorbereitet. Scarecrow hingegen hatte man wie Jack West jr. ins kalte Wasser geworfen, auf dass er darin entweder untergehen oder schwimmen wurde.

Edwards schnaubte. »Schätze, du bist ziemlich sauer auf mich, was?«

Scarecrow erwiderte nichts.

»Immerhin hab ich dich hergelockt«, fuhr Edwards fort. »Muss 'nem Marine ja gegen den Strich gehen. Verfluchte

Marines. So verdammt aufrichtig. Verfickte Gutmenschen. Weißt du, ich musste schon einige Marines erledigen – Idioten, die was gesehen haben, das sie nicht sehen sollten. Und jetzt muss ich dich abmurksen.«

Edwards legte den Kopf knackend nach links und rechts, um die Halsmuskeln zu lockern. Dabei wirkte er unbekümmert wie jemand, der sich bloß im Garten hinter dem Haus auf ein paar Würfe mit dem Baseball vorbereitet.

Scarecrows Blick suchte den Körper seines Gegners ab.

Braune Kampfhose und T-Shirt: keine Gefahr.

Stahlkappenstiefel: beträchtliche Gefahr.

Dann sah er Edwards' Hände: jede Menge Gefahr.

An beiden Händen trug Edwards einen Teil der klassischen Ausrüstung von Elitekriegern der Delta Force: sandfarbene Kampfhandschuhe. Allerdings gab es dafür auch eine bedrohlichere Bezeichnung: Schlagringhandschuhe.

Was auf spezielle, in die Knöchel eingenähte, gewölbte Platten aus Stahlschrot zurückging, die dem Träger deutlich mehr Schlagkraft verliehen. Man erzielte damit dieselbe Wirkung wie mit einem Schlagring. Ein einziger, gut gezielter Schlag konnte einem Mann die Nase ins Hirn rammen und ihn auf der Stelle töten.

Vacheron rief: »Unseren dritten Kampf bestreiten Major Jeffrey Edwards, der das Königreich Meer vertritt, und Captain Shane Schofield, der ebenfalls das Königreich Meer vertritt!«

Der Herrscher der Unterwelt sagte: »Lasst den Kampf beginnen. Bis zum Tod.«

Edwards preschte vorwärts, entfesselte eine Abfolge schneller Schläge mit den beschwerten Handschuhen und drängte Scarecrow an den Rand der Bühne zurück.

Scarecrow zog sich vor dem Ansturm zurück, parierte Edwards' Hiebe und achtete gleichzeitig aus dem Augenwinkel auf Chaos.

Dann folgte ein rechter Schwinger von Edwards. Scarecrow duckte sich, wich aus, tauchte wieder auf …

… und sah, wie Chaos sein Schwert gegen ihn schwang!

Scarecrow duckte sich erneut. Das Schwert zischte über seinen Kopf hinweg, verfehlte ihn nur um Zentimeter.

Er drehte sich zu Edwards zurück, als *klatsch!* – dessen linke Faust mit voller Wucht Scarecrows Wange traf.

Der Stahlschrot in den Knöcheln des Handschuhs zeigte Wirkung.

Scarecrow hörte seinen Wangenknochen knacken. Gebrochen.

Seine Augen fingen zu tränen an, seine Sicht verfinsterte sich an den Rändern.

Muss auf Chaos achten, brüllte sein Verstand.

Er schwenkte zurück, um nach dem Killer mit dem Löwenkopfhelm zu sehen – und bekam gerade noch mit, wie die große schwarze Gestalt heranstürmte und mit dem Schwert zustach.

Zu Scarecrows Entsetzen bohrte sich die Klinge tief in seine linke Schulter und trat glitzernd einen vollen halben Meter weit am Rücken wieder aus!

Das königliche Publikum schnappte kollektiv nach Luft.

Niemand erholte sich von einem solchen Treffer.

Chaos trat von Scarecrow zurück und ließ das Schwert grausam in dessen linker Schulter stecken.

Edwards setzte zum Todesstoß an.

Scarecrow taumelte japsend.

Er sah das Schwert tief in seiner linken Schulter und spürte, wie der Arm erschlaffte.

Und dann hatte er Edwards vor sich, der weitere Schläge auf ihn niederprasseln ließ.

Mühsam hob Scarecrow den heilen rechten Arm zur Verteidigung und versuchte, bestmöglich abzublocken.

Edwards laberte, während er auf ihn eindrosch.

»Ich hab mehr Training als du!«

Klatsch.

»Mehr Erfahrung als du!«

Klatsch.

»Mehr Wissen als du!«

Klatsch.

Der letzte Treffer schlug Scarecrows Verteidigungsarm weg, und plötzlich blieb Scarecrow völlig ungeschützt zurück.

Edwards ballte den verstärkten rechten Handschuh zu einer festen Faust und spannte den gesamten Körper für einen Vernichtungsschlag an.

Scarecrow hob die heile Hand und stieß atemlos hervor: »Aber ich … hab mehr …«

Edwards hielt grinsend inne. »Was? Wovon hast du mehr?«

»Mehr Fantasie als du.«

Und damit ließ sich Scarecrow abrupt fallen und riss mit einem Beinfeger die Füße unter Edwards weg. Der Elitesoldat der Delta Force ging zu Boden.

Dann folgte ein schier unfassbares Manöver von Scarecrow: Er sprang auf, umklammerte den Griff des in ihm steckenden Schwerts und wuchtete den gesamten Körper rückwärts … direkt auf Edwards … wodurch sich das aus Scarecrows Rücken ragende Schwert mitten ins Herz seines Gegners bohrte.

Blut spritzte überallhin.

Chaos wusste nicht, was er tun sollte.

Das königliche Publikum starrte entgeistert hin.

Stille trat ein …

… abgesehen vom lang gezogenen, monotonen Piepton des Herzfrequenzmonitors von Jeffrey Edwards, der dessen Tod anzeigte.

Niemand sagte ein Wort, bis Prinz George lachend herausplatzte: »Hol mich der Teufel, das war mal heftig!«

Dann rappelte sich Scarecrow auf, stand wackelig und blutverschmiert da und zog mit einem Ruck das Schwert aus seinem Körper. Im selben Moment öffnete sich schnappend von selbst der Klemmmechanismus, der die goldene Kugel auf dem Podest neben ihm fixierte.

Nach einem Nicken von Vacheron hob Scarecrow die leuchtende Kugel vom Podest.

Unter dem respektvollen Beifall des königlichen Publikums brachte er sie hinauf zur Aussichtsplattform und überreichte sie Hades, der sie ehrfürchtig in die erste schalenförmige Aussparung an der rechten Armlehne seines Throns platzierte.

SIEBTE HERAUSFORDERUNG

UNSTERBLICHENKAMPF II

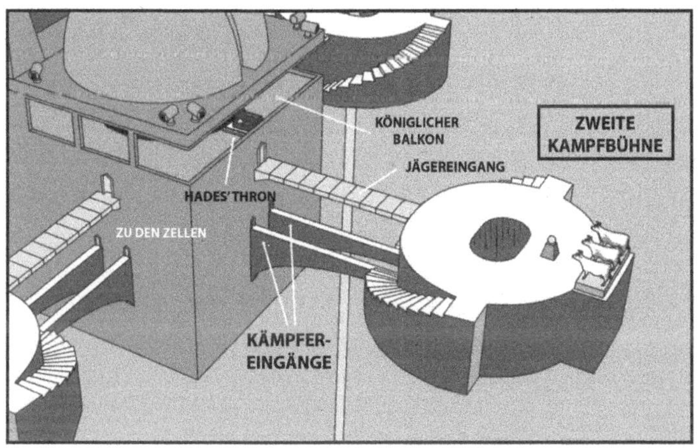

DIE ZWEITE KAMPFBÜHNE

Nur noch vier Kämpfer verblieben.

Hades' Sohn Zaitan.

Major Greg Brigham, der SAS-Mann, der sich durch die sechste Herausforderung ein Freilos verschafft hatte.

Scarecrow, der Marine mit den Narben quer über die Augen.

Und Jack.

Wie sie für die siebte Herausforderung gepaart würden, wusste nur Vacheron, aber die königlichen Zuschauer tuschelten angeregt, während sie gespannt auf den Beginn der nächsten Runde der Todeskämpfe warteten.

Zur Vorbereitung darauf verlagerten sie sich vom südseitigen Geländer des Balkons des Observatoriums zu der der zweiten Kampfbühne zugewandten Ostseite.

Nur Hades blieb sitzen. Sein Thron bewegte sich für ihn, drehte sich durch einen unsichtbaren Mechanismus um 90 Grad.

Wie die erste Kampfbühne wies auch diese ein Podest mit einer Kugel darauf, ein Loch in der Mitte und geschwungen verlaufende Eingangsstufen zu beiden Seiten auf.

Aber sie wartete mit einer zusätzlichen Besonderheit auf: einer erhöhten Plattform, auf der drei große Statuen aus Stein standen.

Es handelte sich um drei Kühe, die eine Gruppe bildeten, gehauen aus einem einzigen Block hellen Steins. Die Bildnisse wirkten abgewetzt und ausgebleicht vor Alter.

»Rinder«, murmelte Lily bei dem Anblick. »Die Rinderherde des Geryon. Eine weitere von Herkules' Aufgaben.

Herkules hat mit einem Riesen namens Geryon gerungen, um dessen Rinder zu stehlen.«

Iolanthe kommentierte: »In Wirklichkeit war Geryon der Name eines Kämpfers, gegen den Herkules vor 3000 Jahren auf dieser Bühne im Schatten dieser Statuen gekämpft hat. Geryon war ein hünenhafter Bursche und berühmter Ringer.«

Vacheron rief: »Meine Herren und Damen! Willkommen bei der siebten Herausforderung! Nur vier wackere Recken sind noch übrig. Bringt die Kämpfer für den ersten Kampf der siebten Herausforderung heraus!«

Wieder wurde Jack von vier bewaffneten Minotauren aus seiner Zelle geholt.

Nach seiner brutalen Bestrafung im ersten Kampf hatte Iolanthes geckenhafter britischer Arzt Dr. Barnard bei ihm vorbeigeschaut, um ihn notdürftig zusammenzuflicken. Barnard hatte mit einem Eisbeutel die Schwellung gelindert und auf den alten Boxertrick mit Avitene und Vaseline zurückgegriffen, um die kleineren Blutungen zu stoppen.

Solchermaßen verarztet wurde Jack durch einen weiteren verzweigten Gang geführt und durch eine Tür geschoben, die man hinter ihm zuschlug. Eine weitere geschwungene Treppe führte nach oben zur nächsten Kampfbühne.

Jack stieg die Stufen hinauf. Langsam geriet sein Kopf auf die Höhe der flachen Plattform.

Er hatte keine Ahnung, wie die anderen Kämpfe gelaufen waren, wer gegen wen angetreten war und wer gewonnen hatte. Unwillkürlich fragte er sich, mit wem er es diesmal zu tun bekommen würde.

Als er die Bühne betrat, erklomm sein Gegner die Treppe auf der anderen Seite.

Als Jack erkannte, um wen es sich handelte, fielen seine Züge in sich zusammen.

»O nein …«

Es war Scarecrow.

Jack West jr. und Shane Schofield standen einander auf der uralten Kampfplattform gegenüber.

Beide Männer sahen aus, als wären sie durch die Hölle gegangen, was der Wahrheit nicht allzu fern lag.

Trotz Dr. Barnards Bemühungen war Jacks Gesicht blutig und übersät von blauen Flecken. Seine erbeutete Körperpanzerung war mittlerweile genauso verdreckt wie die zerrissene Jeans und das T-Shirt darunter.

Bei Scarecrow hing der linke Arm schlaff von der Schulter. Fest angebrachte Verbände sicherten die Stichwunde an der Stelle. Seine Kampfhose und sein T-Shirt des Marine Corps waren ebenfalls schmutzig, zerfetzt und blutverschmiert.

Jack sah Scarecrow tief in die Augen.

Astro und Mother hatten recht gehabt, als sie sich für den Mann verbürgt hatten. Er verkörperte den einzigen Kämpfer, den Jack bei den Spielen kennengelernt hatte und dem er nicht nur vertraute, sondern den er auch bewunderte.

Scarecrow hatte seine Belohnung geopfert, um Jack das Leben zu retten, als Hades ihm den Schädel von den Schultern sprengen lassen wollte.

Und nun standen sie sich in einem Kampf gegenüber, den nur einer von ihnen gewinnen konnte. Einem Kampf auf Leben und Tod.

Jack schaute weg.

Ihm fiel kein Ausweg ein.

»Verdammt …«, murmelte er.

»West«, sagte Scarecrow plötzlich. Er blickte zur Seite

Chaos verließ gerade das Observatorium und würde die Bühne in wenigen Augenblicken betreten.

»Das ist der einzige Ort, an dem wir frei reden können, also hör gut zu. Du musst mich erledigen. Ich weiß nicht genug über diesen antiken Scheiß. Du schon. Das ist dein Spezialgebiet. Es ist dein Ding. Wenn du die Welt retten kannst, indem du mich umbringst, musst du es tun.«

Jack war sprachlos. »Nein …«

Scarecrow sah ihm unverwandt in die Augen … und lenkte Jacks Aufmerksamkeit mit einer kaum merklichen Kopfbewegung auf etwas in seiner linken Hand.

Jack sah es … und runzelte die Stirn.

Sein Blick schnellte zurück nach oben in Scarecrows Gesicht, und er nickte.

»Du weißt, was du zu tun hast«, sagte der Amerikaner.

»Ja«, bestätigte Jack.

»Wir sehen uns auf der anderen Seite, West«, gab Scarecrow zurück.

In dem Moment betrat Chaos mit seinem Schwert bewaffnet die Bühne und Vacheron rief: »Der erste Kampf der siebten Herausforderung wird ausgetragen zwischen Captain Jack West, Vertreter des Königreichs Land, und Captain Shane Schofield, Vertreter des Königreichs Meer.«

Der Herrscher der Unterwelt sagte: »Lasst den Kampf beginnen. Bis zum Tod.«

KAMPF 1: JACK GEGEN SCARECROW (UND CHAOS)

Scarecrow stürzte sich auf Jack, zielte mit der heilen Schulter auf den Bauchbereich seines Gegners.

Das war zu erwarten. Dem Marine ging es alles andere als gut. Sein linker Arm war praktisch nutzlos. Seine einzige Chance, den Kampf zu gewinnen, bestand in einem schnellen Sieg.

Er hievte Jack von den Beinen und rammte ihn mit dem Rücken voraus gegen den Sockel, auf dem die drei Kuhstatuen standen.

Der Aufprall presste Jack die Luft aus der Lunge. Sogar in seinem verletzten Zustand erwies sich Scarecrow als stark.

Dann sah Jack etwas Silbriges aufblitzen. Instinktiv duckte er sich. Chaos' Schwert sauste über seinen Kopf hinweg, traf eine Kuhstatue und ließ Funken sprühen.

Jack stieß Scarecrow von sich und versetzte Chaos einen Seitwärtstritt in die Brust. Der hünenhafte Krieger krümmte sich vornüber.

Scarecrow griff Jack mit einem Schwinger des heilen rechten Arms an. Diesmal jedoch konnte Jack ausweichen, und als Scarecrow den Körper durch den eigenen Schwung verdrehte, huschte Jack hinter den Marine und nahm ihn in den Würgegriff.

Ein Raunen brach unter dem königlichen Publikum aus.

Lily beobachtete den Kampf angespannt.

Dann bemerkte sie eine Bewegung über und hinter

Jack. Etwas Kleines und Rotes kam von den Statuen der drei Kühe her zum Vorschein.

»O nein«, hauchte sie.

Mephisto kroch verstohlen auf der Statue heran. Er bewegte sich wie ein Affe und näherte sich Jack lautlos von oben. Den Griff seines Flegels mit den zwei Kugeln hatte er sich zwischen die Zähne geklemmt.

Jack sah ihn nicht kommen – er war zu sehr damit beschäftigt, den sich windenden und wehrenden Scarecrow zu fixieren und gleichzeitig Chaos im Auge zu behalten, der sich gerade wieder aufrappelte.

Der Krieger richtete sich zu voller Größe auf, bevor er einen Schritt auf Jack und Scarecrow zutrat.

Dann hielt Chaos inne.

Zwar nur für den Bruchteil einer Sekunde, trotzdem bemerkte es Jack. Chaos hatte etwas hinter ihm gesehen.

Jack hechtete nach rechts … nahm Scarecrow mit … und die beiden Messingkugeln von Mephistos Flegel sausten pfeifend herab und knallten dort zusammen, wo sich eben noch Jacks Kopf befunden hatte!

Der kleine Hofnarr sprang von der Statue, grinste Jack an und entblößte dabei die abartig hässlichen Zähne. Er wirbelte den Flegel, erhöhte die Geschwindigkeit der Kugeln und wappnete sich dafür, sie in Jacks Richtung zu schleudern …

Doch Jack ließ Scarecrow abrupt los und hechtete Chaos entgegen, der das Schwert nach ihm schwang.

Ein völlig verrückter Kampf entbrannte – Jack gegen Scarecrow gegen Chaos gegen Mephisto –, mit Jack als zentraler Gestalt.

Jack sprang mit einem Überschlag unter Chaos' Hieb

hindurch. Mephisto warf im selben Moment den Flegel, der an Jack vorbeiflog. Die vor Geschwindigkeit verschwommenen Messingkugeln trafen stattdessen Chaos hart in die Brust.

Der Krieger mit dem Löwenhelm brüllte vor Schmerz auf und ging atemlos zu Boden. Mephisto stand verdattert der Mund offen. Er hatte den Falschen getroffen.

Der Hofnarr wandte sich Jack zu und bekam prompt von der anderen Seite einen Tritt in die Rippen … vom auf dem Boden liegenden Scarecrow! Der platzierte, kraftvolle Tritt beförderte den Wicht geradewegs ins Loch in der Mitte der Kampfbühne, und mit einem schrillen, gellenden Schrei verschwand der kleine rote Kerl im Schacht und außer Sicht.

»Nimm das, kleiner Scheißer«, brummte Scarecrow.

Befreit von der Einmischung durch Hades' Handlanger eilte Jack zurück zu Scarecrow. Der Marine rappelte sich gerade mühsam wieder auf die Beine und hatte es bis auf die Knie geschafft, als sich Jack auf ihn stürzte und wieder den muskulösen rechten Unterarm zu einem perfekten Würgegriff um Scarecrows Kehle legte.

»Es tut mir leid«, flüsterte Jack dem Amerikaner ins Ohr. »So leid.«

Scarecrow trat aus und wehrte sich verzweifelt, doch bald spürte Jack, wie den Körper des Elitesoldaten allmählich die Kraft verließ.

Scarecrow schloss die Augen.

Jack behielt den Würgegriff aufrecht.

Scarecrow verlor das Bewusstsein. Sein Kopf sackte nach vorn.

Jack behielt den Würgegriff aufrecht.

Scarecrows Atmung setzte aus.

Jack behielt den Würgegriff aufrecht.

Die versammelten Hochadligen beobachteten gebannt das Geschehen, als in der Stille der schrille, durchdringende Piepton von Scarecrows Monitor ertönte und den Herzstillstand anzeigte.

Jack West jr. hatte Shane Schofield getötet.

Lily stand stocksteif da, als sie sah, wie Jack den erschlafften Körper von Scarecrow losließ und mit dem Fuß von sich schob.

Sie bemerkte den gequälten Ausdruck in seinem Gesicht. Es war nie leicht, einen Menschen zu töten, doch bei diesem Marine hatte es ihn sichtlich besonders erschüttert.

Auf der Kampfbühne erschienen zwei Minotauren und schleiften Scarecrows Körper an Jack vorbei von der Plattform.

Jack stand auf und schaute Scarecrow nach.

Mein Gott, was hab ich getan?, schoss es ihm durch den Kopf.

Wenige Schritte von ihm entfernt rappelte sich Chaos erst mühsam auf ein Knie, dann auf die Beine.

Jack spähte in den Schacht, um nachzusehen, was aus Mephisto geworden war.

Was er erblickte, verblüffte ihn.

Der kleine rote Hofnarr hing anderthalb Meter unter dem Rand der Öffnung an der glatten, polierten Wand des Lochs.

Schelmisch grinste er zu Jack empor.

Mephisto umklammerte das kleine Bergsteigergerät, das er schon bei der vierten Herausforderung im Wandlabyrinth benutzt hatte. Eine pneumatische Vorrichtung hatte einen Griff tief in den Stein getrieben. Nur dadurch fand der kleine rote Hofnarr an der ansonsten glatten Schachtwand Halt.

Chaos senkte Mephistos Flegel in das Loch und zog den gruseligen Burschen damit hoch.

Mephisto grinste Jack an, als er auf die Bühne zurückkehrte. »Ticktack, ticktack. Ich komme zurück, um deine Uhr anzuhalten.«

Jack senkte nur den Kopf.

Allmählich wurde ihm alles zu viel.

Vargas zu töten war eine Sache gewesen, Scarecrow eine völlig andere. Der Marine war ein anständiger Mann gewesen, der dasselbe gewollt hatte wie Jack: den Sieg des Guten.

Seine bloße Anwesenheit bei diesen höllischen Herausforderungen hatte Jack etwas Hoffnung und Rückhalt gegeben. Durch ihn hatte er sich bei den Spielen nicht völlig allein unter verkommenen Hochadligen und überehrgeizigen Kämpfern gefühlt.

Nun jedoch gab es Scarecrow nicht mehr, und Jack musste die beiden letzten Herausforderungen allein durchstehen.

Ich muss stark bleiben, sagte er sich. *Es ist noch nicht vorbei.*

Körperlich ausgelaugt, geistig erschöpft, seelisch verausgabt und hart am Rand des Wahnsinns wandelnd schleppte sich Jack West von der Kampfbühne und wurde von vier Minotauren in seine Zelle eskortiert.

KAMPF 2: ZAITAN GEGEN BRIGHAM (UND CHAOS UND MEPHISTO)

Der zweite Kampf der siebten Herausforderung verlief genauso dramatisch wie der erste.

Hades' zweiter Sohn Zaitan musste gegen den rothaarigen SAS-Major Gregory Brigham antreten, der zwei der ersten Herausforderungen so überzeugend gewonnen hatte.

»Und so kämpfen wir«, meinte Zaitan ruhig zu Brigham, als sie sich gegenüberstanden, »um die Chance, die Großen Spiele zu gewinnen, aber auch um die Möglichkeit, den fünften Krieger zu töten.«

»Wird mir eine Freude sein, beides zu tun«, erwiderte Brigham mit einem Schnauben.

»Gib dein Bestes«, sagte Zaitan.

Zu Beginn des Kampfs lieferten sich Zaitan und Brigham einen blitzschnellen Schlagabtausch verschiedener Kampfsporttechniken. Aber just als der SAS-Mann die Oberhand zu erlangen schien, trat Chaos auf den Plan und griff Brigham an.

Der Brite wich davor zu den Statuen der Kühe zurück …

… wo Mephisto wie zuvor bei Jack aus seinem Versteck hervorkam und seinen Flegel entfesselte.

Brigham hörte den Luftzug der Waffe zu spät und konnte nur noch den Kopf zur Seite reißen. Die Bewegung bewahrte ihn zwar vor dem Tod, nicht jedoch vor einer schweren Verletzung. Eine der Messingkugeln schlug wuchtig in seine rechte Schulter ein, und das Übelkeit erregende Knacken brechender Knochen hallte über die Kampfbühne.

Zaitan erkannte seinen Vorteil und nutzte ihn.

Er stürmte auf Brigham zu und versetzte ihm fünf wilde Faustschläge. Blut floss – dank der zwei in der Haut seiner Knöchel versteckten Keramikklingen deutlich mehr, als solche Treffer unter normalen Umständen verursacht hätten.

Der blutüberströmte, abscheulich zugerichtete Brigham schien schon beinahe k. o. zu sein, als Zaitan mit einem vernichtenden Kopftritt nachsetzte, der den Briten flach auf dem Rücken landen ließ.

Aber er war nicht tot.

Brigham lag geradezu mitleiderregend wehrlos auf der Kampfbühne und gurgelte Blut, die rechte Schulter in unnatürlichem Winkel verrenkt, der linke Arm ausgestreckt.

Chaos trat einen Schritt zurück. Mephisto kletterte wieder auf die Statuen der Kühe und ließ seinen Flegel liegen.

Die – verzückt grinsenden – königlichen Zuschauer beobachteten geradezu ehrfürchtig, wie Zaitan lässig um Brigham herumschlenderte, den Flegel aufhob und dessen Gewicht in der Hand wog.

Dann schwang er die Waffe kraftvoll und ließ die beiden Messingkugeln wuchtig auf Brighams linke Hand und das Gelenk niedersausen.

Brighams Finger platzten unter aufspritzendem Blut. Als er gellend aufschrie, schoss weiteres Rot aus seinem Mund. Und als Zaitan den Flegel zurückzog, blieben Brighams Finger abscheulich zermatscht zurück und man konnte den Handgelenksknochen sehen.

Zaitan wandte sich flüsternd an den Briten. »Dürfte

schwer für dich werden, den fünften Krieger ohne Hände zu besiegen.«

Zack. Er zertrümmerte Brighams rechte Hand.

»Oder ohne Knie ...«

Zack. Zack.

Zwei schnelle Hiebe mit dem Flegel zerschmetterten Brighams Knie. Heulend rang der britische Elitesoldat nach Luft. Seine Beine lagen mittlerweile entsetzlich verrenkt da.

Mit einem grausamen, sadistischen Lächeln verneigte sich Zaitan vor dem königlichen Publikum.

Er hatte Gregory Brigham gründlich vernichtet. Der britische SAS Major lag hinter ihm, blutüberströmt, gebrochen, ein Wrack von einem Menschen.

Dann beugte sich Zaitan so dicht über Brighams Gesicht, dass nur sein Opfer ihn hören konnte.

»Du bist unwürdig«, sagte er. »Deshalb hole ich mir jetzt alles, was du gewollt hast, seit du hergekommen bist: den Sieg bei den Spielen, den Kopf des fünften Kriegers und dein Leben.«

Und damit trat Zaitan den verheerten Körper seines Gegners in den Schacht.

Brigham fiel in die Dunkelheit hinunter zum Fuß des Bergs, bis sein Herzfrequenzmonitor auf dem Balkon plötzlich einen langen, schaurigen Piepton von sich gab.

Beifall brandete vom königlichen Publikum los, vor dem sich Zaitan nach wie vor lächelnd erneut verbeugte.

Damit endete die siebte Herausforderung.

Wieder lösten sich die Klemmen um die Kugel auf dem Podest von selbst. Zaitan holte sie, überbrachte sie, und sie wurde auf Hades' Armlehne platziert.

Von 16 Kämpfern, die zu den Großen Spielen angetreten waren, verblieben somit nur zwei für die achte Herausforderung: Hades' Sohn Zaitan und Jack West jr.

ACHTE HERAUSFORDERUNG

UNSTERBLICHENKAMPF III

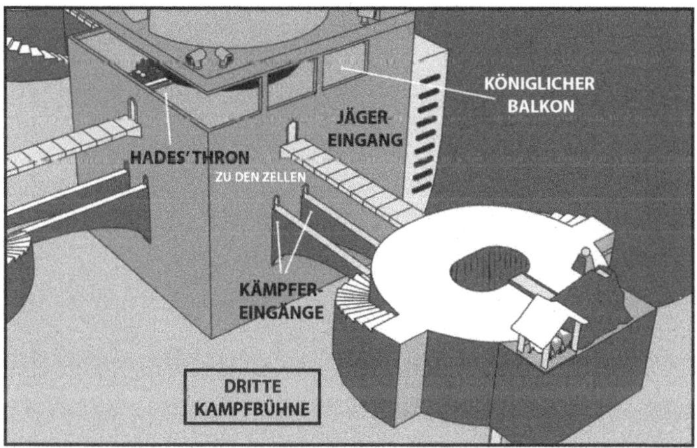

DIE DRITTE KAMPFBÜHNE

Herkules' zweite Aufgabe bestand darin, die Hydra zu töten, eine mehrköpfige Schlange, die in einem Sumpf in der Nähe des Sees von Lerna lebte. Aber jedes Mal wenn Herkules einen der Köpfe der Kreatur abschlug, wuchsen zwei weitere aus dem Stumpf. Letztlich tötete Herkules die Bestie so: Nachdem er alle Köpfe abgeschlagen hatte, brannte sein Neffe Iolaus die Wunden aus, um zu verhindern, dass neue Köpfe nachwachsen konnten.

THE GREEK MYTHS
VON GREG BATMAN

Jack saß in seiner Zelle, wo Dr. Barnard abermals seine Wunden versorgte.

Barnard drückte einen Wattebausch kräftig auf Jacks Nase und versuchte, die Blutung zu stoppen.

»Wir müssen dafür sorgen, dass Sie für Ihren Kampf gegen Zaitan gut aussehen«, meinte der Arzt.

»Er ist mein Gegner?«

»Ach herrje«, sagte Barnard. »Das hätte ich wahrscheinlich nicht sagen sollen. Na ja, egal. Nur noch Sie beide sind übrig. Sie hätten es sowieso bald erfahren.«

Der Arzt klappte seinen Koffer zu.

»Ich soll Ihnen mitteilen, dass Sie sich vor der nächsten Herausforderung eine Stunde ausruhen können, wenn Sie wollen. Zaitan … Ihr Gegner, meine ich, hat gesagt, er wäre sofort bereit zu kämpfen.«

»Dann kämpfen wir jetzt«, entschied Jack schnell. »Ich will auch nicht warten.«

»In Ordnung.« Der Arzt wandte sich zum Gehen. »Viel Glück, mein lieber Junge. Sie haben viele von uns überrascht, indem Sie es so weit geschafft haben. Ich habe mein Geld auf Sie gesetzt.«

Mit einem flüchtigen Lächeln verließ Barnard die Zelle, und Jack blieb wieder allein zurück.

Wenige Minuten später holten ihn die Minotauren ab.

Jack wurde auf die dritte und letzte Kampfbühne geführt.

Während die zweite Bühne eine erweiterte Version der ersten gewesen war, entpuppte sich die dritte als erweiterte Version der zweiten.

Sie wies neben einem Podest mit einer Kugel einen Schacht in der Mitte auf wie die erste Plattform.

Und Statuen von Kühen wie auf der zweiten gab es auch. Jack behielt sie aufmerksam im Auge, hielt dort Ausschau nach Mephisto. Allerdings warteten diese Kuhstatuen mit einem zusätzlichen Merkmal auf – einem Dach darüber, das wie eine kleine Hütte aussah.

Der hervorstechendste Unterschied dieser Bühne jedoch war das hohe Wasserspiel am hinteren Rand. Es handelte sich um eine etwa 30 Meter hohe Nachbildung von Hades' Bergpalast, von deren Spitze ein Wasserfall über mehrere Stufen herabstürzte, bevor er kräftig strömend durch eine gerade Rinne in der Plattform abfloss.

Die Rinne endete am Schacht in der Mitte, in den sich Wasser ergoss, bevor es 300 Meter tief zum Boden des Kraters hinabfiel.

Jack erkannte die Gefahr auf Anhieb. Fiele man in die Rinne – oder wurde man hineingeworfen –, würde man von der Strömung in den Schacht und somit in den Tod gespült werden.

Sein Blick wanderte von den Rinderstatuen in der Hütte zum fließenden Wasser. »Die Ställe des Augias«, sagte er bei sich. »Von Herkules ausgemistet, indem er einen Fluss durch sie geleitet hat.«

Zaitan wartete bereits auf der Bühne.

Er fixierte Jack mit einem tödlichen Blick, ballte die Hände dabei abwechselnd zu Fäusten und öffnete sie.

Chaos stand geduldig wartend etwas abseits, das Schwert im Anschlag.

Zu Jacks Überraschung befand sich ein weiterer von Hades' Kriegern auf der Bühne: Hydra in seiner grauen Körperpanzerung mit seiner tödlichen Peitsche in der Hand.

»Das kann doch nur ein Scherz sein«, brummelte Jack.

Eine weitere Eskalation der Kampfumgebung, eine weitere zu meidende Gefahr, während sein Hauptgegner Zaitan versuchen würde, ihn zu töten.

Vacherons Stimme dröhnte durch die Nacht.

»Zaitan, Sohn des Hades, Vertreter des Königreichs Unterwelt! Captain West vom Königreich Land! Nach zwei Tagen und zwei Nächten wackerer Anstrengungen seid nur noch ihr übrig. Leider wird nur einer von euch zur letzten Herausforderung vorrücken und die Chance erhalten, seinen Namen neben Osiris, Gilgamesch und Herkules in der Geschichte zu verewigen. Der andere wird vergessen sterben, denn für Zweitplatzierte interessiert sich die Geschichte nicht. Viel Glück euch beiden.«

Er drehte sich Hades zu.

Der Herrscher der Unterwelt starrte von seinem Thron auf die beiden Recken herab.

»Lasst den Kampf beginnen«, sagte er leise. »Bis zum Tod.«

JACK GEGEN ZAITAN (UND CHAOS UND HYDRA)

Zaitan rührte sich nicht.

Er starrte Jack nur mit einem großspurigen Grinsen im Gesicht an.

Jack runzelte die Stirn.

Was hat er vor?, dachte er.

Dann fiel Jacks Blick auf Zaitans Knöchel, und er bemerkte die geschliffenen Keramiksplitter, die daraus hervorragten. Von einigen tropfte Blut.

Jack schaute zu Zaitan auf. »Ich dachte, ich würd's mit Brigham zu tun kriegen. Du hast ihn geschlagen?«

»Ja.«

»Damit?« Er deutete mit dem Kopf auf die Klingen an Zaitans Knöcheln.

»Dieselben Krallen werden dich erledigen. Etwas solltest du wissen, fünfter Krieger. Mein Bruder Dion und ich stehen uns sehr nah. Wir haben für diesen Tag lange vorausgeplant. Unser Vater Hades ist für unseren Geschmack viel zu edelmütig – er glaubt tatsächlich an Herrschaft ohne Angst und Bevorzugung.

Wir nicht. Uns gefällt Angst. Wir haben arrangiert, dass unser lieber Vater gleich nach dem Ende der Herausforderungen in seinen Privaträumen einen unglücklichen Sturz erleidet. Er wird sterben. Dion wird den Thron besteigen und bei der letzten Zeremonie die Mysterien empfangen. Wir werden die Welt als Waffenbrüder regieren. Wir werden alles teilen: Macht, Reichtum … und seine Braut. Das sollst du wissen, fünfter Krieger: Wenn du tot bist, werden mein Bruder und ich uns mit deiner Tochter jede elende Nacht ihres Lebens vergnügen.«

Jack knirschte mit den Zähnen. Sein Blick wurde konzentriert.

»Zeit zu kämpfen, Arschloch.«

»Du hast mich falsch verstanden, Krieger«, erwiderte Zaitan. »Ich habe nicht gesagt, dass ich gegen dich kämpfen werde. Ich habe gesagt, dass ich dich erledigen werde. Kämpfen werden die zwei gegen dich.«

Zaitan nickte Chaos und Hydra zu, die gegen Jack vorrückten.

Sie bemühten sich nicht mal um einen Anschein von Fairness. Beide kämpften unverhohlen für den Sohn ihres Herrn.

Zu dritt gegen einen.

Jack beobachtete die beiden gepanzerten Gestalten, die sich ihm näherten. In Gedanken malte er sich den bevorstehenden Kampf aus, sah die Angriffe vor sich, die Verteidigungsmöglichkeiten, den Ausgang.

Es bestand keine Chance, dass er gewinnen konnte.

Jack schaute von Chaos zu Hydra. Abgesehen von den Helmen trugen die beiden Killer identische Körperpanzerungen aus Kevlar, nur in unterschiedlichen Farben: Chaos in Schwarz, Hydra in Grau. Als sie sich Jack näherten, verstärkten beide den Griff um ihre Waffen. Hydras tödliche Peitsche mit den Metallsplittern baumelte von ihrem Handgriff aus Holz.

Dann bemerkte Jack etwas.

Hydras und Chaos' Körperpanzerungen waren *nicht* identisch.

Am Hals bestand ein Unterschied.

Chaos hatte einen niedrigen Kragen aus Kevlar, der den

Nacken schützte. Hydra nicht. Zwischen den Schulterplatten und dem Helm war Hydras Hals ungeschützt.

Nur ein Kämpfer mit klassischer Ausbildung kann bei diesen Spielen erfolgreich sein. Jack erinnerte sich an Hades' Worte.

Mittlerweile wusste er, dass sie auf die Aufgaben des Herkules anspielten. Wenn man wusste, wie Herkules seine Aufgaben bewältigt hatte – wenn man dieses klassische Wissen besaß –, konnte es einem dabei helfen, die Herausforderungen zu gewinnen.

Und plötzlich fiel Jack ein, wie Herkules die Hydra seiner Zeit besiegt hatte: die Lernäische Hydra.

Jack malte sich einen anderen Kampf gegen diese drei Feinde aus, und auf einmal erkannte er, dass er doch gewinnen konnte, wenn er einige Dinge richtig – und schnell – anstellte.

Die beiden behelmten Killer hatten ihn beinahe erreicht.

Unvermittelt rief Jack zu Zaitan: »Du willst es wirklich so machen?«

Zaitan zuckte mit den Schultern. »Hier endet es, fünfter Krieger.«

»Damit hast du recht«, bestätigte Jack.

Dann tat er etwas ziemlich Merkwürdiges: Er schlug sich selbst auf die Nase, deren Blutung Dr. Barnard mühsam eingedämmt hatte. Prompt schoss das Blut wieder hervor. Eine üppige Menge tropfte direkt auf Jacks rechte Hand.

Was danach geschah, spielte sich unheimlich schnell ab.

Jack sprang vorwärts.

Blitzschnell … Chaos entgegen.

Der Krieger schwang das Schwert. Im selben Moment streckte Jack die Hand aus und schnippte mit den Fingern Blutspritzer auf das Visier von Chaos' Helm.

Wodurch sich der einzige Nachteil eines Helms entpuppte: Tropfen einer undurchsichtigen Flüssigkeit auf dem Visier raubten dem Träger die Sicht.

Als Chaos das Blut wegzuwischen versuchte, wand Jack ihm das Schwert aus der Hand, stieß ihn mit dem Ellbogen von sich und sprang vorwärts, um das Schwert auf Hydra zu schwingen. Gleichzeitig entfesselte Hydra, ebenfalls mitten im Sprung, die Peitsche gegen Jack.

Die beiden passierten einander in der Luft.

Jacks Schwert schnellte waagerecht zur Seite, als Hydras Peitsche an seinen Ohren vorbeipfiff. Nachdem sie aneinander vorbei waren, hielten beide inne.

Und dann glitt sehr, sehr langsam Hydras Kopf vom noch stehenden Körper.

Das königliche Publikum schnappte kollektiv nach Luft.

Zaitans Augen wurden tellergroß.

Jack hatte Hydra sauber den Kopf abgetrennt.

Genau wie einst Herkules.

Tausende Jahre hatten Hydra von einem Mann mit einer mehrschwänzigen Peitsche in eine Bestie mit vielen Köpfen verwandelt.

Aber an der grundlegenden Methode zum Erlegen hatte sich nichts geändert: den Kopf abschlagen.

Deshalb hatte sich Hydras Körperpanzerung von jener Chaos' unterschieden. Sie ließ einen solchen Tod zu. Was allerdings nur ein Kämpfer mit klassischer Ausbildung erkennen konnte.

Der enthauptete Hydra brach auf der Bühne zusammen, jedoch erst, nachdem Jack ihm etwas abgenommen hatte.

Denn sein nächster Schachzug erfolgte noch schneller.

Von Hydra hatte er sich die Peitsche mit ihren tödlichen Metallspitzen geholt.

Jack ließ die Waffe schnalzen … direkt auf den verdatterten Zaitan.

Hades' Sohn riss zur Verteidigung den linken Arm hoch, und die grausamen Metallklingen der Peitsche bissen tief ins Fleisch.

Zaitan schrie vor Schmerz auf.

Jack hingegen blieb weiter in Bewegung. Er hechtete nach links in Chaos' Richtung – der immer noch an seinem blutverschmierten Visier rieb – und hakte den Griff der Peitsche an dessen Gürtel.

Dann trat er den ahnungslosen Krieger in den Schacht in der Mitte der Plattform.

Chaos fiel in das Loch … die Peitsche spannte sich … und das andere, schmerzhaft in Zaitans linkem Arm verankerte Ende zog Hades' Sohn hinterher!

Beide Männer verschwanden im Schacht und stürzten 300 Meter in die Tiefe.

Zaitan schrie. Sein schrilles Geheul hallte von den umliegenden Felswänden wider, bis es nach einem entfernten Aufschlag abrupt verstummte.

Und plötzlich stand Jack auf unsteten Beinen allein und siegreich auf der Bühne.

Mit finsterer Miene starrte er zu Hades und zum Publikum hinauf.

Die königlichen Zuschauer starrten ihn mit weit aufgerissenen Augen und stumm vor Entsetzen an.

Einige warfen besorgte Blicke zu Hades, doch der König der Unterwelt senkte nur kurz den Kopf über den Tod seines zweiten Sohns.

Eine einzige Person in der Menge wagte ein Lächeln: Lily.

Oben auf dem königlichen Balkon holte der schockierte Vacheron den goldenen Gürtel hervor, den Preis für den Sieger der Kampfphase der Spiele.

Natürlich überreichte er ihn nicht Jack, sondern dessen Sponsor Orlando, dem Herrscher des Königreichs Land.

Orlando nahm den Gürtel mit einem zufriedenen Nicken entgegen.

Lily stand in der Nähe und beobachtete Dion. Der junge Prinz starrte entgeistert zur Kampfbühne, zu Jack und zu der Stelle, an der man seinen geliebten jüngeren Bruder zuletzt lebend gesehen hatte.

Dann blinzelte er und schwenkte den Blick mit purem Hass in den Augen auf Lily.

Unten auf der Kampfbühne atmete Jack durch. Seine Brust hob und senkte sich heftig.

Er hatte es geschafft, war der letzte verbliebene Kämpfer.

Als er wieder zu Atem gelangte, erschien Vacheron vor ihm auf der Plattform.

Der fassungslose Spielleiter deutete mit dem Kopf in Richtung der leuchtenden Kugel auf dem Podest. Jack holte sie und übergab sie an Vacheron, der sie hinauf zu Hades brachte.

Kaum war die Kugel auf der Armlehne von dessen Thron platziert, hörte Jack in der unheimlichen Stille etwas.

Schritte.

Schwere, entschlossene Schritte.

Von der Brücke, die diese Kampfbühne mit dem Observatorium verband.

Ein weiterer Krieger tauchte auf, und Jacks Mut sank.

Natürlich, dachte er. *Das war die letzte Aufgabe …*

Die Gestalt betrat die Bühne mit zwei Waffen, geschützt

von einer undurchdringlichen Körperpanzerung und einem furchterregenden Helm.

Es handelte sich um Hades' persönlichen Leibwächter, den größten von allen, den Krieger mit dem hundeförmigen Helm. Der, von dem alle meinten, er wäre der beste aller kämpfenden Diener des Hades.

Zerberus.

DIE LETZTE HERAUSFORDERUNG

DER HÖLLENHUND

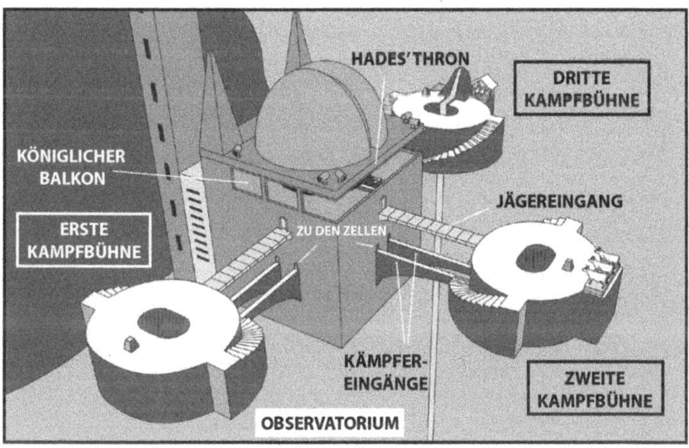

Herkules' letzte Aufgabe war die schwierigste. Er musste in die Unterwelt hinabsteigen und Zerberus fangen, den riesigen dreiköpfigen Hund des Hades. Entscheidend ist, hierbei zu beachten, dass im Gegensatz zu seinen anderen Aufgaben mit schrecklichen Bestien Zerberus nur gefangen werden sollte, nicht getötet. Herkules musste den riesigen Hund lebend aus der Hölle tragen. Seine Lösung war ebenso genial wie überraschend.

THE GREEK MYTHS,
VON GREG BATMAN

JACK GEGEN ZERBERUS

Jack konnte es kaum glauben.

Er war erschöpft, blutüberströmt und verwundet … und sollte dennoch gegen einen professionellen Krieger antreten, der in den letzten zwei Tagen kein Quäntchen Energie verbraucht hatte.

Als er die riesige Gestalt von Zerberus betrachtete, sah er etwas in den Brustbereich der Körperpanzerung des Mannes eingebettet: die letzte goldene Kugel.

Vacheron grinste. »Die letzte Herausforderung der Großen Spiele ist die berühmteste! Der letzte verbliebene Recke muss Hades' treuesten und berüchtigtsten Wächter besiegen, den Höllenhund Zerberus. Er muss ihn – mit der Kugel – von der Kampfbühne schaffen und beides Hades persönlich präsentieren.«

Jack ließ die Schultern hängen.

Er sah keine Möglichkeit, diese Prüfung zu bestehen.

Zerberus' Körperpanzerung wies keine für ihn erkennbaren Schwachstellen auf.

Zudem war der Kerl unter der Panzerung riesig, mindestens zwei Meter, mit Beinen wie Baumstämmen und starken, muskelbepackten Armen.

Die Waffen des hünenhaften Kriegers begünstigten seine enorme Reichweite. In einer Hand hielt er einen Streitkolben, in der anderen ein Krummschwert.

Am schlimmsten jedoch fand Jack, dass der Mann frisch und ausgeruht war. Jack hatte sich zwei Tage lang fast ununterbrochen tödlichen Herausforderungen gestellt.

Der Typ hingegen sah aus, als wäre er gerade aus dem Bett gestiegen.

Na schön, dachte Jack. *Weiß ich noch, wie Herkules die Aufgabe bewältigt hat?*

Auf dem königlichen Balkon ging Lily dasselbe durch den Kopf. Wie hatte Herkules bei der berühmten letzten Aufgabe Zerberus besiegt?

Dann ereilte sie eine Erkenntnis.

»Herkules musste Zerberus nicht töten«, sagte sie laut. »Er musste ihn nur aus der Hölle holen. Komm schon, Dad, denk nach.«

Jack kam im gleichen Moment derselbe Gedanke.

»Die letzte Aufgabe hat darin bestanden, Zerberus aus der Hölle zu holen«, sagte er leise zu sich selbst. »Nicht darin, den Hund zu killen. Aber wie hat Herkules es geschafft? Nein, das kann nicht funktionieren ... Ach, verdammt, Jack, was hast du schon zu verlieren? Den Versuch ist es wert.«

Als die riesige Gestalt von Zerberus mit schnellen Schritten auf Jack zusteuerte, wandte er sich von seinem Gegner ab und dem königlichen Balkon zu.

»Hades!«, rief er. »Ich bitte um deine Erlaubnis! Erlaubst du mir, dir deinen Hund hinaufzubringen?«

Auf dem Balkon sahen sich die jüngeren Mitglieder der königlichen Gesellschaft an und lachten schallend. Was sollte das denn?

Unter ihnen lächelte allein Lily.

Neben ihr flüsterte Iolanthe: »O Jack, gut gemacht. Gut gemacht.«

An der Stelle fiel Lily auf, womit die älteren Mitglieder der königlichen Gesellschaft begonnen hatten.

Sie nickten.

Hades' Blick hatte sich auf Jack geheftet.

»Du«, verkündete er mit seinem tiefen Bariton, »bist ein würdiger Champion der Großen Spiele. Wie Herkules vor dir hast du erkannt, dass es bei dieser letzten Herausforderung nicht um körperliche Stärke geht, sondern um Demut – die eines Helden, der um Erlaubnis bittet, nachdem er so viele Schlachten mit brutaler Gewalt gewonnen hat. Die Demut eines Mannes, der mit Recht von sich denken kann, dass er niemandem etwas schuldet.«

Hades streckte die Hand aus. »Du bist in der Tat ein edelmütiger Mann, fünfter Krieger. Da du respektvoll um Erlaubnis gebeten hast, darfst du meinen Hund zu mir bringen, und er wird keinen Widerstand leisten.«

Auf der Bühne ließ Zerberus die Waffen sofort fallen und lief zu Jack; er kapitulierte quasi vor ihm.

Türen wurden geöffnet, und damit war der Weg für Jack frei.

Er verließ die Bühne, überquerte eine Brücke, ging durch einige Tunnel und stieg Stufen hinauf, bis er den königlichen Balkon erreichte und mit Zerberus' hünenhafter Gestalt an der Seite vor Hades' Thron stand.

Jack entfernte die letzte goldene Kugel aus Zerberus' Brustpanzer und reichte sie Hades. Der Herrscher der Unterwelt legte sie in die letzte schalenförmige Ausnehmung seiner Armlehne.

»Meine königlichen Brüder«, sagte er, »ein Recke hat sich uns allen als würdig erwiesen! Die letzten vier Kugeln sind nun bereit, in den Großtempel auf meinem Berg gebracht zu werden. Verlagern wir uns dorthin und führen wir die letzte Zeremonie durch.«

Er wandte sich Jack zu. »Herzlichen Glückwunsch, Captain West. Du hast soeben die Großen Spiele der Hydra gewonnen.«

GEHEIME GESCHICHTE V

DIE ZWEITE ZEREMONIE

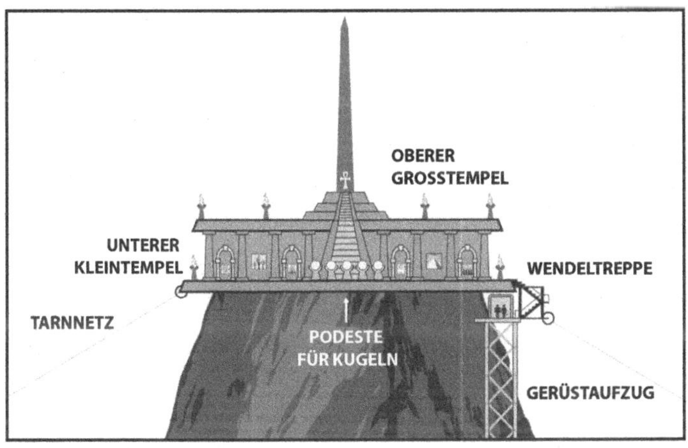

Nach Beendigung seiner zwölf Aufgaben wurde Herkules in die Mysterien von Eleusis eingeweiht, stieg so zum Olymp auf und wurde ein Gott.

THE GREEK MYTHS,
VON GREG BATMAN

DIE ZEREMONIE IM GROSSTEMPEL

Von da an ging alles schnell.

Die königliche Gesellschaft verließ das Observatorium und fuhr in Gruppen mit dem Gerüstaufzug zum Gipfel des Bergs. Unterwegs stand Jack bei Lily, Iolanthe und seinem außerordentlich stolzen Schirmherrn Orlando.

Während der gesamten Fahrt wurde Orlando von anderen königlichen Gästen bestürmt. Sie drückten ihm die Hand und überhäuften ihn mit Glückwünschen zum Sieg bei den Spielen.

»Gute Show, Orlando!«

»Beeindruckend, Majestät.«

Als hätte Orlando selbst die Wasserfalle, das Wandlabyrinth, das wilde Autorennen und mehrere Runden im Einzelkampf überlebt.

Irgendjemand meinte: »Es war ein Geniestreich, Orlando, den fünften Krieger als Kämpfer auszuwählen. Ich muss zugeben, anfangs hat es unorthodox gewirkt. Aber er hat sich als vortreffliche Wahl erwiesen. Du bist ein kluger, kluger Mann.«

Jack spürte, wie Iolanthe den Körper versteifte, weil das Kompliment an ihren Bruder ging statt an sie. Immerhin hatte sie vorgeschlagen, Jack zu entführen, damit er für ihr Königreich kämpfte.

Jack sah wiederholt auf die Armbanduhr. 45 Minuten waren vergangen. Es bestand noch eine Chance.

Schließlich erreichte der Aufzug das wundersame zweigeschossige Bauwerk auf dem Gipfel des Bergs.

Die Nacht war vollständig hereingebrochen.

Da klarer Himmel herrschte, konnte man die Sterne sehen. In alle Richtungen erstreckte sich die flache Ebene der indischen Wüste, erhellt vom Licht der Sterne. Weit entfernt im Westen funkelte das Wasser des Arabischen Meers.

Das Tarnnetz über Hades' Reich spannte sich wie ein riesiges Zelt vom Berggipfel.

Nur die beiden Tempel ragten darüber hinaus.

Als Jack neben Orlando aus dem Aufzug stieg, stürmte Hades' Erbe Dion auf sie zu.

Der junge Mann ergriff Orlandos Hand und schüttelte sie enthusiastisch.

»Mein Freund, ich freue mich ja so sehr für dich, *so* sehr. Herzlichen Glückwunsch!«

»Danke, Dion«, erwiderte Orlando.

Dann wandte sich Dion an Jack und ergriff seine Hand.

»Und auch dir gratuliere ich herzlich, Champion.«

Doch als Orlando und die anderen weitergingen, hielt Dion weiterhin Jacks Hand fest und zog ihn näher zu sich.

»Du hast meinen Bruder umgebracht, du *Arschloch*. Sobald diese letzte Zeremonie vorbei ist und unsere Gäste abgereist sind, lasse ich dich in mein Lieblingsverlies bringen. Dort weide ich dich vor den Augen deiner hübschen Tochter aus und erwürge dich mit den eigenen Gedärmen. Danach heirate ich Lily, und ich kann dir versprechen, dass ich ihr Leben zu einem Albtraum mache.«

Damit ließ er Jacks Hand fallen wie ein Rockstar ein Mikrofon und schritt davon.

Jack blieb stehen und starrte dem Prinzen hinterher. Nach allem, was er durchgemacht, überwunden und über lebt hatte, war es immer noch nicht vorbei.

Hades führte die königliche Gesellschaft zum höheren der beiden Tempel, dem Großtempel.

Ihm folgten vier Minotauren, die ehrfürchtig die letzten vier goldenen Kugeln trugen. Deren Leuchten wirkte irgendwie unheilvoll.

Aus der Mitte des oberen Tempels ragte der gigantische runde Obelisk in den Himmel.

Im Sockel prangte eine mannshohe Aussparung in Form des altägyptischen Symbols *Ankh*.

Das t-förmige Symbol mit dem runden »Kopf« wurde manchmal auch als koptisches Kreuz bezeichnet. Als Jack die Form der Aussparung aus der Nähe betrachtete, erkannte er, wie sehr sie dem christlichen Kruzifix ähnelte. Stünde ein Mann mit ausgestreckten Armen darin, würde er wie Jesus Christus am Kreuz aussehen.

Plötzlich kam Jack etwas in den Sinn.

Er wandte sich an Iolanthe. »Durch die erste Zeremonie ist diese Antenne aus dem Inneren des Bergs aufgetaucht. Was passiert diesmal? Dein Bruder hat vorhin etwas darüber gesagt, dass dem siegreichen König irgendwelche Mysterien offenbart werden.«

Iolanthe antwortete: »Als siegreicher König wird sich mein Bruder Orlando in die Aussparung im Obelisken stellen, während Hades die vier goldenen Kugeln um ihn herum anbringt. Sobald sie an ihrem Platz sind, sendet die Antenne ihr Signal an die Hydra-Galaxie aus, die dadurch ihren Kurs ändert. Damit wird die Erde gerettet.«

»Und Orlando? Was passiert mit ihm in der Aussparung?«

»Sie ist der heiligste Ort in diesem gesamten Königreich«, erwiderte Iolanthe. »Im Augenblick der wohl wichtigste Ort auf Erden überhaupt. Diese Zeremonie ist die dritte in einer Reihe von fünf Prüfungen, die wir auf der Erde bestehen müssen, um das Universum zu retten.

Die Wiedereinsetzung des Schlusssteins der großen Pyramide war die erste, das Wiederherstellen der großen Maschine die zweite. Diese Zeremonie ist wichtiger als die anderen, denn durch sie wird das erforderliche Wissen zum Bestehen der verbleibenden zwei Prüfungen erlangt.

Denn der Mensch, der in dieser Vertiefung steht, wenn die Antenne ihr Signal aussendet, wird von den Mysterien durchdrungen, dem unerlässlichen heiligen Wissen, das nötig ist, um die Erde durch die letzten beiden uralten Prüfungen zu führen.

Weil sein Kämpfer – du – die Spiele gewonnen hat, wird dieser Mann mein Bruder sein. Orlando wird dadurch allmächtig, der König der Könige, Herrscher der Welt für die Dauer der Prüfungen.

Der letzte König der Könige war Herkules' Schirmherr um 1250 vor Christus. Das war natürlich Zeus, der als ›König der Götter‹ in die Geschichte eingegangen ist.

Allerdings hat Zeus die Hydra-Galaxie nur bei einem ihrer Vorbeiflüge abgelenkt. Er hat kein Omega-Ereignis miterlebt. Bei seinem Tod ist das Wissen der Mysterien mit ihm gestorben, ungenutzt, weil es zu der Zeit nicht gebraucht wurde. Dieser König der Könige hingegen wird zu einem einzigartigen Zeitpunkt der Geschichte regieren. Deshalb wollte jeder König unbedingt, dass einer seiner Kämpfer diese Spiele gewinnt.«

Jack schaute von der Vertiefung in Form eines Ankh zu Orlando, der neben Hades stand.

Dann stellte er seine große Frage: »Hades war bereit, die Erde und das Universum untergehen zu lassen, wenn die Kugeln nicht gefunden und an ihren Platz gebracht worden wären. Aber was ist, wenn zwar die Kugeln an Ort und Stelle sind, aber während der Zeremonie niemand in der Aussparung steht? Was passiert dann?«

Iolanthe warf Jack einen Blick zu. »Niemand? Ich glaube, das hat noch nie jemand in Erwägung gezogen.«

»Was würde passieren?«

Iolanthe überlegte kurz. »Ich nehme an, in diesem Fall würde die Hydra-Galaxie abgelenkt, aber niemand würde die Mysterien erhalten, und das Bestehen der letzten beiden Prüfungen wäre erheblich schwieriger. Das unerlässliche alte Wissen müsste ähnlich wiedergefunden werden, wie du die sieben Weltwunder der Antike und die sechs heiligen Steine wiedergefunden hast.«

Jack starrte auf die Aussparung im Sockel der riesigen Antenne und dachte über die Macht nach, die sie verlieh.

Iolanthe fügte hinzu: »Eine solche Frage ist akademischer Natur, Jack. Nichts könnte meinen widerlichen Bruder jetzt noch aufhalten. Du hast die Spiele für ihn gewonnen, und demnächst wird er die Welt regieren.«

Und so begann die unvorstellbar alte Zeremonie.

Wie ein Priester aus alten Zeiten trat Hades langsam und ehrfürchtig vor und legte eine der goldenen Kugeln nach der anderen in die dafür vorgesehenen Aussparungen um die Ankh-Form herum.

Eine Kugel wurde über dem »Kopf« eingesetzt.

Zwei wurden an den Enden der ausgestreckten »Arme« der Nische platziert.

Und eine endete unter den »Füßen«.

Als sich alle vier Kugeln an ihrem Platz befanden, verstärkte sich ihr Schimmer. Der gesamte Bereich um Jack herum wurde in ihr übernatürliches Licht getaucht.

Und dann erwachte der große schwarze Obelisk zum Leben.

Er begann, bedrohlich mit irgendeiner inneren Energie zu vibrieren.

Jack blickte daran entlang hinauf.

Brummmmmm …

Das Geräusch kam aus dem Inneren des Bergs und schien buchstäblich durch die mächtige Antenne aufzusteigen, wobei es mehr und mehr anschwoll.

Hades rief über dem Lärm: »Das Zeitalter der Prüfungen hat uns ereilt, und mit der Offenbarung der Mysterien an unseren auserwählten Vertreter werden wir sie überwinden. Der siegreiche König möge vortreten und seinen Platz im heiligen Tabernakel einnehmen!«

Voller Stolz schritt Orlando vorwärts. Er blieb vor der Ankh-Form stehen, lächelte der königlichen Gesellschaft entgegen, winkte ihr zu und …

… eine Explosion ertönte, erschütterte den Berg und brachte Orlando ins Wanken. Tatsächlich wurden alle königlichen Gäste auf dem Großtempel um ein Haar von den Füßen gefegt.

Jemand am Rand der Plattform zeigte durch das Tarnnetz über dem Krater nach unten. »Seht! Die Minotauren!«

Jack spähte in die Richtung. Was er sah, verschlug ihm restlos die Sprache.

Die gesamte Bevölkerung der Minotauren – ein Gewimmel von 4000 Gestalten – strömte durch das Tor zum Reich der Halbmenschen und stürmte auf die große Treppe am Fuß des Bergpalasts zu.

Von oben wirkten sie wie eine Armee von Ameisen, die aus ihrer unterirdischen Stadt hervorkamen.

Jack kniff die Augen zusammen.

Irgendetwas befand sich an der Spitze der Kolonne vorpreschender Minotauren.

Ein Fahrzeug.

Ein schwarzer Taifun.

Dann raste dröhnend, mit wummernden Rotoren, ein Helikopter dicht über dem Tempel auf dem Gipfel hinweg und feuerte aus den Seitengeschützen auf die Flanken des Bergs.

Die Projektile durchtrennten die Taue zum Verankern des Tarnnetzes.

Das Netz löste sich, fiel wallend wie ein Fallschirm vom Gipfel ab und legte den gesamten spektakulären Krater um den Berg herum frei.

Bei dem Fluggerät handelte es sich um einen Alligator Kampfhubschrauber wie jenen, den Jack zerstört hatte. Und als er nahe am Gipfel vorbeidonnerte, erblickte Jack im Cockpit drei Gestalten.

Am Steuer saß Sky Monster.

Neben ihm hatten sich auf den Sitz des Bordkanoniers zwei Personen gezwängt, mit denen Jack hier nie im Leben gerechnet hätte.

Stretch und Pooh Bear.

Und beim Anblick seiner Freunde vollführte Jacks Herz einen Freudensprung.

Natürlich konnte Jack nicht wissen, was sich zuvor am Strand ereignet hatte.

Als der zweite Alligator den fliehenden Taifun mit Alby und den anderen eingeholt hatte, war der Kampfhubschrauber in einen bedrohlichen Schwebeflug übergegangen und hatte den Truck zum Anhalten gezwungen.

Über einen Lautsprecher befahl eine Stimme: »Kommt mit erhobenen Händen aus dem Fahrzeug!«

Hoffnungslos unterlegen hatten Alby, Mother, Sky Monster, E-147 und Tomahawk keine andere Wahl, als die Anweisung zu befolgen und auszusteigen.

Der schwer bewaffnete Helikopter wollte gerade mit den Seitenkanonen das Feuer auf sie eröffnen, als ohne Vorwarnung eine Panzerfaustgranate aus der anderen Richtung von hinten in ihn einschlug …

… abgefeuert von einer der drei Gestalten, die in einem offenen Jeep aus Norden über den Strand rasten: Stretch, Pooh Bear und Mae Merriweather.

Nach ihrer Entdeckung in Karatschi waren sie eine Stunde zuvor per Wasserflugzeug an dem weitläufigen

Strand im Nordwesten Indiens gelandet. Sie hatten sich in der nächstgelegenen Ortschaft einen Jeep besorgt und begonnen, den Strand aus Norden in der Hoffnung abzufahren, irgendeinen Eingang zur Unterwelt zu finden.

Was sie stattdessen vorfanden, war der Helikopter, der kurz davorstand, ihre Freunde zu ermorden.

Der von der Panzerfaust getroffene Hubschrauber stürzte wie ein Stein auf den Sand und landete schwer auf dem Bauch. Der Pilot und der Bordschütze wurden rasch überwältigt und gefesselt.

»Was sind wir froh, euch zu sehen«, sagte Sky Monster und schüttelte Pooh Bear und Stretch die Hand.

Rasch wurden Scarecrows Marines vorgestellt, gefolgt von einer knappen Erklärung, wer und was E-147 war. Die Hunde zeigten sich hocherfreut über den Anblick von Leuten, die sie kannten. Alby klärte Pooh, Stretch und Mae über die Ereignisse der vergangenen zwei Tage auf. Dabei schilderte er auch, wie sich Jack geopfert hatte, damit sie entkommen konnten, und er fügte hinzu, dass sich Lily und der Marine namens Scarecrow immer noch in der Unterwelt befanden. Ob sie – oder Jack – noch lebten, wusste er nicht.

Pooh Bear spähte mit zusammengekniffenen Augen den Strand entlang. »Du sagst, sie werden dort immer noch gefangen gehalten? Gibt's irgendeine Möglichkeit, sie rauszuholen?«

»Nicht mit einer Handvoll Leute«, erwiderte Mother. »Wir bräuchten schon eine Armee, um Hades' Berg zu stürmen.«

»Stimmt«, pflichtete Alby ihr bei und trat vor. »Und ich glaube, ich weiß, wo wir eine finden.«

Von da an hatten sie schnell gehandelt.

Sky Monster hatte den Alligator notdürftig repariert und irgendwie wieder in die Luft bekommen, mit Stretch und Pooh Bear – den frischesten Soldaten der Truppe – an Bord.

Mother übernahm das Steuer des Taifun Truppentransporters und raste mit Alby, E-147, Mae, Astro und Tomahawk den Strand entlang zurück zum Versorgungsdock, von dem sie zuvor gekommen waren.

Ihr Ziel: die Minotaurenstadt und der Minotaurenkönig.

Bei der Ankunft in Dis wurden sie von Halbmenschen umzingelt, doch kaum hatte der König Alby erblickt, erkannte er ihn als Jacks Freund.

Alby teilte ihm mit, was Dion zuvor im Verlies gesagt hatte – dass er mit seinem Bruder Zaitan plante, Hades unmittelbar nach den Spielen zu töten und die Minotauren um die Freiheit zu bringen, die Hades ihnen versprochen hatte.

Darauf hatte der Minotaurenkönig wutentbrannt reagiert. Prompt wurde die Armee der Minotauren mobilisiert und stürmte wenig später in geballter Masse hinter dem Taifun her auf den Bergpalast zu.

Im Tempel auf dem Berggipfel herrschte Chaos.

Leute rannten schreiend in Deckung.

Die riesige Antenne aus Stein brummte lauter und lauter. Schon zuvor hatte es verhindert, dass irgendjemand den herandröhnenden Hubschrauber hören konnte. Nun wurde es noch lauter.

Hades wirbelte herum, wirkte jedoch nicht verängstigt von den Schüssen und den Helikoptergeräuschen. Er versuchte lediglich zu verarbeiten, was vor sich ging.

Neben ihm schaute Orlando vom beidrehenden Hubschrauber zur Ankh-Form im Obelisken vor ihm. Die mit den goldenen Kugeln bestückte Aussparung stand bereit, um dem in ihr stehenden König die Mysterien zu verleihen, was er als seine Bestimmung betrachtete.

Ohne auf den Lärm und das Chaos um ihn herum zu achten, hastete er auf die Aussparung zu …

… und wurde von jemandem zu Boden gerissen, der sich ihm von der Seite entgegenwarf.

»Nein!«, brüllte Orlando, als er und Jack auf dem Steinboden vor dem Ankh aufschlugen.

Er krallte sich in und kratzte an Jack.

»Du Narr!«, schrie Orlando. »Ich muss in der Kammer sein, wenn die Antenne ihr Signal aussendet!«

Jack schlug ihm hart ins Gesicht und brach ihm die Nase. Blut strömte über den Mund des Adligen.

»Ich finde nicht, dass du die Welt beherrschen solltest, Arschloch«, stieß er grimmig hervor.

»Aber alle werden sterben!«

»Mir ist lieber, die Menschen der Welt sterben als freies Volk, als von dir versklavt zu leben.«

»Wie kommst du darauf, dass ein Gemeiner wie du für die gesamte Welt sprechen kann?«, spie Orlando ihm entgegen, als er linkisch eine Glock aus der Jacke zog.

Aber Jack erreichte ihn blitzschnell und schlug ihm die Pistole aus der Hand. Jack musterte den König des Lands und sah die Verachtung in seinen Augen, das unbegreifliche Gefühl, über alles erhaben zu sein.

»Besser ich als du«, sagte er schlicht, schlug Orlando mit der Pistole bewusstlos und warf ihn wie eine Stoffpuppe weg von der Aussparung.

In dem Moment erreichte das Brummen einen Höhepunkt. Die schwarze Steinantenne erstrahlte wie ein Blitzableiter und feuerte mit einem gewaltigen Knall einen unfassbar imposanten, weißglühenden Energieblitz tief in den sternenübersäten Himmel.

Das Geräusch war ohrenbetäubend.

Die Schallwelle fegte alle auf dem Tempel zu Boden. Einige der königlichen Gäste, die zum Kleintempel gerannt waren und sich in der Nähe des Gerüstaufzugs befanden, wurden vom Rand der Plattform in den Tod geschleudert.

Jack wusste, dass es sich um das Signal handelte, das die heranrasende Hydra-Galaxie ablenken würde. Es folgte ein Moment unheimlicher Stille, während sich alle langsam aufrappelten.

Das einzige Geräusch ging vom Helikopter aus, dessen Rotoren wummerten, während er um den Bergtempel kreiste.

Dann flammten die Kanonen der Maschine auf, als sie das Feuer auf etwas weiter unten am Berg eröffneten.

Die königlichen Gäste schauten entweder verwirrt oder entsetzt drein.

Jack ließ den Blick suchend über ihre Gesichter wandern, bevor er bei Vacheron verharrte.

Der Spielleiter starrte zu Jack zurück. Mit einem gehässigen Grinsen hob er die Hand …

… mit der er die Fernbedienung hielt.

Als er den Knopf darauf drückte, gefror Jack das Blut in den Adern.

Nichts geschah.

Sein Kopf explodierte nicht.

Vacheron runzelte die Stirn und drückte den Knopf mehrfach erneut.

Immer noch nichts.

Dann bemerkte Jack, dass der Alligator unter ihm herumflog, und er sah, worauf der Kampfhubschrauber kurz zuvor geschossen hatte: die Antennenanlage auf der zweithöchsten Burg des Bergs.

»Sky Monster, du hast mit Alby geredet«, sagte Jack laut.

Die Anlage war in Stücke geschossen, zerfetzt vom Geschützfeuer des Helikopters – deshalb funktionierte die Funkverbindung zwischen Vacherons Fernbedienung und dem Sprengstoff in Jacks Nacken nicht mehr.

Als auch Vacheron es erkannte, warf er Jack einen letzten wutentbrannten Blick zu, warf die nutzlose Fernbedienung weg und preschte los zum Gerüstaufzug, um den anderen Adligen zu folgen.

Jack eilte zu Lily und nahm sie an der Hand. »Komm, wir müssen hier …«

Abrupt verstummte er, als er Hades erblickte. Der Herr der Unterwelt starrte mit ausdruckslosem Blick und offenem Mund auf die leere Aussparung.

»Die Mysterien sind nicht offenbart worden«, sagte er ungläubig. »Das heilige Wissen wurde nicht empfangen …«

Er sah Jack in die Augen. »Weißt du eigentlich, was du getan hast? Jetzt muss dieses Wissen wiedergefunden werden. Vor dem Omega-Ereignis. Vor dem Ende des gesamten Universums. Jetzt muss irgendjemand die drei geheimen Städte finden und ihre Gewölbe irgendwie öffnen, um die beiden bevorstehenden Prüfungen zu meistern. Das ist die einzige Möglichkeit, die uns bleibt, um das erforderliche heilige Wissen zu erlangen und das Omega-Ereignis abzuwenden. Verstehst du das?«

Jack nickte knapp. »Die Welt kann immer noch überleben, nur eben nicht unter einem allmächtigen König. *Wir* finden dieses heilige Wissen. Du und ich.«

Hades runzelte aufrichtig verwirrt die Stirn. »Wir? Du willst meine Hilfe?«

»Ja«, bestätigte Jack.

Hades blinzelte verständnislos. »Du würdest mich als Partner akzeptieren? Nach allem, was ich dir angetan habe?«

»Du hast deinen Job erledigt. Hast die Spiele ohne Angst und Bevorzugung abgehalten«, sagte Jack. »Von den vier Königen bist du der einzige, der nicht aus Eigennutz dabei ist. Du bist kein schlechter Mensch. Nicht bösartig wie Dion. *Er* schon. Er *ist* böse. Zaitan war es auch. Die beiden hatten vor, dich ungefähr jetzt allezumachen.

Aber du bist schlau. Klar, stur und unnachgiebig, trotzdem ehrenhaft. Wenn ich versuchen will, das Universum zu retten, brauche ich dein Wissen. Komm mit mir. Hier gibt's nichts mehr für dich, nur einen Sohn, der deinen Tod will. Hilf mir.«

Aus Hades' Blick sprach völlige Verwirrung. Immerhin war er ein Mann, der mitansehen musste, wie alles, wofür er jemals gestanden hatte – uralte Rituale, eiserne Traditionen, göttlich-königliche Herrschaft –, um ihn herum zusammenbrach.

»Unser Weg hätte die Welt gerettet …«, sagte er geradezu verzweifelt.

»Aber es war der falsche Weg«, entgegnete Jack. »Es ist besser, alles auf die richtige Art zu verlieren, als auf die falsche Art zu gewinnen.«

Hades sah Jack tief in die Augen …

… dann streckte er die Hand aus.

Die beiden Männer schlugen ein.

»Dann machen wir es auf deine Art«, verkündete Hades feierlich.

Jack nickte. »Danke.«

»Jack«, meldete sich Iolanthe zu Wort. »Die Minotauren stürmen gerade den Berg. Und irgendwie glaube ich, sie werden nicht groß zwischen Gut und Böse unterscheiden, wenn sie hier sind. Wir müssen weg. Runter zu der hohen Burg mit dem Hubschrauberlandeplatz. Dort sind Hangars mit ein paar Helikoptern.«

Jack wirbelte herum. Lily stand zusammen mit Dr. Barnard, dem königlichen Arzt, bei Iolanthe.

Wieder sah Jack auf die Armbanduhr. »Okay. Aber wir müssen vorher einen Zwischenstopp einlegen.«

»Was? Wo?«, fragte Iolanthe.

»Ich muss da noch was erledigen«, gab Jack zurück, schnappte sich Barnards Arztkoffer und setzte sich im Laufschritt in Bewegung. »Kommt mit.«

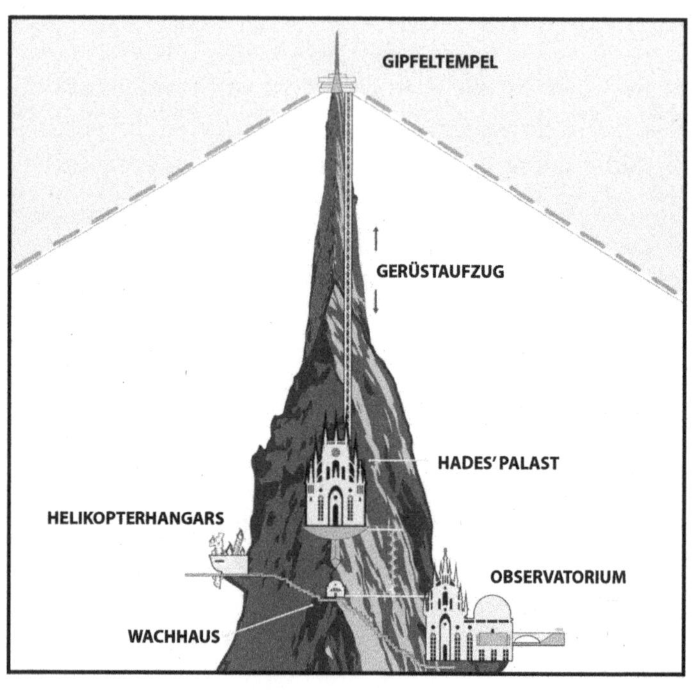

Überall um den Palast herum herrschte Bewegung.

Am Fuß des Bergs wimmelte es von Minotauren, die bereits die unteren Bereiche erklommen. Die ersten hatten inzwischen die Höhe der Zinnen um die Mitte herum erreicht und schwärmten durch die Gästequartiere dort aus.

Die anrückende Horde brandete nach oben, erklomm Steintreppen oder benutzte Aufzüge. Die Minotauren passierten das Observatorium und setzten den Weg über eine gekrümmte Steintreppe fort, die zur zweithöchsten der hohen Burgen der Unterwelt führte: der mit dem Hubschrauberlandeplatz und den Hangars.

Während die Minotauren nach oben stürmten, flohen die königlichen Gäste nach unten in Richtung der hohen Burg mit dem Hubschrauberlandeplatz.

Eine führende Gruppe von Adligen trat bei Hades' persönlichem Palast aus dem Gerüstaufzug. Während die Kabine zurück nach oben fuhr, rannte diese erste Gruppe zu einer gekrümmt verlaufenden Treppe zum Hubschrauberlandeplatz.

Angeführt wurde sie von drei der vier Könige: dem benommenen Orlando, dem amerikanischen König des Meers Garrett Caldwell und Kenzo Depon, dem König des Himmels.

Sie erreichten die hohe Burg mit dem Heliport – einer breiten, flachen vom Berg über den Krater ragenden Plattform.

In einem der Hangars befanden sich mehrere wunderschöne, zwölfsitzige Sikorsky S-76 Luxushubschrauber.

Der König des Meers drückte einen Knopf an der Wand. Prompt begann ein Unterflurmechanismus, einen der Hubschrauber mit Rädern aus dem Hangar zum Heliport zu befördern …

… wo gerade die ersten Minotauren aus vollem Lauf und mit wütendem Gebrüll eintrafen.

Eigentlich hatten es die Minotauren lediglich auf Hades' verräterische Söhne Dion und Zaitan abgesehen. Doch die Leibwächter der drei Könige ließen sich in ihrer Panik – der klassischen Panik der privilegierten Elite auf der Flucht vor einem zornigen Mob – zu etwas ziemlich Dummem hinreißen.

Sie eröffneten das Feuer auf die anrückenden Minotauren.

Die erste Reihe der Halbmenschen fiel tödlich getroffen.

Was jedoch nur die Wut der Nachrückenden schürte, die blindlings über die Gruppe der Hochadligen herfielen und sie in Stücke hackten.

Während Orlando hinter einen Hubschrauber huschte, um dem Getümmel zu entfliehen, gingen der König des Meers und der König des Himmels samt ihrem Gefolge aus Leibwächtern und Höflingen in einem Hagel von Schlägen der Horde der Halbmenschen unter.

Nachdem sie die hehre Gesellschaft hingemetzelt hatten, setzten die wutentbrannten Minotauren den Weg die Treppe hinauf fort, um die Prinzen aufzuspüren und aufzuhalten, die ihren angestammten Herrn ermorden wollten.

Oben auf dem Gipfel kehrte gerade der Gerüstaufzug zurück, und eine zweite Gruppe panischer Adliger eilte hinein. Kaum hatten sich die Türen geschlossen, trat der Fahrstuhl den Weg nach unten an.

Auf der obersten Ebene wandte sich Jack an Hades. »Gibt's noch einen Weg nach unten?«

»Auf der anderen Seite ist eine alte Steintreppe«, erwiderte Hades. »Aus der Zeit, bevor es Aufzüge gegeben hat. Sie ist sehr steil, aber verläuft den gesamten Weg hinunter im Zickzack.«

»Zeig sie uns«, forderte Jack ihn auf.

Hades führte sie zur Rückseite der Bergspitze. Und tatsächlich verlief dort eine Treppe in die Tiefe.

»Alt« erwies sich ebenso als Untertreibung wie »steil«.

Die in den Fels gehauenen Stufen führten in einem beängstigenden Winkel abwärts und waren von der Verwitterung sichtlich abgewetzt. Der schwarze Stein, aus dem sie bestanden, glänzte sogar, glatt geschliffen und poliert von Tausenden Jahren Nutzung.

Jack übernahm die Spitze und eilte den steilen Weg hinab.

Kaum hatte er sich auf den Weg gemacht, knarrte der Gerüstaufzug auf der anderen Seite der Bergkuppe laut.

Dann begann er zu zittern.

Die Minotauren waren unten angekommen. Aufgestachelt von den Schüssen am Hubschrauberlandeplatz rüttelten sie als geballte Kraft am Gerüst, so wild entschlossen, dass sie die Halterungen, die den Aufzug an der Flanke des Bergs fixierten, tatsächlich lösten, während die Kabine mit der zweiten Gruppe der Adligen nach unten fuhr!

Mit einem gequälten metallischen Kreischen gab das Gerüst schließlich nach, kippte wie ein gefällter Baum und fiel samt Aufzugkabine vom Berg herunter.

Aus dem Inneren drangen panische Schreie, als die gesamte Konstruktion Hunderte Meter in die Tiefe des Kraters hinabstürzte.

Jack und seine Gruppe eilten die schwindelerregende hintere Treppe hinunter.

Unterwegs passierten sie Hades' persönlichen Palast.

»Weiter!«, brüllte Jack.

Als sie an der Burg mit den Hangars vorbeikamen, rief Iolanthe: »Wohin gehen wir?«

»Zum Observatorium«, antwortete Jack, als die kuppelförmige Festung mit dem alten Teleskopraum und den drei Kampfbühnen in Sicht geriet.

Er führte die Gruppe zu den Zellen unter den Plattformen.

Die Minotauren dort rannten in die andere Richtung, verließen ihre Posten und flohen.

Jack gelangte zu der Zelle, die er suchte, und riss die Tür auf.

Er hoffte inständig, dass man den Körper noch nicht entsorgt hatte …

Er war noch da.

Jack sah auf die Armbanduhr. 55 Minuten waren vergangen. Was zu lange sein konnte.

»Gott«, hauchte er, »ich hoffe, ich komme nicht zu spät.«

»Zu spät wofür?«, fragte Lily, als sie die Zelle hinter ihm betrat und den auf dem Boden liegenden Körper erblickte.

Es handelte sich um die Leiche von Shane Schofield.

Scarecrow.

Jack rutschte neben dem Mann auf die Knie und holte unterwegs den mobilen Defibrillator aus Dr. Barnards Arztkoffer.

Barnard sprach aus, was alle dachten.

»Der Mann ist tot, Captain. Sein Herz hat vor einer Stunde aufgehört zu schlagen. Es gibt keine Möglichkeit mehr, ihn noch wiederzubeleben.«

Jack ignorierte ihn.

Er dachte nur an eins.

An den Gegenstand in Scarecrows Hand, den ihm der Amerikaner kurz vor ihrem Kampf gezeigt hatte.

Eine Spritze mit einem Etikett, auf dem HYPOX-G4-62 stand.

Scarecrow hatte Jack stumm mitgeteilt, dass er sich den hyperoxygenierten Blutzusatz injiziert hatte. Wie Jack wusste, verlieh Hypox einem Soldaten nicht nur zusätzliche Ausdauer im Kampf, es versorgte das Blut außerdem noch einige Zeit mit Sauerstoff, nachdem ein Herz aufgehört hatte zu schlagen. Dadurch konnte jemand theoretisch länger wiederbelebt werden.

Scarecrow hatte sich von Jack in der Hoffnung töten lassen, dass er ihn später zurückholen würde. »*Wir sehen uns auf der anderen Seite*«, waren seine genauen Worte gewesen.

Jack schaltete den Defibrillator ein.

Zack.

Ein Ruck durchlief Scarecrows Körper.

Jack versetzte ihm eine zweite Ladung.

Wieder zuckte Scarecrow.

Zack!

Und plötzlich regte sich Scarecrow … röchelte … und hustete, als er sich Luft tief in die Lunge saugte.

»Scarecrow!« Jack klatschte ihm ins Gesicht. »Hörst du mich?«

Nach einem weiteren Husten: »Ich hör dich.«

Der Elitesoldat schaute auf. Sein Blick heftete sich langsam auf Jack, der über ihm kauerte.

Jack lächelte.

»Wie lange war ich tot?«, fragte Scarecrow.

»56 Minuten«, antwortete Jack.

»Bin froh, dass du nicht länger gewartet hast. Noch ein paar Minuten, dann wäre ich bloß noch Gemüse. Danke, dass du zurückgekommen bist.«

»War das Mindeste, was ich tun konnte«, sagte Jack. »Woher hast du gewusst, dass es funktionieren würde?«

Scarecrow erwiderte: »Hab mal gegen einen abtrünnigen General der US Air Force namens Caesar Russell an einem Ort namens Area 7 gekämpft. Er hat Hypox benutzt, um eine Weile am Leben zu bleiben, nachdem man ihn wegen Hochverrats hingerichtet hatte. Dachte mir, den Versuch wäre es wert … solange du zurückkommst.«

Jack zog Scarecrow auf die Beine. Dabei erblickte der gerettete Marine die seltsame Gruppe von Leuten, die sich in der Zelle hinter Jack versammelt hatte: Lily, Iolanthe, Dr. Barnard und … Hades.

»*Achtung!*«, rief Scarecrow, stieß Jack weg, schnappte sich die unter dessen Gürtel geklemmte Glock und feuerte damit über Jacks Schulter.

Jack hörte das Zischen des Projektils, als es an seinem Ohr vorbeischwirrte. Entsetzt vom Gedanken, dass Scarecrow gerade Hades erschossen hatte, wirbelte er herum …

… und erblickte an der Tür hinter Hades eine andere Person, die ebenfalls eine Pistole in der Hand hatte und damit auf Jack zielte.

Vacheron.

Der Spielleiter stand in Schussposition erstarrt da. Auf seiner Brust breitete sich ein nasser roter Fleck aus. Vacheron rang nach Luft und schien den Abzug seiner Waffe durch schiere Willenskraft betätigen zu wollen.

Peng-peng-peng! Scarecrow jagte drei weitere Kugeln in Vacheron, die den Mann durch die Tür hinausschleuderten.

»Den Arsch konnte ich von Anfang an nicht leiden«, erklärte Scarecrow und gab Jack die Waffe zurück. »Was hab ich verpasst?«

Jack antwortete: »Ich hab die Spiele gewonnen und die Welt gerettet … vorerst zumindest. Meine Leute sind gerade noch rechtzeitig mit ’nem Helikopter zurückgekommen, und jetzt randalieren die Minotauren und überrennen den Berg.«

»Ist das alles?« Scarecrow deutete mit dem Kopf auf Hades. »Was ist mit ihm? Was macht er hier?«

»Er gehört jetzt zu mir«, antwortete Jack. »Komm, die Kacke ist echt am Dampfen, und solange sie durch die Gegend spritzt, verschwinden wir.«

Damit legte Jack den Arm über Scarecrows Schulter, und zusammen eilten sie aus der Zelle.

Es wurde ein verzweifelter Lauf zur Festung mit den Helikoptern.

Mittlerweile erklommen sämtliche Minotauren den Berg auf jede erdenkliche Weise: über Aufzüge, Innentreppen und die steile Außentreppe, die Jacks Gruppe benutzte.

Nach einigen gehetzten Minuten erreichte Jack mit seiner kleinen Gruppe eine Abzweigung, gekennzeichnet durch die Ruinen eines Wachhauses.

Drei Wege liefen dort zusammen. Jacks nach oben verlaufende Treppe, die steilen Stufen, die er zuvor nach unten geeilt war, und ein flacher Weg, der hinüber zur Festung mit dem Heliport führte.

Das alte Wachhaus befand sich in strategisch günstiger Lage auf einem Felsen an der Südseite des Bergs. Es ragte leicht nach vorn über die Tiefe, wodurch man darin sowohl nach Osten und Westen als auch nach oben und unten sehen konnte.

Und es war uralt.

Ein Dach gab es längst keines mehr. Das Gebäude bestand nur noch aus einem Steinboden mit einem niedrigen Marmorzaun und einem in den Berg gehauenen Lagerraum. Die Säulen des fehlenden Dachs und die kniehohen Zaunpfosten, beides aus Marmor, waren entweder zerbrochen oder vom Alter verwittert.

In der Mitte der kreisförmigen Ruinen stand eine riesige Marmorstatue dreier mächtiger Pferde, die sich über drei gefallene Männer aufgebäumt hatten.

Jack stützte nach wie vor Scarecrow, als er den flachen Weg sichtete, der nach Westen zur Festung mit dem Hubschrauberlandeplatz führte.

»Da lang! Wir haben's fast geschafft«, sagte er, als plötzlich eine Gestalt aus dem dunklen, in die Bergwand gehauenen Lagerraum auftauchte, in der Hand eine Pistole, die direkt auf Jacks Kopf zielte.

Es war Dion.

Und er wirkte wutentbrannt.

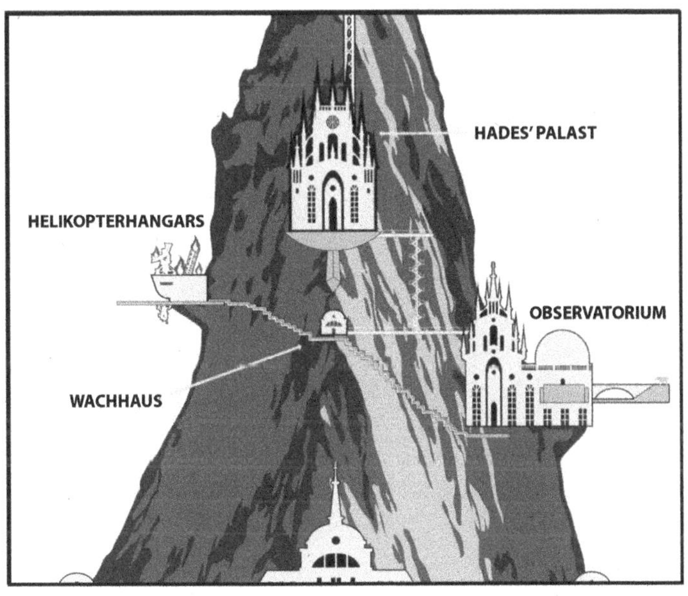

»Du!«, brüllte er Jack entgegen. »Du hast alles ruiniert! Die Spiele! Die Zeremonie! Die Mysterien! Dieses Königreich sollte mir gehören! *Die Welt sollte mir gehören!* Und jetzt hast du uns alle zum Tod verurteilt!«

Hades trat vor. »Dionysius. Was hast du dir dabei gedacht? Warum machst du das?«

Dions Gesicht verzog sich zu einer Fratze aus Hass und Wut. »Du bist schwach geworden, Vater! Der Herrscher der Unterwelt muss überall auf der Welt gefürchtet werden! Der bloße Gedanke an ihn sollte die Menschen erzittern lassen. Nach deinem Tod wollte ich so herrschen, dass es dazu gekommen wäre.«

Dion richtete den Blick auf Lily. »Da es wohl nicht mehr dazu kommen wird, dass ich dich heirate und dir das Leben zur Hölle mache, tue ich das Nächstbeste und töte deinen geliebten Vater vor deinen Augen. Und danach meinen.«

Er umklammerte die nach wie vor auf Jack gerichtete Pistole fester.

Jack konnte nicht das Geringste unternehmen. Dion befand sich etwa vier Meter entfernt, und auf ihm selbst lastete immer noch Scarecrow. Er konnte nicht mal einen Verzweiflungsangriff gegen den Prinzen starten.

Dion drückte den Abzug, und ein Schuss ertönte.

Jack zuckte zusammen und wartete auf den Einschlag des Projektils, der jedoch ausblieb.

Stattdessen explodierte Dions Gesicht zu einer grausigen Blutfontäne, von hinten erschossen. Mit zerfetzter linker Wange und weit aufgerissenen Augen wankte er auf den Beinen. Die Waffe glitt ihm aus den Fingern, bevor er erst auf die Knie sackte und dann aufs Gesicht klatschte.

Als er fiel, kam hinter ihm eine Gruppe von Gestalten auf dem Weg zum Hubschrauberlandeplatz zum Vorschein.

Eine Kohorte von etwa zwölf Minotauren. An der Spitze befand sich der Minotaurenkönig, begleitet von Mother, Astro und E-147, alle mit Gewehren bewaffnet. Und neben ihnen wiederum stand ein junger Mann, der in Schussposition eine rauchende Pistole hielt.

Alby.

Alby eilte zum gefallenen Dion und trat dessen Waffe weg.

»Alby!« Lily sprang ihm in die Arme und küsste ihn übers ganze Gesicht.

Alby hielt sie fest. »Alles in Ordnung? Bist du auch nicht verletzt?«

»Es geht mir gut«, antwortete Lily.

Alby sah Jack an. »Wir sind mit ein paar Minotauren in einem Aufzug heraufgekommen. Zuerst sind wir direkt zum Hubschrauberlandeplatz und haben dort nach dir gesucht. Dann hat Stretch dich vor einer Minute vom Hubschrauber aus gesehen und uns über Funk gesagt, wo du bist. Tut mir leid, dass wir so lange gebraucht haben.«

Jack schüttelte den Kopf. »Entschuldige dich nie wieder bei mir, Junge. Du bist 'ne gottverdammte Legende.«

Hades trat vor den Minotaurenkönig hin und schlug mit ihm ein.

»Minotus, mein Freund. Wie du weißt, wollte ich euch nach Abschluss der Spiele dieses Reich übergeben, weil ich es nicht mehr brauchen würde. Also schenke ich es euch jetzt. Macht damit, was ihr wollt. Wenn ihr hierbleibt, sorge ich dafür, dass keine Menschen je herkommen – aus Sicht der Welt gehört dieses Land mir. Oder wagt euch hinaus, wenn ihr wollt. Ich habe eure Loyalität mir gegenüber immer zu schätzen gewusst. Jetzt aber seid ihr von jeglichen Verpflichtungen befreit. Ihr könnt bleiben oder gehen. Es liegt ganz bei euch.«

Minotus deutete mit dem Kopf auf Alby. »Dieser Jungmann uns erzählt, dass dein Söhne Dionysius und Zaitan dich wollen töten, nehmen deinen Thron und uns weiter halten als elende Sklaven. Wir mussten handeln.«

»Ich bin froh, dass ihr es getan habt«, sagte Hades. »Nehmt dieses Königreich. Macht es zu eurem und bewacht es, bis es das nächste Mal gebraucht wird. Aber kümmere dich vor allem um dein Volk und lebt.«

Die beiden Männer umarmten sich.

Als sie sich voneinander lösten, wandte sich Minotus an E-147. »Minotaurus«, sagte er.

»Ja, mein König.« E-147 neigte ehrfürchtig das Haupt.

»Bei diese Spiele du hast gefunden, was wenige nur kriegen in ihre ganze Leben.« Er deutete mit dem Kopf auf Jack. »Wahren, edlen Freund. Wenn du willst, du kannst verlassen diese Reich und gehen mit dein neuer Freund.«

E-147 schaute von Minotus zu Jack.

Und Jack nickte. »Wenn du mitkommen willst, bist du herzlich willkommen, Kumpel.«

»Ich gehe, Majestät«, sagte E-147 zu seinem König. Minotus schlug mit E-147 ein und schüttelte ihm die Hand.

Jack ergriff das Wort. »Tut mir leid, dass ich euch störe, aber wir müssten allmählich fliehen. Wir müssen uns ’nen Heli schnappen und schleunigst weg von hier.«

Nunmehr begleitet vom Minotaurenkönig und Scarecrow, den Mother und Astro stützten, führte Jack die Gruppe von den Ruinen des alten Wachhauses den Pfad entlang hinüber zur Festung mit dem Heliport.

Sie bogen um eine letzte Kurve und sahen die Landeplattform vor sich.

»Großer Gott …« Jack schnappte nach Luft.

Er wurde Zeuge, wie zwei königliche Helikopter – teure Sikorskys mit sich verschwommen drehenden Rotoren, nur Sekunden vor dem Start – von einer Horde Minotauren überrannt wurden, die den Heliport auf einem anderen Weg erreicht hatten.

Die Minotauren warfen ein Stahlseil in den Heckrotor des ersten Hubschraubers. Der Rotor kreischte und schepperte und … verkeilte sich.

Dann beförderten sie die somit fluguntaugliche Maschine mit der geballten Meute samt den kreischenden königlichen Passagieren an Bord über die Kante des Heliports, und der neun Millionen Dollar teure Hubschrauber stürzte Hunderte Meter in die Tiefe.

Die Türen des zweiten Sikorsky standen offen. Die aufgebrachten Minotauren zerrten die königlichen Passagiere und die Piloten heraus und erschlugen sie mit ihren Schwertern. Blut spritzte auf. Die Adligen schrien. Dann schoben die Minotauren den Hubschrauber mit noch drehenden Rotoren zum Rand des Heliports.

Der Anblick der überrannten Plattform und der von der Kante stürzenden Maschine erinnerte an den Untergang von Saigon.

Der Minotaurenkönig trat vor Jack hin.

»Ich besorge dir Hubschrauber«, verkündete er.

Damit schritt Minotus über den Hubschrauberlandeplatz und befahl den Minotauren, die gerade den zweiten Sikorsky zum Rand schoben, sofort aufzuhören.

Als er sie bremste, war es ihnen bereits gelungen, die Vorderräder über die Kante zu manövrieren. Sie gehorchten sofort, und der Hubschrauber blieb nach vorn geneigt stehen. Die Nase baumelte prekär über den Rand des hohen Heliports.

Minotus winkte Jacks Gruppe zu sich. »Steigt ein!«

Jack sprang auf den Pilotensitz. Die anderen drängten sich hinten hinein.

Scarecrow setzte sich neben Jack. »Kannst du ’nen Helikopter fliegen?«

»Sky Monster hat mir ein wenig Unterricht gegeben.«

»Warte. Rutsch rüber«, forderte Scarecrow ihn auf. »Ich war im Luftwaffengeschwader beim Marine Corps, bevor ich zum Fußvolk gewechselt bin. Ich habe nicht all die Herausforderungen überlebt, um dann mit ’nem Hubschrauber abzustürzen, weil ihn ein Neuling steuert.«

Jack rutschte zur Seite und überließ Scarecrow die Kontrolle.

Der Marine ließ die Triebwerke aufheulen, und die große Maschine hob von der Plattform ab.

Kurz schwebte der Helikopter vor dem riesigen schwarzen Berg und wirkte wie ein Insekt vor dem hoch aufragenden Gipfel.

»Verschwinden wir«, sagte Jack. »Gib Stoff.«

Scarecrow betätigte den Steuerknüppel, und der Hubschrauber entfernte sich rasant von der Festung mit dem Heliport. Am Fuß des Bergs legte er einen Zwischenstopp ein, um Mae, Tomahawk und die Hunde aufzulesen, bevor er wieder in den Himmel aufstieg und in die Nacht davonbrauste.

Sky Monsters Alligator schwenkte neben ihn, und im Tandemflug ließen die beiden Hubschrauber den überrannten Bergpalast hinter sich.

Keine 30 Sekunden später befanden sie sich hoch am sternenübersäten Himmel.

Tief unter ihnen erstreckte sich die flache Wüstenebene mit dem breiten, runden Krater, der in ihr prangte. Hades' spitz zulaufender Bergpalast, der sich aus dem Inneren des Kraters erhob, wirkte aus dieser Höhe winzig wie ein Modell.

An mehreren Stellen des Bergs wüteten Brände. Der große Obelisk aus schwarzem Stein, der vom Tempel auf dem Gipfel in den Himmel ragte, sah klein und unbedeutend aus.

Die vom Licht der Sterne erhellte Wüste dehnte sich gnadenlos flach und kahl vor ihnen aus. Weit und breit fehlte jede Spur von einem Gebäude oder einer Siedlung. Am fernen westlichen Horizont zeichnete sich das Wasser des Arabischen Meers ab.

»Nach Osten«, sagte Hades zu Scarecrow. »Ins Landesinnere. So erreichen wir letztlich eines meiner Bergwerke. Dort ist ein Rollfeld mit allen königlichen Flugzeugen. Auch Captain Wests Maschine parkt dort.«

Der Sikorsky raste im Tiefflug über die nächtliche Wüste.

Schweigen herrschte unter der Gruppe in der luxuriösen Kabine des Hubschraubers.

Lily schmiegte sich in Albys Arme. E-147 saß neben ihnen.

Iolanthe starrte aus dem Fenster und dachte über eine unbekannte Zukunft nach.

Hades tat es ihr gleich.

Im Cockpit steuerte Scarecrow die Maschine und betrachtete die Landschaft, die unter ihrer Nase vorbeizog. Jack schwieg neben ihm, weil es eigentlich nichts zu sagen gab.

Nach etwa 30 Minuten geriet eine Tagebaugrube in Sicht, ein riesiges Loch im Wüstenboden.

Daneben verlief ein Rollfeld.

Drei Privatjets parkten darauf: Gulfstreams und Bombardiers. Die Crème de la Crème der Privatflugzeuge.

Nicht weit davon entfernt stand Jacks Maschine: das schwarz lackierte, der Concorde ähnliche Modell, das er *Sky Warrior* getauft hatte.

»Beginne Sinkflug«, verkündete Scarecrow und richtete den Hubschrauber auf die Landebahn aus.

Jack begab sich in die Passagierkabine und setzte sich neben Hades.

»Also. Die Mysterien wurden uns nicht offenbart. Das bedeutet, wir müssen sie jetzt finden. Wie viel Zeit haben wir dafür?«

»Wir haben Zeit«, erwiderte Hades. »Nicht viel, aber wir haben Zeit. Die Mysterien, also die nötigen Kenntnisse, um das Omega-Ereignis aufzuhalten, werden in Tresoren in den drei geheimen Städten aufbewahrt: Thule, Atlas und Ra. Wir müssen sowohl die Städte als auch die Trismagi finden, die über sie wachen – und die Tresore knacken, bevor das Universum endet.«

Sie erreichten das Rollfeld.

Abgesehen von zwei Nachtwächtern trieb sich weit und breit keine Menschenseele herum.

Die vorherige Ankunft eines Helikopters voller zerzauster, aufgebrachter reicher Leute hatte sie bereits durcheinandergebracht. Als ein weiterer eintraf, aus dem ihr Boss Anthony DeSaxe ausstieg und auf sie zukam, verfielen sie regelrecht in eine Schockstarre.

»Wer ist in der letzten Stunde noch hier gewesen?«, verlangte Hades zu erfahren.

Der ältere Nachtwächter antwortete: »Mr. Compton-Jones, Sir, und drei seiner Leute, darunter der katholische Kardinal.«

Hades wandte sich an Jack. »Orlando und Kardinal Mendoza. Sie werden auch nach den drei Städten suchen.«

Jack schüttelte den Kopf. »Vergessen wir das vorerst. Das Wettrennen bestreiten wir an einem anderen Tag. Im Moment will ich einfach nur nach Hause.«

Jack West trat Shane Schofield auf dem Rollfeld gegenüber.

Hinter dem Amerikaner bereiteten die anderen drei Marines – Mother, Astro und Tomahawk – einen der königlichen Jets zum Abflug vor.

»Tut mir echt leid, dass ich dich umbringen musste«, entschuldigte sich Jack.

»Musste sein«, gab Scarecrow zurück.

Er schlug mit Jack ein. »War mir 'ne Ehre, dich kennengelernt zu haben, Jack West jr. Sieht so aus, als hättest du in nächster Zeit alle Hände voll zu tun. Falls du dabei je Hilfe brauchst, gib Bescheid.«

»Mach ich. Und danke. Du warst der einzige andere ehrenwerte Mann bei den Spielen.«

»War mir ein Vergnügen«, sagte Scarecrow.

»Yo, Scarecrow!«, rief Mother vom Flugzeug. »Schluss jetzt mit der Bromance! Wir müssen los. Man sieht sich, Huntsman.«

Scarecrow nickte Jack zum Abschied zu. »Viel Glück.«

»Gleichfalls«, erwiderte Jack.

Damit trennten sich die beiden Helden voneinander und traten den Weg zu ihren jeweiligen Flugzeugen an.

Als Jack die *Sky Warrior* erreichte, erwartete ihn seine zierliche Mutter Mae am Einstieg. Stretch und Pooh Bear standen bei ihr. »Hi, Ma«, begrüßte Jack sie. »Hatte noch gar keine Gelegenheit, richtig Hallo zu sagen. Hi, Leute.«

»Wie geht's dir, Jack?«, erkundigte sich Mae herzlich. »Die letzten Tage haben dich ganz schön in Anspruch genommen, was?«

»Und wie. Ich kann euch gar nicht sagen, wie froh ich war, euch zu sehen, obwohl ich keine Ahnung habe, wie ihr uns aufgespürt habt. Danke.«

Pooh Bear lächelte. »Gern geschehen.«

»Du würdest für uns dasselbe tun«, sagte Stretch. »Hey, du hast es schon mal für uns getan.«

»Ja, hab ich wohl«, meinte Jack. Dann fiel ihm etwas ein. »O Gott, Horus. Sie war in Pine Gap …«

»Alles gut«, fiel Pooh Bear ihm ins Wort. »Wir haben sie. Die Gute war ein wenig angeschlagen, immerhin wurde sie angeschossen. Vor der Abreise nach Karatschi haben wir sie bei einem Tierarzt in Broome abgegeben. Die Schussverletzung haben wir als Jagdunfall erklärt. Es geht ihr gut. Auf dem Rückweg können wir sie abholen.«

»Dann lasst uns von hier verschwinden.« Jack stieg die Treppe hinauf.

»Also ehrlich«, kam von Mae, die ihm folgte. »Ich sage ja immer, dass ich dich und Lily öfter sehen will und ihr regelmäßiger bei mir vorbeischauen sollt. Unfassbar, dass etwas wie das hier nötig war, um uns zusammenzubringen.«

»Nicht zu voreilig, Ma. Ich hab so das Gefühl, dass wir uns in den kommenden Monaten und Jahren wohl ziemlich oft sehen werden, weil wir deine Kenntnisse brauchen«, erwiderte Jack, als er das Flugzeug betrat.

LUFTRAUM ÜBER DEM INDISCHEN OZEAN
VIER STUNDEN SPÄTER

Die *Sky Warrior* brauste über dem Indischen Ozean durch den nächtlichen Himmel.

Jack schlief in seiner Privatkabine im hinteren Teil der Maschine. Stretch hatte mit einer schnellen Operation unter örtlicher Betäubung sowohl den alten gelben Quarzstein in seinem Nacken als auch den modernen kleinen Sprengsatz darunter entfernt.

Danach hatte Jack den gelben Edelstein eingehend unter die Lupe genommen. Er sah glatt, alt und eigenartig mächtig aus. Jack behielt ihn für eine spätere Analyse.

Danach hatte Stretch ihn genäht, und Jack war vor unaussprechlicher Erschöpfung in einen tiefen Schlaf gefallen.

Mae, Lily, Alby, E-147 und die Hunde befanden sich alle in Kojen in der Kabine nebenan und schliefen ebenfalls. Pooh Bear, Stretch, Hades und Iolanthe dösten auf Sitzplätzen in der Hauptkabine.

Nur Sky Monster war wach und flog sein geliebtes Flugzeug im Schein der Instrumententafel.

Jack träumte.

Von der Unterwelt und ihren tödlichen Herausforderungen. Von den behelmten Kriegern dort: Furcht, Chaos, Hydra und Zerberus. Von Ertrinkenden und Sterbenden, von Kampfbühnen und einer tobenden Armee von Minotauren. Und auf die seltsame Weise des Unterbewusstseins träumte er auch von Mephisto. In jenem Traum fragte er sich, wo der kleine rote Mistkerl bei all dem Chaos abgeblieben war.

Sein Gehirn versuchte sich zu erinnern, wo er den mörderischen Hofnarren zuletzt gesehen hatte. Auf der zweiten Kampfbühne? Er war sich nicht sicher.

Beim Gedanken an Mephisto erschien dessen Gesicht direkt vor seinem geistigen Auge.

Der bösartige kleine Dämon entblößte grinsend die angespitzten Zähne, zückte ein verheerendes Messer und sagte mit seiner gekünstelten Stimme: »Du würdest mich doch nicht vergessen, oder? Ich hab dir ja gesagt, dass ich dich nicht vergesse.«

Abrupt schlug Jack die Augen auf.

Mephisto hockte über ihm, das gehässige rote Gesicht dicht vor seinem, während er ein Messer direkt vor Jacks Nase hielt!

Jack hatte die Worte nicht geträumt. Mephisto hatte sie wirklich ausgesprochen.

Seine Gedanken überschlugen sich.

Mephisto musste mit dem ersten Hubschrauber aus der Unterwelt entkommen sein und sich in der *Sky Warrior* versteckt haben.

Der Hofnarr wollte Jack das Messer ins Gesicht rammen, doch Jack fing sein Handgelenk ab und schleuderte ihn von sich.

Dann schnappte er sich die Desert Eagle, die er neben seinem Bett aufbewahrte, und lud durch …

… doch Mephisto sprang ihn wieder an, fauchte durch die gefletschten Zähne und drückte Jacks Pistolenhand gegen das kleine Fenster hinter ihm.

Jack wehrte sich, während Mephisto rittlings auf ihm kniete. Der kleine Scheißer benutzte den rechten Fuß, um Jacks Waffenhand am Fenster zu fixieren, während er abermals mit dem tödlichen Messer ausholte.

Jack schien erledigt zu sein.

Nach all den Herausforderungen, all den Kämpfen und Verfolgungsjagden würde ihm ausgerechnet diese kleine Ratte die Kehle durchschneiden.

»Leb wohl!«, rief Mephisto mit schriller Stimme, als er mit dem gezückten Messer zum Todesstoß ansetzte.

»Du nimmst mir die Worte aus dem Mund«, gab Jack zurück …

… und drückte den Abzug der Pistole.

Die Waffe ging mit einem in dem beengten Raum ohrenbetäubend lauten Knall los und feuerte direkt durch das Fenster hinter Jacks Kopf.

Die Wirkung setzte schlagartig ein.

Der Kabinendruck ging verloren und ein Sturmwind rauschender Luft fegte durchs Fenster hinaus. Alles, was nicht niet- und nagelfest war, wurde hinausgesaugt: loses Papier, Decken, Kleidung.

In dem plötzlichen Chaos verlagerte Jack das Gewicht, hievte Mephisto mit einem Ruck über sich und schob den Kopf des Wichts durch das zerschossene Fenster hinaus!

Der kleine Dämon kreischte, als sich sein Körper kurz in der schmalen Öffnung verkeilte, bevor er – *wusch* – vollständig hinausgesaugt wurde. Die scharfkantigen Reste des zerbrochenen Fensters zerfetzten seinen Körper auf dem Weg nach draußen übel, bevor er auf Nimmerwiedersehen verschwand.

Nach Luft ringend taumelte Jack aus der Kabine. Lily, Alby, Mae, Iolanthe und Hades waren durch den Schuss und das anschließende Alarmgeheul aufgewacht.

Sky Monsters Stimme ertönte aus der Sprechanlage:

»Jack! Was ist los? Wir haben gerade den Kabinendruck in deinem Raum verloren.«

Jack betätigte einen Schalter. »Hab die Kabine versiegelt, Monster. Stell den Druck im restlichen Flugzeug wieder her.«

»Was ist passiert?«

»Wir hatten ’nen blinden Passagier«, antwortete Jack. »Den Hofnarren. Egal. Der kommt nicht wieder.«

JACKS FARM
IRGENDWO IN AUSTRALIEN

Neun Stunden später setzte die *Sky Warrior* auf einer weiteren abgeschiedenen Piste in einer weiteren abgeschiedenen Wüste auf: der von Jacks Farm im riesigen australischen Outback.

Die schnittige schwarze Maschine rollte zu einer kleinen Hütte auf dem Rollfeld.

Neben der Hütte wartete Jacks Ehefrau Zoe. Sie war selbst erst vor wenigen Stunden vom Marianengraben zurückgekehrt.

Als sie Jack mit Horus auf dem Arm aus dem Flugzeug steigen sah, vor ihm die beiden hopsenden Hunde, hinter ihm Lily und Alby, lächelte sie breit und sagte: »Warte, bis du hörst, was ich gesehen …«

Ihr Blick schnellte von der verwundeten Falkendame zu Jacks kahl geschorenem Kopf und den Kratzern und blauen Flecken in seinem Gesicht. Abrupt verpuffte ihr Lächeln.

Dann erblickte sie Mae, Iolanthe, Hades und E-147, die ebenfalls aus der *Sky Warrior* stiegen.

Sie sah Jack an. »Jesus, Maria und Josef! Da bin ich grade mal eine Woche weg, und jetzt sieh dich an! Was ist passiert? Du siehst aus, als wärst du durch die Hölle gegangen.«

»Sehr interessante Wortwahl, Schatz«, fand Jack. »Gehen wir rein und setzen wir uns. Ich hab dir auch 'ne Menge zu erzählen.«

EPILOG

DIE GROSSE KURVE

DIE UNTERWELT, INDIEN

In einem der innersten Winkel der Unterwelt am hintersten Punkt der gewaltigen Rennstrecke, auf der das wilde Autorennen der fünften Herausforderung stattgefunden hatte, herrschte Stille.

Die Scheinwerfer, die diese gigantische Höhle während des Wettkampfs ausgeleuchtet hatten, waren abgeschaltet. Die einzige Helligkeit stammte von schwachen, batteriebetriebenen Arbeitsleuchten entlang der geländerlosen Fahrbahn.

Die riesige Pyramide in ihrer kastenförmigen Aussparung stand düster im Halbdunkel.

Die Fahrzeugwracks und die Leichen der beim Wettkampf in der Nähe der Pyramide ums Leben gekommenen Kämpfer lagen noch dort, wo sie gelandet waren. Sie sollten später von einer Gruppe Minotauren eingesammelt werden.

Am Fuß der Pyramide befand sich ein verbeulter, umgekippter Taifun Truppentransporter.

Davor ruhte die Leiche des schwarzen Navy SEAL DeShawn Monroe auf dem Boden.

Ein Armbrustbolzen ragte zwei Zentimeter über den leblosen, blicklos ins Leere starrenden Augen aus seiner

Stirn. Und neben Monroe: die sterblichen Überreste seines SEAL-Kameraden, ebenfalls durch einen Armbrusttreffer gestorben.

Die beiden Toten lagen in der Tiefe des riesigen Gebäudes, das in den Abgrund hing, der den Kern der großen Kurve bildete.

Das Gebäude wirkte im trüben Licht genau so wie schon seit Tausenden Jahren.

Tiefe Schatten fielen über Hunderte rechteckige Nischen, die in regelmäßigen Reihen die Flanken säumten und die silbrigen Särge in der tieferen Dunkelheit in ihnen verbargen.

Von allen Kämpfern, die bei der fünften Herausforderung an der Stelle vorbeigerast waren, hatte allein Jack West jr. die Särge und ihre unheimlichen Darstellungen von Männern mit den Köpfen langschnäbliger Vögel bemerkt.

Tiefe Stille herrschte.

Nichts rührte sich.

Bis sich langsam, sehr langsam einer der silbrigen Särge öffnete …

DANKSAGUNG

Wenn ich einen Roman schreibe, verbringe ich unzählige Stunden allein … in einem Zimmer … und tippe. Ich tauche in die Geschichte ein, in den Mythos, die Handlung, zukünftige Handlungen, Fallen, Labyrinthe, Wendungen, Fluchten, Charaktere und Dinge wie die Frage, woher Jack seinen Feuerwehrhelm hat. (Wer es wissen will, liest die Kurzgeschichte »Jack West Jr and the Hero's Helmet«, die kostenlos online verfügbar ist.) Deshalb brauche ich bei einem Buch wie *Die vier mystischen Königreiche* ein zweites und sogar ein drittes Augenpaar, die das Manuskript durchgehen und dafür sorgen, dass ich nichts zu ausschweifend oder unzureichend erkläre oder eine Figur gar völlig vergessen habe. (Ja, es stimmt, dass Wendy, die niedliche Robbe, im ersten Manuskript von *Operation Elite* gestorben ist. Ich hatte sie vergessen, deshalb wurde sie in dem Entwurf in der Höhle zurückgelassen und von der Atomrakete in die Luft gesprengt. Hoppla. Beim Umschreiben habe ich das korrigiert.)

Mit anderen Worten: Ohne Hilfe geht es nicht.

Deshalb an dieser Stelle ein großes Dankeschön an meine Verlegerin bei Pan Macmillan, Cate Paterson, die mein Zeug nach wie vor als Erste erhält und mich mit weiser, konstruktiver Kritik unterstützt.

Ebenso danke ich meinem Lektor Alex Lloyd, der schon bei *Das Turnier* und *Der große Zoo von China* im

Hintergrund mitgeholfen hat, bei diesem Projekt jedoch in die erste Liga aufgestiegen ist und den Titel »Lektor« angenommen hat. Einen meiner Romane zu bearbeiten ist keine gewöhnliche Lektoratsarbeit: Es gilt, Zeichnungen, Diagramme und Vorsätze zu ordnen und meine patentierten »Ergänzungen und Kommentare über das Cover in letzter Minute von Matthew Reilly« zu überstehen. Danke, Alex!

Tracey Cheetham hat sich wieder mal mit der ihr eigenen Souveränität und Freundlichkeit um die Öffentlichkeitsarbeit gekümmert, und Zoë Caley hat mir beim Bewältigen der Sozialen Medien geholfen.

Die Titel- und Innenillustrationen stammen vom wunderbar talentierten Gavin Tyrrell, einem hervorragenden australischen Grafikdesigner und Künstler (er arbeitet auch für Filme, so habe ich ihn kennengelernt). Gavin hat das großartige Cover für *Der große Zoo von China* und für die Roger-Ascham-Kurzgeschichte *Roger Ascham and the King's Lost Girl* gestaltet, aber ich finde, mit der Arbeit für dieses Buch hat er sich selbst übertroffen. Für die Innenillustrationen hat er sich an meinen miserablen Originalskizzen orientiert, die du als Leser zum Glück nie zu sehen bekommst!

Wie haben mich Familie und Freunde erheblich unterstützt, von meiner Freundin Kate über meinen Bruder Stephen bis hin zu meinen Eltern Ray und Denise Reilly. Und selbstredend auch mein kleiner pelziger Schreibkumpan Dido.

An alle, die einen Schriftsteller kennen: Unterschätzt nie die Macht eurer Ermutigung.

EIN INTERVIEW MIT MATTHEW REILLY

SPOILERWARNUNG!

Das folgende Interview enthält SPOILER zu *Die vier mystischen Königreiche*. Wer den Roman noch nicht gelesen hat, sollte mit dem Interview warten, da es wichtige Aspekte der Handlung im Buch verrät.

Okay, Matthew, du hast gerade die beiden größten Helden deiner Serien um Jack West jr. und Scarecrow in denselben Roman gepackt! Erklär uns das mal näher. Was hat dich dazu inspiriert, wie hast du es geplant und was wolltest du damit erreichen?

Im Lauf der Jahre haben mich Fans echt oft gefragt: »Kannst du bitte mal Jack und Scarecrow in einem Buch zusammenbringen?« Und viele dieser netten Leute hatten vermutlich keine Ahnung, dass ich mich mit dem Gedanken schon länger getragen hatte. Ich brauchte nur die richtige Geschichte.

Für mich sind die Bücher mit Jack West jr. völlig anders als die Scarecrow-Romane. Das liegt vor allem an Lily. Sie entschärft quasi all die hartgesottenen militärischen Charaktere, von Gunman und Zoe bis hin zu Pooh Bear und Jack selbst. Außerdem spielen sich Jacks Geschichten in der Regel über einen langen Zeitraum ab. Im Gegensatz dazu sind die Scarecrow-Romane (zumindest für mich) eine Spur härter. Sie decken normalerweise einen kurzen Zeitraum ab, und die Charaktere sind sehr, sehr intensiv – von Scarecrows Erlebnissen mit Gant bis hin zur kantigen Präsenz von Mother.

Aber als ich mir die Geschichte der Großen Spiele der Hydra ausgedacht habe, in der jeder König mehrere Kämpfer auswählt, die ihn vertreten, wurde mir klar, dass sich die Möglichkeit bot, Scarecrow in Jacks Welt unterzubringen.

Etwas war mir dabei sehr wichtig: *Die vier mystischen Königreiche* ist ein Buch über Jack West jr. Die Figuren von Scarecrow und Mother (und in einer kleineren Rolle auch Astro) sollten darin nur einen Gastauftritt haben. Ich habe mir von Anfang an gesagt: »Dieses Buch ist Teil der Reihe, die mit *Die sieben tödlichen Wunder* begonnen hat und mit *Die sechs heiligen Steine* und *Die fünf großen Krieger* fortgesetzt wurde. In erster Linie muss es die Fans dieser Bücher ansprechen. Es muss um Jack und seine große Reise durch eine Welt voller altertümlicher Orte und Mythen, gigantischer galaktischer Gefahren und natürlich Fallen gehen.« Ich wollte einfach ein paar coole Charaktere hinzufügen.

Also habe ich mir überlegt, wie ich es anstellen würde.

Ich wollte Scarecrow nicht einfach reinwerfen. Er musste langsam in die Geschichte eingeflochten werden. Schon früh lesen wir von einem Marine mit verspiegelter Sonnenbrille. Dann erhaschen wir bei der dritten Herausforderung einen flüchtigen Blick auf ihn und seine große Begleiterin. Zu dem Zeitpunkt dachte ich mir, dass aufmerksame Leser meiner Romane genau wissen würden, auf wen ich damit anspiele (natürlich war mir auch bewusst, dass sich im Zeitalter der Sozialen Medien die

Neuigkeit von Scarecrows Auftritt in *Die vier mystischen Königreiche* ziemlich schnell herumsprechen würde).

Um seinen Eintritt in Jacks Welt zu erklären, habe ich die Verbindung zwischen den beiden Buchreihen genutzt: die Figur des Astro, der bei Scarecrow in *Hell Island* und bei Jack in *Die sechs heiligen Steine* und *Die fünf großen Krieger* auftaucht. Ich fand, der beste Weg, Scarecrow in Jacks Welt zu bringen, bestünde darin, dass der arme Astro seinen Namen versehentlich jemandem vorschlägt, der einen Kämpfer sucht.

Und dann konnte das Vergnügen losgehen.

Ich hatte einen Heidenspaß dabei, die Szene ihrer ersten Begegnung zu schreiben. Was würden die beiden Helden zueinander sagen? Was würde Scarecrow von den uralten Herausforderungen und im Schatten herrschenden Königen halten? Ich dachte mir, dass Scarecrow ziemlich misstrauisch sein würde. Außerdem gefiel mir der Gedanke, dass Mother irgendwann in ihrer Laufbahn Jack kennengelernt hat … und ihn natürlich auf ihre übliche Art und Weise begrüßen würde!

Und dann kam die größte Szene …

Du hast sie bis zum Tod gegeneinander kämpfen lassen. Was hat dich dazu inspiriert?

Wenn ich einen Crossover-Film wie *The Avengers* sehe, eine coole Geschichte, die Helden aus verschiedenen Serien zusammenführt, frage ich mich immer, was der Geschichtenerzähler tun wird, um es interessant zu gestalten.

Als ich beschlossen hatte, Jack und Scarecrow in dasselbe Buch zu stecken, habe ich mich gefragt: »Was würde ich als Leser erleben wollen?«

Die Antwort war einfach: Ich würde sie gegeneinander kämpfen sehen wollen! Ich würde sehen wollen, wer bei einem Kampf zwischen Jack West jr. und Shane »Scarecrow« Schofield gewinnen würde. Mehr noch: Was, wenn es ein Kampf auf Leben und Tod vor einem Publikum wäre, bei dem einer der beiden tatsächlich sterben muss?

Ich liebe den Moment in *Die vier mystischen Königreiche,* als Jack die Kampfbühne betritt und feststellt, dass Scarecrow sein Gegner ist. Das war eine der ersten Szenen, die ich mir für den Roman ausgedacht habe.

Als Geschichte ist Die vier mystischen Königreiche *selbst für deine Verhältnisse sehr umfangreich. Warum ist das so?*

Vor allem weil ich Jack und Scarecrow nicht nur kämpfend, sondern auch als Team erleben wollte. Über sieben Romane und eine Novelle hinweg haben Jack und Scarecrow getrennt voneinander ziemlich große Dinge vollbracht. Ich wollte sehen, was sie als Team erreichen können. Deshalb habe ich die Großen Spiele so gewaltig und mit so vielen Schurken wie Hades, Chaos, Furcht, Hydra und Mephisto gestaltet, ganz zu schweigen von Dion, Zaitan, Brigham und den anderen Kämpfern. Wenn man zwei bedeutende Helden zusammenspannt, braucht es eine überdimensionale Geschichte, in der sie sich austoben können.

Wie ist die Idee der vier Königreiche entstanden, die aus den Schatten die Welt regieren?

Ich stehe auf Verschwörungstheorien, ehrlich. Und wenn ich mir die Welt so ansehe, frage ich mich oft, ob nicht im Hintergrund irgendwas vor sich geht.

Über das Konzept von vier mächtigen Herrschern, die das Weltgeschehen aus dem Hintergrund kontrollieren, habe ich lange nachgedacht (wie einige Fans bemerkt haben, erwähne ich »vier Könige, die vor fünf Kriegern auf Thronen sitzen« schon in *Die sechs heiligen Steine*, das ich bereits 2006 geschrieben habe).

Vielleicht liegt es an der tiefen Unzufriedenheit, die ich empfinde, wenn ich mir die Politiker dieser Tage anschaue. Ich werde selten politisch, und ich verzichte auch hier darauf. Ich finde nur, dass es Politikern und politischen Parteien nicht mehr darum zu gehen scheint, die Menschen zu vertreten. Es geht ihnen nur um sich selbst und das Streben nach vorübergehender Macht. Meine Vorstellung von den vier mystischen Königreichen ist vielleicht meine Art zu sagen: »Wenn ihr denkt, unsere Politiker sind oberflächlich und käuflich, dann habt ihr recht. Sie haben ohnehin nicht wirklich das Sagen. Die vier Königreiche lassen sie nur in dem Glauben, sie hätten es.«

Bei der Bekanntgabe des Titels dieses Buchs Anfang des Jahres habe ich die Reaktionen der Fans auf Facebook und im Internet beobachtet und konnte mitverfolgen, wie sie darüber spekuliert haben, was die vier mystischen Königreiche sein könnten. Niemand hat mit vier »Schattenreichen« gerechnet, das hat mich irgendwie gefreut. Ich bin stolz darauf, mir immer wieder Neues einfallen zu lassen, das meine Leser raten lässt!

Erzähl uns von der Idee zu den Großen Spielen. Woher stammt sie?

Es ist kein Geheimnis, dass ich Wettbewerbsmotive in meinen Romanen mag. Zum Beispiel in *Showdown*. Oder in *Auf Crashkurs*. Obwohl es in *Das Turnier* letztlich um ein begabtes junges Mädchen und dessen wunderbaren Lehrer geht, laufen im Hintergrund auch Schachpartien ab.

Es macht Spaß, Wettbewerbe anzusehen oder darüber zu lesen, weil sie von Natur aus dramatisch sind: Zwei Personen wollen dasselbe – gewinnen. Und das ist die Quintessenz eines guten Dramas. (Deshalb sind Rechts- und Krankenhausserien im Fernsehen so beliebt. Im Gerichtssaal gibt es zwei Parteien, die beide den Fall gewinnen wollen. Ähnlich hat man in einer Notaufnahme ein Team von Ärzten, die versuchen, kranke oder verletzte Patienten zu retten – im Grunde wollen sie den Tod besiegen.)

Für die Großen Spiele wollte ich mir die coolsten und verrücktesten Herausforderungen ausdenken und meinen ahnungslosen Helden Jack mitten hineinwerfen. Mir war wichtig, dass Jack völlig unvorbereitet in die Spiele eintritt und anfangs keine Ahnung davon hat, was vor sich geht. Deshalb beginnt das Buch auch so rasant: Jack wacht im Dunkeln auf, sein Kopf ist kahl geschoren, er wurde entführt … und schon greift ihn ein Minotaurus mit einem Messer an. Er wird von Anfang an auf dem falschen Fuß erwischt. (Ich hatte auch einen Heidenspaß daran, ihm ein Homer-Simpson-T-Shirt zu verpassen und ihm Schuhe vorzuenthalten.) Das wird wichtig, als sich das Blatt wendet und Jack trotz aller Widrigkeiten überlebt. Die Leute, die ihn entführt haben, respektieren ihn nicht. Und als Jack barfuß und im T-Shirt mit Hades speist, rächt er sich, indem er sie seinerseits auch nicht respektiert.

Falls *Die vier mystischen Königreiche* mit einem meiner früheren Bücher vergleichbar ist, dann wohl am ehesten mit *Showdown*. Aber *Showdown* – das ich geschrieben habe, als ich 19 war und noch viel weniger Ahnung von der Welt hatte – weist keine so breite Hintergrundgeschichte oder kulturelle Relevanz wie *Die vier mystischen Königreiche* auf. *Showdown* ist ein guter altmodischer Kampf auf Leben und Tod. Ein knackiger, geradliniger Nervenkitzel. So wurde das Buch auch konzipiert. Bei *Die vier mystischen Königreiche* hingegen geht es unter dem Strich darum, zu herrschen und beherrscht zu werden.

Und das führt mich zu einem Hauptmotiv des Buchs: Sollte sich eine kleine Gruppe von Privilegierten über alle anderen stellen? Sind wir dabei, in unserer heutigen Welt, in der ein kleiner Teil der Bevölkerung so viel Reichtum besitzt, ein System einer Elite und des gesamten Rests zu erschaffen? Der Bonzen und der Habenichtse? Und wenn die Bonzen zu viel besitzen, rebellieren dann irgendwann die Habenichtse?

(Dass Anthony »Tony« DeSaxe ein superreicher Bergbau- und Schifffahrtsmagnat ist, dessen Reichtum über Generationen zurückreicht, ist durchaus beabsichtigt. In der heutigen Welt gibt es Gruppen von Superreichen – von den eher zurückgezogen lebenden Rothschilds bis hin zu den bekannten modernen Milliardären wie Bill Gates, Warren Buffett und Mark Zuckerberg. Ich wollte damit andeuten, dass die mit der wahren Macht diejenigen sein könnten, von denen man nie etwas hört – diejenigen, die sich über ihren Reichtum und ihren Einfluss sehr bedeckt halten.)

Und die Verbindung zwischen den Spielen und den Aufgaben des Herkules? Was hat dich dazu inspiriert?

Ich habe schon immer gern über antike Mythen und Legenden gelesen, von Herkules und Achilles bis hin zu

Geschichten über Atlantis und Feuer speiende Drachen (hallo, *Großer Zoo von China*). Und mich begeistert die Vorstellung, dass mythologische Figuren wie Herkules, Hades oder Zeus echte Personen waren, deren Geschichten bloß im Verlauf der Zeit verzerrt wurden. Der in der Geschichte erwähnte griechische Philosoph Euhemeros hat wirklich gelebt.

Besonders gern habe ich im Verlauf der Jahre die zwölf Aufgaben des Herkules gelesen, zuvor jene, in der Herkules den Nemeischen Löwen besiegt, der für sein undurchdringliches Fell bekannt war. (Herkules hat ihn besiegt, mit dessen eigenen Krallen gehäutet und das Fell des Löwen dann als undurchdringliche Rüstung benutzt.) Ich wollte die zwölf Aufgaben auf moderne, interessante Weise neu interpretieren.

Also habe ich mir die Aufgaben anders vorgestellt, nämlich so, dass Herkules ein echter Mensch war, der eine Reihe von Herausforderungen bewältigen musste – die der Großen Spiele. Weltweiten Ruhm hat er dadurch erlangt, dass er als einziger Sieger der Spiele jede einzelne Herausforderung gewonnen hat.

Besonders gefallen hat mir die Neuinterpretation von Eurystheus, dem feigen König, der Herkules jede seiner gewaltigen Aufgaben auferlegt hat. Ich habe Eurystheus zum Herrn der Unterwelt der damaligen Zeit gemacht. Das würde erklären, wie ein feiger König einen so großen Krieger wie Herkules herumkommandieren konnte.

Erzähl uns von den Minotauren.

Genauso wie ich gern über Herkules gelesen habe, hat mich die Legende des Minotaurus immer begeistert. Ein

Mann mit einem Stierkopf, der in einem Labyrinth auf Kreta lauert – das fand ich von Anfang an faszinierend.

Wie bei Herkules habe ich beschlossen, eine reale Erklärung für die Legende zu erfinden. Meine Idee war, dass ein Minotaurus erstens jemand mit einem stierförmigen Helm ist. Das ist jetzt noch nicht wirklich weltbewegend. Aber das zweite Element setzt dem noch etwas drauf: Meine Minotauren sollten maskierte Neandertaler sein.

Mir gefällt die Vorstellung, dass Neandertaler – eine Hominidenart, die dem Homo sapiens vorausgegangen ist – heute noch unter uns leben. Was durchaus möglich wäre. Ebenso gefällt mir der Gedanke, dass Neandertaler keine dummen Barbaren sind. Sie könnten genauso intelligent sein wie jeder moderne Mensch, wenn man sie lässt. Und ich liebe die Vorstellung, eine kleine Gruppe von ihnen könnte in einem geheimen Königreich in einer abgelegenen Ecke Indiens leben, ohne je Kontakt zum modernen Menschen gehabt zu haben. Eine solche Gruppe wären reine Neandertaler. Davon wollte ich unbedingt eine Armee zur Hand haben, die Randale machen konnte!

Du hast die vier Könige schon vor langer Zeit in Die sechs heiligen Steine *erwähnt. Gibt es noch andere Handlungselemente in* Die vier mystischen Königreiche, *auf die wir in zukünftigen Romanen achten sollten?*

Natürlich! Zum einen ist wohl ziemlich klar, dass sich das nächste Buch um Jacks Suche nach den drei geheimen Städten drehen wird (hmmm, das könnte ein guter Titel sein …).

Um die Wahrheit zu sagen, es hat unter anderem deshalb so lange gedauert, bis ich ein viertes Buch der Reihe um Jack West jr. herausgebracht habe (*Die fünf großen Krieger* ist 2009 erschienen), weil ich vorausplanen und die letzten drei Bücher der Serie konzipieren wollte. Also ja, es gibt etliches, das in *Die vier mystischen Königreiche* erwähnt wird und in künftigen Büchern wieder auftauchen wird: die drei geheimen Städte, das Omega-Ereignis, die Trismagi, sogar einige ungewöhnliche Bäume …

Dieses Buch bereitet gleichsam die Bühne für drei weitere umfangreiche Romane. Die Herausforderung habe ich mir selbst gestellt, und deshalb hat es so lange gedauert, es zu konzipieren und zu schreiben.

Sonst noch etwas Interessantes im Buch, das du uns mitteilen möchtest?

Über die Jahre bin ich von Wohltätigkeitsorganisationen gebeten worden, Namen von Figuren zur Versteigerung bei Benefizveranstaltungen zur Verfügung zu stellen. So sind einige der Charaktere in *Die vier mystischen Königreiche* zu ihren Namen gekommen.

Tony und Colleen DeSaxe haben die Auktion beim von Vivienne Freeman organisierten Wohltätigkeitsgolftag gewonnen, also habe ich Tony natürlich zum Herrn der Unterwelt gemacht. Wer würde sich das nicht wünschen? (Dachte ich mir.) **George Khalil** war bei der gleichen Veranstaltung. Während Tony also zu Hades wurde, habe ich George für einen trunksüchtigen jungen Prinzen verwendet.

Die Eltern von **Conor Beard**, **Allyn und Julie Beard**, haben bei Smokey Dawsons wunderbarem Charity Challenge Ball erfolgreich geboten, ebenso wie **Mark und Michelle Finn**, die mich auf originelle Weise gebeten haben, die Namen ihrer beiden Hunde in einen Roman aufzunehmen. So haben **Ash** und **Roxy** ihre Namen erhalten. (Ich wollte Jack schon lange einen Pudel geben, also hat das gut gepasst!) Und **Greg Batmans** Name erscheint in diesem Buch, weil sein Bruder **Gary Batman** in seinem Namen geboten hat. Ich habe mich redlich bemüht, aber in einer Welt voller Filme über Superhelden ist es für einen Autor schwierig, eine Figur Batman zu nennen (auch wenn man behauptet, der Name werde anders ausgesprochen).

Und eine ganz besondere Erwähnung gebührt **Tim Bowles**, einem Soldaten der australischen Armee. Tim hat lange Zeit darauf gewartet, seinen Namen in einem meiner Romane zu sehen, und ich möchte ihm unbedingt öffentlich für seine unglaubliche Geduld danken.

Bei einem Wohltätigkeitsessen im Jahr 2011 zugunsten des Welfare Trust (der die Familien von im Dienst gefallenen Soldaten unterstützt) hat Tim auf den Namen einer Figur geboten. Insbesondere hat er mich gefragt, ob er in einem Scarecrow-Roman mitspielen und an der Seite von Scarecrow kämpfen könnte. Zwei Faktoren hatten sich gegen Tim verschworen: Erstens hatte ich gerade *Arctic Fire* veröffentlicht und für einige Zeit keinen neuen Scarecrow-Roman geplant. Und zweitens kam sein Angebot zu einem Zeitpunkt, als ich gerade eine schwierige Zeit durchmachte, deshalb dachte ich damals nicht daran, überhaupt irgendein Buch zu schreiben. Und so hat er geduldig gewartet. Zwar habe ich *Das Turnier* herausgebracht, aber es hat sich nicht richtig angefühlt, ihn darin vorkommen zu lassen. Dann habe ich *Der große Zoo von China* geschrieben. Darin kommt Scarecrow nicht vor. Ich habe Tim gefragt, ob er auch damit einverstanden wäre, in einem Jack-West-Roman mitzuspielen, und das war er. Hingegen habe ich ihm nicht verraten, dass ich ihm seinen Wunsch erfüllen und ihn an der Seite von Scarecrow kämpfen lassen würde, nur eben in einem Jack-West-Buch!

Erst kurz vor dem Druck habe ich ihn eingeweiht, deshalb war Tim einer der wenigen außerhalb eines sehr engen inneren Kreises, die wussten, dass Scarecrow in diesem Jack-West-Buch auftauchen würde. Ich habe ihm sogar einen meiner Meinung nach ziemlich coolen Rufnamen verpasst: *Tomahawk*. In diesem Buch hat er zwar nur einen Kurzauftritt, aber ich kann versichern, dass bei Scarecrows Rückkehr Tomahawk wieder mit von der Partie sein wird. Danke für deine Geduld, Tim.

Anfang 2015 bist du nach Los Angeles gezogen. Wie läuft's dort? Irgendwelche Filme in Aussicht?

Es läuft super, danke, und es war genau, was ich gebraucht habe. Ich wollte einen neuen Ort zum Leben und Erkunden, einen Ort, an dem ich in eine Welt der Geschichtenerzähler eintauchen kann, und genau das ist Los Angeles.

Ich habe schon einige fantastische Menschen kennengelernt, von brillanten Produzenten und Regisseuren bis hin zu erfolgreichen Drehbuchautoren. Ich führe ständig Gespräche über Film- oder Fernsehadaptionen meiner Romane. (Sony hat eine Option auf *Der große Zoo von China*, ich selbst habe das Drehbuch für *Das Turnier* geschrieben, und ich habe mich mit einem Top-Drehbuchautor getroffen, um die Jack-West-Bücher in eine Fernsehserie zu verwandeln.) Wenn noch ein paar Faktoren zusammenspielen, könnte es grünes Licht geben, aber man braucht einen langen Atem.

Irgendwelche abschließenden Worte?

Wie immer möchte ich die Leute einfach gut unterhalten. Mir hat es mächtig Spaß bereitet, diesen Roman zu schreiben. Fans haben mich lange gefragt, ob ich Jack und Scarecrow in einen Roman packen könnte, und ich habe mich der Herausforderung gestellt. Ich hoffe, ich habe auf unerwartete und originelle Weise abgeliefert und sowohl jene Fans als auch alle anderen Leser zufriedengestellt.

Meine Aufgabe besteht darin, zu unterhalten. Und wie ich immer sage, am Ende hoffe ich nur, dass euch das Buch gefallen hat.

Matthew Reilly
Los Angeles
Juli 2016

matthewreilly.com

Der Australier Matthew Reilly wurde 1974 in Sydney geboren. Seine Eltern waren Theaterschauspieler. Seinen ersten Roman schrieb er mit 19 Jahren. Da er von den Verlagen nur Absagen erhielt, ließ er 1000 Hardcover drucken und klapperte die Buchläden ab. So wurde der Verlag Pan Macmillan auf den jungen Autor aufmerksam und nahm ihn unter Vertrag. Schon mit seinem nächsten Roman *Ice Station* gelang ihm ein weltweiter Bestseller. Inzwischen sind seine Thriller in 20 Sprachen übersetzt und über sieben Millionen Mal verkauft worden.
Im Dezember 2011 traf Reilly ein schwerer Schicksalsschlag, als seine Frau sich das Leben nahm. Er zog sich für die nächsten Jahre ganz aus der Öffentlichkeit zurück. Heute lebt Reilly in den USA und schreibt wieder, u. a. auch Drehbücher.
Reilly schreibt Action-Thriller mit fantastischen Elementen. Dazu Wikipedia: »Reilly ist bekannt für seinen

Schreibstil, der sich wie kaum ein anderer zuvor auf Actionszenen im Stil von Hollywood konzentriert und dadurch Dramatik und die Entwicklung der Charaktere erst als zweite Priorität behandelt. Seine Kritiker verurteilen dies und verweisen darauf, dass er Bücher schreibt, die wie Filme zu lesen sind oder gar an die Beschreibung eines Action-Videospiels erinnern. Seine Fans sind der Meinung, dass dies der Grund ist, der seine Bücher so einzigartig und aufregend macht.«

Matthew Reilly bei FESTA:

Der große Zoo von China
Das Turnier
Die Secret Runners von New York
Die sieben tödlichen Wunder
Die sechs heiligen Steine
Die fünf großen Krieger
Die vier mystischen Königreiche

Zuletzt erschienen in der Reihe FESTA ACTION:

Vince Flynn: *Red War – Die Invasion*
Marc Cameron: *Die Gewalt der Waffen*
Mark Greaney: *The Gray Man – Tod eines Freundes*
Dalton Fury: *One Killer Force – Absolut tödlich*
Ben Coes: *Trap the Devil – Verschwörung*
Vince Flynn: *Executive Power – Das Kommando*
Jack Carr: *Hass*
Brad Thor: *Verschwörung gegen die Nation*
Stephen Hunter: *Im Visier des Snipers*
Vince Flynn: *Memorial Day – Die Gefahr*
Dalton Fury: *Eine tödliche Einheit*
Tim Tigner: *Der Preis der Zeit*
Mark Greaney: *The Gray Man – Deckname Dead Eye*
Brad Taylor: *Schwarze Witwe*
Vince Flynn: *Consent to Kill – Der Feind*
Tim Tigner: *Betrayal – Der Verrat*
Vince Flynn: *Lethal Agent – Die Pandemie*
Joel C. Rosenberg: *Russisches Roulette*
Vince Flynn: *Total Power – In die Finsternis*
Mark Greaney: *The Gray Man – Operation Back Blast*
Joel C. Rosenberg: *Das Jerusalem-Attentat*
Matthew Reilly: *Die sieben tödlichen Wunder*
Brad Thor: *Der Verräter*
Vince Flynn: *Act of Treason – Der große Verrat*
Matthew Reilly: *Die sechs heiligen Steine*
Jack Carr: *Menschenjäger*
Matthew Reilly: *Die fünf großen Krieger*
Vince Flynn: *Protect and Defend – Die Bedrohung*
Vince Flynn: *Extreme Measures – Der Gegenschlag*
Matthew Reilly: *Die vier mystischen Königreiche*